論創海外ミステリ 322

楽員に弔花を

ナイオ・マーシュ

渕上痩平［訳］

論創社

Swing, Brother, Swing

1949

by Ngaio Marsh

目次

楽員に弔花を　7
訳者あとがき　359

配役

パスターン・アンド・バゴット卿
レディー・パスターン・アンド・バゴット
フェリシテ・ド・スーズ……レディー・パスターンの娘
エドワード・マンクス……パスターン卿のまたいとこ
カーライル・ウェイン……パスターン卿の姪
ミス・ヘンダースン……レディー・パスターンの付き添い役兼秘書

スペンス
ミス・パーカー
ウィリアム
メアリ
マートル
オルタンス
　　}デュークス・ゲートの使用人

ブリージー・ベレアズ

ハッピー・ハート……ピアノ奏者
シドニー・スケルトン……ドラム奏者
カルロス・リベラ……ピアノ式アコーディオン奏者
　　}ブリージー・ベレアズの楽員《ボーイズ》たち

シーザー・ボン……〈メトロノーム〉の店長

デイヴィッド・ハーン……シーザーの秘書
ナイジェル・バスゲイト……《イヴニング・クロニクル》の記者
アリントン医師
ロデリック・アレン夫人

アレン主任警部
フォックス警部
カーティス医師
ベイリー巡査部長……指紋検査官
トンプスン……写真係
ギブスン、マークス、スコット、サリス……巡査部長
（以上）ロンドン警視庁犯罪捜査課

その他警察官、ウェイター、楽員など

楽員に弔花を

本書を所望し
ようやく手に入れた
ペットに愛を込めつつ献ぐ

第一章　手紙

レディー・パスターン・アンド・バゴットから義理の姪ミス・カーライル・ウェイン宛の手紙

「ロンドン南西区一

イートン・プレイス

デュークス・ゲート三番地

前略　カーライル
夫がいかにもあの人らしく支離滅裂な感じで教えてくれたのだけど、英国に帰国なさるのね。お帰りなさい。お知らせしておくと、夫とまた一緒に暮らすようになったの。私にとっても都合のいい話だった。夫はクロシュメアを寄贈すると国に申し入れ、デュークス・ゲートに戻ってきたの。ご存じかと思うけど、私はこの五年、デュークス・ゲートを住まいにしてきた。快適な設備も、戦後間もない頃は、中欧の密教の教派の信者たちと共用して心許なかったけど。夫は、入植者の言う占有者の権利なるものを彼らに認めてやったの。きっと私がクロムウェル・ロードか姉のデジレのところに退散すると思ったのね。姉とはお互い相手の真意を知ってから仲違いしているのに。

ほかのおかしな連中は追い払ったけど、その教派の人たちは残ってしまった。主たる応接室に巨石をいくつも置いて、深夜に儀式をはじめて奇声を発する歌を歌うし、石鹼と水の使用を禁じるのが彼らの教義で、髪を切るのも禁止といえば、彼らの活動がどんなものかわかるでしょ。彼らも半年前に中欧（正確な場所は訊かなかったけど）に帰国したから、今は私がこの屋敷の女主人よ。後片づけをして平穏な生活の準備をしたけど、私の戸惑いを察してほしいの！　平穏な生活が耐え難いと気づいてしまった。私も夜の大騒ぎに順応してしまったのね。いかがわしい二流の預言者みたいな連中としょっちゅう顔を合わせるのに慣れてしまったの。静けさとか、控えめな使用人たちの存在に我慢できなくなって。要するに寂しくなったの。寂しくなると自分の過ちを考えるようになるものよ。つまり、夫のことを考えてしまったわけ。人は理解できないものにすっかり嫌気がさすもの？　そうは思わない。夫と結婚したとき（ご存じのとおり、あの人は在パリ大使館の館員で、私の両親の家にも頻繁に訪ねてきた）、私はやもめだったから、未婚の娘《ジュヌ・フィユ》とは言えなかった。極上の幸福を求めはしなかったわ。でも、馬鹿げたことを予想したりもしなかった。いい歳になれば、夫に無茶なことを期待してはいけないとわかるものよ。夫が気の利く人なら、こっちもなにも知らないままに終わる。それならなおのことけっこう。人は折り合いをつけるものよ。でも、あの人は気の利く人じゃない。それどころか、さっき書いたようなことをやらかす人なら、私もすぐ気がつくべきだった。二つ目、というか三つ目の住まいに落ち着くどころか、救世軍の小隊、インドのヨガ行者の修行場、ヴードゥー教の研究所、その他もろもろの束の間の馬鹿げた妄想と次々とお付き合いするはめになった。夫は啞然とするほどの軽やかさでキリスト・アデルフィアン派の教義からヌーディズムの実践に転向したわ。齢《よわい》を重ねるにつれてますますおふざけをやらかすようになって、どんどん耐え難いものになってきた。一人で勝手に道化者を演じて、私はただ途方に暮れているだけなら、まだ我慢もできたわ。ところが、あの人、私も一緒にやれと求めてきた。

たとえば、ヌーディズムの件がそう。ド・フトー家の私が、ケント州のウィールド地方で、わずかな月桂樹だけで一糸まとわず散策している姿を想像してちょうだい。最初に夫から去ったのも、まさにそれがきっかけで頭にきてしまったから。時々よりを戻したけど、また奇行をやらかすので愛想を尽かして去るばかり。夫の気性のことも、目立ちたがり屋だということも、些細だけどろくでもない奇癖のことも口にしたことはないわ。だって、そんな失態、とうに世間周知のことだもの。

でもね、カーライル、さっきも書いたけど、私たちはまたデュークス・ゲートで一緒に暮らしているの。静寂が耐え難くなってきたし、フラットを探すほかないと思ったところに、夫から手紙が来たわけ。夫はいま音楽にはまっていて、打楽器奏者としてバンドに加わっているから、練習のために一番大きな応接室を使いたいと言ってきた。要は、デュークス・ゲートでまた一緒に住みたいと申し入れてきたの。私はこの屋敷を愛している。夫のいるところ騒音もありで、私も騒音が必要になってしまった。それで同意したの。

フェリシテも一緒よ。言いにくいけど、フェリシテにはひどく悩まされているの。夫が少しでも気の回る人だったら、義理の父親としてたしなめてくれたかも。ところが、気にかけるどころか、ご満悦の体であんな不謹慎な恋心を眺めている。なんのことかは母親としてこれ以上はっきりとは書けないわ。お願いだから、カーライル、屋敷に来てちょうだい。フェリシテは昔からあなたの判断を尊重してきたもの。来月の最初の週末に来ていただけると嬉しいわ。夫もあなたに手紙を書くつもりよ。私の希望も添えてね。お会いして話ができるのを楽しみにしているわ、カーライル。

草々
セシール・ド・フトー・パスターン・アンド・バゴット」

パスターン・アンド・バゴット卿から姪のミス・カーライル・ウェイン宛の手紙

「ロンドン南西区一
イートン・プレイス
デュークス・ゲート三番地

前略　ライル
帰ってきたそうだね。家内が訪ねてくれと頼んだとか。三日に来てくれれば、ちょっとした音楽を披露するよ。
家内とはまた一緒に暮らしているのさ。

草々
ジョージ」

《ハーモニー》のＧ・Ｐ・Ｆの「身の上相談」欄より

「拝啓　G・P・F様
私は十八歳で、正式ではありませんが婚約しています。婚約者がひどく嫉妬深くて、常軌を逸して、それはもう怖いくらいの態度なんです。詳細は別封で添付します。彼にこれを読まれてしまうかもしれないし、そうなるときっと困ったことになるので。特別な『内緒で相談』の返信用に五シリング同封します。どうか助けてください。
〝トゥーツ〟（tootsは「お嬢さん」の意）」

「悩める子へ。私でお役に立てれば。私は男としてお話ししますし、そのほうがよいでしょう。男の心理のほうが、婚約者の方のあなたへの愛を曇らせ、あなたを不幸にしているこの奇妙な自虐を理解できるからです。信じてください。方法は一つだけ。忍耐が必要。率直さで愛を証明すること。彼の疑いには根拠がないと、倦《う》むことなく納得させること。常に冷静さを。ひたすら彼を愛すること。さりげなく笑ってみせ、うまくいかなければすぐやめること。気が短いと思わせないこと。よく考えて。繊細で過敏な性格の彼なら、花を扱うように対応しなくては。日差しが、気遣いが必要です。さもないと、精神の成長を抑えられてしまうのです。「内緒で相談」の手紙は明日には届くでしょう。

G・P・Fのページの脚注――返信用の切手と住所記載の封筒と、「東中央区二、メイタファミリアス・レーン五番地《ハーモニー》内緒で相談係」宛に五シリングの郵便為替を送っていただければ、G・P・Fはあなただけの「内緒で相談」の返事をお送りいたします。」

ミス・カーライル・ウェインからミス・フェリシテ・ド・スーズ宛の手紙

「バックス
ベナム
フライアーズ・パードン

前略　フェー
シール叔母様からちょっと妙な手紙をもらったの。三日に来てくれと。あなた、なにを企んでるの？

草々
ライル」

エドワード・マンクスからミス・カーライル・ウェイン宛の手紙

「ロンドン南西区一
スローン・スクエア
ハロウ・フラッツ

前略　ライル

セシールの話だと、週末の三日土曜にデュークス・ゲートに招かれたそうだね。ベナムまで車で迎えに行くよ。セシールがぼくとフェリシテを結婚させたがってるって知ってたかい？　ぼくにその気は全然ないし、幸い、フェーも同じさ。彼女はジョージのバンドでピアノ式アコーディオン奏者をしてる実に怪しげなやつにぞっこんだ。いずれ大騒ぎになるぞ。セシールの言い方を真似ると、そのバンドと、とりわけカルロスとかいうその怪しげなやつが原因《ア・コーズ》さ。どうせろくでもない連中だろ。君はどうして海外に行きたがる？　土曜の午後五時頃に迎えに行くよ。

草々

ネド」

《モノグラム》ゴシップ欄より

「ブギウギ音楽の熱烈な演奏家、パスターン・アンド・バゴット卿が、まもなく『ピカデリーから百マイルほど』のあるレストランで演奏を披露との噂。

ご存じマダム・ド・スーズ（旧姓ド・フトー）の夫君、パスターン・アンド・バゴット卿は、熱烈なドラム奏者だ。彼のバンドには、カルロス・リベラのような著名な奏者もいるし、指揮者は比類なきブリージー・ベレアズで、二人とも〈メトロノーム〉のメンバーだ。ちなみに私は、レディー・パスターン・アンド・バゴットが最初の夫とのあいだに儲けた娘、ミス・フェリシテ（フェー）・ド・スーズを目撃した。先日、〈ターマック〉で、ご存じフェーの義理のまたいとこ、エドワード・マンクス氏と〝水入らずで〟昼食を一緒にしていたのだ。」

カルロス・リベラからミス・フェリシテ・ド・スーズ宛の手紙

「ロンドン南西区一
オースターリー・スクエア
ベッドフォード・マンションズ一〇二番地

愛する君へ——ぼくにこんなことをしちゃいけない。ぼくは恋人にコケにされて黙っているような英国の貴人やなんとか卿じゃない。そうさ。ぼくに妥協の余地はない。ぼくは旧家の御曹司だ。ぼくは邪魔するやつを許さないし、とにかく待つのはもううんざりだ。これ以上は待てない。すぐにぼくたちの婚約を発表するか——さもなきゃご破算だ！　わかったかい？　アディオス。

カルロス・ダ・リベラ」

ミス・フェリシテ・ド・スーズからミス・カーライル・ウェイン宛の電報

「お願いだから来て。なにもかも手に負えない。どうかお願い。来て。後生だから。心からの頼み。愛を込めて。フェー」

ミス・カーライル・ウェインからレディー・パスターン・アンド・バゴット宛の電報

「ありがとう。三日土曜六時頃に着く。カーライル」

第二章　関係者が集まる

一

朝の十一時きっかり、G・P・Fは、東中央区二、メイタファミリアス・レーン五番地の《ハーモニー》のオフィスに勝手口から入り、そのまま自室に向かった。ドアに〝専用室　G・P・F〟と白い文字で記してあった。鼻と口を霧から保護するために巻いてあったスカーフを外し、中折れ帽やオーバーと一緒にデスクのうしろの掛け釘に掛けた。それから、緑の庇帽をかぶり、ドアに閂をかけると、外に「在室」の表示が出た。

ガス灯の火が明るく輝き、空気加湿のために錫製の水の受け皿がその前に置かれ、ほのかに蒸気を立ち上らせていた。窓は霧のせいで曇っている。ガラスの外側に黄色いカーテンが吊るしてあるかのようだ。通行人の足音が間近に聞こえたかと思うと消え、霧がかった朝の狭い通りを行く人々の押し殺した咳やこそこそ話す声が聞こえる。G・P・Fは手をこすり合わせ、軽やかにハミングをしながらデスクに向かうと、緑のシェード付き電気スタンドを点けた。（心地よいな）と思った。照明が照り返すサングラスを外すと、読書用眼鏡にかけ替えた。

「一、二、靴履こう（マザー・グースの歌より）」とG・P・Fは甲高い裏声で歌い、未開封の手紙が入ったワイヤーバスケットを引き寄せた。「三、四、門叩こう」とふざけて歌いながら、一番上の手紙を開封した。五シリングの郵便為替がデスクの上に落ちた。

「拝啓　G・P・F様（と彼は読んだ）
素敵な『内緒で相談』の手紙にどうしても手紙でお礼を伝えずにはいられませんでした――正直申し上げて、あの手紙には心底揺り動かされました。〝案内人《ガイド》・賢人《フィロソファー》・友人《フレンド》〟と自称されるのも至極ごもっともです。いただいたご助言はよく考えましたし、あなたがどんな方なのかと思わずにはいられませんでした。お姿や声という意味ですが。きっと声はかなり低くて（こんちくしょうめ！　とG・P・Fはつぶやいた）、背の高い方ですね。できましたら――」
続く二枚をせかせかと飛ばし読みして結論部分に目を向けた。「なんとかご助言に従おうとしましたが、彼氏ときたら！　あなたとお話しできれば、すごく勇気づけられるのではと思います。つまり、直接お話しできればと。でも、それはとても無理でしょうから、あらためて『内緒で相談』用の五シリングを同封する次第です」G・P・Fは大きく派手な筆跡の文章を読みながら、便箋を一枚一枚、二つ目のワイヤーバスケットに入れていった。ようやく最後の便箋に来た。「こんな手紙を書いたと知ったら、彼はきっと激しい嫉妬に駆られるでしょうけど、書かずにいられなかったのです。
敬具
〝トゥーツ〟」

Ｇ・Ｐ・Ｆはメモ用紙のパッドに手を伸ばし、なにやらぼんやりと霧で曇った窓を暫し見つめると、取りかかった。溜息をつき、小声でつぶやきながら、実にすらすらと手紙を書いた。

「もちろん」と切り出した。「お役に立てるなら幸いです――」言葉は鉛筆から次々と出てきた「我慢が肝要です――きっとおわかりでしょうが――匿名で――Ｇ・Ｐ・Ｆのことは親切な幽霊と思っていただき――よろしければまた手紙を書いていただいて――確かに興味深く――心より幸運をお祈り申し上げ――」書き終えると、郵便為替を最初の紙にピンで留め、〈内緒で相談〉の表示があるもう一つのバスケットにまとめて入れた。

次の手紙は良質の便箋にしっかりした筆跡で書いてあった。Ｇ・Ｐ・Ｆは軽く口笛を吹きながら小首を傾げて見つめた。

「私は」と書いてある。「五十歳で、最近、五十五歳の夫と再び同居することに同意しました。夫は狂人一歩手前の変人ですが、もちろん精神異常者ではありません。義理の父親としての責任を果たそうとしないため、家庭の危機が生じてきたのです。ひと言で言えば、娘は結婚を考えているのですが、始末に負えぬほどのぼせ上がっていて、どう考えても不幸な結婚としか思えません。もっと詳しい情報が必要なら差し上げますが、十六年にわたる新聞記事の切り抜きを同封しましたので、ご覧いただければおのずとご理解いただけるでしょう。この通信は非公開でお願いいたしますが、親展のご助言を返信くださるよう、五シリングの郵便為替を同封いたします。

セシール・ド・フトー・パスターン・アンド・バゴット」

Ｇ・Ｐ・Ｆは手紙をそっとバスケットに入れると、切り抜き記事の束をめくった。「卿、継娘の誘拐で告訴」、「卿、ヌーディズムを実践」、「メイフェアの裁判所で醜態」、「パスターン卿、またもや」、「レディー・パスターン・アンド・バゴット、離婚請求」、「卿、自由恋愛を提唱」、「判事から譴責」、「パスターン卿、今度はヨガに」、「ブギウギを歌う卿」、「なんでもあり」

G・P・Fは、見出しの下の本文にざっと目を通し、苛立たしげに小さく舌打ちすると、実にさらさらと返信を書きはじめた。作業をしながらふと曇った窓を見上げると、現像中のネガのように霧の中から人の肩が現れてきた。顔が現れ、手がガラスに押し付けられ、コツコツと二度叩いた。G・P・Fはドアの鍵を開け、再びデスクに戻った。やがて客が咳払いをしながら廊下を歩いてきた。

「入りたまえ《アントレ》！」とG・P・Fが気取って言うと、来客は部屋に入ってきた。

「お邪魔してすみません」と客は言った。「今朝はおられると思いましたので。例の救済基金への例月の寄付です。小切手にサインを」

G・P・Fは座ったまま椅子を回転させ、レディー・パスターンの手紙を差し出した。受け取った客はヒューッと口笛を吹き、読み終えると爆笑し、「ほう！」と言った。「なんと、正直ですね！」

「切り抜き記事だ」とG・P・Fは言ってそれを手渡した。

「きっと酒に酔ってましたね！　それでこんなことを！」

「そんなもの言いをするとは」

「すみません。もちろん、根拠はありませんが……どんな返事を？」

「嫌味さ」

「見てもいいですか？」

「もちろん。ほらどうぞ。小切手を」

客はデスクのほうに身を乗り出し、手紙を読みながら札入れを出そうと胸ポケットをまさぐった。小切手を出すと、読み続けながらデスクの上に置いた。なにか言おうとするかのようにいったん目を上げたが、G・P・Fは小切手に顔をかがめていたため、手紙を読み通した。

「手厳しいですね」と言った。

「さあ、小切手だ」とG・P・Fは言った。

「ありがとうございます」客はちらりと小切手を見た。小さいが太字のサインで、驚くほど丁寧な能筆で〝G・P・フレンド〟と記してあった。

「こんな手紙にうんざりしませんか?」客はバスケットを指し示しながら不意に尋ねた。

「興味たっぷり、種類もたっぷりさ」

「今にとんでもない厄介事に巻き込まれるかも。たとえば、この手紙は――」

「ふん、ちょろいものさ」とG・P・Fは軽く言った。

二

「なあ」ブリージー・ベレアズは自分の手を見つめながら言った。「まあ聞けよ。確かにとんでもない男だが、次第にましになってきた。それに、とんでもない男でも、それは問題じゃない。前も言ったが、問題は、彼がパスターン・アンド・バゴット侯爵ジョージ・セッティンガーで、宣伝にかけては〝最大音量〟の男だということだ。宣伝価値を考えても、俗物は言うに及ばず、大立者がみな彼に一杯おごってやろうと殺到するのさ」

「それで?」とドラム奏者は気難しそうな顔で訊いた。

「それでだと! 自分の胸に聞きたまえ。なあ、シド、私はほかの楽員と同じように君をずっと雇い続けてる。常勤の給与を払ってるんだぞ。常勤で演奏してもらってるかのように」

「そんなことを言ってるんじゃない」とドラム奏者は言った。「問題は、特別興行の晩に演目の途中で降りちまうなんて、おれが馬鹿に見えるってことだ。このおれが! はっきり言うが、気に入らねえ」

「なあ、シド。頼むよ。君は主役だろ。君のためにどうするつもりだと思う? 特別な見せ場を作ってやろうとしてるんだぞ。私が一緒にステージに連れ出して、スターのお披露目をしてやろうというんだ。そんなのは今までしたことがない。すごいだろ。土曜の夜、あのおやじが君の三十分の出番に、地団太踏んで悔しがるんじゃないかと心配すべきだろうに」

「言っておきますが」とカルロス・リベラ氏が言った。「くだんの紳士は私の舅になる人ですよ」

「わかった、わかった。なあ、カルロス、落ち着けったら! けっこうなことだ」ベレアズ氏はおなじみの笑顔をぱっと輝かせて早口にまくしたてた。「どれも我々にとって素晴らしいことさ。この件はみんなに諮ったんだ、カルロス。それに、彼はどんどんましになってると言っただろ? すぐ立派な奏者になるさ。シドほどじゃないがな。馬鹿げたもの言いに聞こえるだろうが、うまくなるよ」

「ちなみに」とピアニストが言った。「そもそも彼自身の曲目は?」

ベレアズ氏は両手を広げた。「なに、こういうことさ。パスターン卿にちょっとしたアイデアがあるんだ。自分が作曲した新しい曲のささやかなアイデアが」

「〝ホット・ガイ、ホット・ガナー〟ですか?」とピアニストは言い、震え声で吐き出すように、「あんな曲を！」と無表情に言った。

「まあ落ち着け、ハッピー。パスターン卿が書いたこのささやかな曲は、我々がドンと打ち出せば、立派にヒットするよ」

「ですかね」

「そうさ。私がオーケストレーションを施したから、しゃれた曲になった。まあ聞いてくれ。このささやかなアイデアを実行に移すのはなかなかいい考えだよ。それなりにね。パスターン卿はこの曲とともにソロ奏者として活躍できると考えたようだ。ほら、激しいドラム連打に六連発銃の乱射というわけさ」

「勘弁してくれ！」とドラム奏者はだるそうに言った。

「そのアイデアでは、カルロスがスポットライトを浴びて出てきて演奏する。激しく熱烈にな、カルロス。熱気を盛り上げるんだ。際限なく」

リベラ氏は髪をかき上げた。「わかりました。それで？」

「パスターン卿のアイデアでは、君はキックスケーターに乗って走り出る。それから、君が最高潮に達すると、もう一つのスポットライトが卿を照らし出す。卿はカウボーイハットをかぶってブリキ缶の端に座っていて、立ち上がると、『ヤッホー、ホーイ』と叫び、君に向かって銃を撃ち、君は倒れるふりを――」

「ぼくは曲芸師じゃない――」

「まあともかく、君は倒れ、パスターン卿が騒ぎ立てると、我々は諧謔的な葬送行進曲に演奏を切り替えて最大限に盛り上げる。それから、私がカルロスの胸に滑稽な弔花の花輪を置き、数人の楽員が彼を運び出すというわけだ。まあ」ベレアズ氏はひと息ついて言った。「ダイナミックとは言わないが、なんとかなるだろう。楽しげだし、なかなか面白そうだ」

「すると」とドラム奏者は訊いた。「葬送行進曲でおしまいか？　そういう段取りだと？」

「〝ブリージー・ベレアズ流の演出〟だよ、シド」

「そういう段取りさ」とピアニストは言った。「我々は死体とともに演奏をやめて、ドラムの音を抑える。楽しい夜のために〈メトロノーム〉にいらっしゃい、というわけだ」

「ぼくは反対だな」リベラ氏が口をはさみ、奥ゆかしく立ち上がった。太めのピンクの縞が入ったダブグレーのスーツ。上向きの曲線になるかと思うほどのいかり肩。ブロンズ色の肌。額と耳からうしろになでつけた、太く輝くような波打つ髪。見事に揃った歯。薄い口髭。大きな目に長身ときていた。

「アイデアは面白い」と言った。「気に入ったよ。ちょっと不気味だし、風変わりだが、悪くない。ただ、少しだけ変更を提案したいな。パスターン卿のソロ演奏が終わったら、ぼくがハジキを引き抜いて彼を撃つほうがいい。それから、彼が運び出されて、ぼくは得意の曲を演奏する。そのほうがずっといい」

「なあ、カルロス――」

「もう一度言うが、そのほうがはるかにいい」

ピアニストはあからさまに笑い、ほかの連中はニヤリとした。

「それはパスターン卿に物申すことだぞ」とドラム奏者は言った。「君の舅になる人だぜ。そんなことをしたらどうなると思う」

「パスターン卿の指示に従ったほうがいい、カール」とベレアズ氏は言った。「そのほうがいいと思う」

　二人の男は見つめ合った。ベレアズ氏の愛想のいい表情がいつもの顔に戻った。悪党めいたしかめ面にいつでも思いのままに歪めることのできる、色白のゴム製の顔を持った精巧な腹話術の人形なのだろうか。大きな淡い色の虹彩と巨大な瞳孔の無表情な目は、色塗りしただけのものなのかも。どこへ行っても、なにを言うにも、唇が開いて歯を見せる。えくぼが二つ、頬全体に溝を作り、目尻に皺が寄る。こうして何時間でも、踊りながら自分のそばをゆっくりと通り過ぎるカップルに微笑み続ける。微笑みかけ、お辞儀をし、指揮棒で空を切り、体を波のように揺らし、また微笑みかける。こんな運動でたっぷりと汗をかき、時おり真っ白なハンカチで顔を拭く。毎晩、ソフトシャツの上に、尖った金属のボタンと銀の折り返しの付いた、見事な仕立てのタキシードを着た楽員《ボーイズ》たちを従えている。彼らは、よく知られた、先端にクロームの付いた黒檀の小ぶりな指揮棒の動きに合わせて筋肉を動かし、肺を膨らませる。〝ブリージーの楽員《ボーイズ》たち〟は爵位持ちの貴婦人からベレアズ氏に贈られた指揮棒だ。〈メトロノーム〉では、全員、クロームのブレスレットの腕時計をして、バンドの名前はクロームに色の似たアルミでピアノに文字が記されている。楽器はクロームでキラキラ輝き、楽員《ボーイズ》たちの頭上には、イルミネーションに縁取られた巨大なメトロノームがあり、先端がクロームの同じ大きさの振り子が振れる。「ホイホイ、ハイ」とベレアズ氏が唸るように言う。「ヨイサ、ホイサ、ホイホイ」こうやって笑みを浮かべながらバンドを指揮することで、彼は〈メトロノーム〉の経営陣から週三百ドルを受け取り、そこから楽員《ボーイズ》たちに給与を支払っていた。慈善舞踏会や時には個人のダンス・パーティーのために、増員したバンドを指揮することもある。「素晴らしいパーティーだったよ」と人々は言う。「なにしろブリージー・ベレアズが来てたからね」と。

その世界では彼は名士だった。

　楽員たちもまた名士たちだ。みなスペシャリストなのだ。ベレアズはかぎりない手間暇をかけて彼らを選抜した。楽員たちは、〝ブリージー・ベレアズ流〟という、激しく、きわめて難しい音響を実現できるか、なおかつ見栄えもいいかで選抜される。セックス・アピールと持久力で選ばれるのだ。ブリージーは、「人に好かれれば好かれるほど、提供できるものも大きくなる」と語る。奏者の中には、たやすく別の奏者に代えてしまえる者もいる。たとえば、第二、第三サクソフォン奏者とダブルベース奏者はそうだ。だが、ピアニストのハッピー・ハート、ドラム奏者のシド・スケルトン、ピアノ式アコーディオン奏者のカルロス・リベラは最上級だと彼は言っていたし、実際そう信じていた。ブリージーの心を絶えず悩ませる不安は、ハッピー、シド、カルロスのうちの一人または全員が聴衆に腹を立てるか飽きたりして、彼のもとを離れ、〝ロイヤル・フラッシュ・スウィングスターズ〟、〝ボーンズ・フラナガン〟、〝ヒズ・メリー・ミキサーズ〟か〝ザ・パーシー・パーソナリティーズ〟に行ってしまわないかということだった。だから、ベレアズはいつもこの三人の扱いには気を遣っていた。

　このとき気を遣っていた相手はカルロス・リベラだった。カルロスは優秀だ。彼のピアノ式アコーディオンは〝大いに〟ものを言う。フェリシテ・ド・スーズとの婚約が発表されれば、ブリージーと楽員《ボーイズ》たちにとっても〝大宣伝〟になるだろう。カルロスはあとの二人に劣らず優秀なのだ。

「なあ、カルロス」とブリージーは熱を込めて言った。「アイデアがある。こうしたらどうだろう？　パスターン卿に、お望みどおり君を狙って撃たせ、弾が当たらないというのは。どうだ？　卿は驚き顔で引き金を引いて撃ち続け、君はびくともせず得意の曲を弾き続ける。卿が撃つたびに楽員の一人が、自分が撃たれたように演じて奇妙な音を奏でる。そのたびに音が小さくなっていくというのは？　それから君はただにっこり笑って演奏を終え、皮肉たっぷりにお辞儀をして、平然と去っていく。どうだい、みんな？」

「ふうむ」と楽員たちはごもっともとばかりに言った。

「悪くないな」とリベラ氏も譲歩した。

「パスターン卿が最後に自分を撃って仕上げをし、胸に弔花を載せられて運び出されるというのもいいね」

「ほかのやつが目立つんでなけりゃいいんだろうよ」とドラム奏者が不平たらしく言った。

「あるいは、パスターン卿が私に銃を手渡し、私が卿を狙って撃つが弾切れだったというのはどうかな。そこから卿が演技をして、最後におどけて失神し、運び出されるというのは」

「もう一度言うが」とリベラは言った。「悪くない。この件で言い争うべきじゃないな。ぼく自身がパスターン卿と話し合えばいい」

「よし！」とブリージーは声を上げ、小さな指揮棒を振り上げた。「これでいい。さあみんな、なにをボケッとしてる？　とにもかくにも稽古じゃないか？　この新曲はどうだ？　よし！　配置についてくれ。みんないいか？　さあ、はじめるぞ」

三

「『カーライル・ウェインは』とエドワード・マンクスは言った。「三十歳だが、まだ思春期のような雰囲気がある。話し方じゃない。穏やかで力強いから。容貌とか物腰のことだ。身のこなしは滑らかだし、少年のようなところがある。脚は長いし、手は細く、顔は面長で美しい。服もよく選び抜かれているし、大胆に着こなしているが、服装でさほど悩んだわけでなく、意図してというより、たまたまうまく着こなしている感じだ。旅行好きだが、観光は嫌いで、ウェイター、船員たち、売店の女性といった人々のことは、些末な細部を描いた鉛筆画のように鮮明に記憶が残るようだ。彼らと出会った通りや町の名はよく忘れてしまうのに。彼女にとって真の関心の対象は人間だ。人間に対しては驚くほど鋭い目を向けるし、きわめて寛容ときてる』」

「『彼女の遠い親戚、エドワード・マンクス氏は」とカーライルが口をはさんだ。「演劇批評家だ。三十七歳で、魅力的な容貌だが、ぎらぎらするほどではない。職業に伴う名うてのがさつさも多少努力して丸くなった。気性が激しい面もあるが、根は礼儀正しい男だ！』」

「うまい！」とエドワード・マンクスは言うと、アクスブリッジ・ロードに車を乗り入れた。

「『気取り屋の面もあるが、社交的な付き合いでは相手を選ばない態度を見せて、そんな性格をごまかしている。まだ独身で――』」

「『――自分をあからさまに賛美する女性には強い不信感を持ち――』」

「『――自分がしかと確信を持てない相手に拒まれるのではと恐れている』」

「君は実に鋭いな」とマンクスは気まずそうに言った。

「だからたぶん、私もまだ独身なのね」

「驚きはないね。と言っても、不思議に思うことが多いんだが――」

「私って、いつもろくでもない男と親しくなってしまうの」

「ライル、このゲームをはじめたのは、ぼくらがいくつのときだっけ？」

「中篇小説のこと？　ジョージ叔父さんと一緒に最初の学校の休みに帰省する列車の中だったんじゃない？　叔父さんはそのときまだ独身だったから、十六年以上も前のことね。フェリシテはセシール叔母様が結婚したとき、まだ二歳だったし、今は十八歳だから」

「じゃあそのときだな。最初に君がこう言ったのは憶えてるよ。『かつて、エドワード・マンクスという、うぬぼれ屋で気難しい少年がいました。変人貴族の親戚が――』」

「ジョージ叔父さんはその頃からもう注目の的だったんじゃない？」

「ああそうだね！　憶えてるかい――」

二人はパスターン・アンド・バゴット卿のおなじみの逸話を語り合った。妻とのあいだで演じた最初のすさまじい大喧嘩を思い返した。彼女は女の赤ちゃんを抱えたやもめとして嫁いできた、とても落ち着きのある著名なフランス人女性だった。パスターン卿は結婚三年後に、完全浸礼の洗礼を実践する宗派の信者となった。卿は継娘に、自分の田舎の地所にゆったりと流れる、ウナギのうようよする川で、この方式による再洗礼を受けさせようとした。妻に拒まれ、ひと月もむくれていたかと思うと、なんの前触れもなく船に乗ってインドに赴き、すぐさま多大の苦行を伴うヨガの禁欲修行に身を投じた。英国に戻ると、森羅万象はただの幻想にすぎぬと高らかに宣言し、継娘の子ども部屋にこっそり入ると、幼児の手足を秘儀の姿勢に折り曲げさせようとし、へそを見つめながら〝オーム〟と唱えるよう命じた。子守女は抵抗し、パスターン卿から解雇通告を受けたが、妻のおかげで復職した。

修羅場がそのあとに続いた。

「母もその場にいたの」とカーライルは言った。「ジョージ叔父さんも大好きな姉だったけど、耳を貸してもらえなかった。母とセシール叔母様は、子守女と一緒に私室で決起集会を開いたけど、ジョージ叔父さんは使用人用階段からこっそりとフェリシテを連れて下りて、車で三十マイル走って彼女をヨガの合宿所に連れて行ったわけ。叔母様たちは仕方なく警察に捜索依頼したの。シール叔母様は誘拐で告発したわ」

「ジョージが新聞の一面大見出しに載ったのはそれが最初だったな」とエドワードは言った。

「二度目は例のヌーディスト村よ」

「そうだね。三度目は離婚寸前になったときだ」

「それで私は距離を置いていたのよ」とカーライルは言った。

「君はいつもどこかへ行ってしまう。ぼくは多忙な新聞記者で、しょっちゅう海外に行かされるし、君のほうは逃げを打つときてる。ジョージは自由恋愛の教義に取り憑かれて、変な女どもをたくさんクロシュメアに連れてきたっけ。セシールは十二歳になっていたフェリシテを連れて、すぐにデュークス・ゲートに去り、そのあと離婚の手続きをはじめた。ところが、ジョージの言う恋愛は、客たちにただで無数の講義をぶって、あとはうまいことやってくれと話すという意味で自由だっただけ。かくして離婚は沙汰やみとなったが、それまでに、弁護士と判事は軽口の応酬をさんざん楽しみ、新聞もうんざりしていたというわけさ」

「ネド」とカーライルは訊いた。「そういうのって遺伝すると思う?」

「あの熱中癖が? いや、ほかのセッティンガー一族はみなそれなりにまともな人たちのようだ。なに、ジョージは天衣無縫なのさ。いい意味でガキなんだよ」

「それならいいけど。言ってみれば、そもそも私は血のつながった姪だもの。あなたは母方の傍系親族にすぎないわ」

「それって安っぽいもの言いじゃないか?」

「今の状況に対処する知恵を貸してほしいの。変な手紙や電報が来てるのよ。フェリシテはなにを企んでるの? あなた、彼女と結婚するつもり?」

「まさか」とエドワードはむきになって言った。「そんなことを考えたのはセシールさ。ぼくがフラットから追い出されたとき、デュークス・ゲートに住んでもいいと言ってくれてね。新しいフラットを見つけるまで三か月住んで、ごく普通にフェーと出かけたりはしたよ。今思うと、ああして招かれたのはセシールの狡猾な陰謀だったんだな。いかにもフランス人らしい。彼女、ぼくの母にこっそり接触し、フェリシテの持参金がどうの、由緒ある一族がしっかり存続することが望ましいだのといった話をした。まるでマルセル・プルーストの世界だ。ともあれ、植民地生まれでフェリシテが気に入らない母は、落ち着き払って揺るぎない威厳を保ったまま、ぼくの問題には干渉しないし、〈ソヴィエト・ロシア友好促進協会〉の総務秘書と結婚するとぼくから言われても気にしないと、最後にきっぱりと言ったのさ」

「シール叔母様は動揺した?」

「趣味の悪い冗談と思って受け流したのさ」

「フェーのほうはどうなの?」

「恋人に首ったけさ。はっきり言うけど、そいつはとんでもなく不愉快な野郎だ。君もすぐにお目にかかるだろう。全身キラキラしたやつで、名はカルロス・リベラだ」

「狭量な見方をするものじゃないわ」

「まあね。だが、会うまで待ちたまえ。すごく嫉妬心の強い、自称、高貴なスペイン系アメリカ人一族の御曹司さ。そんなのはまったく信用できないし、フェリシテも疑ってるだろうな」

「あなたの手紙によると、ピアノ式アコーディオン奏者じゃなかった？」

「〈メトロノーム〉でブリージー・ベレアズのバンドに所属してる。スポットライトを浴びて登場し、体をくねらせて演奏するのさ。ジョージはブリージーに莫大な金を払って、自分にドラムを演奏させてもらう予定でね。こうしてフェリシテはカルロスに出会ったのさ」

「彼女、本当にその人のこと愛してるの？」

「彼女の弁だと、熱烈にね。だが、相手の嫉妬深さに嫌気が差しはじめてる。仕事のせいで、彼は自分では彼女をダンスに誘えない。彼女がほかの男と一緒に〈メトロノーム〉に来ると、ピアノ式アコーディオン越しに睨みつけ、つかつかとやってきて、ソロ・ナンバーを弾きながら鼻であしらうのさ。彼女がほかの店に行っても、そこの楽員から聞き出してしまう。彼らは強い協力関係にあるらしくてね。もちろん、ジョージの継娘だから騒ぎにも慣れてるが、ちょっと怖気づいてるのさ。セシールはぼくの母と話したあと、フェリシテに、ぼくの恋人になる気はないかと尋ねたらしい。フェーは、ぼくがなにか馬鹿げたことを企んでるんじゃないかと思って、すぐに電話で昼食に誘ってきた。そしたら、どこかの馬鹿がそれを新聞に載せやがったのさ。カルロスは記事を読み、猛烈な勢いで行動に出た。ナイフがどうとか、自分の一族は身内に尻軽女がいたらどう扱うかという話をしたわけさ」

「フェーもまったく馬鹿ね」とカーライルはひと息ついて言った。

「そう、ライル、まったくだ」

四

イートン・プレイスのデュークス・ゲート三番地は、大きさは控えめだが、上品で快適そうなジョージ王朝様式の屋敷だ。正面は慎ましい雰囲気があるが、扇形窓やドロップアーチ、美しい意匠のドアがこれを和らげている。戦前、適当な時期だけ住み、夏の終わりと狩猟シーズンが来ると常に管理人に任せて出ていった、平穏な金持ち一家の別邸ではないかと想像を逞しくする者もいるだろう。上品で平凡な有閑階級向きの屋敷だと言う者もいるかも。

エドワード・マンクスはカーライルをそこで降ろし、彼女の荷物をやや年配の使用人に手渡すと、夕食でまた会おうと彼女に言った。カーライルは玄関ホールに入り、嬉しいことに、なにも変わっていないと気づいた。

「奥様は客間におられますが、お嬢様」と執事は言った。「それとも——」

「すぐにお会いするわ、スペンス」

「ありがとうございます、お嬢様。黄色の部屋をご用意いたしました。荷物は運んでおきます」

カーライルは執事のあとに続き、二階の客間に向かった。廊下に出ると、左側の戸口の奥からすさまじい騒音が聞こえてきた。

サクソフォンが立て続けにひどい不協和音を奏でながら音量を上げ、長々と続く甲高い音になった。ホイッスルが鳴り、シンバルの音が響いた。「とうとうラジオを置いたの、スペンス?」とカーライルは声を上げた。「ラジオはご法度だと思ってたのに」

「御前のバンドでございます、お嬢様。舞踏室で練習をしておられるのです」

「バンドですって」とカーライルはつぶやいた。「忘れてたわ。なんてこと！」

「ミス・ウェインが来られました、奥様」とスペンスが戸口で言った。

レディー・パスターン・アンド・バゴットが横長の部屋の奥からやってきた。五十歳だが、フランス人の女性にしては長身だ。堂々たる容貌、きっちり整った髪、見事なドレス。体にぴったりした透明の薄膜で衣服だけでなく頭も包み、表面を決していじられまいとしているような雰囲気があった。声には鋭さがある。完璧に教え込まれても英語に愛着を持たない外国人らしく、非の打ちどころのない言葉遣いと安定した表現を用いる。

「まあ、カーライル」と彼女は明るく言うと、姪の両頬に狙い正しくキスをした。

「シール叔母様、お会いできて嬉しいわ」

「よく来てくださったわ」

二人ともいささか時代遅れの喜劇の登場人物みたいな挨拶を口にしたが、そこに込められた嬉しさは本物だとカーライルは思った。二人はお互いに好意を抱いていたし、一緒にいて素直に楽しいと感じた。「セシール叔母様のいいところは」とエドワードに言ったものだ。「何事にも動じないところよ」レディー・パスターンは激怒することだってあるじゃないかと指摘されると、カーライルは、そういう爆発は安全弁のように機能して、たぶん、パスターン卿に手を上げるような行為を何度も思いとどまらせてきたのだと言い返した。

二人は大きな窓のそばに座った。カーライルは、レディー・パスターンが繰り返し探りや観察の目を注いでくるのに几帳面に応じながら、控えめな軒蛇腹や見目のよい羽目板に嬉しそうに視線を向けていた。椅子、テーブル、飾り棚にも目をやったが、これらの調度品は時代こそ厳密に一致しないものの、長く一緒に置いてあることで自然な調和を得ていた。「この部屋は昔から好きだった」とやがて言った。「改装なさらなくてよかったわ」

「この部屋を守ってきたの」とレディー・パスターンは言った。「主人が決然と攻め立ててくるのをはねのけながらね」

（さあ）とカーライルは思った。（前置きは終わりね。いよいよ本題よ）

「主人は」とレディー・パスターンは話を続けた。「この十六年、折に触れては、マニ車（経文が記された回転式の礼拝器）、真鍮製の仏像、トーテムポール、過激なシュールレアリスムを持ち込もうとしてきた。ずっと抵抗してきたわ。アステカの神像を銀に溶かしてやったこともある。あの人、そんなものをメキシコ・シティで買ったの。気持ちの悪い外観はともかく、どう見てもまがい物としか思えなかったわ」

「叔父さん、変わってないわね」とカーライルはつぶやいた。

「むしろ、続かない点では変わらないと言ったほうが正しいわ」レディー・パスターンはいきなり激しく両手を振り、「馬鹿げたことばかり考えて」と強い口調で言った。「そんなものに従って生きてくなんて絶対できないのに。狂人だわ。どうでもいいわずかな専門知識を別にすればね。でも、精神異常とは言えない。それなら対処のしようもあるのだけど」

「まあ、なんてことを！」

「もう一度言いますけどね、カーライル、対処のしようを知りたいわ。誤解しないでちょうだい。私はもう諦めてしまった。免疫ができたの。これからもずっと屈辱に耐えてみせる。空前の道化に接しても肩をすくめてみせるわ。でも、娘が巻き込まれたら」とレディー・パスターンは背筋を伸ばして言った。「甘い顔など断じてできない。はっきり意見させてもらうし、戦うつもりよ」

「ジョージ叔父さんはいったいなにを企んでるの？」

「フェリシテのことでは、災厄を見て見ぬふりをしているわ。あの子がどれほど夢中か、あなたに気づくなと言っても無理ね」

「そうね——」

「当然気づいているでしょ。ここに来てきっと耳にしたと思うけど、主人の招きでいま舞踏室にいるプロのバンド奏者よ。きっとフェリシテもその音楽を聴いているわ。信じられないほど野暮な青年で——」レディー・パスターンは口を閉ざし、唇を震わせた。「二人が劇場で一緒にいるところを見たの」と言った。「常軌を逸した人よ。言葉で言い表せないほど。途方に暮れてしまう」

「お気の毒に、シール叔母様」とカーライルは心配そうに言った。

「同情してくれると思ったわ。あなたの助けがほしいの。フェリシテはあなたを敬愛しているもの。きっとあなたにならなんでも打ち明けるわ」

「ええ。でも、シール叔母様——」

屋敷内の遠くからざわめく声が聞こえた。「帰るようね」とレディー・パスターンは慌てて言った。「こんなことの繰り返しはもう御免よ。主人とフェリシテはすぐ来るわ。カーライル、お願い——」

「でも——」カーライルは心許なさそうに言いかけたが、そのとき、叔父の声が廊下から聞こえ、彼女はそわそわと立ち上がった。レディー・パスターンは、いかにも意味ありげなしかめ面をして姪の腕に手を載せた。カーライルはヒステリックな笑いが喉元にこみ上げるのを感じた。ドアが開き、パスターン・アンド・バゴット卿が軽やかな足取りで部屋に入ってきた。

第三章　夕食前

一

　パスターン卿はたかだか五フィート七インチと背が低かったが、よく引き締まった体のおかげで、小柄という印象がない。身なりはすべて小ざっぱりしていたが、これみよがしでもない。服も、上着に挿した花も、よく手入れした髪と口髭もそうだ。ピンクがかった縁どりに淡いグレーの目は、ひどく図々しく見えたが、下唇は突き出ていたし、頬骨の上には独特の明瞭な斑点がある。颯爽と部屋に入ってくると、姪にせかせかとキスをし、妻のほうを向いた。

「夕食の同席者は？」と言った。

「私たち、フェリシテ、カーライル、それにエドワード・マンクスよ。今夜はミス・ヘンダースンにも同席を頼んだわ」

「もう二人加わるぞ」とパスターン卿は言った。「ベレアズとリベラにも頼んだ」

「それは無理ね、ジョージ」とレディー・パスターンは穏やかに言った。

「どうして？」

「言わずもがなの分別は当然として、どのみちあと二人分の食事の用意はしてないわ」

「缶詰を開けろと指示すりゃいい」

「その人たちを夕食に呼ぶわけにはいかないわ」

パスターン卿は凄みのある笑みを浮かべた。「いいだろう。リベラがフェリシテを連れてレストランに行けば、ベレアズは同席できる。元の出席者数と変わらんだろ。元気か、ライル？」

「ええ、ジョージ叔父さん」

「フェリシテをその方と夕食に行かせるわけにいかないわ、ジョージ。私が許さない」

「君には止められんよ」

「フェリシテは私の言うことを聞くわ」

「馬鹿なことを言いなさんな」とパスターン卿は言った。「おまえは時代に三十年は遅れてるぞ。髪をジェルで整えたら女も独り立ちだ」ひと息ついたが、この警句が気に入った様子だった。「駆け落ちはどうにだってできるものさ。そうなったら文句も言えん」

「気でも狂ったの、ジョージ？」

「ロンドンの女の半分はフェーを羨ましがるだろうよ」

「メキシコ人のバンド奏者よ」

「なかなかしっかりした若者さ。古い切り株に接ぎ木したまえ。シェイクスピアじゃなかったかな、ライル？（シェイクスピア『ハムレット』第三幕第一場より）文句なしのスペインの良家出身のはずだ。ヒダルゴとかいう一族だよ」と漠然と付け加えた。「良家出身の男がたまたまアーティストだからといって、おまえは相手をなじろうってわけだ。そういう男に虫唾が走るんだな」姪のほうを向いた。「爵位を捨てようかと真剣に考えていたのさ、ライル」

「ジョージ！」

「夕食の件だがな、シール。彼らに食事を用意してやることはできんのか？　はっきり言ってくれ」

レディー・パスターンは肩を震わせながらすくめた。カーライルにちらりと目を向けたが、姪は叔母の目にキラッと悪知恵が浮かんだように感じた。「わかったわ、ジョージ」とレディー・パスターンは言った。「使用人たちに申し付けます。デュポンにね。けっこうよ」

パスターン卿はいかにも疑り深い視線を妻に向けると、椅子に座り、「久しぶりだな、ライル」と言った。「なにをしてたんだ？」

「ギリシアにいたの。飢饉救済のためよ」

「国民が栄養学を理解してたら、飢餓など存在しなかっただろうよ」とパスターン卿は陰気そうに言った。「音楽は好きかね？」

カーライルは用心深く答えを返した。叔母が眉をつり上げてじっと見つめることでなにか大事なことを伝えようと試みているのに気づいたのだ。

「私は真剣に取り組んでる」とパスターン卿は話を続けた。「スウィング、ブギウギ、ジャイヴさ。音楽にはいつもうきうきさせられる」踵で絨毯をドシンと踏み、手を叩きながら奇妙な鼻声で抑揚をつけて歌った。「シューシューシュー、ベイビー。バイバイ。バイ、ベイビー」

ドアが開き、フェリシテ・ド・スーズが入ってきた。大きな黒い目、大きな山をした人目を引く娘で、なんでもこいという感じだ。彼女は声を上げた。「ダーリン――来てくれてほんとにありがとう」カーライルに熱烈にキスをした。パスターン卿はまだ手を叩きながら歌っていた。継娘はその歌に合わせてやることにし、卿の前で人差し指を上げてリズミカルに動かした。二人はニヤニヤしながらお互いを見つめた。「とってもいかしてるわ、ジョージ」と彼女は言った。

カーライルは、自分が赤の他人だったらどんな印象を受けただろうかと思った。レディー・パスターンと同じく、叔父が錯乱一歩手前の変人だと判断しただろうか？（いえ）と思った。（たぶんそうじゃない。叔父は間違いなく正気よ。エネルギーが溢れすぎて、思ったことをそのまま口にし、やりたいことをそのままやってしまう。でも、根はあまりに単純だし、先のことは考えてない。なんであれ関心をほどほどに持てないのよ。でも、私たちは）とカーライルは思い返した。（ドラムを演奏したいなんて思ったことは一度もないわね？）

フェリシテは、カーライルならためらうような大胆さでソファの母親の隣に身を投げ出した。「ママ！」と大声で言った。「そんなにお上品《グランド・ダム》ぶらないで。ジョージも私も楽しんでるんだから！」

レディー・パスターンは身をかわして立ち上がった。「デュポンと話さなきゃ」

「呼び鈴でスペンスを呼べばいい」と夫は言った。「おまえはどうして使用人部屋に鼻を突っ込みたがる？」

レディー・パスターンはいかにもすげなく、現下の食糧不足では、料理人を失いたくなかったら、夜の七時に夕食を二人分追加という指示は出せないと言い、いくら機転を利かせようと、デュポンはほぼ確実に仕事を辞めるだろうと付け加えた。

「あいつはいつもと同じ夕食を出すさ」と夫は応じた。「〝ムッシュー・デュポンのスリー・コース〟だ！」

「ずいぶん気の利いたもの言いね」とレディー・パスターンは冷たく言うと、部屋を出ていった。

「ジョージ！」とフェリシテは言った。「勝ちを収めたの？」

「と思うが。こんな馬鹿げた話は聞いたことがない。たった二人に夕食を一緒にと言っただけで、君の母親はマクベス夫人みたいな態度をとるんだからな。私は風呂に入るよ」

パスターン卿がいなくなると、フェリシテはカーライルのほうを見て、大げさに途方に暮れたジェスチャーをした。「ダーリン、人生ってすごい！　ほんとよ！　いつ大噴火があるかも全然わからないのに、火口の淵をずっと跳ね回ってる感じ。私のことは聞いてるでしょ」

「それなりにね」

「彼ってほんと素敵」

「どんな風に？」

フェリシテはにっこりしてかぶりを振った。「ねえ、ライル、彼、頼めばなんでもしてくれるの」

「ひょっとして、とんだ跳ねっ返り者じゃないの？」

「ピンポンの球みたいに元気よく跳ねる人だし、目を離せないの。最高の人よ。もうほんとに最高なんだから」

「いい加減にして、フェー」とカーライルは言った。「そんな話はいくらでも耳にすることよ。どんなめぼしいところがあるわけ？」

フェリシテは横目で彼女を見た。「めぼしいって、どういう意味？」

「あなたがそんなに夢中になる青年なら、必ずめぼしいところがあるわ、ダーリン」

フェリシテは部屋の中をこれ見よがしに歩きまわりはじめた。煙草に火を点け、左の掌に右肘を乗せながら指で煙草を弄んだ。態度がよそよそしくなり、「英国人が跳ねっ返り者と言うときは」と言った。「決まって、普通の英国人より魅力的で、不器用《ゴシェール》じゃない人のことを言うのよ」

「承服しかねるもの言いだけど、続けてちょうだい」

フェリシテは高飛車に言った。「もちろん、ママが猛烈に反対するのは最初からわかってた。言うまでもないわ《スラ・ヴァ・サン・ディル》。カルロスがちょっと厄介な人なのはわかってる。敢えて言えば、〝地獄でもまし〟というのが今の状況の的確な要約ね。こういう状況が好きなの」

「まさか」

「いえ、好きよ」とフェリシテは激しく言った。「好きな状況ってあるものよ。いろんな状況の中で育ってきたもの。たとえば、ジョージ。正直、ジョージとはたぶん実の父親よりも共通したところがあると思ってるわ。誰に聞いたって、パパはすごく折り目正しい《ランジェ》人だったようだし」

「あなたももう少し折り目正しく振る舞ったほうがいいかも。カルロスはどう厄介なの？」

「そうね、とても嫉妬深いの。スペインの小説に出てくる人みたいに」

「スペインの小説は読んだことないわ。『ドン・キホーテ』は別だけど。あなた、読んだことないでしょ。どんな人なの？」

「なんでもありよ。怒ったり、途方に暮れたり、特別便で怖い手紙を送ってきたりする。今朝も嫌な手紙をもらったわ。原因《ア・コーズ・ド》は——そう、ちょっと馬鹿げた原因《ア・コーズ・ド》だったの」

彼女は口を閉ざし、深く息を吸った。カーライルは、フェリシテが修道院付属学校時代に自分のやった〝火遊び〟について打ち明けてきたことをふと思い出した。幸い、フェリシテに肘鉄を食らわした音楽教師もいたが、なびいた医学生もいた。ほかの娘たちの兄弟もいたし、彼女が慈善興行の際につかまえようとした俳優もいた。パスターン卿がスピリチュアリズムに凝っていた時期に雇った男の霊媒もいたし、栄養学者もいた。カーライルはふと気を取り直し、フェリシテの話に耳を傾けた。危機にあるらしい。フェリシテは〝クリゼ〟と言う。彼女は母親以上にフランス語を頻繁に差しはさみ、自分の主だった災難をフランス人気質のせいにしたがる。

「――実際」とフェリシテは話していた。「ほかの男にそれほど愛想笑いしたわけでもないのに、彼は私の手首をつかんで、すさまじい目つきで足から顔、顔からまた足へと眺め回したの。それから大きく息をついた。そう、それも鼻から。確かに最初のうちは面白かった。でも、彼がエドワードの噂を聞きつけてから、笑い事じゃすまなくなって、今もそうなの。あげくの果てにこの〝危機《クリゼ》〟よ」

「でも、どういう危機なの。まだなにも聞いてないけど――」

フェリシテは初めて当惑の色をかすかに見せた。

「手紙が見つかっちゃったの」と言った。「私のバッグの中の手紙。昨日のことよ」

「まさか、バッグの中を漁ったの？　そもそもどんな手紙？　はっきり言って、フェー！」

「わからないでしょうね」とフェリシテは勿体ぶって言った。「昼食を一緒にしてたら、彼、煙草がなかったの。そのとき、お化粧してたものだから、私のシガレットケースから自分で取ってと言ったら、手紙もケースと一緒にバッグから出てきちゃったわけ」

「それで、彼は――まあいいわ、どんな手紙？」

「頭がおかしいと言われそうね。ある人に送った手紙の下書きよ。カルロスのこともちょっと触れてたの。彼が手紙を手にしてるのを見て、もうガクガクだった。『まあ、読んじゃ駄目』とか言ったけど、カルロスはもちろん、あっさり開封して、『そう』って」

「『そう』でどうしたの？」

「『そう』だけよ。いつもそう。ラテン・アメリカ人だもの」

「『そう』ってドイツ語かと思ってた」

「それはともかく、そんなときはすごく怖いの。私、どもったり、喘いだりして、笑い飛ばして切り抜けようとしたけど、君を信じていいかどうかの問題だし、信じていいなら、なぜぼくに手紙を読まれるのがまずいんだって言うの。慌てふためいて手紙をもぎ取ったら、彼、わめき散らしはじめて。レストランにいたのに」

「まあ！」

「そうなの。大騒ぎしそうだった。だから結局、手紙を読ませるしかないと思ったの。それで、車に戻るまで読まないという約束で手紙を渡したら、帰りの車中は修羅場よ。本当に修羅場だった」

「でも、敢えて訊くけど、なにが書いてあって、誰に宛てた手紙だったの？　あなた、動顚してるわ、フェー」

長く気まずい沈黙が続いた。フェリシテはもう一本、煙草に火を点けた。「どうなのよ」とカーライルは促した。

「たまたま」とフェリシテは傲然と言った。「私もよく知らない男性に宛てた手紙だったの。カルロスとの関係で助言を求めた手紙よ。プロの助言を仰いだわけ」

「どういうこと！　聖職者？　それとも弁護士？」

「違うと思う。とてもいいお返事をくれたから、それはお礼の手紙だったの。無理もないけど、カルロスはそれをエドワード宛の手紙と思ったのよ。カルロスからすると、一番まずかったのは、『こんな手紙を書いたと知ったら、彼はきっと激しい嫉妬に駆られるでしょう』と書いてしまったこと。カルロスは手紙を読み終えると、本当にスイッチが入っちゃって――」

フェリシテの唇が震えた。顔をそむけると、甲高い声でまくしたてはじめた。「怒鳴ったり、わめいたりで、全然話を聞こうとしなくて。ものすごかった。どんなありさまだったか想像もつかないでしょ。すぐに自分との婚約を発表しろと言うの。さもなきゃ――おさらばしてご破算だって言うのよ。一週間猶予をくれたわ。つまり、次の火曜まで。それだけ。次の火曜日までに発表しなきゃいけないの」

「嫌なの？」カーライルは穏やかに訊いた。フェリシテが肩を震わせ、彼女に顔を向けた。「そうなの、フェー？」

フェリシテは声を震わせ、髪をかき上げた。「どうしたいのか、自分でもわからない」すすり泣いた。「ライル、とても困ってるの。恐いのよ、ライル。あんまりだわ、ライル。恐い」

二

レディー・パスターンは戦時中も疲弊した戦後もずっと乱れなき礼儀作法を保ち続けてきた。そんなわけで、彼女がたまに開く夕食会は時代物の雰囲気を帯びていた。使用人をうまく扱うことで、一人は老耄していたが、熟練した使用人をデュークス・ゲートに引き留めてきたからなおさらだ。カーライルは、六年来の長いドレスを急いで着ながら、このまま食糧不足が続けば、いずれ叔母は乾燥したパンと水だけのだらだら続く晩餐会で、落ち着いて主人役を務める伝説的なロシア人貴族と同じ立場になるだろうな、と思った。

彼女は、まだ震えていて支離滅裂なフェリシテと廊下で別れた。「彼とは夕食で会えるわ」とフェリシテは言っていた。「私の言う意味もわかるはず」急に挑むような口調になると、「ともかく、誰がどう思おうと気にしない。困ったことになっても、それはわくわくする困り事よ。抜け出したいと思っても、それはほかの人たちが思う理由からじゃない。それはただ――ああ、そんなのどうだっていい！」
　フェリシテは自分の部屋に入り、ドアをバタンと閉めた。はっきりしてるわ、とカーライルは上辺を取り繕うのをやめて煙草に火を点けながら思った。あの哀れな娘は怯えてる。自分も週末のあいだは、フェリシテ、彼女の母親、義父の板挟みになってしまう。（一番まずいのは）と不機嫌そうに思った。（彼らのことが好きなのに、結局はおそらく一度に三人全員と大喧嘩するはめになることね）
　彼女は二階に下りて客間に行った。誰もいなかったので、気落ちしながら廊下を横切って大きな両開きドアを開け、舞踏室を覗いた。
　金色の椅子と譜面台が敷物なしの広い床に島のように半円形に並んでいた。グランドピアノがその中央に置いてある。閉じた蓋の上には、雨傘や日傘がシュールな不均衡さでバラバラに置いてあった。よく見ると、十年ほど前に、叔母がアスコット競馬場でさしていた、いかにもパリ風の白黒の日傘に気づいた。ロイヤル・エンクロージャー（王室や特別チケットを持つ観客だけが入れる特設エリア）では目立つ代物で、撮影の被写体にもなっていたっけ。最初の結婚の際にインドの大使からレディー・パスターンに贈られ、以来、彼女がずっと使い続けてきたものだ。手元は鳥を象《かたど》っていて、ルビーの目が付いている。中棒は異常に細く、接合部はプラチナでできていた。下はじき（傘を閉じた状態に保つ留め具）とこれを留める黒っぽいブロンズの下ろくろ（傘を開閉する際に受骨を束ねる役割を持つパーツ）は宝石がちりばめられていて使いにくく、手袋をいくつも駄目にしてしまった。

フェリシテは子どもの頃、時おり、傘の手元と中棒の末端を回して外させてもらっていたが、なぜかいつもすごく楽しそうだった。カーライルは日傘を手に取って広げてみたが、変に懐かしむ自分が馬鹿に見え、慌ててすぼめた。ピアノの椅子にはバンドのパート譜が積み重ねてあり、一番上に書き込みのあるプログラムが載っていた。

「フロアショー」と書いてある。「（一）昔の調べに新たな息吹を。（二）スケルトン。（三）サンドラ。（四）ホット・ガイ」

並んだ椅子の一番端からちょっと離れたところに、ダンス・バンドのドラム奏者の楽器――ドラム、ガラガラ、タンバリン、シンバル、ワイヤーブラシ、マラカスが置いてある。カーライルが足でペダルにそっと触れると、シンバルがジャーンと鳴って、思わず飛び上がった。（座ってやってみるのも面白いわ）と思った。（ジョージ叔父さんがやったら、どんな風に見えるんだろう！）

周囲を見まわした。自分が社交界にデビューした舞踏会はこの部屋だった。両親はそのためにこの屋敷を借りてくれた。戦争前の日々は本当に遠い昔！　カーライルは想像で誰もいない部屋を人々で埋め尽くし、その夜の妙に新鮮な陽気さを再現した。会のプログラムも、手袋をはめた指で紐をそっと持つとますますしゃれて見えたものだ。そこに記された名前は、気の滅入る死傷者名簿で再び目にした。夕食の合間のダンスの箇所はエドワードと踊るために×印が付けてあった。「乗り気にならないな」と彼は正確にリードしながら言った。実にさりげなく話すので、彼女はいつものようにその意図を疑ったほどだ。「こんなことをしていても仕方がないよ」「そう、楽しくないのなら――」「いや、とんでもない。楽しいさ」こうして彼は〝中篇小説〟を語りはじめた。「パスターン・アンド・バゴット卿のロンドンの屋敷、デュークス・ゲートの壮麗な舞踏室で、音の調べが流れ続け、温室の花の香りが漂う中――」彼女が割って入った。「エドワード・マンクス青年はいとこをダンスの渦の中へといざなう」（素敵ね）と彼女は思った。本当に素敵だった。二人で踊った最後のダンスで、彼女は元気が残ってはいたが疲れてしまい、無意識に踊っていた。本当に漂うままだった、と彼女は思った。（なんて素敵な夜、最高よ）時計が四時を打つと、疲労で頭がふらふらしたまま、幸せいっぱいを全世界に感謝したい気持ちに満たされて三階の寝室に引き取った。

（若かった）とカーライルは思い、舞踏室の壁や床を見つめた。（それに遠い昔。『薔薇の精』（初めての舞踏会から帰ってきた少女が、胸に飾っていた薔薇の精が現れて彼女を誘って踊る夢を見る、というストーリーのバレエ）ね）と思いながら溜息をつき、音楽のフレーズで追憶が終わった。

　本当の続きはなかった。ダンスを予定していたほかの舞踏会も、恋愛も、ロシアで特集記事を書いていたエドワードからの手紙もなかった。そして、戦争が勃発した。

　彼女は踵を返して、再び廊下を抜けて客間に行った。やはり誰もいなかった。（誰かと話をしないと）とカーライルは思った。（気分が滅入ってしまうわ）絵入り新聞がたくさん置いてあるのに気づき、それをめくりながら、食べたり、踊ったり、見物している人たちは写真に写ってないのに、妙に気にかかるものね、と思った。

「レディー・ダートムアとジェレミー・スリングル氏、『希少なれば高値』の初演で軽口をたたく」、「ミス・ペネロープ・サントン＝クラーク、サンダウン競馬場でレースを見守る。そばで馬券を見つめるのはアントニー・バー＝バー大尉」、「〈ターマック〉でエドワード・マンクス氏と話し込むミス・フェリシテ・ド・スーズ」（セシール叔母様が二人をお似合いだと思うのも無理ないわ）とカーライルは思った。新聞を脇に押しやり、別の雑誌を膝の上に載せた。花の広がる丘の上に、喜びと幸せに満ちた表情で、青々とした空に向かってなにかを見つめる、見事なスタイルの若い男女を描いたカバー・イラストの高級誌だ。《ハーモニー》という雑誌名がカバーの上のほうに流線型で記されている。

カーライルはページを繰った。エドワードが書いたショーの月評が載っていた。こんな風変わりな雑誌にしては立派すぎる、痛烈で洞察力のある批評だ。稿料は高いと言ってたっけ。〝ハーモニーの顧問医師〟による遺伝学に関する記事に続いて、飢饉救済についてのやや感情移入しすぎの記事があり、カーライルはそれなりの専門家として不興げに拾い読みした。その次は「輝く生き方」という記事で、身震いしながら飛ばした。その次に、「犯罪は引き合う」という見出しの二ページの記事。非常に味わいがあるが、歯に衣着せぬ、調べの行き届いた麻薬密売に関する記事だ。英国と幅広い取引のある南米の商社二社が特に名指しで言及されている。編集後記では、秘密は完全に守ると約束して熱烈に情報を求めていた。これは名誉毀損訴訟を招き、続報をもたらすことにもなる。その次は、〝ビッグ・ネーム〟による連載で、それから、中央見開きで以下の大見出し付きの記事があった。

〝身の上相談〟
G・P・Fにお尋ねを
(案内人《ガイド》、賢人《フィロソファー》、友人《フレンド》)

カーライルはざっと目を通した。婚約をどう進めるか助言を仰ぐ若い女性や、どんな妻や仕事を選んだらいいか手引きを求める青年の手紙が載っていた。きわめて個人的な問題で未知の専門家の指示に従おうとしているらしい既婚女性もいれば、自分より二十歳年下の女性との再婚に関して専門的な意見を求める男やもめもいた。カーライルがページをめくろうとすると、ある文章が目に留まった。

「私は十八歳で、正式ではありませんが婚約しています。婚約者がひどく嫉妬深くて――」

最後まで読んでみた。文体ははっきり見覚えがある。雑誌にはこのページを何度も開いたらしい跡があった。ページの綴じ目には煙草の灰が挟まっている。まさかフェリシテが――？　でも、署名は〝トゥーツ〟だ！　フェリシテがトゥーツなんて偽名を使う？　彼女の未知の文通相手とは――？思索の迷路に迷い込んでいたカーライルは、かすかな音にハッと気を取り直した。カチッという金属的な音だ。目を上げた。部屋に入ってきた者はいない。音が再びして、叔父の書斎からだと気づいた。客間の端から入れる小さな部屋だ。ドアは半開きで、書斎は明かりが点いている。そう言えば、パスターン卿は夕食前の三十分、必ずこの部屋でそのとき夢中の事柄を考えて過ごす習慣がある。いつも彼女が入ってくると喜んだものだ。

長い厚手の絨毯の上を歩いてドアまで行き、中を覗き込んだ。

パスターン卿は暖炉の前に座っていた。リボルバーを手にし、弾を装塡しているようだった。

三

カーライルは暫したためらったあと、自分でも甲高すぎると思える声で言った。「なに、なにをしてらっしゃるの、ジョージ叔父さん？」

パスターン卿はドキッとして、リボルバーが手から滑り、あやうく落としそうになった。

「やあ」と言った。「私のことなど忘れてるかと思ってたよ」

彼女は部屋を横切り、パスターン卿の正面に座ると、「強盗の用心でも？」と訊いた。

「いや」以前、エドワードがパスターン卿の警戒顔の一つだと言った表情を見せて言った。「そう見えるかもしれんがな。我が晴れ舞台の準備をしてるのさ」手近の小卓に手を伸ばした。弾薬筒がいくつも置いてあるのがカーライルにも見えた。「弾を抜き取るんだ」とパスターン卿は言った。「空包にするためにな。自分でやりたいのさ」

「でも、晴れ舞台ってなに？」

「今夜お目にかけるよ。フェーと一緒に来てくれ。ちょっとしたパーティーになる。好きなボーイフレンドは誰だね？」

「まだいないわ」

「そりゃまたなぜ？」

「敢えて言えば叔父さんよ」

「やけに水くさいもの言いだな。おまえに例の――エディプスなんとかがあっても驚きはせんが――友愛結婚に興味を持ったときに心理学を学んだのさ」

パスターン卿は片眼鏡を嵌めてデスクに向かうと、引き出しの一つをがさごそと探った。

「今夜なにがあるの？」

「〈メトロノーム〉の夜の特別公演だ。私が演奏するのさ。十一時にフロアショーだよ。我が初公演だ。ブリージーが私を採用したのさ。いいやつだろ？　楽しんでくれ、ライル」

　パスターン卿は奇妙なコレクション――ワイヤー、糸鋸、剃刀の刃、蠟燭の燃えさし、木彫り用ナイフ、古い写真、電気の装置、木工パテ、道具類、油紙に包んだパテ――が詰まった引き出しを再び探った。カーライルはその引き出しをよく憶えていた。子どもの頃に訪ねたときの雨の日の慰めだった。パスターン卿はその手のことには実に器用で、中にある物から人形やハエ取り器や小さな船をこしらえてくれたものだ。

「たぶん」と彼女は言った。「コレクションはだいたい憶えてるわ」

「おまえのお父さんがそのリボルバーをくれたんだ」とパスターン卿は言った。「一対の銃の一丁さ。銃器工に特注の射的用の銃として作らせたんだ。普通の射的用ピストルみたいに、撃つたびに弾込めしなきゃならんのは面倒だろ。二丁作らせるのにけっこうな金を払ったようだな。お父さんと私でよく使ったよ。お父さんはこの自分用の銃の台尻に自分のイニシャルを刻んでね。二人で二丁の銃の性能のことで言い争ったことがあって、試し撃ちしてみたのさ。見たまえ」

　彼女はリボルバーを恐る恐る手に取った。「なにも見えないけど」

「どこかに虫眼鏡があったな。用心金の下のほうを見たまえ」

　カーライルは引き出しの中を探り、虫眼鏡を見つけた。

「そうね」と言った。「やっとわかったわ。C・D・Wね」

「我々は射的の名人だった。お父さんは二丁とも私に遺してくれたんだ。二丁目のリボルバーはケースに入れて、引き出しのどこかにある」

　パスターン卿はペンチを取り出し、弾薬筒を一つつまむと、「そうか、ボーイフレンドがおらんのなら」と言った。「ネド・マンクスを呼ぼう。家内も喜ぶ。フェーの相手は誰も呼ばんほうがいいな。カルロスが怒り狂うから」

「ジョージ叔父さん」カーライルは作業でせわしそうな叔父に思い切って言った。「カルロスを受け入れるの？　本気で？」

パスターン卿はぶつぶつと不平たらしく言った。彼女は途切れ途切れの言葉を捉えた。「――なるようになるさ――うまくいかなきゃ――それも運命だ。あいつは凄腕のピアノ式アコーディオン奏者だよ」と大声で言ったが、「私に任せてくれればいいものを」と小声で付け加えた。

「どんな人？」

「すぐに会えるよ。私は自分のやるべきことは心得てる」とパスターン卿は弾を抜いた弾薬筒の端をつまみながら言った。

「心得てるのは叔父さんだけのようだけど。彼って嫉妬深いの？」

「あの子は我がままばかりしてきた。少しお灸をすえてやるのもいいさ」

「ずいぶんとたくさん空包を作ってない？」とカーライルはぼんやりと尋ねた。

「作っておきたいのさ。わからんだろ。私の曲はおそらく何度も再演を求められる。準備をしておきたいんだ」

パスターン卿はカーライルがまだ膝の上に載せていた雑誌にふと目を留めた。「その手の雑誌に興味があると思ってたよ」とパスターン卿はニヤリとして言った。

「購読してらっしゃるの？」

「家内がな。いい記事もたくさんある。意見を忌憚なく言うからな。麻薬取引の記事は見たかね？

名前からなにからみな出てる。連中は記事が気に入らなくても無視すりゃいいだけだ。警察は」とパスターン卿は小声で言った。「まるで駄目だな。ふんぞり返った無能どもさ。頑迷固陋だよ。批評のほうを書いてるのは」と付け加えた。「ネドだ」

「もしかして」とカーライルはさりげなく言った。「G・P・Fもネドなのかも」

「やつはなかなか賢い」パスターン卿はまごつきながらぶつぶつと言った。「豚並みのいい嗅覚をしてる」

「ジョージ叔父さん」とカーライルは不意に尋ねた。「もしかして、フェーがG・P・Fに相談してたのをご存じじゃないの？」

「知ってたらしゃべるとでも？　言うまでもあるまい」

カーライルは赤面した。「そうね。もちろん、こっそり打ち明けられたのなら、お話しになるはずないわ。ただ、どのみちフェーは自分の胸に秘めておくことなんてできない」

「まあ、あの子に訊けばいい。ますます目が曇ってるかもしれんが」パスターン卿は抜き取った弾を二つ、屑籠に入れ、デスクに向き直った。「ちょっと書きものをしてたのさ」と言った。「見てくれ、ライル」

　パスターン卿は姪に楽譜の草稿を手渡した。何度も消しゴムで消したらしいあとにメロディーが一つ書き込まれ、音符の下に然るべく歌詞が書いてあった。「このいかす野郎《ホット・ガイ》は」とカーライルは読んだ。「卑劣になれるのかい？　いかすガンマン《ホット・ガナー》、アコーディオンを手に。奏でるように撃ち、見せ場をさらう。撃つように奏で、相手を撃ち倒す。ハイド、オー、ハイ。ヤッホー。ホー、デ、オー、ドゥー。ヤッホー。撃ちな、おい、撃ちな。きれいにやっつけるぜ。いかす野郎《ホット・ガイ》、いかすガンマン《ホット・ガナー》、アコーディオンを手に。ブー、ブー、ブー」

「いいだろ」パスターン卿は満足げに言った。「な？」

「びっくりね」とカーライルはつぶやいたが、客間から聞こえた声のおかげでそれ以上言わずにすんだ。

「楽員《ボーイズ》たちだな」とパスターン卿は活気づいて言った。「入ってくれ」

楽員《ボーイズ》たちは専用のタキシードを着ていた。目立つ服装で、金属のボタンと銀の折り返しが付いたダブルのジャケットだ。袖口はとても細く、立派なカフスが付いていた。二人のうち、背の高い男は、丸々とした顔が色白さでなおさら目につくが、パスターン卿ににっこりしながら前に進み出た。

「おやおや」と言った。「どなたかと思えば」

カーライルが見つめていたのはもう一人のほうだ。タンゴの達人。シガレット・ホルダーを手にして色とりどりの靴を履く映画スター。若者たちに抱きかかえられながらダンス会場でしつこく踊り続ける派手な衣装の女たち。そんな記憶がいっぺんに頭の中に蘇った。

「——それと、リベラ君——」ふと気づくと、叔父がそう言っていた。カーライルがベレアズ氏の固い握手から手を引っ込めると、リベラ氏はすぐにお辞儀をしてきた。

「ミス・ウェインですね」とフェリシテの婚約者、カルロスは言った。

お辞儀から優美に頭を上げ、おのずと称賛の目で彼女を見ると、「やっとお会いできましたね」と言った。「いろいろお聞きしていました」言葉が少したどたどしいのに彼女は気づいた。

パスターン卿はみなにシェリー酒をふるまった。二人の客は大声でしゃべった。「あれはいいですね」とブリージー・ベレアズ氏は言い、暖炉の上の小さなフラゴナールの絵を指さした。「いや美しい。だろ、カルロス。優美だよ」

「父の農園にも」とリベラ氏は言った。「絵があったのを鮮明に思い出しますね。父方の祖先の肖像画です。本物のゴヤの絵ですよ」フラゴナールの絵がなぜゴヤの絵をリベラ氏に思い出させたのかとカーライルが考えていると、リベラは彼女のほうを向いた。「アルゼンチンにはもちろん行ったことがありますよね、ミス・ウェイン？」

「いえ」とカーライルは言った。

「ならばぜひ。とても魅力的な国ですよ。もっとも、我々をいわば内側から見ようとしても、外来客にはちょっと難しいですが。スペイン人の家庭はとても閉鎖的でしてね」

「あら」

「そうなんです。伯母のドンナ・イザベラ・ダ・マヌエロス＝リベラは、ぼくらの一族は唯一生き残った貴族の家系だとよく言ってましたよ」彼はパスターン卿に向かって頭を下げ、調子よく笑った。「もっとも、もちろん伯母はロンドンのデュークス・ゲートの素敵な屋敷を訪ねたことはありませんでしたが」

「なんだって？　聞いてなかったよ」とパスターン卿は言った。「なあ、ベレアズ、今夜のことだが――」

「今夜は」とベレアズ氏は相手を遮り、満面に笑みを浮かべた。「必ずうまくいきます。大いに湧き立たせますよ、パスターン卿。まあ、今夜のことはご懸念なく。きっと素晴らしい夜になる。もちろんあなたも来てくださいますね、ミス・ウェイン？」

「もちろん」とつぶやきながら、カーライルはあまり自分に強い関心を向けてほしくないと思った。

「銃を手入れしてたんだ」とパスターン卿は熱を込めて言った。「空包五連発さ。ところで、例の傘のことだが——」

「音楽はお好きですか、ミス・ウェイン？　ああ、もちろんお好きですよね。ぼくの国の音楽に魅惑されることでしょう」

「タンゴとルンバですか？」とカーライルは敢えて尋ねた。リベラ氏は彼女にお辞儀をし、「夜になれば」と言った。「空気にマグノリアの香りが漂い——素晴らしい音楽の夕べになりますよ。もちろん、奇妙に思われるでしょうね。どうしてぼくが——」と肩をすくめ、声を落とした。「ダンス・バンドで演奏しているのかと。それも、こんなぞっとする服を着て！　このロンドンで！　とんでもないでしょ」

「なぜそんなことを」

「思うに」とリベラ氏は溜息をついた。「ぼくはいわゆる気取り屋なんでしょう。耐え難いと思うときもあります。でも、それは言ってはいけないな」パスターン卿とのおしゃべりに夢中になっているベレアズ氏をちらりと見た。「彼は黄金のハートの持ち主ですよ」と囁き声で言った。「骨の髄からの紳士です。不平はなしですね。ぼくらは本当に真剣なんです」と明るく付け加えた。「出会って二分で打ち明けますが、あなたは優しい方《シンパティカ》だ、ミス・ウェイン。でも、もちろん、今までもそう言われてきたことでしょう」

「とんでもない」とカーライルはきっぱりと言うと、エドワード・マンクスが入ってくるのを見てホッとした。

「こんばんは、ネド」とパスターン卿は言い、ウィンクしてみせた。「よく来てくれた。初対面かな

――」

リベラ氏がスーッとすさまじい音を立てて息を吸い込むのがカーライルに聞こえた。マンクスはベレアズ氏に挨拶をすませると、さわやかな笑顔で前に進み出て、握手の手を差し出し、「はじめまして、リベラさん」と言った。「もっとも、少なくとも〈メトロノーム〉ではあなたのファンの一人ですが。ダンスの仕方を学んだとすれば、それはあなたのピアノ式アコーディオンからですよ」

「はじめまして」とリベラ氏は言うと、背を向けた。「今も言いましたようにね、ミス・ウェイン」と話を続けた。「ぼくは第一印象に全幅の信頼を置きます。ご紹介をいただいたときから――」

カーライルは、彼の背後で身じろぎもせずにいるマンクスのほうを見た。機会を捉えるとすぐリベラ氏の背後に回り、マンクスに話しかけた。リベラ氏は暖炉の前に行き、我関せずとばかりに、かすかにハミングをした。パスターン卿はすぐに彼を話に引き込んだ。ベレアズ氏も加わったが、満面に堅苦しそうな愛想笑いを浮かべていた。「私の曲だがな、カルロス」とパスターン卿は言った。「ブリージーにも言ったんだが――」

「あの無礼さときたら――」とマンクスは文句を言いかけた。

カーライルは彼と腕を組み、脇に連れていった。「ほんとにぞっとする人よ、ネド。フェリシテは頭がおかしいわ」と早口で囁いた。

「あの派手な仮装のラテン野郎に侮辱されて黙ってるとジョージが思ってるのなら――」

「お願いだから、いいかい、癇癪を起こさないで。笑い飛ばしてよ」

「は、は、は――」

「そのほうがましよ」

「あいつはぼくの顔にシェリー酒をぶっかけかねないな。あいつが来る予定だったなら、なぜぼくを招いたのやら。セシールはなにを考えてる？」

「招いたのはジョージ叔父さんよ――しっ、ご婦人方が来るわ」

黒服のレディー・パスターンがフェリシテを連れて入ってきた。フェリシテは馬鹿丁寧な紹介を受けるはめになった。ベレアズ氏はますます愛想よくなった。リベラ氏は貴人にしか気を許さない雰囲気を漂わせていた。

「ようやくお目にかかれて嬉しく思います」とリベラは言った。「フェリシテからお母様のことはいろいろお聞きしておりました。それに、共通の友人もいると思いますよ。そうだ、レディー・パスターン、伯父のことを憶えておられるかも。昔、パリの大使館に勤めていたんですよ。セニョール・アロンソ・ダ・マヌエロス＝リベラといいます」

レディー・パスターンは顔色一つ変えず彼をじっと見つめ、「憶えておりませんね」と言った。

「なにしろずいぶん昔ですから」とリベラは慇懃に応じた。レディー・パスターンは冷ややかな驚き顔で彼に一瞥をくれると、マンクスのほうに歩み寄った。「あら、エドワード」キスをしてもらうために頬を差し出しながら言った。「なかなかお目にかかれなくて。お会いできて嬉しいわ」

「ありがとう、セシール。ぼくもですよ」

「お話ししたいことがあるの。ちょっと失礼するわ、ジョージ。プチポワン（刺繍の一種）のことでエドワードの意見を聞きたいの」

「それなら」とマンクスは聞こえよがしに言った。「二人だけでプチポワンのお話をしましょう」

レディー・パスターンは腕を組んで彼を引っ張っていった。カーライルは、フェリシテがリベラのところに行くのを見ていた。彼女、確かによく自重している。挨拶もとても丁寧だ。フェリシテは仲間入りしようと、リベラからベレアズと義父のほうに顔を向けると、「賭けましょうか?」と言った。「なにを話しておられたか当ててみせるわ」

ベレアズ氏はすぐに顔を輝かせた。「ほう、ミス・ド・スーズ、これはちょっと厳しいですな。私たちのことはよくご存じですから。そうでしょう、パスターン卿?」

「例の傘のことが気になってな」とパスターン卿がむっつりと言うと、ベレアズとフェリシテが一斉にしゃべりだした。

カーライルはリベラのことで判断がつきかねていた。彼はフェリシテを愛しているのか? それなら、ネド・マンクスに対する嫉妬も本物で、穏やかならぬ感情なのか? それとも、まったくの山師なのか? 口先どおりの男だなんてことがあるのか? リベラ氏ほどあからさまな嘘がつける人間がいるのか? それとも、スペイン系アメリカ人の名門の御曹司がハリウッドの俳優よろしく振る舞うのは別に不思議ではないのか? フェリシテのほうを見ながら、彼のオリーヴ色の頰が蒼ざめたのは自分の気のせいか? 左目の下のかすかなチック、そのほとんど目立たない筋肉の痙攣も、本当に不随意のものなのか、それとも、すべてがそう見えるのだが、お定まりの演技の一部なのか? こんな憶測が駆け巡るうちに、リベラ本人がやってきた。

「なにやら思いつめてますね」と彼は言った。「どうなさったんですか。ぼくの国のことわざに、〝女が思いつめるのは、恋に落ちそうか、恋してふられたかの二つだけ〟というのがありましてね。二番目の答えはあり得ないし、この素敵な女性は誰に恋焦がれているのかな、と自問していたのですよ」

カーライルは、(フェリシテもこんな風に口説かれたのか)と思った。彼女は「そのことわざは南米でしか当てはまらないようね」と言った。

　彼はうまくかわしたなとばかりに笑い、ちゃんとわかってますよと言い返してきたが、実際そのとおりだった。カーライルはフェリシテがこちらを無表情に見つめているのに気づいて慌てて目を逸らすと、今度はエドワード・マンクスが同じ表情をしているのに気づいてドキリとした。ひどく居心地悪くなってきた。リベラ氏から逃れるすべはない。からかいや茶目っ気は次第にみだらさを帯びてきた。カーライルのドレス、慎ましいアクセサリー、髪型を褒めてくる。さりげない言葉でも、いかにも悩殺的に口にするので、すぐに穏やかならぬ性格を帯びる。その過激さに戸惑いはしたものの、リベラ氏がとろかすような目線をちらちらと自分に投げかけつつも、フェリシテのほうを鋭い視線で見つめ続けていることに気づくと、すぐに苛立ちを感じはじめた。（冗談じゃないわ）とカーライルは思った。（こんなつまらぬ駆け引きを都合よくやらせるものか）隙を見て叔母のところに行くと、彼女はエドワード・マンクスを連れて部屋の隅に引っ込み、自分の刺繍を披露しながら、ほかの客のことで愚痴をこぼしていた。カーライルが来ると、ちょうどエドワードが困ったように言い返しているところだった。「でもね、セシール、正直、ぼくにはたいしたことはできないと思うよ。だって――ああ、ライル、ラテン・アメリカの優しい話し相手とは楽しめたかい？」

「それほどでも」とカーライルは言うと、叔母の刺繍を見つめ、「素敵ね」と言った。「この刺繍でなにが出来上がるの？」

「夜会用のハンドバッグに仕上げて、あなたに差し上げるわ。今もエドワードに言っていたのだけど、彼の好意に甘えているところよ」レディー・パスターンは激しいながらも小さな声で言った。「それと、あなたの好意にもね」確かめるように手芸品を掲げたが、二人は彼女の指がその表面をわけもなくいじるのに気づいた。「ほら、あのあくどい男を見て。わかるでしょ――」声が震え、「ほら」と囁き声で言った。「見て。あの男を」

カーライルとエドワードがリベラ氏を盗み見ると、煙草を翡翠のホルダーに詰めているところだった。彼はカーライルの視線に気づいた。笑いはしなかったが、見定めるような様子で上辺を取り繕い、目を大きく見開いた。（なにかで読んだのね）と彼女は思った。（視線だけで女を脱がせてしまう男のことを）マンクスが声を押し殺して悪態をつくのが聞こえたが、自分でも驚いたことに、これには満足感を覚えた。リベラ氏が彼女のほうに歩み寄ってきた。

「くそっ！」とエドワードがつぶやいた。

「ヘンディが来たわ」とレディー・パスターンは大声で言った。「夕食に同席する予定なの。失念していたわ」

客間の奥のドアが開いていて、質素な身なりの女性が静かに入ってきた。

「ヘンディ！」とカーライルは繰り返した。「ヘンディのことを忘れてたわ」と言うと、急いで彼女のほうに向かっていった。

第四章　夕食会

一

　ミス・ヘンダースンはフェリシテの家庭教師だった人で、彼女が大人になっても一家に留まり、フェリシテと母親の付き添い役兼秘書のような役割を担っていた。カーライルは彼女を家事仕切り役と呼んでいたし、その呼称が意味する至難の仕事を文字どおり何度もこなしてきたことを知っていた。彼女は四十五歳のグレーがかった髪の女性だ。見かけは穏やかで地味だが、声は明るい。カーライルは彼女が好きだったし、このドタバタした家庭に誠実に尽くしてくれるのはどうしてだろうとよく思う。あらゆる人をきちんと階層分けするレディー・パスターンにすれば、ミス・ヘンダースンは確かに応対が巧みでマナーに隙のない雇い人だったし、自分が心安らかでいるためにもデュークス・ゲートになくてはならぬ存在だった。ミス・ヘンダースンには自分の部屋があり、普段はそこで一人で食事をしていた。とはいえ、一家の昼食や夕食会に同席を求められることもある。女性客が一人、急に来られなくなったとか、ミス・ヘンダースンの立場ならたまにそんな招待をしてもいいと雇い主が感じたときだ。彼女は滅多に外出しないし、外に友人かいるとしても、カーライルはそんな人たちのことを聞いたこともなかった。一人きりにすっかり慣れていたし、仮に寂しさを感じていたとしても、おくびにも出さなかった。ミス・ヘンダースンほどフェリシテにものが言える人はいないとカーライルは思ったたし、レディー・パスターンが、リベラ氏の誘惑を阻止できそうな人としてヘンディの名を口にしなかったのは妙だと気づいた。もっとも、本当に必要になるまで、誰もがヘンディのことを忘れがちなのだ。（私だって）とカーライルはうしろめたく考えた。（ヘンディが大好きだけど、彼女のことを訊こうとは思わなかった）そんな失念が恥ずかしくて、なおのこと親しげに挨拶をした。

「ヘンディ」と言った。「お会いできて嬉しいわ。何年ぶり？　四年？」

「三年ちょっとでしょう」いかにも彼女らしい。常に控え目ながらも正確なのだ。

「変わってないわね」カーライルは背後のリベラ氏をそわそわと意識しながら言った。

レディー・パスターンは淡々と客人たちに彼女を紹介した。ベレアズ氏がお辞儀をし、暖炉の敷物の上から満面の笑みを見せた。リベラ氏はカーライルのそばに来て、「ああこれは、ミス・ヘンダースンですね」と言った。「家庭教師の方ですね」と付け加えたほうがよかったかも。ミス・ヘンダースンが落ち着いてお辞儀をすると、スペンスが夕食の用意ができたことを告げた。

全員、丸テーブルに着いた。日の射さない食堂にはキャンドルの明かりが溢れていた。カーライルは叔父とリベラのあいだに座るはめになった。正面には、フェリシテがエドワードとベレアズのあいだに座っていた。レディー・パスターンはリベラの右隣に座り、最初のうちはすごく慇懃に彼のおしゃべりに耐えていた。おそらくは自分の右隣にいるエドワード・マンクスがフェリシテと気兼ねなく話せるようにするためだろう、とカーライルは思った。だが、ベレアズ氏が自分の右隣のミス・ヘンダースンを完全に無視し、フェリシテにばかり話しかけていたため、その策も徒労だった。レディー・パスターンも数分後には、エドワードをおしゃべりに引き込んでいたが、カーライルにはひどく不穏な会話に聞こえた。会話の端々を捉えるばかりだったが、リベラはまたもや彼女にあらゆる手管を使いはじめていた。実に単純な手法だった。レディー・パスターンにはそっぽを向き、自分の肌の毛穴が見えるほどカーライルのほうにぐっと身を乗り出し、目を見つめながら、たっぷりあてこすりをし、彼女の言うことに片っ端から異を唱えるだけ。パスターン卿はちっとも頼りにならなかった。自分の夢想に耽り、時おり目を覚ましたように、誰にともなく脈絡もない言葉の断片を投げつけたり、〝自然に帰れ〟に夢中だった頃以来の原始的な食欲で食べ物にむしゃぶりつくばかりだったからだ。卿のテーブル・マナーは挑発的で、わざとはしたなくしていた。口を開けたままクチャクチャと嚙み、怯えた肉食獣のように周りをぎょろぎょろと見て、嚙みながらおしゃべりをした。スペンスとその助手にも、普段のように静かに一人きりでいたミス・ヘンダースンにも、そのおしゃべりはいかにもシュールな番組で流れる会話のように聞こえたに違いない。

「……エドワード、あなたとフェリシテが〈ターマック〉にいるところを撮られた写真は素敵だったわ。あの子もあなたがパーティーで一緒ならすごく喜ぶでしょうし……」

「……でも、ぼくは音楽が全然駄目で……」

「……そんなこと言わないで。あなたにも音楽はわかるわ。目にも――声にも音楽が宿ってるもの……」

「……それはなかなか気の利いたアイデアですね、ミス・ド・スーズ。あなたにも楽員に加わってもらわなきゃ……」

「……それじゃ、これで決まりね、エドワード」

「……ありがとう、セシール、でも……」

「……あなたとフェリシテはなにをやるにもいつも一緒じゃないの。昨日、昔の写真を見てみんなで笑っていたのよ。クロシュメアでのこと、憶えてらっしゃる……?」

「……シー、私のソンブレロはどこかな?」

「……このドレスには花も着けるべきですよ。こぼれんばかりの蘭をね。ほら、ここに。いずれお見せしたいと……」

「……なんですって、セシール、今の話はよく聞こえなかったけど……」

「ジョージ叔父さん、今度はあなたがお話しする番よ……」

「え? すまんが、ライル、私のソンブレロはどこに……」

「パスターン卿はご親切にも、もっぱらあなたとお話しできるようにしてくださった。よそ見をなさらないでください。おや、ハンカチを落とされましたよ」

「いいいいいいかい、こんちくしょうめ!」

「エドワード!」

「なんですって、セシール、なんの話かさっぱりわからないけど」

「カルロス」

「……ぼくの国ではね、ミス・ウェイン……いや、ミス・ウェインとは呼べないな。カーーーライル! 変わった名前ですね。風変わりで魅惑的な名前だ」

「カルロス!」

「失礼。なにか言ったかい?」

「例の傘だがな、ブリージー」

「ええ、確かに言ったわ」

「悪いんだが、ぼくはカーライルに話してるんだ」

「三人分のテーブルを予約したよ、フェー。おまえとカーライルとネドの分だ。遅れるんじゃないぞ」

「今夜の音楽はあなたに捧げます」

「私も行くわ、ジョージ」

「なんだと！」

「いいかい、四人分のテーブルにしてちょうだい」

「ママ！　でも、それは……」

「君にはお気に召さんよ、シー」

「行かせてもらうわ」

「ふん、どうせ席から私を睨みつけて落ち着きを失わせるのさ」

「馬鹿なこと言わないで、ジョージ」レディー・パスターンはきっぱりと言った。「テーブルを予約してちょうだい」

　夫は苦虫を嚙み潰したように妻を睨み、さらに戦いを挑むか考えあぐねたようだが、急に気が変わり、リベラに不意打ち攻撃を仕掛けた。

「君が運ばれていく件だがな、カルロス」とパスターン卿は勿体ぶって言った。「私も運ばせるようにできないのが残念だ。なぜ担架の連中は私のために戻ってこられないんだ？」

「まあまあ」ベレアズ氏が慌てて割って入った。「みんなきちんと決めたことですよ、パスターン卿、そうでしょう？　一つ目の段取りでは、あなたがカルロスを撃ち、カルロスが倒れる。カルロスが運び出される。あなたが見せ場をさらう。一大クライマックスだ。以上です。さあ、私を困らせないでくださいよ」とふざけて付け加えた。「万事決まりです。ねえ。それでいいでしょう」

「もう決まったことさ」とリベラ氏は尊大に受け入れた。「ぼくはちょっと気に入らないが。別の機会だったら、間違いなく二つ目の段取りに固執したよ。つまり、撃たれるが、倒れない段取りさ。パスターン卿はぼくを撃ち損じる。ほかの連中が倒れる。ブリージーがパスターン卿を撃つが、なにも起きない。パスターン卿は演奏し、気を失い、運び出される。ぼくは曲を最後まで演奏する。ほかの機会だったら、この段取りにこだわったよ」リベラは、パスターン卿、フェリシテ、カーライル、レディー・パスターンの全員に向けるようにお辞儀をした。「でも、こういう身内だけのいかにも素敵な機会なら、ぼくも譲歩するよ。ぼくが撃たれる。倒れる。痛い思いをするかもしれないが、どうってことないさ」

ベレアズは彼を見つめると、「よく言ってくれた、カルロス」と決まり悪そうに言った。

「私も運び出してもらえないのは、やはり腑に落ちん」とパスターン卿は気難しげに言った。

ベレアズ氏が声を落として「頼みますよ！」と囁くのがカーライルに聞こえた。リベラが大声で言った。「いや、駄目だよ。二つ目の段取りを完全に採用するんじゃないなら、リハーサルどおり、一つ目の段取りで行く。それで決まりだ」

「カーライル」とレディー・パスターンは立ち上がりながら言った。「行きましょうか……」

彼女はほかの女性たちを連れて客間に入っていった。

二

フェリシテは戸惑い、むかむかそわそわして、部屋の中をうろうろと歩き回りながら、母親とカーライルをじろじろと見ていた。レディー・パスターンは娘にかまっていなかった。カーライルにギリシアでの体験はどうだったかと尋ねたり、気もそぞろの答えを淡々と返してくるのを聞いていた。ミス・ヘンダースンはレディー・パスターンの刺繍箱を引き寄せ、静かに手を動かして中身を整理しながら、じっと耳を傾けているようだった。

フェリシテは不意に言った。「カンタベリー大司教でも夕食会に招いたみたいに、みんなして神妙な顔をしていても仕方ないわ。カルロスのことで言いたいことがあるんなら、はっきり言ってちょうだい」

ミス・ヘンダースンは一瞬手を止め、フェリシテをちらりと見ると、再び顔をかがめて作業に取りかかった。レディー・パスターンは踵と手首をそれぞれ交差させ、かすかに肩を揺らし、「そんな話をするのにいい機会とは思わないわ」と言った。

「どうして？」とフェリシテは問いただした。

「騒ぎになるし、今さら」とレディー・パスターンはいかにも分別臭く言った。「騒ぎを起こす時間などないもの」

「男の人たちが加わると思っておられるのなら大丈夫よ、ママ。ジョージは舞踏室で演目をもう一度確認するつもりだし」

使用人が入ってきてコーヒーカップを片づけた。使用人が出ていき、ドアが閉まるまで、レディー・パスターンはカーライルに話しかけた。

「だからもう一度言うけど」とフェリシテは大声で言った。「ママがカルロスに不満があるのなら、はっきり言ってほしいの」

レディー・パスターンはかすかに目を上げ、肩をすくめた。娘は地団太を踏み、「まったくもうっ！」と言った。

「フェリシテ！」とミス・ヘンダースンは言った。諫めたわけでも忠告したわけでもない。名前が強調点もない言葉のように出てきた。ミス・ヘンダースンは刺繍用の目打ちを指でしっかりつまんで静かに見つめていた。

フェリシテは苛立たしげな身振りをした。「初めて訪ねた屋敷で」と激しく言った。「人を胡散臭そうに見る女主人がいるのに、上品に振る舞ったりすると思うの！」

「それなら、その人は胡散臭いのよ。特にひどい臭いがする人でしょうね」とレディー・パスターンは思案するように言い添えた。

舞踏室からは、シンコペーションのドラムの轟きが遠く聞こえ、最後にシンバルがジャーンと鳴り響き、大きな銃声がした。カーライルはビクッと飛び上がった。目打ちがミス・ヘンダースンの指から絨毯の上に落ちた。彼女の動揺を見て取ったフェリシテは、その家庭教師から長らく受けた修養の成果もあって、かがみ込んで目打ちを拾った。

「どうせ主人よ」とレディー・パスターンは言った。

「カルロスのところに行って、すげない対応をしちゃったことを謝らなきゃ」とフェリシテはまくしたてたが、声には心許ない響きがあり、腹立たしげにカーライルを睨んだ。

「謝るのなら」と母親は応じた。「相手はカーライルよ。ごめんさないね、カーライル、こんな――」と計算し尽くした身振りをした。「――我慢ならぬほど人目にさらすような目に遭わせてしまって」

「まあ、シール叔母様」とカーライルはひどく当惑して言いかけたが、フェリシテがわっと泣き出して部屋から飛び出していったため、それ以上言わずにすんだ。

「よろしければ……」とミス・ヘンダースンは立ち上がりながら言った。

「ええ、行ってあげて」

ところが、フェリシテが開けっ放しにしたドアにミス・ヘンダースンが行き着く前に、リベラの声がホールから聞こえた。「どうした?」その声は明瞭で、フェリシテは息を切らしながら答えた。「話したいことがあるの」「ああ、いいとも」「今すぐによ」声は遠のき、再び書斎のほうからかすかに聞こえてきた。書斎と客間を結ぶ奥のドアがバタンと閉められた。「二人だけにすべきでしょうね」とレディー・パスターンが言った。

「私が自分の部屋にいれば、落ち着いてから来られるでしょう」

「では、どうぞ」とレディー・パスターンは物悲しげに言った。「ありがとう、ミス・ヘンダースン」

「叔母様」ミス・ヘンダースンが出ていくと、カーライルは言った。「どうなさるの?」

レディー・パスターンは火の粉を払いのけるように言った。「決めたわ。この問題への対応は間違っていた。私が必ず反対すると見越していたから、フェリシテはあの男の言うがままになって、あなた流の言い方をすると、すっかり盲目になっている。この屋敷であの男に会って、彼のひどい態度や度し難い不作法を目にしても、あの子が分別を取り戻すとは思えない。明らかにあの子は動揺している。ともかく、あの子はド・フトーであり、ド・スーズだということを私も認識しなくては。そうでしょ？」

「古臭いやり口よ。そううまくいかないわ」

「でも、うまくいっているわ」とレディー・パスターンは唇を嚙みながら言った。「たとえば、あの子はずっと熱愛してきたエドワードもそばにいるのに、あの男に会っている。言うまでもなく、主人はうまい具合に好対照だけど、少なくともあの男の服装は非の打ちどころがないわ。それと、この屋敷であのけだものがあなたに目をつけているのは本当に腹立たしいけど、あれじゃフェリシテもきっと不快な思いをしているはずよ」

「不快――そうね」カーライルは顔を赤らめて言った。「でもね、シール叔母様、彼が私に気持ちの悪い視線を送ってくるのも――そう、フェーを焚きつけるためよ」レディー・パスターンは一瞬目を閉じた。カーライルは思い出したが、それは叔母が俗語を耳にしたときのいつもの反応だ。「でも、フェーがそんな手に」とカーライルは付け加えた。「引っかかるかしら」

「うんざりしているだけよ」

「今夜、フェーが〈メトロノーム〉に来なくても驚かないわ」

「そのほうがいいと思うけど、来るでしょ。そう簡単にくじけないもの」レディー・パスターンは立ち上がり、「とにかく」と言った。「あの二人の関係は終わらせなくては。わかるわね、カーライル？終わらせなきゃいけないの」

部屋の端のドアの奥から聞こえるフェリシテの声がどんどん大きくなってきたが、言葉までは聞き取れなかった。

「喧嘩ね」とレディー・パスターンはほくそ笑みながら言った。

三

　エドワード・マンクスは、ワイングラスとコーヒーカップの載った、キャンドルの灯るテーブルで無言のまま椅子に座ってあれこれ思い巡らしていた。ベレアズとリベラは彼をそっちのけに、パスターン卿と話し込んでいた。ベレアズは不明瞭な大声で次々とまくし立てていた。「そう、そうですとも。ご心配なく、必ずうまくいきますよ。世界的ヒットです。大丈夫、いけますとも。きっと」パスターン卿はもじもじしたり、口ごもったりするかと思えば、ふふんと笑ったり、文句を言ったりしていた。リベラは椅子の背にもたれて笑みを浮かべ、なにも言わずにグラスを傾けていた。マンクスはグラスが何度も満たされるのを見て、こいつ大丈夫かと危ぶんでいた。

　彼らは葉巻の煙に包まれ、キャンドルの明かりに照らされて、現実離れして見えた。マンクスは見るに堪えない構図の中央にいる三人の不調和な人々を見つめた。（ベレアズは）と内心思った。（陽気さを振りまく男だ。陽気さか！）戦前ならその言葉も気が利いていたろうに、と思った。陽気にいこう、と誰もが言ったものだ。嬉しそうに肩を組んで踊れば、ブリージー・ベレアズのような連中が音楽を奏で、微笑みかけてきた。子どもに〝ゲイ〟（当時は「陽気」の意）という名を付けたり、客間喜劇や実に陰気な歌でもその言葉を使ったものだ。「陽気さか！」エドワードは不機嫌そうに憤然とつぶやいた。「いい言葉だが、楽しいことには名前なんて付けられない。明らかに少し頭の変なジョージは、スウィング音楽家とゲス野郎に挟まれて自分のことばかりしゃべってる。フェーはいかがわしい連中の中で道化を演じているし、セシールはお高くとまって過激な音楽に距離を置いている。外野には、不本意だろうが、ライルがいるし、その端っこにはカリカリしたぼくがいるわけだ」目を上げると、リベラが自分のほうを、直視はしないが目の端で見ているのに気づいた。（小ばかにしてるな）とエドワードは思った。（まるでぼくが自分のぶざまなカリカチュアであるかのように）

「元気がないな、ネド」パスターン卿はニヤリとして言った。「ひと言もしゃべらんとは。はめを外したいだろうが。少しは陽気にやったらどうだ？」

「ええ」とエドワードは言った。白いカーネーションが、テーブル中央の花瓶から落ちていた。彼はそれを拾い上げて上着に挿した。「非の打ちどころのない人生か」と言った。

パスターン卿はぺちゃくちゃとしゃべりながらベレアズのほうを向いた。「なあ、ブリージー、君に異論がないなら、十時十五分にタクシーを呼ぶよ。それまで楽しんだらいい」デカンターをベレアズのほうに押しやった。

「ええ、もちろん」とベレアズは言った。「いえ、もうけっこうです。いいワインですね。でも、しゃんとしてないといけませんので」

エドワードがポートワインをリベラのほうに押しやると、彼は少し微笑んでグラスに注いだ。

「空包とリボルバーを見せてやるよ」とパスターン卿は言った。「書斎に置いてあるんだ」ゆっくりとグラスを引き寄せるリベラのほうを苛立たしげに見た。パスターン卿は待たされるのが嫌いなのだ。

「ネド、カルロスの相手をしてやってくれるか？　いいな、カルロス？　私はブリージーに空包を見せてやりたい。来たまえ、ブリージー」

マンクスは叔父のためにドアを開けてやると、テーブルに戻った。椅子に座り、リベラのほうが口火を切るのを待ち構えた。スペンスが入ってきて、暫し様子を窺うと退き下がった。あとは長い沈黙が続いた。

ようやくリベラが脚を伸ばし、ポートワインを明かりにかざすと、「ぼくはね」と言った。「単刀直入が好きなんだ。君はフェリシテのいとこだろ？」

「違う」

「違う？」

「彼女の義父の親戚だ」

「彼女はいとこだと言ってたが」

「儀礼的にそう呼んでるのさ」とエドワードは言った。

「彼女にご執心なんだろ？」

エドワードは三秒ほど黙ったあと、「悪いかい？」と言った。

「別に意外でもない」とリベラは言うと、ポートワインを半分ほど飲んだ。「カーライルも君のことをいとこと言っていた。それも儀礼的な呼称かい？」

エドワードは椅子をうしろに引き、「なにが言いたい」と言った。

「なにがって？　いいだろう。ぼくはね」とリベラはもう一度言った。「単刀直入が好きだ。冷たくあしらわれたり——すごい言い方だが——まんまとひっかけられても気にしない男でもある。この屋敷で歓迎されていないのはわかってる。気分はよくないさ。だが、愛想の悪くない女性もいる。ところがどっこい、ぼくは興味津々でね。抜け目なく探りを入れるのさ。たとえば、その女性とおたくとの関係は、と質問をする。駄目かな？」

「実に無礼な質問だからな」とエドワードは言いながら、内心、（おっと、我ながらキレそうになってるな）と思った。

リベラは手をぶるぶると震わせ、グラスを床に叩き落とした。二人は同時に立ち上がった。

「ぼくの国では」とリベラはだみ声で言った。「そんなもの言いをしたら、ただではすまない」

「君の国などくそくらえだ」

リベラは椅子の背をつかみ、唇を舐めると、耳障りな音を立ててげっぷをした。エドワードは笑った。リベラは彼に詰め寄り、立ち止まると、親指と中指の先を優美に合わせ、その手をエドワードの鼻先に突き出して指を鳴らそうとしたが、うまくいかなかった。「この野郎」と抑え気味に言った。離れた舞踏室からドラムのシンコペーションの連打が聞こえ、最後にシンバルを鳴らす音がして、耳をつんざくような銃声が聞こえた。

エドワードは言った。「馬鹿も休み休み言え、リベラ」

「反吐が出るまできさまを笑い飛ばしてやる」

「なんなら、ぶっ倒れるまで笑うがいいさ」

リベラは掌を腰にあてた。「ぼくの国では、こんな場合はナイフで決着をつけるのさ」と言った。

「引っ込め。さもなきゃ、手痛い目に遭うぞ」とエドワードは言った。「またミス・ウェインに色目を使ったら、二度と減らず口をたたけないようにしてやる」

「へえ！」とリベラは声を上げた。「てことは、フェリシテじゃなくて、いとこのほうだったのか。素敵なカーライルちゃんというわけだ。それでぼくが引き下がるとでも？　いやはや」ドアのほうにあとずさった。「冗談じゃないね」

「出ていけ」

リベラは見事な発声で笑い、演出上手にホールに出ていった。ドアは開いたままだった。廊下のほうから彼の声が聞こえた。「なにが悪い？」一瞬間が空いた。「だが、それがお望みなら仕方ないね」

ドアがバタンと閉じた。

エドワードは決めかねた様子でテーブルを迂回し、食器戸棚のところに行くと、髪をかき上げた。

「信じられん」とつぶやいた。「とんでもないな。予想もしなかったぞ」自分の手が震えているのに気づき、ウィスキーを大きなコップに注いだ。（たぶん）と考えた。（ずっと燻っていたんだろうな。自分で気づかなかっただけで）

スペンスと助手が部屋に入ってきて、「恐縮ですが」とスペンスが言った。「あの方は出ていかれたようです」

「いいんだ、スペンス。なんなら片づけてくれ。ぼくにかまわなくていい」

「ご気分が悪いのでは、エドワード様？」

「大丈夫だ。けっこう驚かされてね」

「さようで。楽しまれたのならよろしいのですが」

「よかった。それなりにね、スペンス。よかったよ」

四

「ほら、これさ」とパスターン卿は満足そうに言った。「五発分の空包に予備も五発だ。うまいもん

った。

「上手にできていますね」とベレアズは言いながら空包の弾薬筒を返した。「どうなるかわかりませんが」パスターン卿はリボルバーを開いて薬室に空包を込めはじめ、「試し撃ちしてみるかな」と言った。

「まさか、ここではやめてください、パスターン卿」

「舞踏室でやろう」

「ご婦人方を飛び上がらせてしまいますよ」

「だからなんだと？」パスターン卿はそっけなく言った。リボルバーをカチンと閉じ、机の引き出しを閉めた。「こいつはしまいたくないな」と言った。「舞踏室に行ってくれ。やることがあるんでな。あとで行くよ」

ブリージーはパスターン卿を残しておとなしく舞踏室に行ったが、中に入ると、そわそわと歩き回ったり、溜息をついたり、あくびをしたり、ドアのほうをちらちら見たりした。

やがてパスターン卿も入ってきたが、気もそぞろな様子だった。

「カルロスは？」とパスターン卿は尋ねた。

「まだ食堂でしょう」とベレアズは大声で笑いながら言った。「素晴らしいポートワインをふるまってくださいましたね、パスターン卿」

「あいつも酒はほどほどにしてくれりゃいいが。ショーでコケてほしくない」

「大丈夫ですよ」

パスターン卿はドラムのそばの床の上にガタンとリボルバーを置いた。ベレアズは不安そうに銃を見つめた。

「訊くが」とパスターン卿はドラムの椅子に座りながら言った。「シドニー・スケルトンとは話したのか？」

ベレアズは満面に笑みを浮かべ、「いえ、それはまだ……」と言いかけた。

パスターン卿は遮り、「話したくないのなら」と言った。「私が話をつけるぞ」

「いやいや！」とベレアズは慌てて叫んだ。「駄目です。それはよくない、パスターン卿。わかるでしょう」不安そうにパスターン卿を見ると、卿はピアノのほうを向き、そわそわと気もそぞろに白黒の日傘をいじりはじめた。ブリージーは話を続けた。「つまり、シドは変なやつなんです。いわばお天気屋なんですよ。シドは扱いにくいやつでね。機を見ないと。わかってください」

「丸太から落っこちるくらい単純なことを、いちいちわかってくれと言わなくていい」とパスターン卿は苛立たしげに応じた。「私はドラムがうまいと思うだろ。そう言ったな」

「ええ、もちろん」

「生業にしても連中と同じくらいうまくやれるとな。どんなバンドでも喜んで私を受け入れるだろうと。そうさ。私は生業にするつもりだし、君の楽団の常勤ドラム奏者になってもいいぞ。なあ。スケルトンに話して辞めてもらえ。実に簡単なことだ」

「まあ、そうは言っても――」

「やつならすぐにほかで仕事をもらえるさ」

「ええ、もちろん。たやすくね。でも……」

「よし、では決まりだ」とパスターン卿はきっぱりと言った。卿は日傘から手元を回して外すと、今度は中棒の先端をいじりはじめ、「これは分解できるんだ」と言った。「なかなかよくできてるだろ。フランス製さ」

「さて！」とベレアズは愛嬌よく言い、色白の柔らかい手でパスターン卿の上着に触れた。「率直に言わせてもらいますよ、パスターン卿。ご存じでしょう。我々の仕事は昔気質な世界なんです。おわかりになるか――つまり、そんな提案は慎重に考え抜かないと」

「私をずっと使いたいと言っただろ」とパスターン卿は念押しした。なにやらきつい口調だったが、まだ気もそぞろだった。日傘の中棒から短い部分を回して外した。ブリージーが見ていると、卿はうっとりしたようにリボルバーを手に取り、いたずらをしようとする少年のように夢中になって、日傘をすぼめた状態に保つ下はじきを親指で押さえたまま、外した中棒の部品を銃口に少しだけ差し込んだ。「こうすれば」と言った。「ぴったり嵌まる」

「ほう！」とブリージーは言った。「そいつを銃に込めるんですか？」

「むろんさ」とパスターン卿はつぶやいた。中棒の部品を下に置くと、目を上げた。「私とリベラにそうすると言ったのは君だぞ」と付け加えた。卿は最後から五番目の発言にいきなり戻ってしまうという大胆な芸当を演じた。

「ええ、わかってますよ」ベレアズはにっこりと微笑みながら早口に言った。「まあ聞いてください。あからさまに言わせてもらうと……」

「おお、言いたまえ！」

「では申し上げますが、あなたは意欲満々だし、上手でもある。本当に上手ですよ！　ただ、敢えて率直に言えば、その意欲は続きますか？　そこが重要な点ですよ、パスターン卿。あからさまに言えば、命懸けでやってほしいんです」

「私は五十五だし、まだぴんぴんしてるぞ」

「私が申し上げているのは、あなたは興味が移ろいやすいということですよ。興味を失われたら」とベレアズは熱を込めて言った。「どうしたらいいと？」

「はっきり言ったと思うが……」

「ええ、でも……」

「私を嘘つき呼ばわりするつもりか、君は？」とパスターン卿は大声を出し、頬骨の上に真っ赤に燃えるような斑点が二つ、くっきりと浮かび上がった。分解した日傘の部品をピアノの上に置き、指揮者のほうを向くと、相手はしどろもどろになりはじめた。

「ねえ、聞いてください、パスターン卿。そのう――今夜は緊張していましてね。気持ちが高ぶってるんですよ。戸惑わせないでほしいな」

パスターン卿は歯を剝き出しにし、「馬鹿だな」と言った。「君のことはずっと観察してたよ」なにやら考え込むと、結論に達したようだ。「《ハーモニー》という雑誌を読んだことは？」と尋ねた。

ブリージーはひどくまごついた。「ええ、確かに――そんな雑誌を持ち出して、なにがおっしゃりたいんですか、パスターン卿」

「ちょっと考えてるのさ」とパスターン卿は曖昧に言った。「投稿しようかとな。職員の一人を知ってるものでね」かすかに口笛を吹きながらちょっと考え込むと、いきなり大声で言った。「今夜スケルトンに話せないというなら、私が自分で話す」

「まあ、わかりました。ちょっとシドと話してみますよ」

パスターン卿はベレアズを見つめ、「気を引き締めたほうがいいぞ」と言った。ドラムスティックを手にすると、いきなり耳をつんざくようなクレッシェンドを叩き鳴らし、シンバルを鳴らして、リボルバーをひっつかむと、ベレアズに向けて発砲した。銃声がほかに誰もいない舞踏室にすさまじく響き渡った。ピアノ、シンバル、ダブルベースが振動で唸り、ベレアズは唇まで真っ蒼になって脇へよろめいた。

「勘弁してください！」と激しい口調で言うと、どっと汗を吹き出した。

パスターン卿は楽しそうに笑い、リボルバーをピアノの上に置くと、「いかすだろ？」と言った。「プログラムをおさらいしようか。まず、〝古き調べを新たに奏で〟、〝今日は氷を？〟、〝みんな手に入れた〟、〝ピーナッツ売り〟、〝アンブレラ・マン〟だ。傘のアイデアはなかなかいいだろ」

ベレアズはピアノの上のコレクションを見つめ、頷いた。

「白黒の日傘は家内のものだ。私が持ち出したとは知らん。そいつを組み立てて、ほかの傘の下に隠しておいてくれるか？　家内が見ていないときにこっそり持ち出そう」

ベレアズが雨傘や日傘をごそごそ触りはじめると、パスターン卿は話を続けた。「次は、スケルトンの演奏だ。あの曲はちょっと退屈だな。それから、あのサンドラという女が歌を歌う。そのあと」と無頓着に気取った様子で言った。「私を紹介する口上を君が述べるんだな」

「そうです」

「よし。私が自作の曲を見せたところ、君は感心した、そして、私は自分の天職がその分野にあると自覚した云々という趣旨のことをな。どうだ？」

「そのとおりです」

「私が登場して、我々がその曲を通しで演奏してから、スウィング風に演奏する。それから銃撃があって、あとは、えへん、私の独演というわけだ。なあ」

パスターン卿はドラムスティックを手に取り、しばらくかざすと、束の間うっとりとした。「やはり二つ目の段取りのほうがいいのか、まだ決めかねるな」と言った。

「いや、ちょっと待ってください！」とブリージーは慌てはじめた。

パスターン卿はぼんやりと言った。「まあ落ち着け。考え中だ」しばらく考えたかと思うと、「ソンブレロだ！」と叫び、部屋から飛び出していった。

ブリージー・ベレアズはハンカチで顔の汗を拭くと、ピアノの椅子にどっかりと座り、頭を抱えた。かなり経って、舞踏室のドアが開き、リベラが入ってきた。ベレアズは彼を見つめ、「芸の仕上がりはどうだ、カルロス？」ともの悲しげに訊いた。

「まだまだ」リベラは人差し指で口髭をこすりながら、ピアノのほうにぎこちなく歩み寄った。「フェリシテと口論してたんですよ」

「君が原因じゃないのか？　ミス・ウェインにちょっかいを出すから……」

「女には、君しかいないわけじゃないと示してやらないとね。女は気になりだして、そのうち優しくなるものです」

「それで、うまくいったのかい？」

「まだそこまでは。ぼくは彼女に腹を立ててるんです」大げさな激しい身振りをした。「みんなに対しても！　ぼくは犬のように扱われてる。このカルロス・デ……」

「なあ」とブリージーは言った。「感情的になるとは見苦しいぞ。私は自分の問題で頭が変になりそうなほど悩んでるのに。とても耐えられない。いやはや、あんな愚か者など受け入れなきゃよかったな！　途方に暮れてるのさ！　煙草をくれないか、カルロス？」

「申し訳ない。持ってません」

「頼んでおいたのに」とブリージーは言ったが、声が甲高くなっていた。

「手に入らなかったんです。吸いすぎですよ」

「くたばりやがれ」

「どこに行っても」とリベラは大声を上げた。「ぼくは無礼な扱いを受ける。どこに行こうと侮辱されるんだ」顔を前に突き出しながらベレアズのほうに進み出て、「なにもかもうんざりだ」と言った。

「下手《したて》に出すぎたな。ぼくは物事を決めるのが早いのさ。これ以上、月並みなダンス・バンドの演奏で自分を安売りするのは……」

「おいおい！」

「辞めさせてもらいます」

「契約があるんだぞ。まあ聞けよ……」

「契約などくそくらえだ。もうあんたの使い走りはしない。『煙草をくれ』とは。ふん！」

「カルロス！」

「ぼくは国に帰る」

「聞いてくれ……賃金を上げてやるよ……」声が震えた。

リベラは相手を見つめ、にっこりとした。「へえ？　いくら？　五ポンドくらい？」

「頼むよ、カルロス」

「あるいは、そうさな、手付に五百ポンドほど……」

「馬鹿なことを！　カルロス、勘弁してくれ……。はっきり言ってそんな金はない」

「じゃあ」とリベラは尊大に言った。「煙草をくれるやつをほかに探すんですね。ぼくは……これで決まりだ」

ブリージーは悲しげに声を上げた。「それじゃ私はどうしたらいい？　私はどうなる？」

リベラはニヤリとし、離れていった。いかにも無頓着そうな様子で壁の鏡で自分の身なりを確かめ、蝶ネクタイを直した。「困ったことになるでしょうね」と言った。「ぼくの代わりは見つかりませんよ。ぼくは無二の存在さ」鏡で口髭をよく確かめると、そこに映るブリージーが見えた。「そんな顔をするなよ」と言った。「そんな面《つら》は見苦しいかぎりだ。まったくぞっとするぜ」

「契約違反だぞ。それなら……」ブリージーは唇を舐めた。「訴えてやる」ともごもごと言った。「そしたら……」

リベラは振り向き、面と向かい合った。

「訴える？」と言った。「恐れ入ったたな。もちろん、訴えてもいいさ。バンド・リーダーとしては確かに賢明な措置だな。面白い考えだ。あんたに優しく微笑みかけ、お気に入りの曲を演奏してくれとせがんでくる女たちにも喜んでそう言ってやる。ぼくがバンドから抜ければ、その微笑みもまばらになり、お気に入りの曲を求めてよそへ行くぞ」

「よしてくれ、カルロス」

「言っとくが、ブリージーさん、訴えるとしたら、それはぼくのほうさ」

「ふざけやがって」ブリージーは狂乱したように叫んだ。

「なにを騒いでる？」とパスターン卿が尋ねた。気取られずに部屋に入ってきていたのだ。鍔広のソンブレロをかぶり、帽子紐を二重顎にかけていた。「こいつをかぶろうと思ってな」と言った。「射撃に似合うだろ？　ヤッホー！」

五

リベラが出ていくと、フェリシテは書斎の椅子に座り、手を膝のあいだに挟み、今しがたの出来事を記憶からすぐさま永久に消し去ろうとした。そばの開いた引き出しの中のガラクタを見たり、タイプライター、おなじみの写真、装飾品や本を見たりと周囲をぼんやりと見まわした。喉がからからになり、嫌悪とあからさまな憎しみでいっぱいになった。リベラの記憶をなんとか追い払いたいと思いながら、彼を蔑み、傷つけたいと願った。長いあいだじっとしていたため、いよいよ動き出すと右脚がしびれたし、足もちくちくひりひりと痛んだ。ぎこちなく慎重に立ち上がると、誰かが廊下を横切り、書斎を通り過ぎて隣の客間に入る音が聞こえた。

（ヘンディのところに行こう）と思った。（〈メトロノーム〉には行かないと、ヘンディから伝えてもらうわ）

部屋から廊下に出た。三階のどこかで、義父の叫ぶ声が聞こえた。「私のソンブレロを、こんちくしょうめ――誰かが盗みやがった。そういうことさ。誰かがくすねたんだ」スペンスが銀盆に封筒を乗せて客間のドアから出てきた。

「あなた様宛です、お嬢様」と言った。「ホールのテーブルの上に置いてありました。今まで気づかず、誠に申し訳ございません」

彼女が受け取ると、タイプ打ちで宛名が記されていた。上のほうに大きく〝速達〟と印字され、その下に〝ディストリクト・メッセンジャー〟（通信物を迅速に届けるサービスを提供した民間会社。自転車に乗った制服の少年が通信物を届けた）とあった。フェリシテは書斎に戻って開封した。

三分後、ミス・ヘンダースンの部屋のドアがパッと開き、彼女が読んでいた本から顔を上げると、フェリシテが目をキラキラさせて立っていた。

「ヘンディ――ヘンディ、ドレスを着るのを手伝って。ヘンディ、上手に着付けしてほしくて。素晴らしいことがあったの。ねえ、ヘンディ、素敵なパーティーになるわ」

第五章　リベラに捧げる弔花

一

紺色のパネルを背に、巨大なメトロノームの振り子が虚ろに規則正しく振れ続けていた。振り子の縁には豆電球が並んでいて、すっかり聞し召した客たちの目には、振り子の振れる軌跡が規則正しい幻めいた色模様を残す。メトロノームは、バンド用アルコーヴの上に張り出した壁に据え付けてあった。創意に富んだ舞台装置担当の青年がアルコーヴをこんな風に設計したため、バンドの演壇はメトロノームの骨格タワーからの投射映像のように見える。振り子の先端は楽員の頭上で繰り返し激しく左右に弧を描いて振れ、彼らの音楽に合わせながら一人ひとりを指し示す。このアイデアは、創意に富んだ青年の〝お遊び〟と見なされていたが、折に触れて装置のスイッチを切るほうがいいとわかった。そうすると、振り子は真下を向いて止まる。ブリージー・ベレアズか特別待遇のソロ奏者が、電球のちりばめられた振り子の先端の真下に計算して登場する。

その半円形の演壇に、ダンス・バンドの七人の奏者が腰を下ろして、管楽器を吹いたり、弦楽器を弾いたり、打楽器を叩いていた。これが〈メトロノーム〉でディナータイムから十一時まで夜間公演を行うバンドだ。〝ジャイヴスターズ〟という名のバンドで、〝ブリージー・ベレアズと楽員たち《ボーイズ》〟ほど高給でもなく、地位も安定していなかった。だが、もちろん、マネージャー兼支配人で、〈メトロノーム〉の大株主でもあるシーザー・ボンが慎重に選抜した優秀なバンドだ。

シーザー自身は派手で実に身なりがよく、軽く腰を振りつつ正確に計算された愛想を大いにふりまきながら、ロビーからレストランへと移動して客たちを見まわした。ヘッドウェイターが手を挙げながら五人のグループ客をテーブルに案内すると、シーザーは茶目っ気たっぷりにお辞儀をした。「やあ、シーザー。こんばんは」とパスターン卿が言った。「家族を連れてきたぞ」

シーザーは仰々しく手を振った。「〈メトロノーム〉にとって素晴らしい夜ですよ、奥様。まさに特別な催しです」

「そうね」とレディー・パスターンが言った。

彼女は招待客を座らせ、自分は壁を背にして背筋を伸ばし、ダンスフロアのほうを向くと、柄付き眼鏡をかざした。シーザーとヘッドウェイターはテーブルを回った。パスターン卿はラインワインを注文した。

「ここじゃ近すぎるわ、ジョージ」レディー・パスターンは、ちょうど騒がしく演奏を始めた〝ジャイヴスターズ〟の音の中で声を上げた。確かに、彼らのテーブルはバンドの演壇にほぼぴったりと着けられ、ドラム奏者のすぐそばにあった。フェリシテは奏者の足に触《さわ》れそうなほどの場所に座っていた。「特別にここにテーブルを置かせたのさ」とパスターン卿は大声で言った。「私の晴れ姿を見たいだろうと思ってな」

カーライルは叔父とエドワード・マンクスのあいだに座り、そわそわとイヴニングバッグを握りしめ、みんな、ちょっと頭がおかしいんじゃないの、と思った。たとえば、フェリシテもどうしちゃったの？　なぜエドワードのほうを見るたびに顔を赤らめるのか？　なぜこうも頻繁に変な目で見るの？　まるでまごついた――そう――ぼうっとのぼせ上がった女学生みたいに。どうしてネドは、デユークス・ゲートの廊下でリベラと恐ろしい場面を演じて（カーライルはその場面の記憶を振り払った）、あんな乱暴なことを？　でも、ややこしくて受け入れ難い苦難の只中なのに、なぜ自分はこれほど幸せな気分なのか？

エドワード・マンクスも、フェリシテとカーライルのあいだの席でまごついていた。実にいろんなことが今夜の彼に起きていた。食堂でリベラと諍いを演じた。驚くべきことに気がついた。そのあと、（カーライルと違い、実に痛快な記憶だったが）リベラがあからさまにカーライルに抱きつこうとした、まさにそのときに廊下に来て、リベラの左耳にパンチをかましてやった。彼ら三人が身じろぎもせず、互いを見つめ合っていると、フェリシテが手紙を手にして現れた。エドワードを一瞥して、化粧をした顔が蒼ざめたかと思うと真っ赤になり、逃げるように階段を上がっていった。そのときから、彼女はどうも様子がおかしい。彼の目を引こうとし続け、そのたびに微笑んで顔を赤らめる。一度など、常軌を逸した笑いを発した。エドワードはかぶりを振り、レディー・パスターンにダンスのお相手を申し入れると、彼女は受け入れた。彼は立ち上がり、右手を彼女のがっしりした腰に回し、ダンスフロアへと恭しく誘導していった。セシールと踊るとはぞっとしない。

彼女はバンドから一番離れた場所に来ると言った。「この嘆かわしい状況で、私の惨めさを癒してくれるものがあるとすれば、あなたがフェリシテにもたらしてくれた変化ね」

「そうですか？」とエドワードはそわそわしながら言った。

「そうよ。あの子が小さい頃から、あなたの影響はとても大きかった」

「ねえ、セシール――」エドワードはすこぶる気まずくなりはじめたが、そのとき、しばらくシンコペーションで唸り声や喘ぎ声を発する程度に抑えていたダンス・バンドが、いきなり巧みな大音響に転じた。エドワードはやむなく口を閉ざした。

パスターン卿は小首を傾げ、あからさまな親分顔でバンドを見つめていると、「悪くないな」と言った。「だが、まだガッツが足りん。我々の演奏を聴くまで待ってくれ、ライル。いいだろ?」

「ええ」とカーライルは励ますように言った。そのとき、叔父の天真爛漫さに心を動かされた。子どもを褒めるみたいに褒めてあげたくなった。エドワードを目で追ったが、彼はレディー・パスターンを誘導してバンドの演壇のそばを慎重に通り過ぎるところだった。カーライルは彼らを見ながら、隣のテーブルに座る男を目に捉えた。修道士のような容貌の男で、気難しそうな口元と形のいい頭をしている。ショート・カットの黒髪の女性が一緒にいた。連れ合いという感じだ。(素敵な人たちね)とカーライルは思った。急に気持ちが大きくなり、すべてにおおらかに接したくなり、その勢いでフェリシテのほうを向いた。フェリシテも相変わらずエドワードのほうをなぜか貪るようにじっと見つめていた。

「フェー」と彼女は優しく言った。「どうしたの? なにかあったの?」フェリシテは目を逸らさずに言った。「すごくびっくりすることがあって。動揺《ブルヴェルセ》してるけど、とても幸せな気分なの」

エドワードとレディー・パスターンは、ダンスを二巡したあと、自分たちのテーブルまで来て立ち止まった。彼女は相手から身を離し、再び椅子に座った。エドワードはカーライルとフェリシテのあいだに座った。フェリシテは彼のほうに身をかがめ、上着から白いカーネーションを引き抜くと、

「白い花を着けてる人はほかにいないわ」と穏やかに言った。

「ぼくは昔気質《ヴュ・ジュ》でね」とエドワードは応じた。

「踊りましょうか」

「ああ、もちろん」

「踊るかい、シー？」とパスターン卿は訊いた。

「いいえ、けっこうよ、ジョージ」

「ライルと一巡してもかまわないかな？　十一時十五分前だし、一巡したら五分後に楽員《ボーイズ》たちに加わるよ。おいで、ライル」

ジョージ叔父さんと踊るときは気を抜かないようにしなきゃ、とカーライルは思った。彼は優れたリズム感とすごい力強さを持ち合わせている。慣習に捉われず、即興でステップを踏むと、インスピレーションに突き動され、彼女をしっかりつかんでいるだけで、さらなるヴァリエーションや突飛な動きを見せた。ほかのペアが、酔っ払いどもより輝く顔をした自分たちに目をみはっているのに彼女も気づいた。

「ジルバを踊るかね？」とパスターン卿は尋ねた。

「駄目よ」

「残念だな。ここの連中はお高くとまりすぎて、ここではそんな踊りを受け入れない。まったく鼻持ちならん気取り屋どもさ、ライル。私が爵位の返上を真剣に考えてることは話したかな？」

パスターン卿は彼女を激しくターンさせた。部屋の端のほうでパートナーと踊っているネドの姿が目に入った。ネドは背中を向けていた。フェリシテは彼の目を見つめ、彼の肩を手でさすっていた。

彼は顔をかがめた。

「シール叔母様のところに戻りましょう」とカーライルは淡々とした声で言った。

二

ブリージー・ベレアズは壁にオーバーを掛けると、さほど熱のない表情のまま、事務室の奥の小部屋にある小さなテーブルの席に着いた。ドラム奏者のシド・スケルトンは、トランプのカードをテーブルに投げ出し、腕時計を見ると、「十五分前か」と言った。「束の間のギャンブルの時間だな」

ポーカーの五枚組トランプを二組配った。ブリージーとスケルトンは、夜のこの時間はポーカーのプレイをすることが多かった。二人は、楽員《ボーイズ》たちをバンドの演壇の背後の控室に残して事務室に移動する。事務室にいるシーザーか秘書のデイヴィッド・ハーンに声をかけてから、ゲームをやるために奥の小部屋に足を向ける。長い夜の仕事の前の心地よい序曲というわけだ。

「ご大層な場所で夕食会だったそうだな」とスケルトンは辛辣に言った。

ブリージーは反射的に笑みを浮かべ、震える手でトランプを持った。二人はほとんど口もきかずにプレイした。スケルトンは一度か二度、会話に誘おうとしたが、うまくいかなかった。

とうとう苛立たしげに言った。「どうした？　なぜだんまりを決め込む？」

ブリージーはトランプをいじりながら言った。「ほとほと困り果ててるのさ、シド」

「おいおい！　今度はどういう困り事だ？」

「いろいろさ。このままだと参っちまう。正直、もうくたくただ」

「自業自得だぜ。そう言っただろ。ひどい顔してるな」

「どうすりゃいい！　なあ、シド。今夜の出し物のことだ。パスターン卿のことだよ。とんだ料簡違いだった」

「前にもそう言っただろ。確かに言ったぞ」

「ああ、わかってる。だが、満席予約が入ってるんだ、シド」

「安っぽい宣伝さ。それだけのことだろ。爵位持ちというだけで、間抜け野郎にへつらいやがって」

「そう捨てたものでもない。アーティストとしてはな」

「ありゃひでえもんさ」とスケルトンはそっけなく言った。

「あの曲が馬鹿げていてくだらんのはわかってるが、なんとかなるさ。曲のことじゃない。パスターン卿本人のことだ。実はな、シド、卿は頭がおかしいと思う」ブリージーはトランプを裏向きにしてテーブルの上に投げ出した。「私をこれほど悩ませるとは」と言った。「なあ、シド、卿は――おまえになにか言わなかったか？」

「なんのことだ？」

「じゃあ言ってないんだな。そうか。まあいい。なにか言われても気にするな」

スケルトンは椅子の背にもたれ、「なにが言いたい？」と問いただした。

「まあ、そう困らせないでくれ」とブリージーは懇願した。「どれほど困ってるかわかるだろ。とんでもないことをパスターン卿は思いついたんだ。なんとかあしらうさ、もちろん」彼が口をつぐむと、スケルトンは険悪な様子で言った。「今回の失態をまだ繰り返すつもりじゃないよな？」

「ある意味そうだ、シド。まあ、馬鹿げたことさ」

「なあ、わかってるだろうが」とスケルトンは言い、テーブルのほうに身を乗り出した。「今夜はあんたの顔を立てて一度は譲ったが、気に食わないし、二度とご免だ。それに、安っぽい見世物向きの衣装まで着せられて、馬鹿げたことをやってる嫌な気分にさせられる。おれのことはよく知ってるだろ。おれは気が短いし、物事を決めるのも速い。バンドならほかにもあるぜ」

「なあ、シド、シド、シド！　落ち着けよ」とブリージーは早口に言った。「そいつはなしだ。パスターン卿が自分でおまえに話すと言ったことを口にするつもりはない」

「なに」スケルトンは彼を見つめて言った。「まさか、あのくそおやじはおれの仕事をほしがってると言うのか？　よくもぬけぬけと……」

「頼むよ、シド！　なあ、シド、馬鹿げてると言っただろ。まあ、なんとかするさ。私のせいじゃないよ、シド。落ち着いてくれ。私のせいじゃない」

「じゃあ、誰のせいだと？」

「カルロスだ」とブリージーは声を囁き声に落として言った。「まあ、落ち着いてくれ。あいつは隣の部屋でシーザーと飲んでる。カルロスなんだ。あいつがそんな考えをあのおやじの頭に吹き込んだのさ。心を決めかねてるあの娘の背中を押してもらうためにも、あのおやじを手なずけておきたいんだろ。みんなカルロスだよ、シド。あいつがパスターン卿の演奏は見事だと言ったのさ」

スケルトンはリベラのことをどう思っているかそっけなく話した。ブリージーはドアのほうをそわそわと見た。「これで決まりだ」とスケルトンは言って立ち上がった。「ふん、おれがカルロスに話すよ」ブリージーは彼の腕をぐいとつかんだ。「いや、シド、今は駄目だ。ショーの前はいけない。頼むから声を落としてくれ、シド。あいつは隣にいるんだぞ。どんなやつか知ってるだろ。今夜も一度癇癪を起こしてる。おおそうだ」ブリージーは声を上げてパッと立ち上がった。「忘れるところだった！　結局、カルロスは新曲を二つ目の段取りでやってくれというんだ。やれるか？　こうだと決めたあとに、ああだと言う。あいつにそうしろと言われて、一晩に二曲指揮するクラシックの指揮者みたいな気分だよ。パスターン卿がどう受け取るかわからないが。楽員たちにも言わなくては。あやうく忘れちまうところだった。それだけ動転してるのさ。なあ、どうしてこれほど悩んでるか、まだ知らないだろ。私がどんな人間か知ってるよな。例の銃だ。実にろくでもない代物だよ、シド。卿は空包を自分でこしらえた。それで気になってるのさ。あの頓馬のことだ、本物とまがい物をごっちゃにしてもおかしくない。みんな引き出しの中に一緒くたに入れてたよ、シド。そういうわけさ。卿はそいつをカルロスに向けて撃つという。本気かな？」

「カルロスに一発ぶちかましてくれたら、こっちも気持ちよく眠れるってもんさ」とスケルトンは激しい口調で言った。

「そんなもの言いはよしてくれ、シド」ブリージーは苛立たしげに囁き声で言った。「とんでもない状況だよ。助けてくれ、シド」

「なぜ銃を確認しておかない？」

「私が？　無理だよ。パスターン卿は銃を触らせない。正直言えば、怒ってわめき立てないかと、近づくのも怖いんだ」

　暫しの沈黙のあと、スケルトンは言った。「その銃のことは本当か？」

「冗談を言ってるように見えるか？」

「十一時八分前だ。そろそろ行こう。機会があれば、弾を見せてくれと頼んでみるさ」

「そうか、シド。そいつはありがたい」ブリージーは額の汗を拭きながら言った。「本当に助かる。いいやつだな、シド。じゃあ、行こうか」

「言っとくが」とスケルトンは言った。「ほかの仕事口を断るつもりはないぜ。おれはカルロス・リベラ氏が気に入らないだけだ。やつにはいずれほかの仕事を見つけてもらわないとな。行こうか」

彼らは小部屋から事務室に出た。リベラはシーザー・ボンと一緒にいたが、二人に見向きもしなかった。ブリージーは恐る恐るリベラのほうを見た。「楽員《ボーイズ》たちにはちゃんとやらせるよ」と言った。「端のドアから登場してくれるか？」

「わかってるさ」リベラは辛辣に言った。「登場はいつもそこからだ。リハーサルどおりにやるよ。当たり前だろ」

「それでいい。当たり前だな。口うるさく言ってすまない。行こう、シド」

シーザーが立ち上がった。「時間か？　新入りのアーティストに祝いの言葉を言わなくちゃな」

彼が先頭に立ってロビーを横切っていくと、遅れてきた客たちがまだぞろぞろと入ってくるところだった。フェリシテ、カーライル、エドワードに出くわした。「ジョージの成功をお祈りするわ」とフェリシテが言った。「あら、シド。ジョージの好きなようにさせてくれてありがとう。行きましょう、皆さん」

レストランの演壇のすぐうしろの、バンド用アルコーヴに通じるバンド用控室に全員が入った。楽員《ボーイズ》たちが楽器を持って集まっていた。ブリージーは手を上げ、汗びっしょりの顔で彼らに微笑みかけた。「やあ、みんな。聞いてくれ。作曲家がそれがいいと言うなら、二つ目の段取りでやろうということになったんだ。カルロスは倒れるのが嫌なのさ。楽器を手にしてるし、怪我をするんじゃないかと心配してね」

「なんと！」とパスターン卿が言った。

「望むところでしょう、パスターン卿！」とブリージーは早口に言った。「けっこうじゃないですか。そのほうがいいでしょう」

「私が気絶して担ぎ出されるのか？」

「そのとおり。二つ目の段取りですよ。カルロスも納得しました。みんなもそれでいいだろ？　よし」

楽員《ボーイズ》たちは楽器のチューニングをはじめた。部屋はかすかな予行演習の音に満ちた。ダブルベースはつぶやくようにブーンという音を立てた。

スケルトンがパスターン卿に歩み寄り、「失礼します。新趣向のセンセーションがうまくいくことを祈ってますよ」と険しい表情で見つめながら言った。

「ありがとよ」

「素晴らしい夜だ」とシーザー・ボンはつぶやいた。「いつまでも記憶に残るね」

「これは弾込めした銃ですか？」とスケルトンは訊き、不快そうに笑い声を上げた。

リボルバーはソンブレロと一緒にドラムのそばに置いてあった。パスターン卿はリボルバーを手に取った。スケルトンは両手を頭上に挙げ、「はっきりお聞きしますが」と言った。「本当に弾込めしてあるんですか？」

「空包でな」

「へえ」とスケルトンは大声で笑った。「本当に空包だといいですが」

「ジョージが自分で空包をこしらえたの」とフェリシテが言った。

スケルトンが下ろした右手をパスターン卿のほうに差し出すと、卿はリボルバーを手渡した。

ブリージーは遠目に見ながら大きく溜息をついた。スケルトンはリボルバーを開き、弾薬筒の抽筒板に指の爪を差し入れて引き抜いた。

「見事ですね、パスターン卿」と言った。弾倉を回しながら空包を一つずつ引き抜いて込め直すと、「実に見事です」と言った。

見るからにご満悦のパスターン卿は、リボルバーの来歴、自分の射的の腕前、義兄からリボルバーを贈られた経緯を講釈しはじめ、台尻の下に刻まれたイニシャルを示した。スケルトンは大げさに目を細めて銃身をじっと見つめると、カチッとリボルバーを閉じ、銃をパスターン卿に返した。卿はブリージーのほうを一瞥すると、「よし」と言った。「なにをもたもたしてる?」ドラムの張りを強めはじめると、「新しい出し物の成功を祈って!」と言い、ドラムを打ち鳴らした。

「ありがとよ、シド」とブリージーは言った。

彼は指をチョッキのポケットに突っ込むと、不安そうにスケルトンのほうを見た。次から次へとポケットをまさぐった。汗が大きなビーズのように眉の上に浮き出た。

「どうした?」とハッピー・ハートが言った。

「錠剤が見当たらないんだ」

ポケットの裏地を引っ張り出しはじめ、「薬がないと一巻の終わりだ」と言った。「ああ、どこかにあるはずなんだが!」

レストランに通じるドアが開き、〝ジャイヴスターズ〟が楽器を持って入ってきた。彼らはブリージーの楽員《ボーイズ》たちにニヤリと笑い、パスターン卿を横目に見た。部屋はポマードの頭と黒服、サクソフォン、ダブルベース、ピアノ式アコーディオン、ドラムという風変わりな形の楽器でひしめいた。

「ぼくらは出たほうがよさそうだな、フェー」とエドワードが言った。「行こう、ライル。頑張ってくれ、ジョージ」

「じゃあな」

「それじゃ」

彼らは出ていった。ブリージーはまだポケットの中を探っていた。ほかの連中は心配そうに見つめていた。

「そんなことしてたら出られないぞ」とスケルトンが言った。

パスターン卿は糾弾するようにブリージーを指さし、「そら、私の言ったとおりだろ」と警告した。

ブリージーは敵意のこもった目で卿をちらと見た。

「おいおい、頼むよ」とハッピー・ハートが言った。「もう出番だぞ！」

「薬が必要なんだ。震えが止まらん。目の焦点も定まらない。誰か……」

「どういうことだ、こりゃ！」パスターン卿は苛立ちもあらわに叫び、ブリージーのほうに突進した。

「ただの錠剤です」とブリージーは言った。「いつも一錠飲むんです。神経を鎮めるのに」

パスターン卿は咎めるように言った。「錠剤なんぞくそくらえ！」

「頼む、どうしても必要なんだ、くそっ」

「手を上に挙げろ」

パスターン卿は遠慮会釈のない要領のよさでブリージーの体を探りはじめた。体中に手を当て、ポケットをひっくり返し、いろんな物が足元に落ちるままにした。シガレットケースと札入れを開け、中身を調べ、体のあちこちを軽く叩いたりつついたりした。ブリージーはくすくすと笑い、「くすぐったいな」とだらしなく言った。パスターン卿は最後に、ブリージーの胸ポケットからハンカチを引っ張り出した。小さな白い物がそこから落ちた。ブリージーはパッとひっつかみ、そのまま手を口に当てて飲み込んだ。「ふう、助かりました。用意はいいか、みんな？　じゃあ行こうか」

楽員たちは彼より先に出た。壁の照明は既に消してあり、各テーブルのピンク色の電気スタンドだけが光っていた。アルコーヴの天井に埋め込まれた照明灯がピカピカした演壇に琥珀色の照明を浴びせていた。レストランは洞穴の水浴場のようにぼんやりと顔がひしめき、時々色とりどりの宝石が光る。ウェイターたちが中を行き来し、煙草の煙の小さな筋が各テーブルの上に立ち上っている。レストランから見ると、バンドの演壇はアルコーヴの中で幻想的に輝いて見える。奏者たちと楽器はけばけばしくキラキラと輝いていた。その頭上には、巨大なメトロノームの振り子が不動のまま真下を指していた。楽員《ボーイズ》たちはいかにも嬉しそうに微笑みながら席に着いていた。ウェイターたちが、傘、ソンブレロ、ドラムを運び込んでいた。

バンド控室では、パスターン卿がブリージーのそばでリボルバーをいじりながら小さく口笛を吹き、横目使いに戸口の向こうを窺っていた。ドラム越しに、妻、継娘、姪、またいとこの顔がかすかに明るく見えた。フェリシテの顔は上目遣いにネド・マンクスを見ていた。パスターン卿はいきなり甲高い笑い声を上げた。

ブリージー・ベレアズは面食らって彼のほうを見たが、髪を撫でつけ、チョッキを引き下げると、腹話術の人形のような微笑を浮かべて登場した。楽員《ボーイズ》たちは、テーマ音楽を鳴らして彼の登場を引き立てた。拍手の音が穏やかなにわか雨のようにレストランに満ちた。ブリージーはにっこりしてお辞儀をすると背を向け、まさに彼ならではの凝った素早い身振りで指揮をはじめた。

シド・スケルトンは席でかすかに体を弾ませた。床に足をつけているが、踏み鳴らすのではなく、自分が打ち鳴らす音のシンコペーション、正確さ、不連続性に応じて安定した拍子で足を曲げたり伸ばしたりする。四人のサクソフォン奏者は一緒に体を揺らしたが、唇をマウスピースに押し付けて頬を膨らませていたため、顔はおしなべて無表情だった。休止の楽節に来ると、一斉ににっこりと笑った。バンドはカーライルも知っている曲を次々と奏でた。昔からおなじみの曲だ。最初のうちはそうとわかるが、〝ブリージー・ベレアズ流〟のキーキー、ドスンドスンと狂ったような装飾を加え、よくわからない混乱に突入していく。（あのスウィング音楽の楽員たちは）とカーライルは思った。（本来なら黒人よね。黒人じゃないとなんだか変だわ）

三人の楽員が歌いはじめた。ゆっくりと軽い足取りで前に進み出ていた彼らは、頭を寄せ合って一斉に体を揺すった。なんとも言えないしかめっ面をしてみせ、「ピーーナッツ」と悲しげに声を上げた。だが、カーライルの好きなピーナッツの歌をそのまま歌うのではなく、独特の歌い方をした。歌を妙にいじってひねり、ごちゃごちゃにすると、にこにこしながら楽器の演奏に戻った。もう一曲、昔ながらの曲を演奏した。〝アンブレラ・マン〟だ。彼女の嗜好は単純だったし、こういう静かな一本調子のほうが心地よかった。最初は静かで単調な演奏だった。フラッドライトが薄暗くなり、まばゆいスポットライトがピアニストを照らした。弾き語りをはじめた。うまいわ、とカーライルは思った。彼女もそれなりに楽しんでいた。だが、つんざくような甲高い音が単調な曲を遮った。スポットライトがレストランの一番端の戸口に移った。カルロス・リベラが立っていた。手はピアノ式アコーディオンの鍵盤の上でうねっていた。テーブルのあいだを抜けて進み出ると、演壇に登った。ブリージーはリベラのほうを向いた。指揮棒はほとんど動かさず、肉体が内に隠れた骨格の上で躍動しているようだった。それが〝ブリージー流〟だ。リベラは伴奏なしで自分のピアノ式アコーディオンから、水の滴り、爆発、唸り声を絞り出した。まさに楽器を自在に使いこなしている。彼はカーライルをまっすぐに見つめ、目を大きく開いて彼女にお辞儀をした。彼の奏でる音響はあけすけにみだらだ、とエドワード・マンクスは思った。レストランにいる夜会服の人々はぼんやりと座って漫然と見ているだけなのに、リベラのほうはカーライルに扇情的な妙技を披露するとは破廉恥で滑稽だ。

スポットライトは演壇の中央に移ったが、演奏しているのはドラム奏者だけで、ダブルベース奏者が楽器をポンと叩いた。ほかの奏者は一人ずつスポットライトを浴び、傘をさして車輪のようにくるくると回した。

古くさい芸当で馬鹿みたい、とカーライルは思った。下手くそね。レディー・パスターンは音楽が静かな個所に来ると、はっきりと言った。「フェリシテ、あれは私のアスコット競馬用の日傘よ」

「ええ、ママ、そうね」

「あの人ったら、なんの断りもなく。値打ち物の結婚の贈り物なのに。手元には宝石がちりばめてあるの」

「まあいいじゃない」

「きっぱりと抗議させてもらいますからね」

「その日傘はうまく回せてないわね。ほら、みんな、傘を回すのをやめた」

奏者たちは席に戻った。音が大きくなると、不意にむせび泣きにすぼまり、静かになった。

ブリージーがお辞儀をし、にっこりしてまたお辞儀をした。リベラはカーライルを見つめていた。美しいドレスと海草のような金髪の女性が端のドアから登場し、手にした真紅のシフォンをひらひらさせながらスポットライトの下に立った。自ら志願した人身御供のように観客をじっと見つめ、激しく体を揺すりはじめた。「知ってるでしょ、あれはただの夏の稲妻……」カーライルとエドワードは彼女に嫌悪を感じた。

次に、シド・スケルトンとサクソフォン奏者が二重奏を演奏したが、それは曲芸めいた離れ業だったし、満場の喝采を浴びた。

演奏が終わると、スケルトンはお辞儀をし、いかにも尊大で恩着せがましい顔つきでバンド控室に入っていった。

しばらくの休止後、ブリージーは演壇の前端に進み出た。満面に勝ち誇った笑みを浮かべていた。楽員《ボーイズ》たちの演奏が好評を博したことに心からの謝意を述べた上で、「ちょっとしたお知らせがあります」と小声で語った。「今からなにが起きるかをお話しすれば、これは本当に特別な機会だと納得してもらえるでしょう」（レディー・パスターンは声を抑えて、ふん、と言った）「数週間前」とブリージーは言った。「見事なドラム演奏に接する機会を得ました。抜群の奏者で（――ふん、そりゃ素人とは言わないでしょ）、今夜、私の楽員《ボーイズ》たちとともに演奏するよう、この非凡な奏者にお願いして引き受けてもらいました。追加のアトラクションとしてご用意した曲は、この奏者の自作曲です」ブリージーは一歩うしろに下がり、パスターン卿の名前と爵位を強調するように告げ、アルコーヴの背後のドアに期待の目を向けた。

パスターン卿の親戚は遠縁であれ近親であれ、みなそうだったが、カーライルも彼にひどく当惑させられることが多かった。今夜もまた、おなじみの居心地の悪い感覚に襲われるのに耐えなくてはと覚悟を決めていた。それでも、卿がドアから出てきて、頬を紅潮させ、緊張の笑みを浮かべて観客の前に立つと、不意に同情に駆られた。こんなたわけた真似をするとは、愚かで無益であまりにうぶだ。叔父さんに肩入れしたくなる。

パスターン卿はドラムに歩み寄ると、丁寧に軽くお辞儀をし、そわそわした表情で席に座った。卿がこそこそとフェリシテの席に近い演壇の上にリボルバーを置き、かぶっていたソンブレロをその上にかぶせるのを観客は目にした。ブリージーは指揮棒でパスターン卿を指し示して言った。「紳士淑女の皆さん、〝ホット・ガイ、ホット・ガナー〟です」彼が最初の指揮棒を振りおろすと、音楽がはじまった。

今夜聴いたほかの曲とさして変わらないわ、とカーライルは思った。パスターン卿は、シド・スケルトンと同じように、ジャーン、ドドド、シャッシャッと鳴らした。歌手が三人登場した。歌詞はほかの歌ほど馬鹿げておらず、曲も覚えやすそうだ。だが、（あら）と彼女は思った。（叔父さんもドラムに囲まれると、なんて弱々しいの！）

エドワードは、（あれじゃ、ぼくが社会の仕組みを論じるのと同じ感性を持つ風刺作家の恰好のネタだぞ。風刺漫画や寓話も作れそうだ。まさに漫画だな。ジョージはブリージーの指揮でドンドンバンバンやってるが、背後にはついていけない連中がいる。〈メトロノーム〉も潮時か……後ろ指を指されるぞ……世間に恥さらしなことをして。火を見るより明らかだ）と思ったが、その考えを振り払った。（いや、そんなことはない。いいところもある）それから、カーライルのほうを向いて見つめた。

フェリシテは思った。（いかにもジョージね。なにはともあれ、楽しんでるわ）パスターン卿のソンブレロに目をやった。エドワードの膝に手を触れると、彼女のほうに顔を寄せてきたので耳打ちした。「ジョージの銃をくすねてみる？　やれるわ。ほら！」演壇の前端に手を伸ばし、ソンブレロの下に手を差し入れた。

「フェー、駄目だよ！」と彼は声を上げた。

「どうして？」

エドワードは激しく首を横に振った。

「ジョージは」とフェリシテは言った。「なにをやるつもりなのやら」手を引っ込め、椅子の背にもたれながら、白いカーネーションを指でつまんだ。（これを髪に挿したらどう？）と思った。（たぶん間が抜けて見えるし、落ちちゃうだろうけど、いいアイデアかも。なにか――せめてひと言――言ってくれてもいいのに。お互いわかり合ってるしるしに。そしたら、いつまでも上辺を繕い続けることもないのに）

レディー・パスターンは思った。（どこまでも恥をさらし続けるのね。私の面目も、自分の階級の面目も潰しているのに。また同じことの繰り返し。同じゴシップを立てられ、同じ無礼極まりない記事を書かれ、同じ屈辱を味わわされる。まあそうは言っても、なんとか切り抜けてきた。今夜もこの苦痛によく耐えてきたわ。私の予感したとおりよ）リベラをじっと見つめていると、彼がステージの中央に進み出てきた。（あんたはもう片づけたわ）と内心ほくそ笑んだ。

パスターン卿は思った。（今のところミスはないな。まずジャーン、もひとつジャーン、さらに激しくジャーンとやって、シャッシャッとやる。あいつのアコーディオンに合わせて一、二、三ときて、待機。実に素晴らしい。私こそが音楽だ。さあ。あいつが来るぞ。ハイ・デ、オー、ハイ。ヤッホー。そら来た。はじめるぞ。やつのアコーディオンに合わせて〝ホット・ガナー〟だ）

パスターン卿はシンバルをジャーンと鳴らし、音が静まると座席の背にもたれた。

リベラがスポットライトを浴びて前に進み出た。バンドのほかの楽員は無言だった。メトロノームの不動の巨大な振り子の先端が彼の頭上にあった。彼は夢中らしかった。苦悶と歓喜を一度に味わっているようだ。くねくね体を揺らしたり、グイッと動いたり、観客に目線を送ったりした。決して滑稽ではなかったが、自分の音楽の操り人形だった。演奏は延々とクレッシェンドが続いた。クライマックスに達すると、リベラはすごい角度でのけぞり、持ち上げた楽器が胸の上で起伏するたびに、振り子の先端が楽器に刺さりそうだった。騒々しい音が続く中、つんざくような不協和音が割って入り、スポットライトが突如ドラムのほうを照らした。ソンブレロをかぶったパスターン卿が立ち上がり、リベラの五フィート内に近づくと、リボルバーを彼に向けて発砲した。

アコーディオンは不気味に音量を下げていった。リベラは膝をガクガクさせて倒れた。アコーディオンが最後の音を響かせ、静かになった。発砲と同時に、テナーサクソフォン奏者が甲高い音を一つ吹き鳴らして席に座った。パスターン卿は戸惑った様子で、倒れたリベラからサクソフォン奏者に目を移し、ちょっと間を置くと、さらに三発、空包を放った。ピアニスト、トロンボーン奏者、最後にダブルベース奏者が次々と音を奏でながら音量を下げ、全員、同じように倒れていった。

再び一瞬の間が空いた。パスターン卿はひどくまごついた様子で、不意にリボルバーをベレアズに手渡すと、ベレアズは卿に向けて引き金を引いた。撃鉄がカチリと鳴ったが発射音はない。ベレアズはむっとした顔をし、肩をすくめてリボルバーを見つめると、銃身を開いた。バラバラと薬莢が落ちた。ブリージーは頭を掻き、リボルバーを自分のポケットに突っ込むと、指揮棒を持つ手で素早い身振りをした。

「ヤッホー」とパスターン卿は叫んだ。バンドは一斉に音のうねりを発した。卿はドラムに駆け戻ってひらりと席に着き、スポットライトが卿を照らした。それまで動かなかったメトロノームが不意に長い振り子を振りはじめた。チクタク、チクタクと鳴った。メトロノームのパネルでカラー電球が万華鏡のように変化しながらチカチカと明滅した。パスターン卿は狂ったようにドラムを叩き続けた。

「うわ！」とエドワードは声を上げた。「こんなテンポじゃ自殺行為だぞ」

ブリージー・ベレアズは大きな造花の花輪を手にしていた。ハンカチで目を拭いながらリベラのそばに跪《ひざまず》き、花輪を胸の上に置くと、胸に手を触れた。顔をかがめ、花輪の下をせわしくまさぐると、驚いた表情で目を上げ、ドラムのほうを見た。スポットライトは、パスターン卿が恍惚とした真っ赤な顔でドラムに没頭する姿を照らしていた。卿のソロ演奏は八十秒ほど続いた。そのあいだに、四人のウェイターが担架を持って登場した。ベレアズは色めき立って彼らに話しかけた。リベラが担ぎ出されていくあいだ、サクソフォンが不気味で悲しげなすすり泣きを奏し、パスターン卿は大きなドラムを叩くと、即座に緊張感を解放するように抑えた唸りを鳴らし続けた。

メトロノームがカチッと鳴って停まり、レストランの明かりが点くと、観客は礼儀正しく拍手を送った。ブリージーは唇まで真っ蒼になって震えていたが、パスターン卿を指し示すと、卿はブリージーの隣に来て、汗で顔を光らせながらお辞儀をした。ブリージーは聞き取れないほどの小声で卿に話しかけ、次にピアニストに話しかけると、パスターン卿をあとに従えて退場した。ピアニスト、ダブルベース奏者、三人のサクソフォン奏者はダンス音楽を演奏しはじめた。

「さすがジョージね！」とフェリシテは声を上げた。「素晴らしかったわ、ママ、そうでしょ？　ネド、彼って最高じゃない？」

エドワードは彼女に微笑み、「たまげたよ」と言うと、「ねえ、シー。ライルと踊ってもいいかな？いいだろ、ライル？」と付け加えた。

カーライルは彼の肩に手を置くと、連れ立って離れていった。ヘッドウェイターが彼らのそばをすり抜け、さらに奥のテーブルに行き、顔をかがめて男に耳打ちした。男は立ち上がり、片眼鏡を外すと、思いつめた表情でカーライルとエドワードのそばをすり抜けてホールに向かった。

二人は無言のまま親しげに踊っていた。ようやくエドワードが口を開いた。「ジョージは次になにをするのかな？　まだなにか残ってるのか？」

「だとしたらとんでもないと思ってたけど」

「愚の骨頂だよ。ライル、例の件だけど、出発前に話す機会がなくてね。フェーとのいきさつを考えると、あいつをぶん殴ったりすべきじゃなかった。ちょっとやりすぎたよ。余計な騒ぎを起こしたのなら申し訳ないが、実は痛快だったんだ」答えが返ってこなかったため、心許なさそうに、「ずいぶんと悩んでないか？　ライル、まさか……」と言った。

「まさか」と彼女は言った。「とんでもない。正直に言えば、してやったりと思った」彼は手を強く握りしめてきた。「こっそり見ながら、いい気味だと思ったわ」と付け加えた。

「あいつの耳に気づいたかい？　カリフラワーにはなってなかったが、ひどく腫れてたし、血も少し流れてた。それでも、あの野郎、無神経にも手回しオルガン越しに君をじろじろ見てたな」

「フェーに見せつけようとしただけよ」

「そうかな」

「だとしたら、うまくいかなかったけど」

「というと？」とエドワードは鋭い口調で尋ねた。

「わかるはずよ」

「すると、フェーは……」急に口をつぐみ、顔を真っ赤にし、「ライル」と言った。「フェーのことだが……どうも妙なことがあってね。驚くべきことだし、まあ、言いにくいんだが。うまく説明できないけど、君ならわかってくれるだろう」

カーライルは彼を見つめ、「奥歯に物の挟まった言い方ね」と言った。

「ライル、ねえ……ライル、そう……」

二人は踊りながらバンドの演壇のそばに来た。カーライルは、「あのウェイターが私たちを見てるわ。あなたの注意を引こうとしてるようだけど」と言った。

「ほっとけよ」

「間違いないわ。こっちに来る」

「なにか厄介な伝言でもあるんだろう。ああ、なんだい？」

ウェイターがエドワードの腕に触れたのだ。「失礼いたします。緊急のお呼び出しでして」

「ありがとう。一緒に来てくれ、ライル。電話はどこだ？」

ウェイターはためらいがちにカーライルのほうをちらりと見て言った。「お嬢様、ちょっと失礼します。その……」囁き声になった。

「なに！」とエドワードは言い、カーライルの肘をつかんだ。「厄介なことが起きた。ジョージがぼくを呼んでる。テーブルで待っていてくれ、ライル」

「ちょっと、なんだっていうの？」

「すぐに行かなきゃ。失礼するよ」

彼はこうして離れていったが、カーライルは彼の顔が真っ蒼なのに驚いた。

ホールにはほとんど人がいなかったが、エドワードはウェイターを呼び止め、「容体は？」と尋ねた。「ひどい怪我なのか？」

ウェイターは握りしめた手を口元に持っていき、「亡くなったそうです」と言った。

三

ブリージー・ベレアズは奥の小部屋の小さなテーブルに座っていた。さっき、ポーカーをしていたテーブルだ。エドワードが事務室に入ったとき、取っ組み合いをする音と教え諭す声が聞こえ、彼は急いで小部屋のドアに突進して開けたのだった。人々が床に這いつくばっていたブリージーを立ち上がらせようとし、部屋の中でもつれ合っていた。彼は今、脱力しておとなしくなっていた。柔らかそうな手でテーブルの表面を引っ掻き、服が乱れたまま息を切らしていた。目から涙がこぼれ、口を開けっ放しにしていた。背後にいた秘書のデイヴィッド・ハーンが彼の肩を叩き、「あんなことはしちゃいけないよ」と言った。「ねえ。あんなことはしちゃいけない」

「ほっといてくれ」とブリージーは囁き声で言った。シーザー・ボンはありきたりな悲嘆の仕草で手を固く握りしめながら、エドワードの肩越しに事務室を覗き込んだ。片眼鏡をかけた男がデスクに座り、聞き取れない声で電話の受話器に話していた。

「なぜこんなことに？」とエドワードは訊いた。

「見たまえ」とパスターン卿は言った。

エドワードは小部屋を横切った。「触れないでください」とシーザー・ボンが慌てて言った。「失礼ですが、ご容赦ください。アリントン医師がすぐそうおっしゃったんです。触れてはいけないと」

「触るつもりはないよ」

彼は身をかがめた。リベラは床に横たわっていた。奥の壁際で長身をきちんと伸ばしていた。足元には滑稽な花輪があり、少し離れたところにピアノ式アコーディオンが置いてあった。リベラの目は開いたままだった。上唇がめくれ、歯が見えていた。上着がはだけ、ソフトシャツの表面に血の染みがあった。染みの上のほうに、短く黒っぽい物が胸から不恰好に突き出ていた。

「これはなんだ？　ダーツ矢のように見えるが」

「ドアを閉めてくれ」とボンは憤然として囁いた。ハーンはすぐさま事務室に続く戸口に行き、ドアを閉めた。閉まる寸前、エドワードは、男が電話で「事務室にいます。もちろん、お待ちしますよ」と言うのが聞こえた。

「これで我々はおしまいだ。もうおしまいだよ」とボンは言った。

「警察は時間外の捜査だと思うでしょう。それだけのことです」とハーンは言った。「落ち着いて対応すればいい」

「洗いざらい暴かれる。どのみちおしまいさ」

ブリージーは弱々しい裏声に高めて言った。「なあ、みんな。聞いてくれ、シーザー。こんなことになるとは思わなかった。予想もしなかったよ。わかるわけがない。私のせいじゃないぞ。なにか変だと楽員たちにも伝えたよ。違う行動をとったところで、なにも変わらなかったさ。だろ、デイヴ？警察が私に文句があるわけがない」

「まあ、落ち着いてください」

「君の行動は正しかった」とボンは力を込めて言った。「違う行動をとってたら——どんな騒ぎになったか！　収拾がつかなかったよ！　まったく無駄な騒ぎになってた。いやいや、あれでよかったんだ」

「ああ。だがね、シーザー、我々の進め方はまずかった。おどけた葬送行進曲といい、なんといい。あれはまずいと思ってた。あいつが二つ目の段取りでやりたいと言ったとき、私はそう言ったんだ。みんなだってそうだろう！」ブリージーは震える指でパスターン卿を指さした。「あなたの馬鹿げたアイデアだった。そいつを我々に押し付けたんだ。その結果どうなったか見てみろ。くだらん考えだ、おどけた葬送行進曲とは！」

口元がほころび、息をはあはあさせながら笑いはじめ、テーブルを叩いた。

「黙れ」とパスターン卿は苛立たしげに言った。「この馬鹿もんが」

ドアが開き、片眼鏡の男が入ってきて、「この騒ぎはなんです？」と訊いた。男はブリージーをじっと見ると、「ベレアズさん、おとなしくできないのなら、手荒な真似をせざるを得ませんぞ」と言い、ボンのほうを見た。「ブランデーを飲ませたほうがいい。アスピリンを持っていませんか？」

ハーンは出ていった。ブリージーはすすり泣いてぶつぶつと囁いた。

「警察は」と男は言った。「すぐに来ます。むろん、私は供述書を取られるでしょうな」エドワードをじっと見つめた。「この方は？」

「私が呼んだ」とパスターン卿は言った。「私の連れと一緒に来たんだ。親戚のネド・マンクスだ——こちらはアリントン医師だ」

「そうですか」

「ネドに来てほしくてな」とパスターン卿は沈んだ声で言った。

アリントン医師はブリージーのほうを向き、脈をとった。医師は鋭い目で彼を見つめ、「ちょっと取り乱していますね」と言った。

「私のせいじゃない。そんな目で見ないでくれ。おお、私の罪じゃないぞ」

「そんなことは言っていませんよ。ブランデーはいかがです？　ああ、ちょうど来たな」

ハーンがブランデーを持ってきて、「アスピリンです」と言った。「何錠ですか？」瓶を振って二錠出した。ブリージーは瓶を奪い取り、テーブルの上に六錠ほどぶちまけた。アリントン医師が割って入り、三錠与えた。ブリージーはブランデーと一緒にゴクンと飲み、ハンカチで顔の汗を拭くと、大きなあくびをして身震いした。

事務室から声がした。ボンとハーンがブリージーに歩み寄った。パスターン卿は足を開いて座り、軽く腕を曲げた。この姿勢はエドワードにはおなじみだった。これは普通、厄介事を意味する。アリントン医師は片眼鏡を嵌めた。ブリージーはかすかに鼻をくんくんさせた。

誰かがドアをノックした。ドアが開き、白髪交じりのずんぐりした男が入ってきた。黒っぽいオーバーを着ていたが、身なりはこざっぱりとし、頑健で質朴そうな男で、山高帽を手にしていた。目をキラキラさせ、初対面の人々を異常なほど長く見つめた。鋭く冷静な目で室内の男たちを一人ひとり見つめると、彼らが脇へ退いて示したリベラの死体を見つめた。アリントン医師が彼らの中から進み出た。

「事件ですか？」と新顔の男は言った。「アリントン医師ですか？　部下が外に待機しています。私はフォックス警部です」

彼は死体に歩み寄った。医師があとに続き、二人は揃って死体を見下ろした。フォックスはかすかに唸り、ほかの人々のほうを振り向くと、「この方たちは？」と言った。シーザー・ボンが素早く進み出て早口にしゃべりだした。

「お名前を教えていただけますか」とフォックスは言い、手帳を取り出した。名前を書き取ると、まずブリージーをじっと見つめた。ブリージーは椅子の背にもたれ、フォックスを呆けたように見つめていた。金属のボタンが付いたタキシードが一方にずり下がり、ポケットが重みで垂れ下がっていた。

「失礼ですが」とフォックスは言い、「ご気分が悪いのですか？」と、ブリージーのほうにかがみこんだ。

「もうおしまいだ」とブリージーは泣き声で言った。

「さて、ちょっと失礼しますが……」フォックスは目立たない仕草でポケットを探り、手袋をはめた大きな手にリボルバーをつかんで立ち上がった。

ブリージーは銃をポカンと見つめると、パスターン卿を震える手で指さした。

「私の銃じゃない」とまくし立てた。「私のじゃないぞ。彼のだ。パスターン卿の銃だ。卿が哀れなカルロスに向かって発砲し、カルロスは予定になかったのに倒れたんだ。そうだろ、みんな？　だよな、シーザー？　誰か私のためにそうだと警部に言ってくれ。パスターン卿がその銃を私に手渡したんだ」

「まあ落ち着いて」とフォックスは宥めるように言った。「その件はいずれお話ししましょう」リボルバーを自分のポケットに入れた。鋭い目で男たちをもう一度眺めまわした。「ありがとうございました、皆さん」と言い、ドアを開けた。「もうしばらくお手数をおかけしてもよろしいですか、先生。ほかの方々は事務室のほうでお待ち願います」

彼らは事務室にぞろぞろと出ていった。事務室には男が四人、待機していた。フォックスが頷くと、うち三人が奥の小部屋に入ってきた。彼らは黒いケースと三脚を持っていた。

「こちらはカーティス医師です、アリントン先生」とフォックスは言い、オーバーを脱いで山高帽をテーブルに置いた。「お二人に遺体を診ていただけますか？　準備ができたら写真を撮ってくれ、トンプスン」

男の一人が三脚とカメラを設置した。医師たちの動きは、まるでコンビのコメディアンのようだった。二人ともズボンをぐいと引き上げ、床に右膝をつき、前腕を左の太腿に載せた。

「私はこのレストランで夕食を摂っていました」とアリントン医師は言った。「彼を診たときは既に死んでいました。三分から五分ほどでしたね。この状態に――」と、指先をシャツの染みに突きつけた。「――なってから。この部屋に来たとき、彼は既にここに運び込まれていました。とりあえずの検案をしてからロンドン警視庁に電話をしたのです」

「凶器を引き抜こうとした者はいないのですね？」とカーティス医師は言い、「珍しいことだ」と付け加えた。

「パスターン卿が、触れるなと言ったようですね。引き抜けば血が噴き出すのではとふと思ったのでしょう。みんなほぼひと目で死んでいると気づいた。おそらく、右心室を深く刺し貫かれているのでは？　ちなみに、私は凶器に触れていない。なにかはよくわからないですね」

「すぐに確かめましょう」とカーティス医師は言った。「いいよ、フォックス」

「はじめてくれ、トンプスン」とフォックスは言った。

　彼らは活動をはじめた。トンプスンの焚いたフラッシュが光ると、彼らの影が一瞬、壁に映えた。トンプスンはかすかに口笛を吹きながらカメラを操作し、フラッシュを焚いてシャッターを押した。

「終わりましたよ、フォックスさん」とようやく言った。

「次は指紋だ」とフォックスは言った。「凶器を調べてくれ、ベイリー」

　指紋検査官は痩せ型の黒髪の男で、死体のそばに膝をついた。

　フォックスは言った。「なにが起きたのか、目撃者から供述を取りたい。ご協力いただけますか、アリントン先生？　正確にはどんな状況でしたか？　出し物の途中でこの男に向けて銃を撃ったようですね」

　フォックスはオーバーをきちんと畳んで椅子の背に掛けた。膝を開いて座り、眼鏡をかけると、テーブルの上に手帳を開いた。「お手数ですが、先生」と言った。「話しやすいようにお話しください」

　アリントン医師は片眼鏡を嵌めると、申し訳なさそうな顔をし、「うまく話せそうにないですな」と言った。「実はね、警部、私は出し物よりも自分の同伴者のほうに気を取られていたのです。ちなみに、できれば早く彼女にお詫びを申し上げたくてね。私がなにに手を取られているのか、不審に思っているはずですので」

「伝言を書いていただければ、ウェイターに持っていかせますよ」

「なんですと？　ああ、なるほど」とアリントン医師はもどかしげに言った。伝言はトンプスンが預かった。ドアを開けたため、事務室にいる意気消沈した人々の姿が垣間見えた。パスターン卿が甲高い声で話すのが言葉の途中だけ聞こえた。「……そいつはとんでもない間違いだ。いつもみたいに騒ぎを起こすがいいさ……」そこでドアが閉じた。

「それで、先生？」とフォックスが穏やかに言った。

「そう、楽員たちはなにやら馬鹿げたことをやりはじめました。おしゃべりをしていて、さほど気に留めていなかったのですが、パスターンのおやじが間の抜けた振る舞いをした、実にくだらんショーでしたね。この男が」と不快げに死体を見下ろした。「レストランの一番端から出てきて、コンチェルティーナかなにかでひどい音を奏で、そのあとすさまじいドンパチでした。目を上げると、パスターンが銃らしきものを手に持っていた。この男が倒れて、指揮者が花輪を彼の上に置くと、この男が運び出されていきました。三分ほどして私が呼ばれたわけです」

「ちょっとメモを取らせていただきますよ」とフォックスは言った。眉をつり上げ、口で息をしながら着実なペースで書いていった。「さて」と落ち着いて言った。「先生、パスターン卿が発砲したとき、被害者からの距離はどのくらいでしたか？」

「かなり近かったな。よくわかりませんが。五から七フィートか。よくわかりません」

「発砲直後に被害者の動きでなにか目に留まりましたか？　つまり、なにかおかしな点に気づいたか、ということですが」

アリントン医師は苛立たしげにドアのほうを見ると、「気づいた！」と繰り返した。「特段気づいたことはありません。発砲したとき、私は目を上げました。この男は実にうまい具合に倒れたと思いましたね。まさにぞっとする風貌の男でした。ポマードべったりの髪といい、歯といい」

「すると……」とフォックスは言いかけたが、腰を折られた。

「なにも申し上げるつもりはありませんよ、警部。この気の毒な男を検案した所見はお話ししました。それ以上のことは専門外だし、馬鹿げています。注意して見ていたわけではないから、憶えてもいない。よく見て、憶えている者を見つけたほうがいいですね」

フォックスは顔を上げ、アリントン医師の背後のドアを見つめた。手は手帳の上で動きを止めた。ポカンと口を開けていた。アリントン医師がゆっくりと振り返ると、夜会服を着た長身の黒髪の男が立っていた。

「私はよく見ていたよ」とその男は言った。「憶えてもいる。私から聴取するかい、警部？」

四

「なんと！」フォックスは重々しく言うと、立ち上がり、「いや、ありがとうございました、アリントン先生」と言った。「明日、タイプ打ちした供述書をお届けします。目を通していただき、問題がなければご署名ください。検死審問にはお越しいただけますね」

「いいでしょう。ありがとう」とアリントン医師は言い、新参客が開けたドアに向かった。「ありがとう」と繰り返した。「私よりうまく説明してくれるとよろしいですが」

「なかなかそうは」と相手は丁寧に応じ、医師が出ていくとドアを閉めた。「君もパーティーに来るはめになるとはね、フォックス」と言い、死体に歩み寄った。指紋検査官のベイリーは、「こんばんは」と言い、ニヤニヤしながら脇に退いた。

「失礼ですが」とフォックスは言った。「どうしてここに？」

「私だって家内と一緒にレストランでくつろいでもいいだろ？　ほかに浮き世の楽しみがあるかい？　ともあれ、君は楽しくないようだね。お気の毒様」と言い、リベラの死体にかがみこんだ。「まだ状況を把握し切れていないようだね、フォックス」

「指紋を採取して写真を撮りました。成果があるかもしれません」

　フォックスは膝をつくと、手をハンカチでくるみ、リベラの胸から突き出ている物をつまんだ。なかなか引き抜けず、「きついな」と言った。

「ちょっと見せてくれるかい？」

　フォックスは脇にどき、もう一人の男は隣で膝をつくと、「これはなんだ？」と言った。「普通のダーツ矢じゃない。端にねじ山がある。なにかから回して外した物だ。色は黒。先端は銀色。黒檀だな。あるいは、黒っぽいブロンズか。いったいなんだろう？　もう一度試してくれ、フォックス」

　フォックスは再び引き抜こうとした。ねじると、血に濡れたシルクの下で傷口がわずかに開いた。彼は着実に引き抜いていった。ぐいっと引っ張り、かすかだが恐ろしい音を立てて凶器が引き抜かれた。フォックスは床にハンカチを広げて凶器を置いた。ベイリーが舌打ちした。

　フォックスが言った。「見てください。いやはや、なんてことだ！　傘の中棒の部品ですよ。ダーツ矢か太矢のように仕立てたんです」

「白黒の日傘だな」と男は言った。フォックスはすぐに目を上げたが、なにも言わなかった。「そう、下はじきがあるね。だから簡単に引き抜けなかったんだ。精巧な品だな。まるで博物館の展示品だ。

下はじきに小さな宝石がちりばめられている。見たまえ、フォックス」

　彼は長い指で指し示した。端から突き出ているのは、長さ二インチほどの金属で、下は幅広だが、次第に先細り、先端が尖っていた。「錐《きり》か目打ちのように見えるね。おそらく本来は短い柄にはめ込まれていたんだ。こいつはこの日傘の中棒の端に差し込まれて、なにかで固定されたのさ。木工パテだろうな。ほら、中棒の端は中が空洞だろ。おそらく、日傘のもっと長い中棒部分がこっちにねじ込まれていて、反対側の端のほうは、手元、つまり持ち手にねじ込まれていたんだ」手帳を取り出し、素早くスケッチを描いてフォックスに見せ、「こんな感じだろう」と言った。「風変わりな日傘だな。おそらくフランス製だ。子どもの頃、パリロンシャン競馬場のエンクロージャーで見た憶えがある。中棒は細く、下ろくろを下げて下はじきと溝を噛み合わせるのさ。これがその部分だよ。だが、なんでまた、日傘の中棒を短剣のように使ったのかな？」

「こいつはもう一度検査してみないと、トンプスン」フォックスはぎこちなく立ち上がり、しばらく間を置くと、「どこに座っておられたんですか、アレンさん？」と言った。

「パスターン卿一行の隣さ。演壇から数ヤードほどの場所だ」

「幸運でした」とフォックスは簡潔に言った。

「とも限らないよ」とアレン主任警部は応じた。彼はテーブルの上に座り、煙草に火を点けた。「これは確かに厄介な状況だ、フォックス君《ブレア・フォックス》（「ブレア・フォックス」はジョエル・チャンドラー・ハリスの「リーマスおじさん」シリーズに登場するキツネ）。君の仕事に口をはさむわけにはいかないな」

　フォックスはふんと短く鼻を鳴らした。「むろん、引き継いでください」

「報告書くらいは作れるよ。最初にことわっておくが、私はほとんど、あのパスターンという風変わりな男を見ていた。実に変わった男だよ」

「まさか」とフォックスは感情を見せずに言った。「実はイートン校であの方の学僕だったとか？」

アレンはこの突っ込みにニヤリとした。「もしそうなら、私は残りの人生、ずっと精神病院だったろうな。いや、私が言いたかったのは、あの男に目を奪われて、ほかの連中に目が向かなかったということさ。私が気づいたのは、たとえば、彼は銃――リボルバーのようだね――をこの男に向けたが、そのとき、この男からせいぜい七フィートしか離れていなかったことだ」

「そのようですね」とフォックスは言い、再び手帳を開いた。「供述を取らせていただいてもよろしいですか、アレンさん？」ととりすまして付け加えた。

アレンは言った。「内心小気味よく思っているね？　まあいいさ。彼らは実に馬鹿げたことをはじめた。時代遅れのコーラスガールみたいに雨傘と日傘をくるくる回したのさ。それと、白黒のレース製の、いかにも女物のフランス風の傘に支障があるように見えた。持っていた男は傘の真ん中を握っていた」

「ほう？」フォックスはトンプスンのほうを向いた。「その傘を確保してくれるか」トンプスンは出ていった。ベイリーが粉末吹き付け器を持って進み出ると、凶器のほうにかがみ込んだ。

「最後の動きを説明するよ」とアレンは説明を続けた。彼は落ち着いてゆっくりと話した。トンプスンが白黒の日傘を持って戻ってくると、「確かにこれですね」と言った。「中棒の一部が欠けています。ほら！　すぼめた状態に保つ下はじきがありません」と言い、ダーツ矢の隣に置いた。

「よし」とフォックスは言った。「指紋を採取してくれるか」

トンプスンは凶器の写真をさらに三枚撮ると、凶器をハンカチにくるみ、フォックスのケースに入れた。「検査が終わったら、きちんと保護して片づけておきますよ、フォックスさん」と言った。フォックスが頷き返すと、トンプスンとベイリーは器具一式を持って出ていった。

「……銃が発砲される前」とアレンは説明を続けていた。「この男はくるりとパスターン卿の正面を向き、観客に半ば背を向け、指揮者には完全に背を向けていた。楽器を持ち上げて不気味なほど大きくのけぞったよ。動かないメトロノームの振り子の真下にいてね。銃が発砲されると、また向きを変え、少し背筋を伸ばした。ピアノ式アコーディオンと思しき楽器の音量が次第に下がり、いかにも悲しげな音になった。がくんと膝を折って座り込むと、楽器を観客側のほうに投げ出しながら、ごろりと仰向けになって身動きしなくなった。それと同時に、楽員の一人が撃たれたふりをした。スポットライトはパスターン卿を照らしていたから、リベラのほうはよく見えなかったが、卿はちょっとためらってから、発砲を続けた。さらに三人の楽員が卿に撃たれたかのように滑稽によろめいた。このとき、ちょっと乱れが生じたように見えた。みな、次にどうしていいかよくわからない様子だった。とはいえ、パスターンから銃を手渡されたベレアズが銃を卿に向けて引き金を引いた。弾は尽きていて、カチリという音がしただけだ。ベレアズは不興げな顔をしてリボルバーの銃身を開き、ポケットに突っ込むと、「銃はおれがもらった。続けてくれ」と言わんばかりの仕草をした。すると、パスターン卿は大げさな身振りでひどくわめき立てた。尋常とは思えなかったね。どんよりした目に、汗をしたたらせ、笑みを浮かべながらドラムに突進したよ。初老の貴族が演じた興ざめの見世物だったが、むろん、卿はすっかりとち狂っていた。トロイと私はすまし顔で怖がってみせていた。照明がキラキラと点滅しながらメトロノームが動きはじめたのはそのときだ。それまで振り子は真下のリベラをまっすぐ指し示していた。ウェイターが指揮者に花輪をぽいと投げ与えると、指揮者はこのリベラという男のそばに膝をついて、胸の上に花輪を置いた。リベラの胸に触れると、顔をじっと見つめ、かがみ込んで花輪の下を手探りした。驚いた様子でパスターンのほうを振り向くと、担架を運んできた連中になにか言った。この男の顔は花輪で隠れ、アコーディオンは腹に立てかけてあった。ベレアズがピアニスト、次にパスターン卿に話しかけると、彼らは凄まじい騒音を収めて、ベレアズと一緒に退場した。私は事件の臭いを嗅ぎつけ、ウェイターがアリントンに話しかけ、レディー・パスターンの一行の一人に声をかけるのを見ていたよ。私はずっと思いあぐねていたが、どうしようもないし、ここに来たわけさ。以上だ。リボルバーは調べたかい？」

「ベレアズから取り上げました。私のポケットに入っています」フォックスは手袋をはめてリボルバーを取り出し、テーブルの上に置くと、「製造元は不明です」と言った。

「おそらく射的用の銃だな」とアレンはつぶやくと、ダーツ矢を隣に置いた。「ぴたりと合うね、フォックス。ほら、気づいたかい？」

「そこまでは確かめませんでした」

「だろうね」

「あの大勢の客たちをどう調べたらいいか、さっぱりわかりません」フォックスはレストランのほうに顎をしゃくった。

「住所氏名を聞き取ればいい。ウェイターたちがやってくれるよ。客のことはよくわかっているだろう。ウェイターたちから、夜に延長興行する場合の新たな警察の規則だと言わせてもいい。幸いなことにね、フォックス君《ブレア・フォックス》、警察が決めたことだと言われると、大衆はどんな馬鹿げたことでも信じてしまうのさ。パスターンの一行は足止めしておいてくれ」

「はい」とフォックスは言った。彼が小部屋から出るとき、事務室にいる人々の姿が垣間見えた。「……一晩中ここでダラダラと待っていろとでも……」パスターン卿の抗議の声がしたかと思うと、すぐにドアが閉じて聞こえなくなった。

アレンは死体のそばに膝をついて調べはじめた。上着ははだけられ、胸ポケットの中身が出してあった。手紙が四通と金色のシガレットケースがはだけられた上着の上に置いてあった。ケースには半分ほど煙草が入っていて、〝フェリシテより〟と銘が刻んである。ほかのポケットを調べると、翡翠のシガレット・ホルダー、ハンカチ二枚、ポンド紙幣三枚が入った札入れが出てきた。それらを並べて置くと、ピアノ式アコーディオンを調べた。大きくて装飾過剰な代物だ。倒れる前にリベラが最後の不協和音を奏でながら胸の上でその楽器を揺らしたとき、ギラギラと輝いていたのを思い出した。アレンが楽器を持ち上げると、キンキンとしたもの悲しげな音を立てた。慌ててテーブルの上に置くと、再び死体に目を向けた。フォックスが戻ってきた。「手はずは終わりました」と言った。

「よし」

アレンは立ち上がり、「見るからに驚くべき男だ」と言った。「この男がハリウッドのバンドみたいな特色を無数に身にまとい、異国風の雰囲気を醸し出しながらカメラマンに色目を使うのを目にした者ならそう思うさ。覆いをかけたほうがいい。支配人がきれいなテーブルクロスを貸してくれるよ」

「遺体搬送車はもう外に来てるでしょう、アレンさん」とフォックスは言った。床に並ぶ品々に目を落とすと、「お手数をかけました」と言った。「なにかめぼしい物が?」

「手紙はスペイン語だ。消印もある。むろん、この男の身元を洗い出さなくては」

「警視庁には連絡しました、アレンさん。総監補から謝辞があり、あなたに引き継いでもらいたいと」

「そいつはとんでもない大嘘だな」とアレンは穏やかに言った。「彼はゴダルミング（サリー州の町）にいるのに」

「戻ってこられたんですよ。たまたまオフィスにおられましてね。まさに僥倖です」

「やってくれたな、フォックス。まったく、私は家内とお出かけ中なんだぞ」

「奥様にも伝言をお渡ししました。ウェイターが返事を持ってきましたよ」

アレンが畳んだ紙を開くと、鮮やかな鉛筆画でベッドに寝ている女性が描いてあった。風船のような円に囲まれた彼女の上には、アレンとフォックスが四つん這いになって馬鹿でかい虫眼鏡で馬の巣穴を調べていて、そこから仔馬が頭を突き出してぱっちりとウィンクしている絵が描いてある（「馬の巣〔mare's nest〕」は、大発見と思われたものが期待はずれとわかることの意）。

「馬鹿な女だ。ひどい代物だな」アレンはニヤニヤしながらつぶやき、絵をフォックスに見せると、「よし」と言った。「リボルバーをもう一度調べたら、関係者の供述を取ることにしよう」

第六章　麻薬

一

〈メトロノーム〉のホワイエから事務室に行くドアの上には、クローム製の針と数字の付いた時計が掛けてある。夜が更けるにつれ、そこにかたまった人々の目は次第にその時計に集まるようになり、午前一時になり、長い針がその時間を指すと、全員が時計を見つめた。かすかな溜息とどんよりした落ち着きのなさが一瞬彼らに広がった。

バンドの楽員たちはホワイエの端に集められ、レストランから持ち込んだ金色の椅子にしょげた様子で座っていた。シド・スケルトンは手を膝のあいだにだらりと垂らし、その膝を貧乏ゆすりしていた。ハッピー・ハートは足を伸ばしてのけぞり、腿をピアノの下面に押し付けてきたせいで擦れてテカテカになったズボンの箇所が明かりで目立っていた。四人のサクソフォン奏者が寄り添うように座っていたが、暫しなにも話そうとせず、思いがあってではなく惰性で身を寄せ合っていた。ダブルベース奏者の細身の男は、膝に肘をつき、頭を抱えていた。ブリージー・ベレアズは楽員《ボーイズ》たちの真ん中で、もじもじしたり、あくびをしたり、顔の汗を拭ったり、激しく爪を嚙んだりしていた。バンドのそばには四人のウェイターとスポットライトの操作係が立っていたが、彼らへの尋問は成果のないまにつかいさっき終わったところだった。

ホワイエの反対の端には、集められた座り心地のいい椅子にレディー・パスターンとその一行が座っていた。一行の中で彼女だけが背筋をしゃんと伸ばしていた。顔の筋肉が少し張りをなくし、皺に白粉が埋まり、目の下には灰色がかったクマができていたが、手首と踵をきちんと交差させ、髪もしっかりとまとめてあった。左右には娘が二人、椅子にぐったりと座っていた。フェリシテは、ずっとスパスパと煙草をふかしながら、ちらちらと目先の出来事に気を取られ、しょっちゅうバッグから手鏡を取り出しては、しかつめらしく自分の顔を眺めて、イライラした仕草で口紅を塗り直していた。

カーライルはいつものように些細なことに気を取られ、ますます眠くなり、ぼんやりと連れの人々の独特の癖を見つめていたが、彼らの話の内容はさほど耳に入っていなかった。ネド・マンクスは耳に入ることをみな記憶に留めようとするかのように聞き耳を立てていた。パスターン卿は片時もじっとしていなかった。気ままに椅子に身を投げたかと思うと、すぐに飛び起き、ホワイエの中をうろうろと歩き回る。誰かが話しはじめると、うんざりしたように見つめ、顔をしかめたり、不意に言葉を差しはさんだりする。二つの大きな集まりから離れて、片隅にシーザー・ボンと秘書のデイヴィッド・ハーンが立っていた。二人は警戒して蒼ざめた顔をしていた。彼らから見えない事務室では、カーティス医師が、リベラの死体の搬送を指揮したあと、報告書用のメモを書いていた。

ホワイエの真ん中では、フォックス警部が小さなテーブルに座り、眼鏡をかけて手帳を開いていた。足をカーペットの上で揃え、大きな膝をぴたりとくっつけ、眉をつり上げてメモをじっと見つめていた。

フォックスの背後にアレン主任警部が立っていた。絶えずほかの人間にちらちらと目を向ける者もいたが、その場にいる人々の視線は彼に集中していた。彼は全員に一分ほど説明を続けていた。カーライルは説明の趣旨をつかもうと耳を傾けたが、彼の声が低く、話し方も特に癖がないことにふと気づいた。（感じのいい人ね）と思ったし、アレンがひと息ついたとき、ネド・マンクスが好意的な唸り声を漏らしたので、自分と同意見だとわかった。

「……というわけで」とアレンは語っていた。「ここにいるあいだにやらなければならないことがいろいろあります。それが済むまで、皆さんにはここにお留まりいただかなければなりません。致し方のないことです」

「なに、冗談じゃ……」とパスターン卿は言いかけ、不意に言葉をのみ込むと、「君の名前は？」と言った。アレンが答えると、「だと思ったぞ」とパスターン卿はなにか気づいた様子で言った。「要するに、君は私があの男にダーツ矢をぶちかましたとほのめかしてるんだな？　はっきり言いたまえ」

「現時点では、あなたがなにかをぶちかました可能性はないようですが」

「なら、撃ったと言おう。言葉尻を捉えなさんな」

「何事も」とアレンは穏やかに言った。「正確を期したほうがいいでしょう」

テーブルの上にあるフォックスのケースに手を伸ばし、蓋のない箱を取り出すと、そこにはリベラの命を奪った凶器が入っていた。彼は箱を持ち上げ、みなに向かってぐいと差し出した。

「ご覧いただけますか？」全員が凶器を見つめた。「これがなにかわかる方はおられますか？　レディー・パスターンはいかがです？」

彼女はかすかな音を立てたが、無頓着そうに言った。「日傘の部品のようですね」

「白黒の日傘ですか?」とアレンが言うと、サクソフォン奏者の一人が素早く目を上げた。

「そうかも」とレディー・パスターンは言った。「よくわかりませんけど」

「馬鹿言うんじゃない、シー」と夫が言った。「確かにおまえのフランス製の傘から外した物だ。我々が拝借したのさ」

「そんな勝手なことを、ジョージ……」

アレンが口をはさんだ。「〝アンブレラ・マン〟という曲で使われた日傘の一つが、数インチの中棒の部品が欠けているとわかりました」第二サクソフォン奏者のほうを見た。「その日傘の扱いに手を焼いておられたのはあなたでは?」

「そうさ」と第二サクソフォン奏者は言った。「うまくすぼめないんだ。留め金かなにかがないのさ」

「これです。留め金を含む五インチの中棒ですよ。この下はじきを見てください。宝石がちりばめられていますね。もちろん、本来は日傘をすぼめた状態に保つものです。この中棒部分に本来付いている手元、つまり持ち手は、日傘の中棒本体に付いています。特徴を説明していただけますか?」アレンはレディー・パスターンのほうを見たが、彼女は無言だった。パスターン卿が口を開いた。「むろん説明できるだろ、シー。エメラルドの目が付いた鳥の形をしたやつさ。フランス製だよ」

「間違いありませんか?」

「もちろんさ。くそっ、舞踏室にいたとき、そいつをバラバラにしたのは私自身だ」

フォックスは目を上げ、パスターン卿をなるほどなとばかりに見つめた。エドワード・マンクスは小声で悪態をつき、女性たちは身をこわばらせて震え上がった。

「なるほど」とアレンは言った。「いつですか?」

「夕食後だ。ブリージーが一緒だった。そうだろ、ブリージー？」

ブリージーはひどくおどおどすると、頷いた。

「分解した部品をどこに置きましたか？」

「ピアノの上だ。それが見納めだったな」

「では」とアレンは訊いた。「日傘を分解したのはなぜですか？」

「戯れさ」

「ああ《モン・デュー》、なんてこと《モン・デュー》」レディー・パスターンは呻き声を上げた。

「回して外せるのは知ってたし、私が外したんだ」

「ありがとうございます」とアレンは言った。「日傘をつぶさに見ていない方たちのために、もう少し詳しくご説明しましょう。中棒のこの部品の両端はねじ込み式になっていて、一方の端が手元の中にねじ込まれ、もう一方の端に日傘の中棒本体がねじ込まれるようになっています。この部品が外されて、外側の二つの部品がつなぎ合わされたわけです。さて、外された部品で作られたこの凶器を再度見てみましょう。金属の器具がこちらの端に差し込まれ、木工パテで固定されています。皆さんの中で、この器具がなにかわかる方がいますか？　少し近くで見ていただきましょう。血がこびり付いて少々見づらいですが」

アレンは、カーライルが指で椅子の肘掛けをさすり、ブリージーが手の甲で口をこすり、パスターン卿が頬を膨らませるのを目にした。「妙な代物ですね」とアレンは言った。「そう思われませんか？下は幅広ですが、次第に先細り、先端は尖っています。刺繍用の目打ちでしょうか。私にはわかりません。なにかわかりますか、レディー・パスターン？」

「いえ」

「ほかの方は？」パスターン卿が口を開いたかと思うと、すぐ閉じた。「ふむ」とアレンはひと息ついてつぶやいた。凶器が入った箱を下に置き、パスターン卿のリボルバーを手に取り、両手でひっくり返した。

「それが君たちの仕事のやり方だというなら」とパスターン卿は言った。「感心しないな。指紋がたっぷり付いてるかもしれないのに、べたべた触るとは」

「既に採取しました」とアレンは穏やかに言った。小型虫眼鏡を取り出し、銃身の中を覗き込むと、「手荒な使い方をしたようですね」と言った。

「そんなことはしてない」とパスターン卿はすぐに言い返した。「完璧な状態さ。常にな」

「最後に銃身を調べたのはいつですか？」

「ここに来る前さ。書斎で調べて、舞踏室でもう一度調べた。なぜそんなことを？」

「ジョージ」とレディー・パスターンが言った。「お願いだから、弁護士を呼んで。来るまでどんな質問にも答えないでちょうだい」

「そうさ、ジョージ」とエドワードがつぶやいた。「はっきり言うが……」

「私の顧問弁護士は」とパスターン卿は応じた。「鼻持ちならん間抜け野郎さ。私は自分の面倒くらい自分で見られるぞ、シー。私の銃がどうしたと？」

「銃身ですが」とアレンは言った。「もちろん、中は汚れています。空包の発砲でね。ただ、発砲でできた汚れの下に、奇妙な跡がいくつかあるのです。不規則な引っ掻き傷のようです。あとで写真を撮らせますが、とりあえず、あなたからご説明をいただければと」

「よし」とパスターン卿は大声で言った。「見せてくれ」

アレンはリボルバーと虫眼鏡を手渡した。パスターン卿はすごいしかめ面をしながら、銃身を明かりにかざして覗き込んだ。腹立ちまぎれの唸り声を発したり、口から軽くぷうっと吹き出したりした。レンズで台尻を調べながら、聞き取れない呪いの言葉をつぶやいた。不意にふふんと笑い、最後に銃をテーブルの上にぽいと放り出すと、音を立てて息を吐いた。「いかさまだ」と簡潔に言うと、自分の椅子に戻った。

「なんですって？」

「書斎で銃を調べたときは」とパスターン卿は高圧的に言った。「なんの傷もなかった。繰り返すが、なんの傷もなかったよ。屋敷で一発空包を撃ったあと、銃身の中を覗いたのさ。少し汚れはしたが、それだけだ。ふん。わかったか！」

カーライル、フェリシテ、マンクス、レディー・パスターンはそわそわと体を動かした。「ジョージ叔父さん」とカーライルは言った。「お願いよ」

パスターン卿は彼女を睨むと、「だから」と言った。「繰り返すが、いかさまだ。ここに銃を持ってきたとき、銃身の中に傷はなかった。知らないわけがないだろ。レストランに持ってきたときは傷などなかったんだ」

レディー・パスターンは夫をじっと見つめ、「馬鹿ね、ジョージ」と言った。

「ジョージ」

「なあ、ジョージ」

「ジョージ叔父さん……」

まごついた声が重なり合い、消えていった。

アレンが再び話しはじめた。「もちろん、今おっしゃったことの意味はお気づきでしょうね。凶器――事実上のダーツ矢、あるいは太矢ですが――はリボルバーの銃身より半インチ短く、直径も少し短い……」

「ああ、わかってるとも」とパスターン卿は口をはさんだ。

「やはり」とアレンは言った。「申し上げておくべきかと……」

「教えてもらう必要などないさ。それと、おまえたちも」とパスターン卿は親族のほうを向きながら付け加えた。「余計なことは言わんでいい。なにが言いたいかはわかる。銃身の中に引っ掻き傷はなかった。ふん、知らないわけがないだろ。それに、ブリージーと一緒に舞踏室にいたとき、この中棒が銃身の中にぴったり入るのにも気づいた。あいつにもそう言ったのさ」

「いや、ちょっと！」とブリージーが口をはさんだ。「そのおっしゃりようは気に入りませんね。申し上げておきますが――」

「リボルバーをいじった方はほかにおられますか？」とアレンはそつなく口をはさんだ。

パスターン卿はスケルトンを指さし、「あいつもだ」と言った。「訊いてみたまえ」

スケルトンが唇を舐めながら進み出た。

「銃身の中を覗きましたか？」とアレンが訊いた。

「ちらっとですが」とスケルトンは渋々言った。

「なにかおかしなところはありましたか？」

「いえ」

「銃身の中に傷はありませんでしたか?」

長い沈黙が続いた。「ええ」とスケルトンはようやく言った。

「そらみろ」とパスターン卿は言った。

「あるはずがない」とスケルトンは容赦なく言った。「パスターン卿はその変な凶器をまだそこに突っ込んでなかったんだからな」

パスターン卿は聞くに堪えない粗野な言葉を短く発した。「ご愛嬌だな」とスケルトンは言い、アレンのほうを向いた。

エドワード・マンクスが、「ちょっとよろしいですか、アレン?」と言った。

「どうぞ」

「どうやら、その凶器がリボルバーから発射されたと思っておられるようですが、私も同意見です。ほかに殺害方法があるとは思えない。だが、リボルバーを使った人物がなにも知らなかったことも同じく明白では? もしジョージがリベラを撃ちたいと思ったら、銃弾を使えばよかった。なにかおかしな理由で小銃擲弾とかダーツ矢などを使いたかったのなら、見せてもらった突拍子もない代物は使わなかったはずです。日傘の中棒を使う目的は、本当に使われたとしてですが、一つしか考えられません。宝石がちりばめられた下はじきで凶器を銃身の中に固定し、リボルバーを下に向けても落ちないようにしたわけです。つまり、銃身の中に凶器が仕込んであることを、リボルバーを撃つ者に悟られないようにしたわけですね。こんな」とエドワードは力を込めて言った。「手の込んだ代物は、そうした理由でもなければ作ろうとはしないだろうし、リボルバーを扱い慣れていて、いざというときに弾込めできたのなら、そんなことをする理由はなかった。よほどの変人でもないかぎり……」急に口をつぐみ、一瞬言葉を選びあぐねてから言った。「私が言いたいことは以上です」

「ごもっともです」とアレンは言った。「ありがとう」

「おい！」とパスターン卿は言った。

アレンはパスターン卿のほうを向いた。

「なあ」とパスターン卿は言った。「この引っ掻き傷はその下はじきの宝石で付いたものだぞ。スケルトンの話では、銃を確かめたときは傷がなかった。こんな代物で人を撃とうと考えた馬鹿者がいたのなら、うまくやれるか、まず試し撃ちをするだろう。こっそりとな。どうだ？」

「ええ」

「それなら」とパスターン卿は甲高く笑いながら言った。「引っ掻き傷のことで無駄話をしているのはなぜだ？」

パスターン卿は颯爽と椅子に座った。

「その場におられた方の中で」とアレンは言った。「スケルトン氏がリボルバーを調べていたとき、なにか気づいた方がおられますか？」

誰も口を開かなかった。スケルトンの顔は蒼白だった。「ブリージーが見ていた」と彼は言い、慌てて補足した。「おれはパスターン卿のそばにいた。おれにできるはずが……。つまりその……」

アレンは、「なぜ銃を確かめたのですか、スケルトンさん？」と言った。

スケルトンは唇を舐め、パスターン卿からブリージー・ベレアズへと視線を移した。「そのう――ちょっと興味を引かれたんだ。パスターン卿が自分で空包をこしらえたというから、確かめたいと思ってね。うまくやってほしいと思ったのさ。つまり……」

「なぜはっきり言わないんだ！」

　ブリージーが立ち上がった。それまであくびをしながらもじもじと椅子に座っていた。顔が涙で濡れていた。さっきは人の話にもほとんど気もそぞろのようだったが、今はどうしようもないほど落ち着きを失っているようだった。思いもかけず口をはさんできたため、誰もがびっくりした。よろよろと前に進み出て、アレンにニヤリとした。

「申し上げておきますが」と早口で言った。「シドがそうしたのは、私が頼んだからです。友人ですから。私が言ったんですよ。パスターン卿はあてにならないと。銃器となると、私も神経質になる。そう、私は実に神経質な男でしてね」笑みを浮かべた唇に指を押しあて、「そんな目で見ないでくれ」と言うと、声が甲高く裏返った。「みんな、私がなにかしでかしたみたいに見つめるとは。じろじろと。ああ、煙草をくれ！」

　アレンはシガレットケースを差し出した。ブリージーはアレンの手からひったくると、泣きはじめ、「サディストめ」と言った。

「なにが辛いのかわかってるぞ、馬鹿もんが」とパスターン卿はなじるように言った。

　ブリージーは卿に向かって指を振り、「わかってるだと！」と言った。「もとをただせばあんただぞ。殺人犯も同然だ。そうとも、あんたが殺人犯だ！」

「もう一度言ってみろ、ベレアズ」とパスターン卿は凄みを利かせて言った。「名誉毀損で訴えてやる。とんだ中傷だ、まったく」

　ブリージーはみなを激しく見まわした。明るい色の目は瞳孔が大きく開き、フェリシテをじっと見つめた。震える手で彼女を指さし、「あの娘を見ろ」と言った。「自分の愛した男が死体置き場に血まみれで横たわってるのに、すました顔をしていられるとは。反吐が出る」

シーザー・ボンが手を握りしめて進み出ると、「もう黙っておれん」と言った。「これで私もおしまいだと言うなら、それでもいい。私が言わなくても誰かが言うさ」パスターン卿、エドワード・マンクス、ハーンを順に見つめた。

エドワードが、「もちろんはっきり言うべきだ。公明正大にね」と言った。

「ええ、当然ですとも」

「はっきり言うべきとは」とアレンは言った。「なんのことですか?」

「マンクスさん、どうぞ。あなたから話してください」

「いいとも、シーザー。おそらく」とエドワードはアレンのほうを向いてゆっくりと言った。「あなたがここに来られる前になにがあったかをお話しすべきでしょう。ちょうど私があの小部屋に入ったときだ。死体はあなたが目にされた場所にありました」ひと息ついた。ブリージーはマンクスを見つめていたが、彼はブリージーに目もくれなかった。「ひと騒ぎあったんですよ」と言った。「ベレアズがリベラの死体の傍らで、床の上でもがいていて、みなが彼を引き離していた」

「愚にもつかぬことさ」とパスターン卿は気取って言った。「死人のポケットをまさぐってたんだ」

ブリージーがぶつぶつと文句を言った。

「よろしければ、もっと詳しくご説明願いたいですね。正確にはなにがあったのですか?」とアレンは訊いた。

シーザーとハーンが一斉にしゃべりだし、アレンは彼らを押しとどめ、「さて」と言った。「リベラ氏がレストランから運び出された時点から出来事をおさらいしてみましょう!」アレンはリベラを運び出した四人のウェイターから質問をはじめた。ウェイターたちは彼の様子がおかしいとは思わなかった。とはいえ、従うべき段取りに混乱があったため、彼らは少し慌てふためいていた。指示に行き違いが多かったため、結局、誰が倒れるのかをじっと見守り、それから担架を持ってリベラを運び出したのだ。花輪が彼の胸に載せてあった。彼を担架に乗せたとき、ブリージーが早口で、「怪我をしてる。運び出してくれ」と言った。彼らはリベラをまっすぐ事務室に運んだ。担架を下ろすと、彼が音を立てるのを聞いた。激しくゴロゴロいう音だった。よく見ると死んでいるのに気づいた。シーザー・ボンとハーンを呼び、死体を奥の小部屋に運び込んだ。シーザーは、彼らにレストランに戻るよう指示し、一人にアリントン医師を呼んでくるように言った。

あとの説明を引き継いだパスターン卿の話では、リベラが運び出されて、彼らがまだ演壇にいるうちに、ブリージーが卿のところに来て、「どうか来てください。カルロスが一大事です」と急かすようにつぶやいた。ピアニストのハッピー・ハートによれば、ブリージーは途中でピアノのそばに立ち止まり、行きがけに、演奏を続けるよう指示した。

シーザーがそのあとの説明を引き継いだ。ブリージーとパスターン卿が小部屋に来た。ブリージーは恐慌に陥っていて、花輪をリベラの胸の上に置いたとき、血が出ているのに気づいたと言っていた。彼らはまだリベラの死体を担いでいて、床にそっと降ろそうとしているところだった。ブリージーは血のことを支離滅裂にしゃべり続けていたが、死体を目にすると、オーバーが掛けてある壁際に突進し、今にも吐きそうな様子で、錠剤を探してオーバーのポケットをまさぐり、もうないと泣き言を言っていた。誰も彼にかまおうとせず、ブリージーが小部屋の奥のトイレに駆け込むと、中でゲーゲーやっているのが聞こえた。出てくるとげっそりした顔で、気分が悪いとしどろもどろに言った。その説明まで来ると、ブリージーがシーザーの話に割って入り、「言っただろ」と甲高い声で言った。「言っただろうが。あいつが倒れて、すっかり動転してしまったと。みんなも動転しただろ、なあ？」

楽員《ボーイズ》たちはもぞもぞと体を動かし、すごく動転したと口を揃えてつぶやいた。

「彼が倒れたのはいつです？」とアレンはすぐさま聞いた。「すると、彼は倒れる予定ではなかったのですね？」

みな一斉に熱を込めて説明しはじめた。二つの段取りをリハーサルした。どちらの段取りで行くかはずいぶん議論があった。パスターン卿とリベラは、最後までどちらがいいか決めかねていた。最終的な段取りでは、パスターン卿はリベラに向かってリボルバーを四回発砲し、リベラはにっこり笑って演奏し続ける。発砲のたびに、バンドの楽員たちは音量を下げて撃たれた真似をする。次に、リベラが退場し、楽員たちはそれを見届けながら出し物をそのまま続ける。但し、パスターン卿は滑稽な倒れ方をしておしまい。それからブリージーが卿の胸に花輪を載せ、卿は運び出される。別の段取りでは、倒れるのはリベラ。楽員《ボーイズ》たちの説明では、カルロスは自分の楽器を持って倒れるのが気に入らず、土壇場で最終案が採用となった。

「あいつが倒れたときは」とブリージーはまくしたてた。「そりゃもう動転した。我々を混乱させるためにやったのかと思いました。そういうやつなんです、あのカルロスは。いかにもあいつらしかった。倒れるのも嫌だったが、パスターン卿が脚光を浴びて退場するのも気に食わなかった。そういうひねくれ者だったんです。みな、びっくりしてしまって」

「では、あのけりの付け方は即興だったと？」

「というわけでもない」とパスターン卿は言った。「私はむろん落ち着いてたし、その段取りにきちんと従ったのさ。ちょっと不意打ちだったが、だからどうだと？　ウェイターたちはカルロスが倒れたのを見て、幸い、担架を持ってくる機転を持ち合わせてた。彼らがああ立ち回らなかったら、まずいことになってたろうよ。実にまずいことにな。私は予定どおり弾倉にありったけの空包を撃って、ほかの連中はそれぞれよろめいてくれた。そのあと私はブリージーに銃を手渡し、あいつは引き金を引いてから銃身を開いた。カルロスが撃たれる私の最初の案が一番いいとずっと思ってたのさ。もっとも、運び出されるのは私でなくてはならんとも思ったがな」

「それで」とブリージーが言った。「あの花輪は、最初に話し合ったとおり、カルロスの胸の上に置くほうがいいと思い、そうしたわけです」声が裏声に跳ね上がった。「血を目にしたときは、最初、彼が血を吐いたのかと思いました。ほら、あれですよ――内出血を起こしたんだと。最初はですが。そしたら、花輪がなにかに引っかかったんです。信じてもらえそうにないですが、掛け釘に掛けてるような感じがして。それで気がつきました。みんなにもそう言いましたよ。言わなかったとは言わせないぞ」

「もちろん聞いたよ」シーザーがそわそわとブリージーを見つめながら言った。「事務室でね」ブリージーは不機嫌そうな声を出し、椅子の上で背を丸めた。シーザーは早口で説明を続けた。事務室からアリントン医師の声が聞こえる直前に、ブリージーが死体に突進してかがみ込み、上着をはだけて胸ポケットに手を突っ込んだ。彼は、「あれが必要なんだ。こいつが持ってる」みたいなことを言っていた。みな、その挙動にひどくまごついた。医師、シーザー、ハーンがブリージーを引き離すと、ブリージーはくずおれた。そのあいだにエドワード・マンクスが来ていた。

「今の説明どおりだとお認めになりますか、ベレアズさん？」とアレンはひと息ついて訊いた。

ひとまず、なにか答えが返ってきそうな様子だった。ブリージーは激しくアレンを見つめていた。首がこわばったかのように顔を逸らすと、頷いた。

「故人のポケットになにがあると思ったのですか?」とアレンは言った。

ブリージーの口はマネキン人形の笑みのように横に伸び、目は虚ろだった。手を挙げ、指を震わせた。

「さあ」とアレンは言った。「なにがあると思ったのですか?」

「おいおい!」とパスターン卿が苛立たしげに言った。「また泣き出しかねんぞ」

それはまだ控えめな見方だった。ブリージーはヒステリーに襲われた。抗議とも訴えともつかぬ意味不明の言葉を叫び、いきなり涙にむせびながら笑い出すと、よろよろと玄関に向かった。制服警官が一人、玄関のドアから入ってきて彼を押し留めた。「さあさあ」と警官は言った。「落ち着いて、落ち着いて」

カーティス医師が事務室から出てきて、ブリージーをじっと見つめた。アレンが医師に向かって頷くと、医師はブリージーに歩み寄った。

ブリージーはすすり泣き、「先生! 先生! お願いだ!」と、カーティス医師の肩に太い腕を回すと、謎めいた様子で医師に耳打ちした。「どうやら、アレン……」とカーティス医師は言った。「ええ」とアレンは言った。「事務室に連れていっていただけますか?」

二人が事務室に入ってドアが閉まると、アレンはブリージーの楽員《ボーイズ》たちのほうを振り返った。

「教えていただけますか」と言った。「彼はどのくらい前から麻薬をやっているのでしょう?」

二

パスターン卿は頰を紅潮させながら誰にともなく、「半年だ」と言った。

「ご存じだったのですね、御前?」とフォックスが問いただすと、パスターン卿は凄みのある笑みを向け、「私は警察の人間じゃない」と言った。「麻薬常習者が発作を起こして気を失ってから、そいつのどこがおかしいのか、やっと気づくとは限らんだろ」

悦に入ったようにつま先と踵でバランスを取りながら、自分の後頭部を撫でると、「麻薬密売のことは研究してきたのさ」と得意げにしゃべった。「破廉恥な所業だからな。政府にとっては泣き所だし、誰もそんな問題に取り組もうなんて気概はない」ブリージーの楽員《ボーイズ》たちをねめつけ、「おい、おまえら!」と指を突きつけながら言った。「そのことでおまえらはなにをした! ドアホどもが」

ブリージーの楽員《ボーイズ》たちはまごついて動揺した。もじもじしたり、咳払いをしながら互いを見つめ合った。

「きっと」とアレンは言った。「皆さんも推測しておられましたね。彼の具合の悪さから」

彼らに確信はなかったようだ。ハッピー・ハートによれば、ブリージーが神経を鎮めるためになにかを飲んでいるのはみな知っていた。なにか特別な薬だった。ブリージーはパリでよくその薬を人に買いに行かせた。鎮静剤の類という話だったと、ハートは歯切れ悪く付け加えた。ダブルベース奏者によれば、ブリージーはとても神経質な人だという。第一サクソフォン奏者は、最高の見せ場作りにはコープス・リバイバー(ブランデーベースのカクテル)の一杯くらいはな、とつぶやいた。パスターン卿は、簡潔だが活字にはできない言葉を大声で口にし、全員、憤然として卿のほうを見た。「あいつには言ったんだ。そんなことをすればどうなるかと」と卿は言った。「脅かしてやったのさ。それしか手はない。『なあ、手を引かないと、雑誌になにもかもぶちまけるぞ。たとえば、《ハーモニー》とかにな』と言ったんだ。今夜のことさ」

エドワード・マンクスは甲高い叫び声を発したが、しまったという顔をした。

「その錠剤を見つけるのに彼の体を探ったのは誰だい?」とスケルトンが問いただし、パスターン卿を睨みつけた。

「ショーは」とパスターン卿は気取って言い返した。「続けなくちゃならなかっただろ? くだらんことを言うな、馬鹿もんが」

アレンが口をはさんだ。失くした錠剤のいきさつの説明があった。パスターン卿は、どうやってブリージーのポケットを探ったかを説明し、自分の手際よさを自慢した。「警察なら、それは教唆だと言うんだろうな」と卿はアレンに馬鹿丁寧に言った。

「スケルトン氏がリボルバーを調べて、パスターン卿に返した直後ですね?」とアレンは尋ねた。

「そのとおりです」と楽員《ボーイズ》たちの何人かが声を上げた。

「パスターン卿、彼から返してもらったあと、リボルバーから目を離すか、どこかに置いたりしましたか?」

「まさか。スケルトンに返してもらってから、ステージに出るまで、尻ポケットに入れておいたよ」

「スケルトン氏から返してもらってから、銃身の中は見ましたか?」

「いや」

「二度とそいつには触らないぞ」とスケルトンが声を上げた。

アレンは彼をじっと見つめると、再びパスターン卿のほうを向き、「ちなみに」と言った。「ベレアズ氏のポケットにはなにがありましたか?」

「札入れ、シガレットケース、ハンカチさ」とパスターン卿は勿体ぶって答えた。「錠剤はハンカチにくるんであった」

アレンはその状況をもっと詳しく説明してくれと頼み、パスターン卿は嬉々として、ブリージーがまるで最初のタクトを振り下ろすみたいに指揮棒を握ったまま両手を挙げ、卿みずから最高の手早さと徹底ぶりでありとあらゆるポケットを調べた様子を説明した。「もし」と卿は付け加えた。「あいつがダーツ矢を持っていたと思ってるなら、それは間違いだ。持ってなかったよ。それに、仮に持っていたとしても、銃に込めることはできなかった。そのあと、なにも手に取らなかったのさ。私が請け合う」

ネド・マンクスが激しい口調で言った。「ジョージ、頼むから、自分がなにを言ってるのか、よく考えてくれ」

「無駄よ、エドワード」とレディー・パスターンが言った。「この人は、ただの自己満足から我が身を亡ぼすのよ」アレンに話しかけた。「申し上げておきますが、私だけでなく、主人をよく知る者なら言うでしょう。この人の変人ぶりを考えれば、その証言はまったく信頼に値しないと」

「馬鹿を言うな!」とパスターン卿は叫んだ。「私ほど信頼できる人間はおらんぞ。シー、おまえはアホだ」

「でしょうよ」とレディー・パスターンはこの上なく低い声で言い、手を組み合わせた。

「あなたは演壇に出たとき」とアレンはこの幕間劇を無視して話を続けた。「リボルバーを持ち込み、床に置いて帽子をかぶせたのですね。ドラムの背後の右足のそば、演壇の端のほうに」

フェリシテがバッグを開け、口紅と手鏡を取り出した。手鏡が足元に落ちた。無意識に手を動かし、放り投げようとするかのように乱暴に口紅を取り出すのも四度目だった。立ち上がろうと腰を浮かすと、開いたバッグが床に落ち、鏡が足元で割れた。カーペットの上にバッグの中身が散らばり、白粉がこぼれた。アレンは素早く進み出て、口紅とタイプ打ちした折り畳んだ紙を拾った。フェリシテは彼の手から紙をひったくった。「ありがとう。おかまいなく。私もおっちょこちょいね」と息を切らしながら言った。

片手で紙をくしゃくしゃに丸めて握りしめたまま、もう片方の手でバッグの中身を拾い集めた。ウェイターが一人、自動人形のように進み出て手伝った。

「演壇の端のほうでした」とアレンはもう一度言った。「ですから、論を進めるために敢えて言えば、ミス・ド・スーズ、ミス・ウェイン、あるいはマンクス氏なら、手を伸ばせばソンブレロに届いたわけです。さらに言えば、あなた方がダンスをしているあいだ、テーブルに残っていた者は誰でも手を伸ばせた。そうですね？」

カーライルは顔色を変えまいと必死だった。アレンが自分の目や口、手の動きを冷静にじっと見つめているのを感じていた。彼に目を留めたときのことを思い出した。何時間前だろう？　彼は隣のテーブルに座っていた。（フェーとネドのほうを見ちゃいけないわ）と思った。エドワードが椅子の上でかすかに体を動かすのが聞こえた。フェリシテが握りしめた紙がカサカサと音を立てた。パチッと鋭い音がし、カーライルは思わず飛び上がった。レディー・パスターンが柄付き眼鏡を開いたのだ。

彼女はそれでアレンをじっと見つめた。

マンクスが、「あなたはぼくらの隣のテーブルにおられましたね、アレン?」と言った。

「妙な偶然ですが」とアレンは面白そうに応じた。

「お答えするのはしばらく差し控えたいですね」

「ほう?」とアレンはさりげなく言った。「なぜですか?」

「だって、ぼくらがその帽子に触ったかどうかはなんの関係も……」

「どういうことか、よくわかってるだろ、ネド」パスターン卿が口をはさんだ。「その帽子は私のソンブレロで、銃はその下にあった。我々なら手に取れたのさ」

「……そのソンブレロは」とエドワードは言い換えた。「ぼくら全員を容疑者にしてしまいかねない問題というわけだ。誰も認めてはいないが、誰かがそいつに触った可能性があることはともかく、悟られることなしに、誰かがその下からリボルバーを手に取り、日傘の部品を銃身の中に押し込み、銃を元の場所に戻したなんて絶対あり得ない。こう言うと失礼ですが、その手の小細工があったことをほのめかすなど、あまりに馬鹿げている」

「さて、わからんぞ」とパスターン卿は公正な判決を下すような雰囲気で言った。「照明が暗くなったこと、メトロノームの針が振れていたこと、みんな当然、私のほうを見つめていたこととかを考えればな。実際のところ、十分可能だったと言うべきだ。私なら気づかなかったろうよ。間違いなくな」

「ジョージ」とフェリシテは厳しい声で囁いた。「私たちまで巻き込みたいの?」

「私は真実を求めてるのさ」と義父はむかっ腹を立てて言い、「私は神知主義者だったんだぞ、以前はな」と付け加えた。

「あなたは今までも、これからもずっと、ただの大馬鹿者よ」と妻は柄付き眼鏡を畳みながら言った。

「さて」とアレンが言うと、それまで身内同士のやりとりに注がれていた、バンド、レストランの従業員、客たちの視線は再びアレンに向けられた。「馬鹿げているかどうかはともかく、私は問いを提起しなくてはなりません。もちろん、皆さんに答えを強いることはできませんが。皆さんの中で、パスターン卿のソンブレロに手を触れた方はおられますか?」

みな無言だった。割れた手鏡の破片を集め終わったウェイターは、不安そうな笑みを浮かべてアレンのほうを向くと、「よろしいですか」と言った。

「なんでしょう?」

「この方は」とウェイターはフェリシテに会釈しながら言った。「帽子の下に手を差し入れていました。私はあのテーブル担当のウェイターでした。たまたま気づいたんです。申し訳ありません、お嬢さん。でも気づいてしまったんですよ」

フォックスの鉛筆が紙の上でカリカリと音を立てた。

「ありがとう」とアレンは言った。

フェリシテは叫んだ。「もうこれっきりにして。そんなのは嘘だって言ったでしょ」

「そうはいきません」とアレンは言った。「マンクス氏もおっしゃったように、私はあなたのテーブルの隣に座っていたのですよ」

「じゃあ、なぜ訊くわけ?」

「実際にソンブレロの下に手を入れたと素直にお認めになるかどうか、確かめるためです」

「普通なら」とカーライルが不意に言った。「殺人が起きたとなれば、素直な証言をすべきか慎重に考えるものよ」

彼女がアレンのほうを見ると、彼はにっこりと笑い、「おっしゃるとおりです」と言った。「それこそが殺人事件を扱いにくくする原因ですよ」

「君らがくだらんおしゃべりをしてるあいだ」とパスターン卿は言った。「一晩中ぐずぐず待ってなくちゃならんのか？　こんな茶番は見たことがないぞ。気分が悪くなる」

「どうか続けさせてください。この場での捜査はまだ十分ではありません。必要なことなのです。申し訳ありませんが、皆さんを解放する前に、身体検査をさせていただきます」

「私たち全員を？」とフェリシテは慌てて言った。

彼らは恐る恐るレディー・パスターンのほうを見た。

「女性用クロークルームに女性係員がいます」とアレンは言った。「男性用クロークルームは巡査部長が対応します。それと、お差し支えなければ、皆さんの指紋を採取させてください。ベイリー巡査部長が対応します。では、はじめましょうか？　まず、レディー・パスターンからお願いできますか？」

レディー・パスターンは立ち上がった。窮屈な服装に身を固めた彼女の姿はさらに大きく見えた。誰もがそわそわと彼女のほうを盗み見た。彼女は夫に向き合い、「私にいろいろとみっともないことをさせてくれるわね」と言った。「本当に我慢ならないわ。今度のことでは絶対にあなたを許さない」

「おやおや、シー」とパスターン卿は応じた。「身体検査がなんだ。おまえが気にするのは、やましいところがあるからさ。ケント州で〝ボディ・ビューティフル〟の話をしたときに私の話に耳を傾けていれば……」

「お黙《シ》ん《ラ》な《ン》さ《ス》い！」と彼女は（フランス語で）言い、女性用クロークルームにさっさと入っていった。

フェリシテは神経質そうにくすくすと笑った。

「この私を身体検査しようというやつは」とパスターン卿はおおらかに言った。「来るがいい」

パスターン卿は先に立って男性用クロークルームに向かった。

アレンは言った。「ミス・ド・スーズ、お母さんとご一緒なさりたいのでは。それがよろしければ、なんの支障もありませんよ」

フェリシテは左手でバッグをつかみ、右手を隠しながら椅子に座っていた。「おそらく母は一人で受難を耐え忍ぶほうを選ぶと思うわ、アレンさん」と言った。

「お母さんに訊いていただけますか？ お母さんが済んだら、今度はあなたの番ですよ」

彼はにこやかに微笑みながらフェリシテを見下ろしていた。彼女は、「そう、わかりました。お望みなら」と言い、冷ややかにマンクスのほうをちらりと振り返ると、母親のあとについていった。アレンはすぐに彼女が座っていた椅子に座り、マンクスとカーライルに話しかけた。

「ところで」と言った。「片づけてしまわなくてはいけないお決まりの仕事が一つ二つありますので、手伝っていただければと。お二人とも、今夜のショーの前はパスターン卿の屋敷――デュークス・ゲートでしたね？――で夕食会に同席しておられたようですが」

「ええ」とエドワードは言った。「そうです」

「ほかに誰がご一緒でしたか？ ベレアズ、リベラ、むろん、パスターン卿と奥方もおられた。ほかには？」

「いません」とカーライルが言うと、すぐさま訂正した。「あら、忘れてた。ミス・ヘンダースンもね」

「ミス・ヘンダースン？」

「フェリシテの家庭教師だった人です。みんなにとって頼りがいのある人としてずっと屋敷に留まっているんです」

「その方のフルネームは？」

「えっと——よく存じません。ネド、ヘンディの名前って聞いたことある？」

「いや」とエドワードは言った。「ないな。ただのヘンディさ。エディスだったかも。いや、ちょっと待てよ」ひと息ついて付け加えた。「思い出した。フェーが何年か前に教えてくれたよ。選挙人名簿かなにかで見たとか。ペトロネラ・クサンティッペだ」

「まさか」

「予想どおりの名前を持つ人は滅多にいませんよ」とアレンは曖昧なもの言いでつぶやいた。「デュークス・ゲートでのゆうべの状況を詳しく説明していただけますか？　リベラが同席していたわけですから、夕食会には重要な意味があります」

カーライルは、（みんなぐずぐずしすぎね。誰かがすぐに答えないと）と思った。

「どうか」とアレンはようやく言った。「洗いざらいお話しください。全員が到着したのはいつか。なんの話をしたのか。全員ずっと一緒にいたのか、それとも、たとえば夕食後にバラバラになり、それぞれ違う部屋に行ったのか。そういったことです」

彼らは一斉にしゃべりだし、いきなり押し黙った。気まずそうに笑い、詫び言を口にし、互いに相手に発言を促した。

ようやくカーライルが一人で淡々と話しはじめた。彼女は五時頃にデュークス・ゲートに着き、叔父、叔母、フェリシテに会った。もちろん、夜の出し物のことはいろいろ話した。叔父はとてもご機嫌だった。

「レディー・パスターンとミス・ド・スーズは？」とアレンは言った。ほぼいつもどおりだったとカーライルは慎重に答えた。「いつもどおりとは？」とアレンは聞いた。「和気藹々ということですか？幸せな家族の雰囲気だったと？」

マンクスはさりげなく言った。「なに、アレン、普通の家族らしく仲良くしてましたよ。別に——その——」

「〝別にこれといった諍いもなく〟ということですか？」

「まあ——その——」

「ネド」とカーライルが口をはさんだ。「ジョージ叔父さんとセシール叔母様が今では廃れた模範的な英国の家庭生活を代表してるかのように装うのはよくないわ。たぶん、アレンさんは新聞を読んでるし。二人がいつもどおりだったと言えば、それはあの二人流にいつもどおりだったということよ」

アレンのほうを向いた。「アレンさん、あの二人流には、それがまったく普通なの」

「こう申し上げてはなんですが、ミス・ウェイン」とアレンは優しく応じた。「あなたはとても分別のある方でいらっしゃる。どうかその分別を大切に」

「二人の日常茶飯の口論は容疑の根拠にならないと納得させるほどの分別は持ち合わせてないようだけど」

「あの二人は」とマンクスは付け加えた。「絶えず激しく口論してる。特別な意味などない。ほら、あなたも目の当たりにされたでしょう」

「それで、お二人はパスターン卿のバンド演奏の件でも口論なさったと？」

「そうです」と彼らは口を揃えて言った。

「ベレアズやリベラのことでも？」

「ちょっとね」とカーライルはひと息ついて言った。

「ブギウギにとち狂うなんて」とマンクスは言った。「セシールの性に合わない。お気づきかと思いますが、彼女はまがりなりにも〝貴婦人《グランド・ダム》〟の道を歩んでいるのです」

アレンは椅子に座ったまま身をかがめ、鼻をこすった。カーライルは思った。この人って、とめどない口論で出てきた事柄を検討するようなくそ真面目な人なのね。

「そうですね」とアレンはようやく言った。「もちろん、そのとおりです。明らかに風変わりな〝演出《ミザンセーヌ》〟なのはわかりますよ。おっしゃることはごもっともです。困るのは、あなた方がこれみよがしの風変わりな要素を、もっと重大な問題を隠す煙幕として使おうとしていることです」

二人はまごつき慌てた。カーライルは、なんのことかわからない、とためらいがちに言った。「そうですか？」とアレンはつぶやいた。「さて！　さっさと片づけてしまいましょうか？　ベレアズはリベラとミス・ド・スーズの婚約の件に触れていました。恐縮ですが、本当に婚約しておられたのですか？」

「まさか。そうなのか、ライル？」

カーライルも、まさかと言った。なんの発表もなかったのだ。

「暗黙の了解があったとか?」

「彼は結婚を望んでたと思うの。つまり」とカーライルは顔を上気させて言い直した。「望んでたことは知ってるの。彼女にそのつもりはなかったと思うけど。間違いないわ」

「パスターン卿のお考えは?」

「わかるわけがない」とエドワードがつぶやいた。

「そんなこと気にもかけてなかった」とカーライルは言った。「自分のデビューのことで頭がいっぱいだったし」

だが、彼女の脳裏に、パスターン卿が身をかがめて弾薬筒から弾を抜き、「私に任せてくれればいいものを」と言っている姿が蘇った。

アレンは、デュークス・ゲートで夕方あったことを少しずつ引き出しはじめた。夕食前になにを話したのか? 各人はどう席を立って部屋に引き取ったのか? なにをし、なにをしゃべったのか? カーライルは、自分が屋敷に着いたときの説明をした。叔母と叔父が夕食に追加の客を招くかどうかで口論したのを話すのは簡単だった。アレンが、リベラとフェリシテが婚約した可能性に話題を戻し、そのことは議論になったのか、カーライルは誰からその話を聞いたのか、フェリシテからか、と訊かれると、そう簡単には話せなかった。「不躾な質問のようですが」とアレンは言い、彼女は自分がそう言う前に先を越されてしまった。「まったく他意のないものとご了解ください。不適切な質問は無視して忘れていただいてけっこうです。尋問の範囲を整理したい。それだけです」そのあとは、カーライルにも、質問をかわすのは愚かで間違ったことに思え、フェリシテがリベラのことで悩み、辛い思いをしていたと話した。

カーライルは、エドワードがそわそわしているのを感じ、フェリシテとリベラのあいだには本当になにもなかったと付け加えた。「フェリシテは自分の思いを大げさに話すんです」と言った。「それを楽しんでると思うの」だが、そう言いながらも、フェリシテの感情の爆発がもっと深刻なものだったとわかっていたし、自分の言葉が真実味に欠けるように聞こえ、アレンにもやはりそう聞こえただろうと思った。アレンの穏やかな追及に圧されはじめたが、細部を大事にするたちだったから、自分の正確さが少し嬉しかったし、ごまかしたり歪曲したりするのは審美的に見ても好ましくないと感じた。夕食前に舞踏室で一人きりで過ごした時間を思い返すのもやはり簡単だった。そのことを話しはじめたとたん、懐かしい思いが脳裏にこみ上げてきた。社交界デビューをした舞踏会があったのはその舞踏室だったし、そこには思い出がたくさんあるので、思い返しながら佇んでいたのだとアレンに説明した。

「雨傘と日傘があったのは気づかれましたか?」

「ええ」と彼女はすぐに答えた。「気づいたわ。ピアノの上に置いてありました。確かフランス製の日傘でした。シール叔母様のです。フェリシテが子どもの頃、それで遊んでいたのを憶えてます。バラバラに分解できるんです」彼女はひと息つき、「でも、それは既にご存じのことでは」と言った。

「目にされたときは、いじられていなかったのですね?　中棒から部品は外されていなかったと?」

「ええ」

「確かですか?」

「ええ。手に取って、さしてみました。あいにくでしょ?　そのときはなんともありませんでした」

「けっこうです。そのあと、客間に行かれたのですね。意味もなさそうなことを敢えてお訊きしますが、次になにがあったか憶えておられますか?」

その話をする前に、《ハーモニー》という雑誌のことを話した。フェリシテがG・P・Fのページに投稿したことを打ち明けても問題はないだろうと思ったのだ。アレンがその話に興味を持った様子はなかった。なぜか押し殺したような声を上げたのはエドワードだった。カーライルは(まずいことを言った?)と思い、慌てて、叔父の書斎に行ったら、彼が弾薬筒から弾を抜いていたという話に移った。アレンはパスターン卿の空包の作り方をさりげなく質問したが、当面の懸案から関心が逸れたらしく、パスターン卿の几帳面さと手際のよさに感心していた。

カーライルは、パスターン卿の変人ぶりを質問されるのには慣れっこになっていた。叔父のことをいい話の種だと思っていたし、辛辣ながらも親しみを込めて友人に語って聞かせるのを普段から楽しんできた。卿の悪名は轟き渡っていたため、口にするのを憚るのも馬鹿馬鹿しいといつも思っていた。このときもいつもの習慣に従ってしまった。

すると、叔父のそばにあったデスクの開けっ放しだった引き出しのことが不意に思い浮かんだ。彼女は横隔膜が収縮したような気分になり、口を閉ざした。

だが、アレンはネド・マンクスに矛先を変えていて、ネドは、客間に来たときのことについての質問に淡々とゆっくり答えていた。ベレアズとリベラから受けた印象は? 自分はたいして話をしなかった。レディー・パスターンが刺繍を見せるからと、自分を客間から連れ出した、と。

「グロポワンですか?」とアレンは質問した。

「プチポワンです。同世代のフランス人女性のご多分に漏れず、彼女は素敵ですよ。実のところ、ほかの人たちにはさほど目を留めませんでした」

次に、夕食会の話になった。ネドは、会話は細切れでとりとめがなかった、と言った。細かいことは憶えていない、と。

「ミス・ウェインは観察力のある目と耳を持っておられますね」とアレンは彼女のほうを見て言った。「憶えておられますか？　どんな話をされたかを。席はどこでしたか？」

「ジョージ叔父さんの右側でした」

「あなたの右側には誰が？」

「リベラさんです」

「彼が話したことを憶えておられますか、ミス・ウェイン？」アレンはシガレットケースを差し出した。彼が煙草に火を点けてやると、カーライルは警部の肩越しにネドがかすかに首を横に振るのを目にした。

「ちょっと怖い人だと思いました」と彼女は言った。「というか、ちょっと馬鹿じゃないかと。歯の浮くようなお世辞に、いかにもラテン系らしい、信じ難い大げさな話ばかりで」

「そう思いますか、マンクスさん？」

「そうだな。いかにも荒唐無稽で、なにやら馬鹿げていた」

「敢えて言えば、腹立たしいほどだったと？」

彼らは互いに目を合わせなかった。エドワードは、「あの男はただうぬぼれに満ちていただけですよ。それを腹立たしいと言うならそうだが」と言った。

「今夜の出し物の話はしましたか？」

「ええ」とエドワードは言った。「ウェイターたちが誰を運び出したらいいのか混乱していたのも別に驚きじゃない。ジョージとリベラは、どっちも脚光を浴びたがってたし、どっちも担架に乗るのを相手に譲っていいか決めかねていた。ベレアズは立場上、お手上げ状態になってましたね」

アレンは、彼らがどのくらい食堂にいたのか質問した。ネドは不本意そうに――カーライルは、不本意さがあからさますぎると思い、危機感を募らせた――パスターン卿がブリージーに空包を見せるために別室に連れていったと話した。「では、あなたとリベラは、ポートワインとともに部屋に残ったと？」とアレンは言った。

「ええ。束の間ですが」

「どんな会話をしたか、憶えておられますか？」

「お役に立つような話はありませんよ」

「それはわかりませんね」

「おしゃべりに付き合いたくなくてね。彼女との関係のことをあれこれ訊いてきたが、肘鉄砲を食わせてやったのさ」

「彼の受け止め方は？」

「誰だって肘鉄砲を食えば面白くないだろうが、まるっきり平気な顔をしてたな」

「口論をされたと？」

エドワードは立ち上がり、「なあ、アレン」と言った。「自分がこの事件に少しでも関与していたら、自分の身を守ろうとするし、君の質問になど答えない。関与などしていないが。リボルバーをいじった憶えもないし、リベラを殺してもいない」

（まあ）とカーライルは途方に暮れながら、（ネドは一族の気質を発揮しちゃいそうね。なんてこと！　やめてちょうだい）と思った。

「なるほど」とアレンは言い、ひと息ついた。

「わかったかい」とエドワードは尊大に言い、座った。

「では、口論されたわけですね」

「ぼくはただ」とエドワードは声を上げた。「おまえは無礼だと言っただけだし、そしたら、部屋を出ていったのさ」

「その後、彼と話す機会は？」

カーライルはホールでの一幕を思い出した。二人は互いに向き合い、リベラは片手を耳に当てていた。ネドは彼になんて言ってたっけ？　やんちゃな生徒みたいにくだらないことを言ってたわね。「おまえの手回しオルガンにその耳を押し当てて聴いてみろ」といかにも面白そうに声を上げていた。

「こんな質問をしたのは」とアレンは言った。「被害者の耳が腫れていたからです。誰にそんなことをされたのかと思いましてね。皮膚が裂けていたし、あなたは印章付き指輪をはめておられる」

三

カーティス医師は事務室で、慎重ながらも安心したようにブリージー・ベレアズを見つめていた。「彼は大丈夫だ」と言い、ブリージーの椅子の背後に手際よく回ると、アレンにウィンクした。「私の注射だけでなく、なにか飲んだんだな。だが、大丈夫だ」

ブリージーはアレンに目を向け、おなじみの微笑を見せた。顔は蒼ざめ、少し汗がにじみ、安心して幸せそうな表情を浮かべていた。カーティス医師は、デスクに載っていたタンブラーの水で注射器を洗ってケースに戻した。

アレンはホワイエに通じるドアを開け、フォックスに向かって頷くと、彼は立ち上がって中に入ってきた。二人はブリージーのことを再び話し合った。

フォックスは咳払いをし、「すると《アロール》」と慎重に言いかけて口をつぐみ、「もちろん《エヴィダマン》」と言った。

「回復したわけですね？《イリヤ・ウン・アヴァンスマン・ネスパ》」

少し顔を上気させて口を閉ざし、アレンをちらりと見た。

「少しだがね《パ・グランショズ》」とアレンはつぶやいた。「だが、カーティスが言うように、彼も捜査に協力できるだろう。それはそうと、フォックス君《ブレア・フォックス》、ますます上達していくね。アクセントもよくなった」

「まだ使いこなせませんが」とフォックスは残念そうに言った。ブリージーは反対側の壁を黙って見つめていたが、元気そうに笑い、「気分がよくなりました」と言った。

「強力な注射をしたからね」とカーティス医師は言った。「以前はどうしていたか知らないが、ちょっと回復したようだ。だが、もう大丈夫だ。質問に答えられる。そうだね、ベレアズ？」

「大丈夫です」とブリージーはぼんやりと答えた。「元気いっぱいですよ」

「どうかな……」とアレンは疑わしげに言った。フォックスは陰気そうな小声で付け加えた。

「いまひとつですね《フォー・ド・ミュー》」「そうだね」とアレンは言い、椅子を引っ張ってきて、ブリージーの前に座った。

「お訊きしたいことがあります」と言った。ブリージーは反対側の壁からだるそうに目を離し、アレンは相手の目を見つめたが、瞳孔が大きく拡大し、体があるだけで心が宿っていないように見えた。

「憶えていますか？」とアレンは言った。「パスターン卿の屋敷でなにをしていたのか」

暫し返事を待つと、ブリージーはようやく無関心そうに気もそぞろな声で、「話させないでくれ。話さないほうがいい」と言った。

「だが、話したほうがいい」

カーティス医師はブリージーから離れ、誰にともなく言った。「本人に任せればいい。おのずと話しますよ」

「夕食会は楽しかったでしょうね」とアレンは言った。「カルロスも楽しそうでしたか?」

ブリージーは腕を曲げてデスクに載せていた。大きな溜息をつくと、ますますぐったりと椅子に座り込み、頬を腕に載せた。すぐにまた声を発したが、自分の意思とは別にしゃべっているみたいだった。ほとんど唇を動かさず、単調に引きずるようにしゃべった。

「あいつには言ったんだ。馬鹿げているし、なにも変わらないと。『おいおい! 頭がおかしいぞ』とね。そう、もちろん、出し惜しみをして煙草をくれなかったから、私は怒ったんだ」

「煙草とは?」

「頼んだのにくれなかった。とてもよくしてやったのに。本当によくしてやったんだ。言ってやったよ。『なあ。彼女はおまえの言うことなんか聞かないぞ。ひどく腹を立ててる。あの男も腹を立ててるし、もう一人の娘はなびきそうにないのに、どうしようっていうんだ?』と。揉めていたのは知ってたよ。『あの男は気に入らないんだ。気に留めてないふりをしてるが、表向きだけだ。実は気に入らないのさ。まずいぞ。相手にするな』と言ったんだが」

「いつのことですか?」とアレンは訊いた。

「折に触れてはさ。いわば、ずっとだ。タクシーに乗車中、あいつは自分がどんな風に殴られたかを話してた。私は言ったよ。『そら見ろ、私はなんて言った？』と」

「彼を殴ったのは誰ですか？」

　しばらく言葉が途切れ、ブリージーはけだるそうに顔をそむけた。

「カルロスを殴ったのは誰ですか、ブリージー？」

「やっと聞こえましたよ。だが、なんて野郎だ！　エドワード・マンクス氏は、〈ターマック〉でミス・フェリシテ・ド・スーズと昼食を一緒にしてる写真では真剣そうだったのに。むろん、彼女はマンクスとは母親を介した親戚で、パスターン・アンド・バゴット卿が彼女の義父だ。だが、言わせてもらえば、あれは実らぬロマンスですよ。事件の陰に女あり《シェルシエ・ラ・ファム》」

　フォックスはちょっと関心を見せて、メモから目を上げた。

「その女というのは」とアレンは言った。「つまり……？」

「女にしては変わった名前ですね」

「カーライル？」

「まぎらわしく聞こえますが、だからどうだと？（カーライルは姓か男性名の場合が多い）だが、あの人たちらしい。名前も二つありますしね。パスターン・アンド・バゴット。なあに、どっちでも来い、ですよ。あんなことをちらつかせて。いい機会だと！　私にわめき立てて、契約書に署名してやるなどと。パスターン卿とあの銃の乱射のためにですよ。今はどう思ってることか」

「あんなことをちらつかせる、とは？」とアレンは穏やかに繰り返した。ブリージーの声の大きさに自分の声を合わせた。二人の声は互いに行き交った。傍観者の二人には、彼らは夢うつつ状態で暗黙の了解を得ながら穏やかにしゃべっているように見えた。

「わかっていたのかも」とブリージーは言った。「私にそんなことはできないと。でも、厄介なことだとわかってもらえますよね。終身契約ですよ。ありがたいこった。コーラスはどうなるんだ？」

弱々しく笑い、あくびをすると、「すみません」とつぶやいて目を閉じた。

「眠ってしまいますね」とカーティス医師は言った。

「ブリージー」とアレンは大声で言った。「ブ、リ、ー、ジ、ー」

「なんです？」

「パスターン卿は終身契約を求めてきたのですか？」

「そう言ったでしょ。卿とあのろくでもない空包のために」

「スケルトンをクビにしろと？」

「みんなカルロスのせいですよ」とブリージーは大声で悲しそうに言った。「やつが考えたことです。くそっ、あいつは怒ってたぞ！」

「誰が怒っていたと？」

ブリージーは小ずるそうにつぶやいた。「言うまでもないことですよ」

「パスターン卿ですか？」

「パスターン卿？　笑わせないでください！」

「シド・スケルトンですか？」

「シドに話したとき」とブリージーは弱々しい囁き声で言った。「殺しもやりかねないように見えましたよ。正直、本当にびくびくものでした」

彼は腕に顔を横向きに載せると、深い眠りに落ちた。「八時間は起きないでしょう」とカーティス医師は言った。

四

二時に掃除婦たちがやってきた。中年女性が五人、警察に中に入れてもらい、掃除道具を持ってホワイエからレストランに入った。シーザー・ボンはこれを見てひどく心配し、リベラが倒れて死んだという貧弱な説明だけで追い払われた新聞記者たちが彼女たちを待ち伏せして質問するじゃないかと苦情を言った。彼は秘書のデイヴィッド・ハーンを掃除婦たちのところに遣わした。「絶対にしゃべらせるな。絶対にだ、わかったな」やがて掃除機のブーンという音がレストランに響いた。アレンの部下二人がしばらくそこにいた。彼らはホワイエに戻って張り番の警察官たちに合流し、そこにいる人々に無造作に目をやった。

楽員《ボーイズ》たちの大半は寝ていた。それぞれの小さな椅子にぶざまに寝そべっていた。灰が衣服に付いていた。煙草の吸い殻を空箱や靴の裏、マッチ箱に押し付けて潰し、あるいは花を生けた水盤に投げ捨てたりしていた。吸い殻の臭いが部屋全体に染みついているようだ。

レディー・パスターンは眠っているように見えた。肘掛椅子の背にもたれ、目を閉じていた。顔に紫がかったクマがあり、ほうれい線が深く刻まれて、頰の肉がたるんでいる。ずっと黙っていた夫が「おい、ネド!」と言ったときも、ほとんど身動きしなかった。

「なんです、ジョージ?」とマンクスは身構えながら応じた。

「謎を解いたぞ」

「ほう?」

「犯人が誰かわかったのさ」

「なに? 誰ですか?」

「私は死刑には断固として反対だ」とパスターン卿は言いながら、警察官たちに向かって頬を膨らませた。「だから、誰にも言わん。あいつらを悩ませておけばいい。殺人は精神科医の仕事で、絞刑吏の仕事じゃない。判事はうぬぼれた老いぼれのサディストばかりだ。勝手にやらせておけばいい。私からの支援は得られないぞ。なあ、フェー、頼むからそわそわしないでくれ」

フェリシテは夕方に座っていた椅子の上で背を丸めていた。時おり、見えないように手を伸ばし、革張りした椅子の肘掛けと座部のあいだの隙間をまさぐっていた。ほかの人たちを横目に見ながらこっそりと。

カーライルが、「いったいどうしたの、フェー? なにか失くしたの?」と言った。

「ハンカチよ」

「ほら、私のを貸してやるよ」とパスターン卿が言い、彼女のほうに投げて寄こした。

身体検査は着実に進んでいた。プライバシーを大事にするカーライルは、この体験にイライラし、不快に思っていた。女性係員は、大きな入れ歯をし、色白のごつい手をした淡黄色の髪の女で、実に丁重だったが遠慮会釈がなかった。

身体検査が男性の最後のシド・スケルトンまで来て、彼が男性用クロークルームから戻ると、同時にアレンとフォックスが事務室から出てきた。楽員《ボーイズ》たちが目を覚ました。レディー・パスターンが目を開けた。

アレンが言った。「これまでの予備調査の結果……（「予備だと！」とパスターン卿が鼻息荒く言った）……十分な情報を集めましたし、皆さんにもお帰りいただいてよろしいかと思います。長時間お引き止めしたことを深くお詫び申し上げます」

全員立ち上がったが、アレンが手を挙げて制止した。「一つだけお願いがありますので、ご理解を賜りたいと思います。リベラと直接話された方、パスターン卿が使ったリボルバーに触られた方、あるいは、リベラの死に結びつく状況に、なんであれ然るべき理由から関わりのある方のお宅には、警察官がお伺いいたします。捜査令状を取りますので、必要の際には令状を使うことになるでしょう」

「なにもかも実に馬鹿げて、くだらん……」とパスターン卿は言いかけたが、遮られた。

「次に挙げる方々のお宅に伺います」とアレンは言った。「パスターン卿とお連れの方々、ベレアズ氏、スケルトン氏です。以上です。皆さん、どうもありがとうございました」

「そんなことは我慢ならんぞ。なあ、アレン……」

「申し訳ありませんが、譲れません」

「ジョージ」とレディー・パスターンが言った。「あなたは何度も法に挑みかかってきたし、そのたびに醜態を演じてきたわ。帰りましょう」

パスターン卿は冷ややかに妻をじろじろと見ると、「ヘアネットがずれてるし」と指摘した。「腰の上の肉がだぶついてきたぞ。コルセットをしたほうがいい。いつも言ってるが……」

「少なくとも私は」とレディー・パスターンはアレンに直接語りかけた。「ご要望の件は承りました。娘と姪も同じだと思います。フェリシテ！　カーライル！」

「フォックス！」とアレンは言った。

彼女は見事な落ち着きぶりで戸口に向かい、そこで待った。フォックスは戸口のそばで待機していたほかの警察官たちの中から進み出た私服警官の一人に話しかけた。フェリシテはエドワード・マンクスに手を差し出した。「ネド、一緒に来ない？　屋敷に泊まってくれる？」

少しためらったあと、ネドは彼女の手を握った。

「エドワード」とレディー・パスターンは戸口から語りかけた。「そうしてちょうだい」

「わかったよ、セシール。もちろんさ」

フェリシテは彼の手を握ったままだった。マンクスはカーライルのほうを見て、「行こうか？」と言った。

「ええ、そうね。さよなら、アレンさん」とカーライルは言った。

「さようなら、ミス・ウェイン」

彼らは出ていき、私服警官があとに続いた。

「ちょっとお話があるのですが、スケルトンさん」とアレンは言った。「ほかの皆さんは」と楽員《ボーイズ》たち、ウェイター、照明担当に向かって言った。「お帰りになってけっこうです。検死審問への出席要請通知が届くでしょう。遅くまでお引き留めして申し訳ありませんでした。さようなら」

ウェイターと照明担当はすぐに出ていった。バンドはみな一斉に動き出した。ハッピー・ハートが、「ブリージーは？」と言った。

「ぐっすり寝ていて、起こすのにちょっと手間取るでしょう。私が家まで送りますよ」

ハートは脚をそわそわ動かし、自分の手を見つめた。「あなたがなにを考えてるのか知らないが」と言った。「彼は大丈夫さ。ブリージーはなんともないよ。言ってみれば、ちょっとカッカしすぎただけだ。神経質なのさ、ブリージーは。不眠症だしな。神経を鎮めるのに薬を飲んでた。だが、大丈夫だ」

「彼はリベラとはうまくいっていたのですか?」

楽員《ボーイズ》たちの何人かがすぐさま言った。「ああ。もちろん。仲がよかったよ」ハートは、ブリージーはカルロスの面倒見がよかったし、ロンドンで大きなチャンスを与えてやったんだ、と言った。

楽員はみな、この説明に熱心に頷いたが、スケルトンは別だった。彼は仲間から離れて立っていた。ほかの楽員は彼を見ないようにしていた。長身で髪は黒っぽく、細目で尖った鼻。小さな口に薄い唇。少し猫背気味の男だ。

「さて、そしたら」とハッピー・ハートはそわそわと言った。「失礼させてもらおうか」

「住所は聞き取ったね、フォックス。よし。ありがとうございます。さようなら」

彼らは楽器を持ってぞろぞろと出ていった。昔、〈メトロノーム〉、〈クァグズ〉、〈ハンガリア〉といった店が午前二時までやっていた頃は、楽員《ボーイズ》たちはずっと働き通しになり、個人の家のパーティーで演奏することもあった。彼らはロンドン子であり、ファンが巨大なホースから放出される水のようにピカデリーやホワイトホールへとどっと出ていくとき、げんなり蒼ざめた顔で帰途に就く。かつては、夜が白み、最初の牛乳配達の馬車がガタガタと音を立てる頃、いそいそとベッドに向かったものだ。夏は、雀がチュンチュンと静かに騒ぎはじめる夜明けに就寝のため服を脱いだ。彼らは、タクシーの運転手、クロークの係員、ウェイター、守衛たちと同様の独特の幻滅感を抱いていた。

アレンは彼らが出ていくのを見つめ、フォックスに向かって頷いた。フォックスがシーザー・ボンとデイヴィッド・ハーンのところに行くと、彼らは事務室の戸口のあたりで物憂げにうろうろしていた。「恐縮ですが、事務室にお入りいただけますか」とフォックスは言った。彼らはあとについて入った。アレンがスケルトンに言った。「さて、スケルトンさん」

「おれだけ引き留めたのは」とスケルトンは言った。「どういうことだ？　おれだってほかの連中と同じように家があるぜ。おれがどう帰宅しようと人の知ったことじゃないが」

「申し訳ありません。ご面倒をおかけしますが、仕方のないことでして」

「わけがわからねえ」

事務室のドアが内側から開いた。警察官が二人、ブリージー・ベレアズをかさばる人形のようにあいだに抱えて出てきた。顔はどんより蒼ざめ、目は半開きで、ぜいぜい息をし、みじめな子どものように不平たらしい声を出していた。カーティス医師が続いて出てきた。ボンとハーンは事務室の中から様子を見ていた。

「大丈夫かな？」とアレンは言った。

「と思います。オーバーを着せますよ」

彼らはブリージーを支えて立たせ、カーティス医師が体にぴったりしたオーバーをなんとか着せた。そうやってもがいているあいだに、ブリージーの指揮棒が床の上に落ちた。ハーンが進み出て拾い上げた。「たぶん」とハーンは悲しげに指揮棒を見つめて言った。「いかに見事な指揮ぶりだったか想像できないでしょうね。こんな様子を見ては」

カーティス医師はあくびをし、「彼らが寝かしつけてくれるよ」と言った。「もう用がなければ、失礼させてもらいますが、ロリー」

「ええ」引きずるような行列は姿を消した。フォックスは事務室に戻り、ドアを閉めた。

「けっこうなことだな」とスケルトンは憤然として言った。「一流のバンド・リーダーともあろう者があぁやって家まで送ってもらうとは。ポリ公二人に抱えられて」

「彼らは手馴れていますので」とアレンが応じた。「座りましょうか?」

スケルトンは、長時間座っていたので尻がしびれたと言った。「頼むから、さっさとやってくれ。もううんざりだぜ。なんだってんだ?」

アレンは手帳を取り出した。

「つまり」と言った。「もっと情報がほしいのです。あなたなら提供できる。ともかく、さっさと片づけましょう」

「どうしておれが? ほかの連中以上のことは知らないぜ」

「そうですか?」とアレンはぼかすように言い、目を上げた。「ドラム奏者としてのパスターン卿をどう思われますか?」

「ひでえもんだな。それがなんだと?」

「ほかの方たちも同じ意見ですか?」

「そりゃあな。当たり前さ。安っぽい見世物だ。俗受け狙いで大見得切りやがって」彼はポケットに手を突っ込み、怒りに駆られたようにうろうろと歩きはじめた。アレンは待った。

「こんなことが起きると」とスケルトンは大声で言った。「お膳立て全体がいかに呆れた代物かわかるだろ。おれは自分の仕事を恥じちゃいねえ。そんなわけねえだろ。面白いのさ。簡単じゃないしな。骨が折れるし、おれたちの最上の音楽に値打ちがないと言うやつはたわごとをぬかしてるのさ。おれたちの音楽には値打ちがある。巧妙さが必要だし、いろいろ知恵も絞らなきゃいけないんだ」

「音楽のことはわかりませんが」とアレンは言った。「テクニックの点では、あなた方は非常に知的だと想像がつきますよ。馬鹿げたもの言いですか？」

スケルトンは彼を睨みつけた。「外れちゃいねえ。おれたちが演奏する曲は確かに女々しくて古くさい。観客は」と人のいないレストランのほうに顎をしゃくった。「そんなのが好きなのさ。だが、まるで違う音楽だってある。仕事を選べるんなら、本物の逸品のために荷物をまとめてるぜ。物事がうまくいってる国でなら、おれにもやれる。そしたら、こう言える。『おれの演奏を聴いてくれ。これぞおれの最上の音楽だ』ってな。能力に応じたことをやらせてもらえるのさ。おれは共産主義者だ」と大声で言った。

アレンは不意にパスターーン卿のことを鮮明に思い出した。無言のままでいると、スケルトンがひと息ついて話を続けた。

「狂った社会の腐った一角で仕事をしてるのはわかってるが、だからってなにができる？　これがおれの仕事だし、受け入れるしかない。だが、あの出し物はどうだ！　おれ自身は舞台から引いて、アホなぐうたら老貴族におれの楽器で馬鹿を演じさせ、間の抜けた効果までたっぷり添えるとはな！　おれまで喜んでたみたいにだぞ！　おれの自尊心はどうなる？」

「なぜそんなことに？」とアレンは訊いた。

「ブリージーがそんなことを仕切ったわけは……」

急に口をつぐみ、アレンに詰め寄ると、「なあ！」と問いただした。「こんな話がなんの役に立つ？　どうしようってんだ？」

「パスターーン卿と同じく」とアレンは穏やかに言った。「真実を求めているのです。さっき言いかけた、ベレアズがそんなことを仕切ったわけは――なんだと？」

「言っただろ。俗受け狙いのためさ」

「ほかの楽員も同意されたと？」

「あいつらにはなんの信念もねえ。ああ、そうさ。受け入れたよ」

「たとえば、リベラは反対しなかったと？」

スケルトンは真っ赤になり、「ああ」と言った。

アレンは、突っ込んだ手を握りしめたせいでシドのポケットが膨らんでいるのに気づいた。「なぜでしょう？」とアレンは訊いた。

「リベラはあの娘に秋波を送ってたのさ。パスターンの継娘だ。あのおやじの前でいいカッコしようと必死だったんだよ」

「それであなたは腹を立てたわけですね」

「誰がそんなことを？」

「ベレアズですが」

「あいつが！　我々の文明なるものの産物の一つだな。あいつのざまを見ろよ」

アレンは、ブリージーが麻薬をやっていたことを知っていたか尋ねた。スケルトンは、思いを吐き出したい願望とそれとない警戒心との狭間で迷ったようだが、ブリージーは時代と環境の落とし子だと言った。スケルトンによれば、彼は世をすねて幻滅を味わった社会環境の副産物なのだ。その言葉は標語のような正確さで口から出てきた。アレンは耳を傾けながら見つめ、興味をそそられた。「おれたちはみな知っていた」とスケルトンは言った。「あいつがなにかの麻薬のおかげでしゃんとしてるってな。あの――パスターンのおやじでも知ってたさ。パスターン卿は確かに嗅ぎつけてたし、出所も知ってただろうよ。こう言ってもいい。ブリージーはすっかり変わっちまった。以前はいかしたおどけ者だった。ひょうきんなところもあった。いつもおれたちをしっかりつかんでた。その点、あのラテン野郎とはそりが合わなかったのさ」

「リベラですか?」

「そうさ。ブリージーはたちの悪いいたずらが大好きだった。サックスの一つにキーキー音を出す変な物を突っ込んだり、ピアノの中にちっちゃなベルを仕込んだりしてな。ガキだぜ。リベラのピアノ式アコーディオンに手を加えて、鍵盤のあいだに小さな紙片を突っ込んで鳴らないようにしちまった。もちろん、あくまでリハーサルのときだ。リベラはきらびやかに着飾って、髪に油をつけて登場し、ピアノ式アコーディオンをスウィング風に弾いたが、なんの音もしなかった。ブリージーは顔をくしゃくしゃにして笑みを浮かべ、楽員《ボーイズ》たちはみなへらへら笑ってた。そりゃ笑わずにいられないさ。リベラは大騒ぎだった。怒り狂い、辞めるとわめき散らしたのさ。ブリージーはずいぶんと骨を折って引き留めた。けっこうな騒ぎだったよ」

「たちの悪いいたずらか」とアレンは言った。「ずっとそう思っているのですが、妙な凝り性ですね」

スケルトンはじろりとアレンを見ると、「おいおい!」と言った。「深読みしないでくれ。ブリージーはしっかり者さ。こんなことをやりはしない」短く笑い、嫌悪をにじませて付け加えた。「ブリージーがリベラを殺《や》ったと! まさか」

「麻薬の習慣のことですが――」とアレンが言いかけると、スケルトンは苛立たしげに言った。「ほう、そうきたか! そんなのは小さなことさ。言っただろ。おれたちはみな知ってた。ブリージーは日曜には悪い連中とパーティーに行ってたんだ」

「どんな人たちかご存じですか？」

「いや、尋ねたこともない。関心もねえよ。破滅にまっしぐらだぞと言おうとしたさ。一度はな。気に食わなかったようだ。相手はボスだし、口をつぐんだよ。辞めて別のバンドに行こうとも思ったが、仲間たちと一緒にやってきたわけだし、あいつらよりいい仲間はまずいねえからな」

「彼がどこから麻薬を入手していたか、耳にしたことは？」

スケルトンはぶつぶつと言った。「耳にするわけがねえ。当たり前だろ」

「でも、推測くらいなら？」

「まあな」

「教えていただけますか？」

「なにが狙いなのか教えてもらいてえな。自分の身も守らなきゃ。話を整理したい。おれがパスターンの銃を確かめたから、おれがあのろくでもない傘かなにかを銃身の中に突っ込んだと思ってるな。なんではっきりそう言わない？」

「そうですね」とアレンは言った。「だからこそあなたを足止めしたのです。あなたが演壇を離れてから、パスターン卿が登場するまでの短いあいだ、あなただけがパスターン卿と暫し一緒にいたからです。今のところ、あなたが共犯だという可能性とベレアズが麻薬をやっているという事実にはなんの関係もないようです。警察官として、麻薬の常習者とその供給元は無視できないし、なにか情報を提供していただけるならありがたい。ベレアズがどこから入手していたかご存じですか？」

スケルトンは眉根を寄せ、下唇を突き出してじっと考えた。アレンも相手がどんな人物かを考えていた。どんな状況、行き違い、不幸が積み重なってこういう男になったのか？　スケルトンも、違った人生を歩んでいたらどうなっていたか？　彼の見方、荒っぽさ、猜疑心は、正直さに根差すものか、それとも、虐げられてきたという言いようもない気持ちに根差すものなのか？　そうしたものにどこまで駆り立てられているのか？　最後に、アレンは当然の問いを自問した。この男が人を殺せるか？

スケルトンは唇を舐め、「麻薬の密売は」と言った。「資本主義政体に存在するほかの密売と同じさ。真の犯罪者は、幹部であり、有力者であり、お偉方だ。そいつらは捕まらねえ。捕まるのは雑魚さ。考えてみろよ。馬鹿げた感情やご高説だけじゃどうにもならないぜ。この国の警察には信を置いちゃいねえ。誤った信念に奉仕する実に効率的な組織さ。だが、麻薬をやるのは絶対にいけねえ。いいだろう。この点に関しちゃ協力するよ。ブリージーがどこからヤクを手に入れていたか教えてやる」

「それで」とアレンは辛抱強く言った。「ブリージーはどこからヤクを手に入れていたと？」

「リベラからさ」とスケルトンは言った。「そうさ！　リベラからだよ」

第七章　夜明け

一

スケルトンは帰途に就き、シーザー・ボンとデイヴィッド・ハーンも帰った。掃除婦たちは建物のまったく別の場所に移っていた。残留しているのは警察だけ。アレン、フォックス、ベイリー、トンプスン、レストランとバンド控室を捜索している三人の男たち、張り番で残って夜明けに交替する予定の制服警官だ。時刻は三時二十分前だった。

「さて、フォックス君《フォクスキン》」とアレンは言った。「どう思う？　君はとても慎重だし、分別もある。君の仮説を聞かせてくれ。どうだい」

フォックスは咳払いをし、膝をポンと叩くと、「実に奇妙な事件です」と不興げに言った。「異様、と言っていいかも。馬鹿げてます。死体は別ですが。死体は」とフォックス氏は生真面目に言った。「絶対に馬鹿げてはいません」

ベイリーとトンプスンの両巡査部長はウィンクを交わした。

「まずは、アレンさん」とフォックスは話を続けた。「なぜあんな手口を、と自問します。なぜ弾丸を発射する銃から傘の中棒を？　これはいかにもパスターン卿がやりそうな手口ですね。とはいえ、それが手口だったのは間違いなさそうだ。これは否定できません。演奏中にあの男を刺すことは誰にもできなかった。そうですね？」

「誰にもね」

「けっこうです。さて、スケルトンが銃を調べたあと、この馬鹿げた凶器を銃の中に押し込んだ者がいたとすれば、そいつは凶器を隠し持っていたわけです。たかだか万年筆ほどの大きさですが、鋭く尖っている。となると、まずベレアズが思い浮かびます。ベレアズのことを検討するなら、登壇する前に彼がパスターン卿から徹底的に身体検査されたことを思い起こす必要がありますね」

「しかも、自分は無実だと絶対の自信を持つパスターン卿が、あのブリージーが身体検査後になにかをポケットに入れる機会はなかったと断言している――銃に触れる機会もね」

「卿は本気ですかね？」とフォックスは言った。「いやはや！」

「それどころか、決して馬鹿とは思えないパスターン卿が、自分以外の全員の容疑を実に念入りに晴らしてくれた」

「馬鹿ではないとしても」とフォックスは唸るように言った。「精神がちょっとまともではなさそうでは？」

「まあ、みなそう言うね。ともかく、フォックス、撃たれる前か撃たれたときにリベラを刺した者がいないのは確実だ。銃を弄ぶのに夢中だったパスターン卿を別にすれば、リベラから六フィート以内に近づいた者は誰もいない」

「そのとおりです！　それに、譜面台はほかのバンドが前に使っていたから、凶器をそこに置いておくわけにいかなかった。どのみち、奏者は誰も、銃の上にかぶせたパスターン卿の滑稽な帽子には近づかなかった。とすると、人を殺そうと心に決めたら、突拍子もない方法を一番用いそうな人物はパスターン卿なのでは、と自問することになります。すべてがパスターン卿を指し示していますね。これは否定できません。そうはいっても、卿は自信満々でまるで動じるところがない。もちろん、殺人狂の態度とはそんなものですが」

「そうだね。動機はなんだろう?」

「継娘が被害者と付き合っていたことをパスターン卿がどう思っていたのか? もう一人の娘が、卿はまるで気にかけていなかったようだと言ってますが、さてどうだか。そうでもなかったのかも。今のところ、私自身はパスターン卿が怪しいと思っています。どう思われますか、アレンさん?」

アレンはかぶりを振り、「悩ましい問題だね」と言った。「もしかすると、スケルトンがリボルバーを調べたとき、凶器をリボルバーの中に差し込むことができたのかもしれないが、明らかに目ざといパスターン卿が、そんなことはしなかったと断言している。彼ら二人が一緒にいたのは、ブリージーが口上を述べていたあいだの一分ほどだが、スケルトンは銃を尻ポケットに入れたパスターン卿のそばには近寄らなかったと言っている。嘘とは思えない。パスターン卿に否定されればそれまでだからね。君はスケルトンの話を聞いていない。妙なやつだよ。好戦的な共産主義者だ。オーストラリア人だな。頑固で動じない思想家だ。抜け目がないし、実に純真だ。単細胞なやつさ。スケルトンがリベラを思想的な面で嫌っていただけでなく、今夜のパスターン卿の登場を彼が後押ししたことでも嫌っていたのは明らかだ。スケルトンはそのことでひどく憤っていたし、はっきりそう口にしていた。彼は自分が芸術と見なすものを卿が冒瀆し、自分の社会的信条に反するものを卿が黙認していると考えていた。その点では、狂信的なほどに純真だよ。彼はリベラとパスターン卿を寄生虫と見ていた。ちなみに、リベラはブリージー・ベレアズに、なにかの麻薬を提供していた。カーティスの話ではコカインだ。身体検査をされたとき、様子がおかしかったようだね。その点は調べなくては、フォックス」

「麻薬ですか」とフォックスは重々しく言った。「いやはや！　獲物を見つけたな、と思うと、死人というわけです。とはいえ、彼の部屋になにか手がかりがあるかも。今度は南米ですね。〝スノウィ・サントス〟一味とつながりがあるやも。あいつらは南米と取引してます。こいつはいい」違法ドラッグの売買の取り締まりに従事したことのあるフォックス氏は言った。「〝スノウィ・サントス〟の尻尾をつかめたらしめたものですよ」

「しめたものだね」とアレンは気もそぞろに頷いた。「議論を続けてくれ、フォックス」

「ええ。リベラが予定になかったのに倒れたことを考えると、そのときやられたとみていい。自明なことのようですが、そう考えれば、倒れたあとになにか細工があった可能性は排除できます。彼が倒れるとは誰にもわからなかったわけですから。パスターン卿の最初の発砲と同時に誰かが凶器をダーツ矢のように投げたというなら別ですが――いや」とフォックスは胸くそが悪そうに言った。「そいつは荒唐無稽ですね。となると、凶器はリボルバーから発射されたという考えに戻ってくる。銃身の中の引っ掻き傷もこれを裏付けている。まあ、そいつは検査官に調べさせないと」

「ああ、もちろん」

「ただ、さしあたり、あの小さな宝石をあしらった下はじきが留め具の役割を果たし、銃身の中に痕跡を残したとすれば、スケルトンがリボルバーを確かめたときは引っ掻き傷がなかったという彼の証言に突き当たる。この点でも、やったのはパスターン卿のように見える。どう考えてもパスターン卿に戻ってきますよ」

「ミス・ド・スーズは」とアレンは苛立たしそうに鼻をこすって言った。「あのろくでもないソンブレロの下をまさぐった。私が見ていたし、マンクスやウェイターもだ。マンクスは止めようとしたらしく、彼女は笑って手を引っ込めた。だから、彼女が凶器を手にすることはなかったが、彼女の席に座った者なら誰でも銃に手を伸ばせたわけだ。レディー・パスターンは、ほかの人たちが踊っているあいだ、テーブルで一人きりだった」

フォックスは眉をつり上げ、ふくれっ面のような顔をし、「実に冷淡で、傲慢だし、身勝手な意思や感情を持った女性です」と言った。「彼女はこれまでどれほどパスターン卿に歯向かってきたことか。とても高圧的ですよ」

アレンは古株の同僚をちらりと見て苦笑すると、待機中の部下たちのほうを向き、「よし、ベイリー」と言った。「次は君の番だ。なにか新たな発見はあったかい?」

ベイリーは不愛想に言った。「ご報告申し上げるほどのことはありません、アレンさん。ダーツ矢に指紋はなしです。しっかり梱包しておきましたから、あらためて調べられますよ」

「リボルバーは?」

「明々白々でしたよ、アレンさん。潜在指紋はあり得ません」

「だから敢えてパスターン卿に触らせたんだ」

「ええ。そこで」とベイリーは専門家らしい口調で言った。「リボルバーですが、パスターン卿の指紋がありました。それから、バンド・リーダーのブリージー・ベレアズとかいう男の指紋も」

「ああ。パスターン卿は銃をブリージーに手渡した」

「そうです。私も承知しています」

「トンプスン」とアレンは不意に言った。「マンクス氏の指紋を採ったとき、左手はよく見たか?」

「はい。指のつけ根に少し擦り傷がありました。ごくわずかですが。印章付き指輪をはめていました」

「バンドの演壇はどうだ、ベイリー?」

ベイリーは自分の足元に目をやると、ドラムと打楽器の台の周辺の床を調べたと言った。「ミス・ド・スーズのものと確認された指紋が四つありましたが、ほかにはありません」

「リベラは? 死体にはどうだ?」

「特にありません」とベイリーは言った。「ただ、ベレアズと医師が触った箇所からは、たぶん潜在指紋が出てくるでしょう。今のところは以上です」

「ありがとう。君たちのほうはレストランとバンド控室を調べたようだが、どうだった? なにか見つかったか? ギブスンはどうだ?」

私服警官の一人が前に進み出た。「特には。おかしな点はありません。煙草の吸い殻などがありましたが。演壇には、空包の詰め物《ワッズ》と薬莢、ベレアズの名前入りのハンカチがありました」

「死体に花輪を捧げたとき、悲しげに目を拭いたんだ」とアレンはつぶやいた。「ほかには?」

「コルク栓がありました」とギブスン巡査部長が弁解がましく言った。「バンドの演壇に。ウェイターが落としたものかと」

「そんなところには落とすまい。見てみよう」

ギブスンは取り出した封筒を振って小さなコルク栓をテーブルの上に落とした。アレンは手を触れずにコルクを見た。「バンドの演壇を掃除したのはいつだ?」

「今朝早くです、アレンさん。その前は、客が入ってくる夕方前にモップをかけました」

「これを見つけた正確な場所は?」

「演壇の奥半ば、中央から左に六フィートの位置です。場所に印を付けておきました」

「よし。そう役に立ちそうもないが」アレンは虫眼鏡を使った。「黒い痕跡があるな」口を閉ざし、くんくんと臭いを嗅いだ。「靴用艶出し剤だろう。たぶん、バンド奏者がその辺に捨てたんだ。だが、別の臭いもする。ワインでも酒でもないし、これはその種のコルク栓じゃない。もっと小さいし、底が細くて、てっぺんが広い。商標はない。この臭いはいったいいなんだ? 嗅いでみたまえ、フォックス」

フォックスは大きな音を立てて嗅いだ。立ち上がり、じっと考え込むと、こう言った。「さて、この臭いはなんだったかな?」みなは答えを待った。「シトロネラ油だ」とフォックスは重々しく発音した。「あるいはそれに似たものです」

「ガンオイルかな?」とアレンが言った。

フォックスは振り向き、なにやらむっとして上司のほうを見つめた。「ガンオイル? まさか、アレンさん、宝石をあしらった日傘の中棒をリボルバーに詰めるだけじゃなく、誰かが豆鉄砲みたいにコルク栓を詰めたとおっしゃるんじゃないでしょうね?」

アレンはニヤリとした。「君はこの事件に人の好さを弄ばれているね、フォックス君《ブレア・フォックス》」再び虫眼鏡で調べた。「底の表面は潰れているようだ。まず見込みはないが、指紋を調べてくれ、ベイリー」

ベイリーはコルク栓を取り上げた。アレンはほかの部下たちのほうを向き、「もう引き上げてもらっていいだろう」と言った。「悪いが、君には残ってもらうよ、トンプスン、それと君もね、ベイリー。休憩なしのショーだ。ギブスン、捜査令状を取ってリベラの部屋を調べてくれ。誰か一緒に連れて行きたまえ。徹底的に捜索してほしい。スコットとワトスンはベレアズの部屋、サリスはスケルトンの部屋を。全員、十時にロンドン警視庁に戻って報告を。捜索が終わったら、交代要員を残してほしい。ベレアズとスケルトンにはいずれも監視をつけるように。おっと、ベレアズのほうは、あと八時間は人畜無害だろうな。フォックス警部は部下を連れて私とデュークス・ゲートに来てくれ。よし。行こうか」

事務室で電話が鳴った。フォックスが電話を取りに行き、叱りつけているのが聞こえた。出てくると、憤りをあらわにしていた。

「パスターン卿の一行に屋敷まで同行させた新顔ですよ。マークスです。なにをやらかしたと思います？」フォックスは周囲の仲間をぐるりと見まわし、テーブルをバンと叩いた。「馬鹿な若造だ！　屋敷に入ったら、みんなから客間に行くと言われて、『では、お差し支えなければ、ご一緒させていただくのが私の仕事です』とマークスは言った。男たちは早々に引き取らせてもらうと言って一階のクロークルームに行き、女性たちも同じことを考えて三階に行くと、この早とちり巡査部長のマークスは自分の身を二つに分けようと試みたわけです。弁解の余地はありません。監視を怠るまいと、階段を上がったり下りたりするうちに、なにが起きたと思います？　娘の一人が目を盗んで使用人用階段を下りて、裏口から出ていってしまったんですよ」

「どの娘のことだ？」とアレンはすぐさま訊いた。

「それが」とフォックス氏は苦々しく軽蔑を込めて言った。「マークス巡査部長にいくら聞いても駄目でして。厳しく言っても無駄です。どの娘かわからないでしょう。やれやれ。ほかの連中は好き勝手に解散し、あいつは電話で愚痴を言ってくる。警察大学校出のマークス巡査部長様というわけだ！　どうした？」

制服警官が正面玄関から入ってきて、「ご報告申し上げたいことが」と言った。「外で張り番中ですが、動きがありまして」

「よし」とアレンは言った。「動きとは？」

「タクシーが少し離れたところに停まり、女性が一人出てきました」

「女性！」とフォックスが強い口調で訊いたため、警察官は不安そうに目を向けた。

「はい、フォックスさん。若い娘です。運転手に話しかけていました。タクシーを待たせておくつもりですね。女性は周囲を見まわしてためらってました。私は玄関の中の暗がりにいたので、彼女は私に気づかなかったと思います」

「誰かわかったか？」とアレンは訊いた。

「はっきりとは。服装は違っていましたが、レディー・パスターンの連れの女性の一人だと思います」

「玄関のドアには鍵をかけたか？」

「はい」

「鍵は開けて、姿を隠してくれ。君らも全員、消えてほしい。解散だ。急いでくれ」

ホワイエは五秒で誰もいなくなった。事務室とバンド控室に通じるドアは静かに閉じられた。アレンは明かりのスイッチに駆け寄った。壁際のピンク色のランプ一つだけになった。ホワイエはすっかり暗くなった。彼は明かりから一番遠い椅子のうしろに隠れて膝をついた。

時計が控えめにチクタクと音を立てていた。離れた地階でペール缶がカタンと音を立て、ドアがバタンと閉まった。無数の些細な音が次第にはっきり聞こえるようになった。レストランの中でブラインドの紐を引く音、壁の向こうでこそこそ動いたり、走り回ったりする音、主配電盤からの絶え間ないブンブンいう音。カーペット、内装材、消毒剤、むっとする煙草の臭いをアレンは嗅ぎ取った。外からホワイエに入る玄関は二重のドアで仕切られている。通りに接した外側のドアと、板ガラスの内側のドアで、いつもは開けっ放しだが、今は閉ざしてある。ぼんやりした灰色の人影がドアを開けて入ってくるのがガラスを通して見えた。右側の窓枠の上のほうにピンクのランプの明かりがぼんやりと浮かんでいた。彼はその明かりに目を凝らした。ガラスドアの向こうに白いものが現れた。外側のドアは開いたままだ。

顔が不意に板ガラスの前に現れ、ランプの明かりの反射がぼやけ、ドアが押し開けられて反射が乱れた。ドアが開くときにかすかに軋った。

彼女は一瞬立ち止まり、ヘッドスカーフで顔を半分隠した。すると、素早く進み出て、肘掛椅子の前で膝をつき、その布張りの上を手探りした。探すのに夢中で、背後からアレンが厚いカーペットを踏みながら近づいてくるのに気づかなかったが、彼がポケットから封筒を引っ張り出すと、かすかにカサカサと音を立てた。彼女は膝をついたまま振り向き、彼の姿を認めると鋭く叫び声を上げた。

「お探しのものはこれですか、ミス・ウェイン?」とアレンは尋ねた。

二

アレンは壁際に行き、明かりのスイッチを入れた。カーライルは身じろぎもせず、彼を見つめていた。戻ってきたアレンはまだ封筒を手にしていた。彼女は真っ赤になった顔に手を押し当て、動揺しながら言った。「私が悪さをしてると思ってるわね。説明を聞きたいでしょ」

「質問にお答えいただきたいですね。お探しのものはこれですか?」

彼は封筒を差し出したが渡さなかった。彼女は疑わしげに封筒を見た。「知らないわ——なんのことか——」

「この封筒は私のです。中身をご説明しましょう。手紙ですよ。お探しの椅子の座部と肘掛けの隙間に突っ込まれていました」

「ええ」とカーライルは言った。「そうね。まさにそれよ。いただいてもいいですか?」

「お座りください」とアレンは応じた。「この件ははっきりさせたほうがいい」

アレンは彼女が立ち上がるのを待った。彼女はちょっとためらってから椅子に座った。

「もちろん、私の言うことなど信じないでしょ」と言った。「でも、その手紙は——もう読まれたんでしょうね——今夜の恐ろしい事件とはなんの関係もないわ。ひと様とはなんの関係も。まったく個人的な、大事なものよ」

「既に読まれたのですか?」とアレンは訊いた。「内容を説明していただけますか? よろしければ、ぜひ」

「でも——ちょっと正確には——つまり——」

「おおよそでけっこうです」

「その——大事な伝言が書いてあるの。ある人に関わる——詳しくは言えないけど——」

「とはいえ、午前三時に探しに戻ってくるほど重要なものなのですね」アレンは口をつぐんだが、カーライルはなにも言わなかった。「なぜ」と彼は言った。「ミス・ド・スーズは自分で手紙を取りにこなかったのでしょう?」

「あら!」と彼女は言った。「それは無理よ」

「お願いですから、ご自分が矢面に立とうとなさらず、正直にお話しください」

「正直に話してるわ、もうっ!」とカーライルは気色ばんで言った。「手紙の内容は個人的なものだし、それに——そのう——きわめて内輪のことなの。フェリシテは誰にも見せたくないのよ。なにが書いてあるかは私もよく知らないの」

「彼女は自分で取りに来るのを尻込みしたわけですか?」

「ちょっと気が動転してるの。誰だってそうよ」

「手紙の内容を見ていただきましょう」とアレンはひと息ついて言った。彼女は抵抗するそぶりを見せた。アレンは辛抱強くいつもの主張を繰り返した。殺人が起きたときは行儀のよい態度を捨てなくては。手紙の内容は重要ではないし、私も留意しない、と噛んで含めるように説明しなくてはならなかった。「思い出してください」と言った。「手紙は彼女のバッグから落ちたのです。彼女がどうやって私から手紙を取り返したか目にしましたか? ご覧になったはずだ。全員の身体検査をすると告げると、彼女がどうしたかも気づかれたのでは? 椅子の座部と肘掛けの隙間に手を突っ込んでいましたね。そのあと身体検査を受けに行き、私がその椅子に座りました。彼女は戻ってくると、手紙を探して虚しく三十分は費やしたあげく、なに食わぬ顔をしていた。さて」

アレンは封筒から手紙を出し、彼女の前に広げると、「指紋の検査は済ませました」と言った。「特に成果はありませんでしたが。頑丈な椅子の布張りでひどくこすられていたので。読んでいただけますか。それとも――」

「ええ、もちろん」とカーライルは憤然として言った。

手紙は無地の便箋にタイプ打ちしたものだ。住所も日付もない。


「前略」とカーライルは読み上げた。「君の素敵さに私は骨抜きだよ。だから、自分にも他人にも約束したことを破る。私たちは君の想像以上に近くにいる。今夜、上着に白い花を付けていく。君に捧げる花だ。でも、君が私たちの今後の幸せを大事に思うなら、気づいたそぶりは絶対に見せないでくれ――私に対しても。この手紙は破棄してほしい。私の愛は取っておいてほしいが。

〈G・P・F〉」


カーライルは顔を上げ、アレンと目が合うと、すぐに目を逸らし、「白い花」と囁き声で言った。

「G・P・F？　G・P・F？　信じられない」

「上着に白いカーネーションを付けていたのは、エドワード・マンクス氏でしたね」

「この手紙のことでお話しすることはないわ」と彼女は強い口調で言った。「読まなきゃよかった。話したくもない。私から彼女に返すわ。この事件とはなんの関係もないの。なんの関係も。私にください」

アレンは言った。「それはできないとご承知のはずです。考えてもごらんなさい。リベラとあなたのいとこ――義理のいとこですが――のあいだには恋情、それも強い恋情があった。リベラが殺されたあと、彼女はこの手紙を隠そうと細工を弄し、失くすと、必死で取り戻そうとして、あなたにここへ戻って回収してくれるよう頼んだ。こういう動きを黙認できると？」

「でも、あなたはフェーを知らないわ！　彼女はいつもボーイフレンドたちのことで窮地に陥っては脱してきた。つまらない話なのよ。わからないのね」

「では」とアレンは彼女を慈しむように見て言った。「わかるように教えてください。屋敷まで車でお送りしますよ。道中お話しいただければと。フォックス」

フォックスが事務室から出てきた。カーライルは、アレンが指示を与えるのを耳にした。ほかの部下もクロークルームから出てきて、聞き取れない声でフォックスと簡単に言葉を交わし、玄関から出ていった。アレンとフォックスは自分の所持品を集め、コートを着た。カーライルは立ち上がった。アレンは手紙を封筒に戻してポケットに入れた。彼女は涙が溢れてくるのを感じた。話そうとしたが、意味をなさない音を発しただけだった。

「どうされました？」とアレンは彼女をちらりと見て言った。

「そんなの嘘よ」と彼女は口ごもりながら言った。「信じないわ。絶対に」

「なにがですか？　エドワード・マンクスがこの手紙を書いたことがですか？」

「書いたのは彼じゃない。こんな手紙を彼女に書くはずがないわ」

「ほう？」とアレンはさりげなく言った。「信じられないと？　でも、彼女はとても美しい。実に魅力的な方だ。そうは思いませんか？」

「そんなことじゃない。全然違うの。手紙のことよ。彼がそんな手紙を書くはずがない。偽物よ」

「法廷で読み上げられたり、雑誌に載ったりするようなラヴレターを見たことは？　そんな手紙も偽物のように思えませんか？　それでも、そうした手紙の中には、きわめて知性の高い人々が書いたものもあるのですよ。さあ、行きましょうか」

　外の通りに出ると寒かった。堅苦しい屋根のシルエットの背後で空が静かに白みはじめていた。

「黎明の左手（オマル・ハイヤーム『ルバイヤート』より）か」とアレンは誰にともなく言い、身震いした。カーライルの乗ってきたタクシーはとうに去っていたが、大型のパトカーが待機していた。助手席に二人目の男が座っていた。フォックスがドアを開け、カーライルが乗った。二人の男が続いて乗った。「ロンドン警視庁へ」とアレンが言った。

　彼女は座席の隅にぎゅうぎゅう詰めにされ、アレンの腕と肩が無頓着に押し付けられるのを感じた。反対側の端に座るフォックス氏は大柄な男だ。横を向くと、青白い窓を背景にシルエット化したアレンの顔が見えた。妙な考えが心に浮かび、（フェーが気持ちを落ち着けてこの人をよくよく見たら）と思った。（G・P・Fのことも万事休すね。カルロスの思い出もおしまい。みんなおしまいよ）そう考えると、彼女の胸は重苦しく鼓動が高鳴り、（ああ、ネド）と思った。（どうしてそんな手紙を！）手紙の趣旨を直視しようとしたが、すぐに頭から追い払い、（みじめね）と思った。（こんなに不幸な気持ちになったことはずっとなかったわ）

「ところで」とアレンがすぐ横から話しかけた。「〈G・P・F〉とは、正確にはなんのイニシャルでしょう？　いい加減な記憶になんとなく引っかかるのですが、思い出せない。〈G・P・F〉とはなんでしょう?」彼女は答えず、少しして彼は話を続けた。「いや、ちょっと待てよ。書斎にいるパスターン卿のところへ行く前に読んでいた雑誌のことをおっしゃっていましたね?《ハーモニー》かな? そうですね?」彼女は自分を見るアレンに頷いた。「内緒で相談のページの編集者は、案内人《ガイド》、賢人《フィロソファー》、友人《フレンド》と自称しているのですね? 張りのある生活の処方箋にそう署名しているとか?」

カーライルはぼそぼそと、「そのようね」と言った。

「それで、あなたはミス・ド・スーズが彼に手紙を送ったのではと思ったのですね」とアレンは静かに言った。「ふむ。さて、それがなにかの手がかりになると思われますか?」

彼女はどっちつかずの声を発した。まずいことをおのずと思い出したのだ。フェリシテが面識のない誰かと文通をしていて、その相手から〝とてもいい〟返事が来たこと。リベラがその手紙への彼女の返事を読んで騒ぎ立てたこと。《ハーモニー》に載ったネド・マンクスの記事のこと。みんなで〈メトロノーム〉に行ったあと、フェリシテが見せた態度。彼女がネドの上着から花を取り上げたこと。二人が一緒に踊っていたとき、ネドが彼女の話に耳を傾けようと顔をかがめたこと。

「マンクス氏は」とアレンがすぐ隣から質問した。「夕食会に来たとき、白いカーネーションを着けていましたか?」

「いいえ」と彼女は声を不自然に高めて言った。「あとで着けたの。夕食会のテーブルに白いカーネーションがあって」

「その花の一つかも」

「それなら」と彼女はすぐに言った。「辻褄が合わないわ。手紙は、彼がカーネーションを目にする前に書かれたはずだもの。矛盾してるわ。彼女の話だと、手紙はディストリクト・メッセンジャーが届けたとか。ネドは知らなかったはずよ」

「ディストリクト・メッセンジャー？　確認しますよ。封筒も見つけられるでしょう。ところで」とアレンは話を続けた。「マンクス氏は彼女に相当ご執心だったようですね？」

（エドワードは言ってた。「フェーのことだが。どうも妙なことがあってね。うまく説明できないが、君ならわかってくれるかも」）

「強く惹かれていたとは思いませんか？」とアレンは言った。

「さあ。どう考えていいのか」

「二人はよく会っているのでしょうか？」

「知らないわ。彼は――フラット探しをしているあいだ、デュークス・ゲートに滞在していたし」

「そのときに思いを寄せるようになったのかも。どう思われます？」

彼女はかぶりを振った。アレンは答えを待っていた。カーライルには、その押し付けがましさのない執拗さが耐え難かった。心の支えを失い、暗闇にさまよい出た気がした。抑えることも理解することもできない惨めな気持ちになった。「そんな話をするつもりはないわ」と口ごもりながら言った。

「私には関係のないことよ。もうたくさん。勘弁してください。お願いだから」

「もちろん」とアレンは言った。「屋敷までお送りしますよ」

三

デュークス・ゲートに着くと、とうに夜が明けていて、窓のブラインドが下ろされ、ドアも閉じた屋敷が弱々しい薄明かりの中にはっきりと見えた。

夜の闇の中から姿を現した見慣れた通りには、憔悴と密やかさの気配があるとカーライルは思った。牛乳瓶のカチャカチャと鳴る音が小路から聞こえ、ぼんやりした空虚さを破ってくれたことになんとなくホッとした。「鍵はお持ちですか?」とアレンが言った。彼は、フォックス、前部座席の男とともに、彼女がバッグの中を探すあいだ待っていた。カーライルが車のドアを開けると、二台目の車が来て停まり、男が四人降りてきた。前部座席の男たちが彼らに合流した。彼女は思った。(私たち、まるで重要人物みたい。これは重要な事件。殺人事件というわけね)

かつて一、二度、この時間にネド・マンクスとパーティーから帰ってきたこともあった。なんとも言えない屋敷の臭いを感じ、中に入ったことを実感した。ランプを点けた。静かな玄関ホールの明かりだ。内側のガラスドアに映る自分の姿を見ると、顔が涙で濡れていた。アレンが最初に中に入った。夜会服姿で帽子を手にしたまま佇んでいるから、屋敷まで送ってさよならを言うつもりなのか。ほかの男たちもすぐに続いた。(今度はなにをするの?)と彼女は思った。(解放してくれるの? なにをするつもり?)

アレンはポケットから紙を一枚取り出し、「捜査令状です」と言った。「パスターン卿をベッドからたたき起こしたくはない。そんなことをせずにすめば——」

口を閉ざし、暗い階段のほうに素早く行くと、六段ほど上がった。フォックスとほかの部下はドアの手前でじっとしていた。階段の吹き抜けにある小さなフランス製の時計が声高にチクタクと音を立てていた。二階でドアがバタンと開く音がした。アレンの顔に明かりがかすかに映えた。紛れもないパスターン卿の大声が聞こえた。「おまえがいくら動転していようと知ったことか。好きなだけやきもきするがいい。だが、私が時間表を仕上げるまでは寝てはならんぞ。座れ」

アレンはちょっとニヤニヤしながら上に上がり、カーライルは少しためらったが、あとに続いた。

客間に全員揃っていた。レディー・パスターンはイヴニングドレスのままだったが、目元と唇の血の気が失せ、ドアのそばの椅子に座っていた。フェリシテは既に部屋着に着替え、化粧も落としていたが、か弱く愛らしく見えた。エドワードは彼女のそばに座っていたが、アレンが入ってきたのを見て立ち上がった。パスターン卿は上着を脱ぎ、袖をめくり上げ、部屋の中央のテーブルに座っていた。卿は書類を前に置き、鉛筆を口にくわえていた。彼らから少し離れて、ウールの部屋着の膝に両手を組んで載せ、グレーの髪をうしろできれいに編んだミス・ヘンダースンが座っていた。私服警官がドアの手前に立っていた。カーライルは彼に見覚えがあった。彼らを屋敷に送ってくれた警察官だ。数時間前のことだが、はるか昔のことのように思える。彼女が〈メトロノーム〉に戻ろうとしたとき、その警察官をうまくまいたが、警察がその計略をどう考えるか、初めて不安になった。その警察官はちょうど自分に話しかけようとしていたアレンのほうをきまり悪そうに見ていたが、カーライルが部屋に入ろうとすると、脇に寄って彼女を中に入れた。エドワードが彼女のほうに慌ててやってきて、「どこにいた?」と憤然として訊いた。「どうでもいいでしょ? 私は――」エドワードは彼女の顔を見つめ、「ライル」と言った。「どういうことだ?」

パスターン卿が目を向け、「おお」と言った。「どこに行ってた、ライル? おまえにもいてほしい。座りたまえ」

(劇の場面みたい)と彼女は思った。(揃いも揃って、広い客間に疲れ切って座ってるなんて。スリラー劇の第三幕ね)例の私服警官と目が合ったが、彼は不快げに彼女を見ていた。

「ごめんなさい」と彼女は言った。「裏口から出ていっただけなの」

「わかってますよ、お嬢さん」と彼は言った。

「二つの場所に同時にはいられないでしょ？」とカーライルは朗らかに付け加えた。彼女はフェリシテを避けようとした。フェリシテは彼女のほうをそわそわと、明らかに探るような目つきで見ていた。

パスターン卿が快活に言った。「よく来てくれたな、アレン。もっとも、ちょっと遅かったが。君の仕事を代わりにやっていたのさ。座りたまえ」

レディー・パスターンは疲れたように暗い声で言った。「言っておきますけど、ジョージ、こちらの紳士は、あなたが不用心なことをおっしゃったら、きっと逮捕なさるわよ」

「言いにくいことをぬけぬけと、シー」と夫は応じた。「なにも得るものはないぞ。君がほしいのは」とパスターン卿は鉛筆を突きつけるようにアレンに向けながら言った。「時間表だろ。我々が〈メトロノーム〉に行くまで、それぞれなにをしていたのか知りたいんだろ。方式というものさ。よし。私が君の代わりに時間表をまとめてやったよ」パスターン卿は前に置いた紙を叩いた。「むろん、ブリージーの証言がないと完全じゃないが、そいつも明日には得られる。ライル、おまえにちょっと頼みがある。こっちへ来てくれ」

カーライルはパスターン卿の背後に回ると、アレンのほうを見た。彼は控えめに目を凝らしながらパスターン卿のメモを見つめていた。今度は彼女自身が、鉛筆を神経質にトントン叩く音に応じてメモを見た。

罫線が引かれた表のようなものだった。一番上に欄が九つあり、一つずつ名前が記入されていた。彼女、レディー・パスターン、フェリシテ、エドワード、パスターン卿、ベレアズ、リベラ、ミス・

ヘンダースン、スペンスの名だ。パスターン卿は、左側に上から順に八時四十五分から十時三十分までの時刻を記していた。時刻は横に線を引いて区切ってスペースが設けられ、それぞれの名前の下に、各人がその時刻にどこにいたのかが記されていた。これによると、〝九時十五分頃〟には、彼女とレディー・パスターンは客間にいたし、ミス・ヘンダースンは三階に行く途中、フェリシテは書斎に行く途中、リベラはホールに出てきたところ、パスターン卿とブリージー・ベレアズは舞踏室、スペンスは使用人部屋にいた。

「時刻は」とパスターン卿は勿体ぶって説明した。「おおよそのものでしかない。はっきりしているものもあるが、すべてじゃない。要は、グループ化を示している。誰が誰といて、誰が一人だったかをな。これぞ方法というものさ。ほら、ライル。よく見て、自分の該当箇所をよく確かめてくれ」

パスターン卿は再び椅子にドスンと座り、髪をくしゃくしゃにかき上げた。すっかり悦に入っていた。カーライルは鉛筆を手にしたが、手が震えた。極度の疲労がどっと襲ってきたのだ。疲れで気分が悪くなり、ぼうっとした。パスターン卿の時間表が目の前で揺らいだ。自分の声が「このとおりだと思うわ」と言うのが聞こえると、誰かの手が自分の腕を支えるのを感じた。アレンだ。ものすごく遠くから「お座りなさい」と言うのが聞こえた。腰かけると、そばにいたネドが怒りのこもった抗議を口にした。彼女は顔をかがめ、手で顔を覆った。やがて意識がはっきりし、異常なほど超然とした感覚で、アレンが話していることに耳を傾けた。

「……助かりました。ありがとうございます。では、どうぞお休みください。我々は朝までここに詰めさせていただきます。することはほとんどないでしょうが、皆さんの安眠を妨げたりはいたしません」

みなが立ち上がっていた。カーライルはひどく気分が悪く、立ち上がったらどうなるだろうと思った。指のあいだからほかの人たちを見ると、みんな、ちょっと奇妙な歪んだ姿に見える。たとえば叔母だ。レディー・パスターンが、見たこともないほどひょろ長く、頭でっかちなのはどうして？ そうよ。それに、フェリシテは信じられないほど細く見える。骨格がおかしいのね。小さい骨盤が寛骨と一緒に岩みたいに突き出している。顔を覆った指のあいだからカーライルがパスターン卿のほうを見ると、額がまるでショーウィンドウにかかるブラインドみたいに顔に覆いかぶさるように突き出ていて、猿顔の頬が怒ると丸く膨らみ、すごく奇怪に見える。ヘンディすら変だ。ヘンディの喉は鳥みたいだし、おさげ髪で頭のてっぺんが薄く見え、頭皮が露呈している。揃いも揃って、みんなカリカチュアのようだ。微妙にずれている。わずかに音程の外れた楽器のように。ネドは？ 彼女の背後にいたが、振り返って見たりすれば、神経をすり減らした目ではどう見えるだろう？ 彼は小さな黒い目じゃなかった？ 笑うと、口元がほころんで、少し長めの犬歯が見えなかったっけ？ だが、ネドのほうは見なかった。

あら、とカーライルはぼうっとしながら思った。ジョージ叔父さんがまたしゃべってる。「私は寝る気などないぞ。人は寝すぎだ。そんな必要はない。神秘主義者どもを見ろ。私ならこの時間表から示してみせるが……」

「実にご親切なことで」とアレンははっきりと明るく言った。「でも、お気遣いは無用でしょう。我々は定石に則して仕事をしなくてはなりません。筆舌に尽くしがたいほど退屈な仕事ですし、そのあいだは我々だけにしていただきたいのです」

「定石だと」とパスターン卿は声を上げた。「役所が使う非効率の同義語だな。頭を使って仕事する者が君らの代わりにテキパキ片づけてやったら、君らはなにをする？　執達吏が財産目録を作るみたいに君らが屋敷の中を駆けずり回ってるあいだ、我々に寝ろとは。寝たりなどするものか。どうだ！」

（ああ、なんてこと！）とカーライルは途方に暮れながら思った。（アレンさんはどう対処するのかしら）誰かが自分の肩に手を置くのを感じ、ネドの声が聞こえた。

「ジョージがなにをやるつもりか知らないが、ほかの者が余計な仕事を見守らなきゃならない理由はないだろう」

「おっしゃるとおりです」とアレンは言った。

「カーライル」レディー・パスターンが夕食会の場から離れる合図をするみたいにつぶやいた。「行きましょうか」

カーライルは立ち上がった。エドワードがそばにいたが、まだ怒っているように見えた。「大丈夫かい？」と彼は訊いた。

「もちろんよ」と彼女は言った。「どうしちゃったのか、自分でもわからないの。ギリシアでちょっと疲れちゃったのね。それに――」言葉が途切れた。自分の部屋までの階段がいかに長いかを考えていたのだ。

「おやまあ」と叔母が言った。「あなたをこんなひどい目に遭わせてしまって、自分が許せないわ」

（でも）とカーライルは思った。（私がなにを企んでるのかと思ってるんでしょ。みんなそうよ）

「よければ、ワインか」と叔母は話を続けた。「ウィスキーでもいかが。ジョージ、あなたにお願いしても無駄でしょうけど……」

「ぼくが取ってくるよ」とエドワードがすぐに言った。

だが、ミス・ヘンダースンがとうに取りに行き、グラスを持って戻ってきたところだった。カーライルは、グラスを受け取るとき、ヘンディ特有の石鹸とタルカム・パウダーの匂いを感じた。（赤ん坊みたい）と思いながら飲んだ。ほとんど生のままのウィスキーで、彼女は痙攣したように震え、「ヘンディ！」と喘ぐように言った。「けっこうな効き目ね。もう大丈夫よ。シーリア叔母様、叔母様こそコープス・リバイバーくらい飲まなくちゃ」

レディー・パスターンはこの品位に欠けた言葉に一瞬目を閉じた。フェリシテは、アレンとカーライルが部屋に来てからひと言もしゃべらなかったが、「飲み物がほしいわ、ネド。食堂ではしご酒しない？」と言った。

「お飲みになりたければ、ここにデカンターがありますわ」またもやミス・ヘンダースンが真っ先に告げた。

「それでは」とエドワードが言った。「アレン、よろしければ、ぼくも失礼させていただくよ」

「住所はお聞きしていましたね。けっこうです」

「おやすみ、シール。なにか困ったことがあれば……」とネドが戸口で言った。カーライルは彼のほうに目を向けなかった。「おやすみ、ライル」と彼は言った。「おやすみ、フェー」

フェリシテは急いで彼のところに行き、いきなり取り憑かれたように相手の首に腕を回してキスをした。彼は暫し顔をかがめ、彼女の腕をつかんでいた。それから立ち去った。

叔母が疲れ切った表情の裏でかすかにほくそ笑んでいるのをカーライルは見て取った。「行きましょう」とレディー・パスターンは明るく言った。「休みますよ」彼女がみなを引き連れてアレンの前に差しかかると、彼はドアを開けてやった。カーライルが一緒に階段を上がるときに振り返ると、パスターン卿の声が聞こえた。

「私はここに残る」とパスターン卿は声を上げた。「梃子でも動かんぞ。寝室だろうとどこだろうと、私を追っ払うことはできん。逮捕でもせんかぎりはな」

「今のところ逮捕の予定はありません」とアレンははっきりと言った。「ただ、恐縮ながら警告しておきますが……」

ドアが閉まり、そのあとなんと言ったかは聞こえなかった。

四

アレンは女性たちが出ていくとドアを閉め、パスターン卿をじっと見つめ、「さて」ともう一度言った。「警告しておきますが、私の勧告に従わず、ここに残ると言われるのなら、あなたのなさること、発言されることは、記録され、場合によっては、その記録は……」

「ふん、くだらん！」とパスターン卿は甲高い声で遮った。「こんなまだるっこしい手続きがなんだ。私は犯人じゃないし、そうだと証明もできまい。君らのご大層な定石をさっさとすませて、余計な無駄口を叩くな」

アレンは驚いた様子でパスターン卿を見ると、（このくそおやじが）と思った。パスターン卿は目をぱちくりさせ、ニヤリとして頬を膨らませた。

「いいでしょう」とアレンは言った。「ただ、無駄口であれなんであれ、通常の警告はしておきますし、証人も立てますよ」

アレンは廊下を横切り、舞踏室のドアを開けると、「フォックス、ちょっと来てくれ」と言った。客間に戻り、フォックス警部が部屋に来るまで黙って待っていた。入ってくるとこう言った。「フォックス、パスターン卿に寝室に引き取ってくださるようお願いしたんだが、断られてね。君に証人になってもらいたい。私は卿にこう警告する。卿の言葉と行動は記録され、その記録は今後、証拠として用いられることもある。むろん厄介なことだが、もっと手荒な対応をせずに、ほかにどうすればいいかわからないのでね。支援要員は来たかい？」

フォックスは、いかにも不興げにパスターン卿を見ながら、支援要員は来たと答えた。

「監視を続けるよう指示してくれ。ありがとう、フォックス。私はここにいるよ」

「ありがとうございます、アレンさん」とフォックスは言った。「では、私は書斎で仕事を片づけちまいますよ」

彼がドアに向かうと、パスターン卿は、「おい！　どこへ行く？　なにをするつもりだ？」と言った。

「お言葉、聞き捨てにすることをお許しください、御前」とフォックスは手厳しく言った。「お振舞いは実に愚かです。敢えて申し上げますが、なさっていることは実に軽率で、愚かですよ」部屋から出ていった。

「なんと不躾な野郎だ」とパスターン卿は言った。

「それどころか」とアレンはこの上なく慇懃に応じた。「実に有能な警察官だし、もっと前に昇進してもおかしくありませんでした」

彼はパスターン卿から離れ、横長の客間の中央に行き、ポケットに手を突っ込んだまま暫し部屋を眺めまわした。廊下の時計が五時を告げた。アレンは部屋の中をさらに念入りに調べはじめた。ゆっくりと中を横切り、あちこち行ったり来たりしては、出くわす物を検分した。パスターン卿は彼を見つめ、溜息をつくと、聞こえよがしに唸った。やがてアレンは小卓のそばの椅子まで来た。小卓には刺繍枠と精巧で上品なデザインの裁縫箱が置いてあった。蓋をそっと開けると、身をかがめて中身を確かめた。刺繍用のシルクの糸かせが多数、きちんと整理されて入っていた。裁縫箱にはあらゆる道具類がそれぞれ指定の枠に入っていた。針箱、ハサミ、千枚通し、指ぬき、象牙製の物差し、七宝細工のケースに入ったテープ、シルク製の鞘に収めた目打ち。枠が一つだけ空っぽだった。アレンは椅子に腰かけ、細心の注意を払って箱の中を調べはじめた。

「君が編み物を持ってこなかったのは残念だな」とパスターン卿が言った。「だろ？」

アレンは手帳を取り出し、腕時計をちらと見ると、手早く書き込みをした。

「悪いが」とパスターン卿は付け加えた。「家内の持ち物には手を触れないでくれないか」卿はあくびを噛み殺し、目に涙をにじませると、いきなり怒鳴った。「だいたい、捜査令状はあるのか？」

アレンはもう一度メモを書き込み、立ち上がると、令状を出して見せた。「ほう！」とパスターン卿は言った。

アレンは再びレディー・パスターンの刺繍を調べはじめた。刺繍枠に張られ、ほぼ完成していた。見事な刺繍だ。大勢のキューピッドがあっけらかんとしたポーズで小さな素晴らしい花束の周りに群がっていた。アレンは感心したようにかすかな笑いを漏らすと、パスターン卿もすぐに真似をした。アレンは再び捜索をはじめ、ゆったりとしたペースで着実に動きまわった。三十分がそのまま過ぎた。やがてかすかに妙な雑音が聞こえた。目を上げると、パスターン卿が身を起こしたまま、うつらうつら体を揺らしていた。白目を剝いて恐ろしい形相をし、口を開けたまま、いびきをかいていた。

アレンはそうっと部屋の奥のドアまで行き、そこから静かに書斎に入った。背後から響き渡るよういびきが聞こえ、ドアを閉めると、ドアの鍵を見つけて施錠した。

フォックス警部がシャツ姿でデスクの一番上の引き出しを開けて中を調べていた。彼の前には、木工パテのチューブ、〝ガンオイル〟というラベルの付いたコルク栓のない空き瓶のほか、なにかの道具が以前嵌め込んであった白い象牙の柄があった。

五

フォックスはデスクに並べた品々のそばに太い指を載せたが、指し示すためというより、その存在と重要性を強調するためだった。アレンは頷き、廊下に通じるドアのほうに素早く向かった。鍵をかけ、首を伸ばして耳をすませると、「こっちに来る」と言った。

パタパタという足音が外から聞こえた。ドアの取っ手が回り、ガチャガチャと怒ったように音を立てた。遠くから声が聞こえた。「御前、申し訳ありませんが、その部屋はただ今捜査中でして」

「きさま、どこのどいつだ?」

「マークス巡査部長です、御前」

「なら、言っておくが……」

声が遠ざかっていった。

「舞踏室にも入れませんよ」とフォックスは言った。「ホワイトロー巡査部長とひと悶着起こそうというなら別ですが」

「食堂は？」

「そっちは捜査終了です、アレンさん」

「なにか見つかったか？」

「ワインが絨毯の上にこぼれていました。ポートワインですね。テーブルの中央にある花器のそばに、一つか二つ、水滴がこぼれたような跡が残ってました。花器には白いカーネーションが活けてありましたが、ほかにはなにも。もちろん、テーブルは既に拭いてありました」

アレンはデスクの上に並んだ品々を見た。「どこからこんなものを、フォックス君《フォックスキン》？」

「この開けた引き出しですよ。このとおりデスクの上に置いたんです。まるでジャンクショップですね。ガラクタが積み重なった上にあったんです」

「ベイリーは検査したのか？」

「はい。指紋はありませんでした」とフォックスは言った。「妙ですね」

「タイプライターは？」

「検査しました。パスターン卿の指紋だけで、非常に新しいものです」

「木工パテのチューブには蓋がないが」

「床に落ちていました」

アレンはチューブを調べた。「もちろん、開いている端は固まっているが、さほど深くまでじゃない。チューブにはたっぷり四分の三は残っている」

「引き出しとデスク、それに絨毯には木工パテの屑があります」

アレンはぼんやりと言った。「ほう、そうか!」それから、小さな白い柄に目を向け、「証拠物件Bだ」と言った。「なにかわかるか、フォックス?」

「手堅い推測ならできると思いますよ、アレンさん」

「客間の上品なフランス製裁縫箱に入っていた道具類の仲間だな。クローシェ編みかぎ針、ハサミとか、いろいろあった。箱の中にそれぞれの枠があって、一つが空だった」

「見てのとおり、これは柄だけです」

「うむ。刺繡用の目打ちが末端の穴にぴたりと嵌まりそうだね?」

「私もそう思いました」

「だろうな」

フォックスは鞄を開け、細長い段ボール箱を取り出した。紐でしっかりと括られたダーツ矢が入っていた。下はじきには宝石がちりばめられ、小さなエメラルド、ブリリアントカットのダイヤがキラキラと輝いていた。先端のプラチナの細い帯金と目打ちだけがリベラの血で曇っていた。

「ベイリーが潜在指紋がないか検査するでしょう」とフォックスは言った。

「ああ、もちろん。指紋を乱さないようにしよう。検査のあとなら分解していい。だが、フォックス、見た目でもわかることがあるよ」

アレンは象牙の柄を目打ちと並べると、「間違いなく一体のものだ」と言い、下に置いた。「証拠物件Cもある。ガンオイルの空き瓶だ。例のコルク栓はどこかな」

フォックスが取り出し、「ぴったりです」と言った。「嵌めてみました。ぴったりだし、同じ臭いがします。でも、なんでまたバンドの演壇にあったのか……」

「さあ」とアレンが言った。「どうしてかな。まあ、ほかならぬパスターン卿の書斎で、君が目星をつけたまさにその引き出しからなにが出てきたかを見たまえ！　これほど見事な手がかりがあるかい？」

フォックスは、椅子の上で窮屈そうに体を動かし、暫し上司を見つめると、「変だなと思います」とようやく言った。「言ってみれば、あちこちに証拠を残し、身の証を立てようともせず、自分に不利な証拠を次々と積み上げる。まあ、それを言うなら、パスターン卿本人が変な人ですが。実際に手を下したという意味では、卿に罪はないと思われますか？」

「手を下したという正確な意味がなにかもはっきりしない。罪ありや。罪なしや。いわゆる正気から真の狂気へと移り変わっていく人間の行為の連鎖にはっきりした境界など誰が設けられる？　人間が責任能力を喪失するのはどの時点なのか？　いや、責任能力の定義は知っているし、我々も最善の運用をしているが、矯正や拘束を伴う法体系が一番曖昧になるのは、行為の病理をどう扱うかという場合なんだ。あのいかにも変わり者の貴族は、あまりに常軌を逸していて、自分にはっきりと疑いのかかる、途轍もなく巧妙な殺人方法で公然と人を殺したあげく、それどころか、全力を尽くして自分を逮捕させようとしているのか？　そんな事例もあるが、この男もそうだと？」

「まあ」とフォックスはぼんやりと言った。「きっとそうでは。時期尚早ですが、これまでのところ、そう見えます。この男の過去の記録と行動全般は、ごく普通に見ても、一風変わった精神構造を示しています。彼が変人だということは誰もが知ってますよ」

「うむ。誰もがね。誰もが知っている」とアレンも頷いた。「誰もが言うだろうな。『ああいう性格のせいだ。いかにもあの男らしい！』と」

フォックスは、アレンが初めて見るほどの怒りを込めて言った。「いいでしょう、アレンさん。なにがおっしゃりたいかわかりますよ。でも、誰がパスターン卿に罪をかぶせようとしたと？　教えてほしいですね。テーブルにいた一行の誰かが、ソンブレロの下からリボルバーを手に取り、このろくでもないダーツ矢だか太矢だかを押し込んだと思っておられるんですか？　ベレアズが卿の身体検査を受けたあと、この太矢を仕込んだと？　どこでこれを仕込むことができたんですか？　楽器と楽員だけで、ほかにはなにもないバンド控室で？　パスターン卿はリボルバーをポケットに入れていたし、そこから絶対に出さなかったと断言しているのに、ベレアズはどうやってリボルバーにこれを仕込むことができたんですか？　それとも、スケルトンが？　スケルトンは部屋中の人々が見ている中で銃に触っていた。スケルトンがこれを銃身の中にひそかに押し込むことができたと？　お笑い草ですよ。さあ、どうです」

「まあまあ、わかったよ」とアレンは言った。「さっさと片づけよう。使用人たちがもうすぐやってくる。この部屋はどのくらい調べた？」

「ご覧のとおりですよ。引き出しは大当たりでした。パスターン卿が空包を作るときに抜いた弾は、この屑籠の中にあります」

「カーライル・ウェインはパスターン卿が空包を作るところを見ていた。舞踏室はどうだ？」

「ベイリーとトンプスンが調べてます」

「よし。パスターン卿のリボルバーをもう一度調べてみようか、フォックス」

フォックスは鞄からリボルバーを取り出し、デスクの上に置いた。アレンは椅子に座り、虫眼鏡を取り出した。

「パスターン卿の引き出しの中に立派な虫眼鏡がありますよ」とフォックスが言った。アレンは唸りながら、銃身の口を覗き込んだ。

「顕微鏡写真を撮らせよう」とアレンはつぶやいた。「長めの引っ掻き傷が二つと、掻き回し傷が多少ある」フォックスは九時間前にカーライルが座っていた椅子に腰かけていたが、アレンは彼にリボルバーを渡した。フォックスはカーライルと同じく、パスターン卿の虫眼鏡を使った。

「気づいたかい」とアレンは言った。「あの奇人のおやじに銃を確かめてくれと渡したとき、彼が台尻の下の用心金側に目を引かれたらしいことに。私にはなにかわからない。製造者のプレートが末端にあるが。なにに目を留めたかわかるかい?」

「さあ」とフォックスは腹立たしげにつぶやき、銃口をくんくんと嗅いだ。「気つけ薬を嗅ぐオールドミスみたいだな」とアレンは言った。

「まあね。ほかならぬガンオイルの臭いがしますが」

「そうだね。ちょっと待てよ。音がする」

屋敷内の遠くでなにか動きがある。ドアがバタンと閉じ、鎧戸が開けられ、窓が開く音だ。

「使用人が仕事をはじめたな」とアレンは言った。「この部屋は立ち入り禁止にして、部下を一名、張り番に立たせ、我々はあとで戻ってくることにしよう。発見したものをかき集め、部下たちが採集したものを確かめてから、三時間ほど寝る。十時にロンドン警視庁だ。忘れずにね。行こう」

ところが、アレンは動かなかった。フォックスは訝しげに彼を見ると、リボルバー、木工パテ、空き瓶、象牙の柄を片づけはじめた。

「いや、駄目だ」とアレンは言った。「私は残るよ。この品々は持ち帰って検査に回してくれ、フォックス。張り番を立てる手はずをしたら、帰っていいよ。十時に会おう。どうした？」

「私も残りますよ、アレンさん」

「気持ちはわかる。君は若いし勤勉な警察官だ。だが、行きたまえ」

フォックスは白髪交じりの短髪をかき上げながら言った。「私はすこぶる健康ですよ。退職年齢のことを考えるのはよしましょう。お心遣いに感謝します、アレンさん」

「私は証人たちをもう一度洗ってみるよ」

「連中は十時過ぎないと起きないでしょう」

「必要ならたたき起こすさ。連中だけ楽にさせておくものか。家内に電話したいな。じゃあな、フォックス君」

フォックスは廊下に出るドアの鍵を開け、取っ手を回した。ドアが内側にパッと開き、彼の肩に当たった。悪態をつきながらあとずさると、パスターン卿の体がフォックスの足の上にのしかかった。

六

三秒はそのままだったろう。パスターン卿は目を開け、怒りのこもる目で睨みつけた。フォックスは相手を見下ろし、ポカンと口を開けた。

「いったいここでなにをしてる？」とパスターン卿は問いただした。

パスターン卿は巧みに横に転がり、立ち上がった。顎と頬は白霜らしきものでキラキラし、目は充血して、夜会服は乱れていた。廊下の窓からは早朝の日差しが容赦なく卿の体に降り注ぎ、げっそりして見えた。とはいえ、本来の威勢のよさはほぼそのままだった。「なにをじろじろ見てる?」と卿は付け加えた。

「率直にお尋ねしますが」とアレンは応じた。「廊下でドアに背を押し付けて座っておられたようですね。なにをしておられたのですか?」

「うとうとしてたのさ。朝の五時に自分の部屋から閉め出されたら、そんな体たらくにもなるだろ」

「もういいよ、フォックス」とアレンは疲れた様子で言った。「行きたまえ」

「ありがとうございます」とフォックスは言った。「失礼します、御前」

彼はパスターン卿をよけて、ドアを半開きにしたまま出ていった。彼が廊下にいるマークス巡査部長に小言を言うのがアレンにも聞こえた。「どういう見張りをしてるんだ?」

「見張っていろと言われただけですよ、フォックスさん。パスターン卿はこの階に来られたとたん、寝入ってしまわれたんです。そのままにしておくほうがいいだろうと思いまして」

フォックスは厳めしく叱りつけていたが、その声も聞こえなくなった。

アレンは書斎のドアを閉め、窓際に行き、「この部屋の捜査はまだ済んでいませんが」と言った。

「このくらいは動かしてもかまわないでしょう」

彼はカーテンを引き、窓を開けた。外は既に明るかった。爽やかなそよ風が窓から入り、絨毯、レザー、むっとする煙草の煙の閉め切った強い臭いを、かき消してしまう前に際立たせた。書斎は荒れ果てて乱雑に見えた。デスクの電気スタンドは、周囲に散らかるゴミに黄色く厭らしい光をまだ投げかけていた。アレンが窓から振り返ると、パスターン卿はデスクの開いた引き出しに指を突っ込んでがさごそとせわしく探っていた。

「お探しのものなら、お示しできるかも」とアレンは言い、フォックスの鞄を開けてから、手帳を取り出した。「手を触れてもらっては困りますが、そのケースの中を見ていただけますか？」

パスターン卿は我慢しかねる様子で中を覗いたが、アレンの見たところ、特に驚く様子はなかった。

「どこで見つけた？」とパスターン卿は問いただしながら、かすかに震える指で象牙の柄を指さした。

「引き出しの中です。ご存じのものですか？」

「おそらくな」とパスターン卿はつぶやいた。

アレンは凶器を指さした。「木工パテで中棒の端に埋め込まれた目打ちは、その象牙の柄と一体のものかも。試してみますよ。ぴたりと一致すれば、本来は客間のレディー・パスターンの裁縫箱にあったものというわけです」

「いかにもな」とパスターン卿は馬鹿にするように言った。アレンはメモを書き込んだ。

「この目打ちはあなたの引き出しにあったものですか？　昨夜より前に？」

パスターン卿はリボルバーを見つめていた。下唇を突き出し、アレンをじろりと見ると、銃にさっと手を伸ばした。

「いいでしょう」とアレンは言った。「触ってもけっこうですよ。ただ、目打ちについて、質問に答えてください」

「知るか」とパスターン卿は無頓着に言った。「知るわけがない」箱から出さずに、銃をひっくり返し、自分の虫眼鏡を引っ張り出すと、台尻の下側を覗き込んだ。卿はけらけらと甲高い声で笑った。

「なにがあると思われたのですか？」とアレンはさりげなく訊いた。

「なんともはや」とパスターン卿は応じた。「知りたいか！」

パスターン卿はアレンを見つめ、充血した目が傲岸そうにきらめき、「実に面白い」と言った。「好きなだけ見たらいい。面白いぞ」

卿はドサッと肘掛椅子に座り、なにやらほくそ笑みながら手をこすり合わせた。

アレンはフォックスのケースの蓋を閉めながら、なんとか怒りを抑えた。パスターン卿の前に立ち、相手の目をじっと見つめた。パスターン卿はすぐに固く目を閉じ、頬を膨らませた。

「眠いな」とパスターン卿は言った。

「お聞きください」とアレンは言った。「ご自身が危うい状況にあるとお気づきですか？　殺人が行われたのに、重要な情報を隠したり、提供を拒んだりすればどうなるか、わかっておられますか？　職務として申し上げますが、あなたは重要容疑者ですよ。公式の警告は既に申し上げました。本来なら敬意を払うべき人間の遺体を前にしながら、あなたは呆れるような振る舞いをなさってきた。申し上げておきますが、こんな馬鹿げた軽薄な真似を続けられるようなら、ロンドン警視庁にご同行願って尋問することになるし、場合によっては拘留することになりますよ」

アレンは反応を待った。パスターン卿の表情は、話が続くうちに次第に緊張が解けていった。今や唇を尖らせ、息を吐き出して口髭を吹き上げていた。どうやらまた寝てしまったようだ。

アレンはしばらくパスターン卿を見つめていたが、卿をそのまま監視できるような姿勢でデスクに座った。ちょっと思案してから、タイプライターを引き寄せ、フェリシテの手紙をポケットから取り出すと、紙を一枚見つけて同じ文章を打ちはじめた。

キーがカタカタ鳴りはじめると、パスターン卿が目を開け、アレンの視線とぶつかったが、再び目を閉じた。聞き取れないことをもごもごとつぶやくと、前にも増して大きないびきをかきはじめた。

アレンは写しをタイプし終えると、元の手紙と並べた。同じタイプライターで打ったものだ。

カーライルが昨夜座っていた椅子のそばに《ハーモニー》という雑誌が落ちていた。拾い上げてページを繰った。パラパラと十二ページほどめくると、おのずとページが見開きになった。目に入ったのはG・P・Fのページで、カーライルも気づいたように、綴じ目に煙草の灰が挟まっているのに気づいた。トゥーツという署名のある手紙を読み、もう数ページめくると、麻薬密売を攻撃する記事とエドワード・マンクスの署名入りの演劇評が載っていた。アレンは再び、肘掛椅子にぶざまに座る人物のほうを見た。

「パスターン卿」と大声で言った。「起きてください。さあ」

パスターン卿はビクッとして、舌なめずりするような音を立て、悪夢にうなされているような声を出した。

「あ、ああ?」

「さて、お目覚めですね。お答えください」とアレンは言い、《ハーモニー》をパスターン卿の目の前に突き出した。「いつからご存じだったのですか? エドワード・マンクスがG・P・Fだということを」

第八章　朝

一

パスターン卿はフクロウのように目をぱちくりさせて雑誌を見ると、椅子をぐるりと回してデスクのほうを向いた。手紙とその写しがこれ見よがしにタイプライターのそばにあった。

「そう」とアレンは言った。「こうして知ったのです。どういうことか教えていただけますか?」

パスターン卿は身を乗り出し、前腕を膝に載せ、組み合わせた自分の手を見つめている様子だったが、口を開くと、声は低くくぐもっていた。

「いや」と卿は言った。「なにも言わないぞ。質問には絶対に答えん。自分で答えを見つけるがいい。私はもう寝る」

椅子から立ち上がり、肩を怒らせた。相変わらず好戦的な態度だったが、アレンには、心を決めかねているのを押し隠そうとしているように見えた。パスターン卿は初めて見せるような丁重さで付け加えた。「私は自分の権利を主張してるだけだが?」

「ええ」とアレンはすぐさま言った。「拒否なされば記録されます。それだけです。考えを改めて弁護士を呼びたいとおっしゃるなら、どうぞお呼びください。ともかく、あなたには厳しい監視をつけなくてはなりません」

「図体のでかいプードルを連れてるみたいに、ポリ公に私のあとをつけさせるのか？」

「そんな言い方をなさりたいのならご自由に。ご自身の疑わしいお立場について警告したことを再度申し上げても仕方がないでしょう」

「まったくだ」パスターン卿はドアに向かい、アレンに背を向けてドアのノブを握り、寄りかかるように開けた。「朝食をお出ししよう」卿は振り返らぬままそう言い、ゆっくりと部屋を出て階段を上がっていった。アレンは卿の背中に向かって謝意を述べ、廊下にいるマークスに向かって頷いた。マークスはパスターン卿のあとについて階段を上がった。

アレンは書斎に戻って窓を閉め、室内をもう一度調べ、フォックスの鞄に中身を戻して廊下に持って出ると、ドアを閉めて鍵をかけた。マークスと交替の私服警官が廊下にいた。「やあ、ジムスン」とアレンは言った。「今来たんだね？」

「はい。交替です」

「使用人を目にしたかい？」

「女中が一人、さっき二階に上がってきましたよ、アレンさん。この階には誰も来させるなとフォックスさんが指示を残していかれたので引き返させました。困っている様子でしたね」

「だろうな」とアレンは言った。「よし。うまくやってくれ。だが、なにも見逃すんじゃないぞ」

「わかりました」

アレンが廊下を横切って舞踏室に入ると、トンプスンとベイリーが器具を片づけていた。アレンは、椅子がグランドピアノの周りに並んでいるのを確かめ、ベイリーが見つけた一枚の便箋を見せられた。昨夜のバンドの演目が鉛筆で記してあった。ベイリーは、ピアノの上に埃が薄くかぶっていて、リボルバー、日傘や雨傘の跡がはっきりと残っているのをアレンに示した。ベイリーとトンプスンは妙だと思ったが、埃はその品々が置かれてから積もったもののようだ。さほど妙でもない、とアレンは言った。パスターン卿が説明したように、卿が舞踏室で空包を一発撃ったのなら、魅力的だがけばけばしい装飾の天井からかなりの埃が落ちたことだろう。「素敵な猟場だな」と彼はつぶやいた。「日傘の跡の周囲やノブに付いていた指紋は誰のものかな？　いや、言わなくていい」とうんざりしたように言い添えた。「パスターン卿の指紋だろ？」

「ええ」とトンプスンとベイリーは口を揃えて言った。「パスターン卿とブリージーの指紋です」アレンは二人を部屋から送り出して、自分も出ると舞踏室のドアに鍵をかけた。

客間に戻り、レディー・パスターンの裁縫箱を回収すると、この部屋も鍵をかけるべきかどうか自問し、開けておくことにした。それから、廊下で張り番をしている警察官の目の届くところに自分の持ち物を置き、一階に下りた。六時になっていた。

食堂には既に朝食の用意がしてあった。白いカーネーションを生けた鉢がサイドテーブルにどかされているのに気づいた。パスターン卿に少し似た、セッティンガー家の昔の誰かの肖像画の前で立ち止まると、配膳室のドアの奥からかすかに声のやりとりが聞こえた。使用人たちが簡単な朝食を摂っているのだろう。ドアを開けると、配膳室があり、その奥にもう一つドアがあって、どうやら使用人部屋に通じているらしい。朝の最高の香りとも言うべき、淹れたてのコーヒーの香りがはっきりと嗅ぎ取れた。歩を進めようとしたとたん、大きな荒っぽい声で、明らかにそわそわしながら、ゆっくりとしゃべるのが聞こえてきた。

「オネガイデスカラ、ムッシュー、モットユックリハナシテクダサイ、デナイト——そのう——ヨクワカラナイ——ああ、もう、だから、ワカラナイト——」

アレンがドアを押し開けると、フォックス氏が湯気の立つコーヒーの前に居心地よさそうに座り、スペンスや謹聴する女性たちと並んで、シェフのいでたちに身を固めた黒髪の高圧的な男と向き合っていた。

アレンがこの光景を眺めていると、一瞬、言葉が途切れた。フォックスが立ち上がった。

「コーヒーはいかがですか、アレンさん」と勧め、シェフに向かって慎重に言い添えた。「コチラハ——そのう——アレン・ケイブデス、ムッシュー。アレンさん、こちらは家政婦のミス・パーカーとマドモワゼル・オルタンス。それから、メアリとマートル。こちらはスペンスさんで、こちらはムッシュー・デュポン。あちらの若い方はウィリアムです。そう！」とフォックスは同席者たちに微笑みながら言った。「まさにくつろぎというものです」

アレンはウィリアムが持ってきてくれた椅子に座り、部下をじっと見つめた。フォックスは虚ろな笑みを浮かべて言った。「もう切り上げるところでした。そこへちょうどスペンスさんと出くわしまして。あなたがこの方たちに事件のことをお知らせしたいだろうと思って、こうしてここにいたわけです」

「ほう」とアレンは言った。

使用人たちを籠絡するフォックスの手管はロンドン警視庁でも語り草だった。その現場を目撃したのはアレンも初めてだった。だがそのとき、盛り上がっていた異国的な楽しさは消えてしまい、これをぶち壊したのは自分が入ってきたからだと気づいた。楽しげな雰囲気はもう興ざめしていた。スペンスは既に席を立ち、女中たちは椅子からぎこちなく立ち上がりかけていた。精いっぱい取り繕おうとしたが、天真爛漫な気取り屋のフォックスは自慢話をしていたらしく、誰もが彼に恭しく敬語を使っていた。

「なに」とアレンは明るく言った。「フォックス氏がここで仕事をしているのなら、私が皆さんをお煩わせすることはありません。こんなおいしいコーヒーは久しぶりですね」

「恐れ入ります」とムッシュー・デュポンは流暢な英語で言った。「もちろん、今では新鮮なコーヒー豆は思うようにはすぐ手に入りませんが」

マドモワゼル・オルタンスが、「仕方ないわ」と言うと、ほかの使用人ももっともだという小さな声を上げた。

「おそらく」とフォックスは愛想よく言い、「パスターン卿はコーヒーの好みがうるさいんでしょう。何事につけ好みがうるさいのでは？」と答えを促すように付け加えた。

執事のウィリアムが皮肉めいた笑い声を上げ、スペンスがじろっと見咎めた。フォックスはぺちゃくちゃとしゃべり続けた。コーヒーの好みがうるさいのは、もちろん、奥様のほうでしょう。マドモワゼル・オルタンスとムッシュー・デュポンの輝かしい出身国を考えればわかります。フォックスはこんなお世辞をフランス語で言おうと試みて行き詰まると、ムッシュー・デュポンからレッスンを受けていたのだとアレンに話した。アレン氏はネイティヴのようにフランス語を話せるのです、とフォックスはみなに言った。アレンが目を上げると、スペンスがそわそわとした表情で彼を見ていた。

「皆さんにはご迷惑をおかけしております」とアレンは言った。

「そんなことはございません」とスペンスはゆっくりと応じた。「確かに私どもは振り回されておりますが。いつものように仕事もできず——」

「もちろん」とミス・パーカーが口をはさんだ。「奥様が二階の捜査のことでどんなご意見をお持ちかは存じません。なにもかも任せきりでして。困ったものでございます」

「そのとおりでして。むしろ、悩ましいのは」とスペンスは話を続けた。「なにが起きているのかわからないことでございます。警察が来られた。これがすべてでして。この屋敷の皆様が、リベラ様がレストランで亡くなったときにたまたまその場に居合わせたというだけのことなのに」

「まったくですわ」とミス・パーカーが言った。

「状況は」とアレンは慎重に言った。「尋常ではないのです。フォックス警部が申し上げたかどうかは知りませんが——」

フォックスは、女性たちを不安にさせないよう気を遣ったのだと言った。アレンの見るところ、女性たちは好奇心でうずうずしているようだったし、フォックスが示した配慮ももっともだと言いつつも、いずれは明るみになることだと付け加えた。

「リベラ氏は」とアレンは言った。「殺されたのです」

彼らは耳をそばだててざわついた。女中の中でも若いマートルは、「殺された？」と叫ぶと、口を手で覆い、神経質に笑い声を立てそうになるのを抑えた。どうもそのようです、とアレンは言うと、事件解明のため、できるかぎりのご協力を、と付け加えた。彼らがどう反応するかははじめからわかっていた。すわ殺人事件となると、人の反応はみな同じだ。好奇心を追い求めつつも、威厳を保ち、自分の責任を回避できるくらいの適度な距離を置きたがる。労働者階級の場合、この願望は、地位の不安定さと立場をわきまえる必要から、ますます強くなる。彼らは一種独特の不安につきまとわれる。漠然とした恐れで動揺すると同時に、自分たちの想像力を荒っぽく過激にかき立てられて興奮してしまうのだ。

「重要なのは」とアレンは言った。「無実の人たちの容疑を晴らし、解放して差し上げることです。皆さんにはきっとできるかぎりのご協力をいただけるものと信じております」

彼はパスターーン卿の作った時間表を取り出し、スペンスの目の前に広げると、誰がそれを作ったのかを説明した。

「どなたであれ、これらの時刻を確認していただければありがたいかぎりです」と言った。

スペンスは眼鏡をかけ、ちょっとまごつきながらも、時間表を見はじめた。ほかの者は、アレンの求めに応じ、進んで彼の周りに集まってきた。

「ちょっと複雑でしょうか」とアレンは言った。「もっと簡単にできるか、考えてみましょう。八時半と九時のあいだに、女性たちは食堂を出て客間に移りました。とすると、二つのグループが二つの部屋にいたわけです。なにか付け加えることとなり、裏付けとなるものは？」

スペンスが反応した。女性たちが客間に移ったのは九時十五分前。自分がコーヒーをお出しして退がるとき、廊下でパスターーン卿とベレアズ氏にすれ違った。二人は卿の書斎に入っていった。自分はそのまま食堂に入ったが、そこにはウィリアムが紳士方にお出ししたコーヒーが残っていて、マンクス氏とリベラ氏が座ってワインを飲みながら話しているのを目にした。そのあと、使用人部屋に戻ったが、数分後、九時のニュースがラジオで流れるのを耳にした。

「すると」とアレンは言った。「グループは三つだったわけです。客間に女性たち、書斎にパスターン卿とベレアズ氏、食堂にマンクス氏とリベラ氏です。そのあと、誰がなにをしたか、ご存じの方は？」

スペンスの記憶では、食堂に戻ってくると、そこにいたのはマンクス一人だった。その点でスペンスが言葉に慎重になるのが妙だったが、エドワード・マンクスが強いウィスキーを一人で飲んでいたという情報をアレンは引き出した。彼の様子になにか変わったところは、とアレンがさりげなく尋ねると、エドワード氏はとても上機嫌そうで、素敵な驚きを味わったと話していた、という思いがけない答えを得た。

「すると」とアレンは言った。「リベラ氏はほかのグループとは別だったわけです。どこに行ったのでしょう？　マンクス氏は食堂、パスターン卿とベレアズ氏は書斎、女性たちは客間、そして、リベラ氏はどこに？」

警戒して尻込みする表情を浮かべた人々の顔を見まわしたが、目が合ったウィリアムの目がきらりと光った。ウィリアムは、うまい具合に探偵小説雑誌の愛読者で、みずから捜査する夢想に耽っていたのだろう。「なにかお気づきですか？」とアレンは訊いた。

「ええ」とウィリアムはスペンスのほうをちらりと見て言った。「お言葉ではございますが、御前とベレアズ様はそのあと別々になられたようです。ホールを掃除しておりますと、もう一人の方、つまりベレアズ様が書斎から出てこられました。廊下のほうに目を向けますと、自分もすぐ行くからと御前がおっしゃるのが聞こえ、ベレアズ様が舞踏室に入っていかれるのを目にしました。私が客間にコーヒーの盆を下げに行きますと、ご婦人方は全員そこにおられました。廊下に盆を置き、書斎を片づけにまいりましたところ、タイプライターを叩く音が聞こえました。御前はタイプしておられるときに邪魔されるのがお嫌いですので、盆を持って使用人用階段を下りて台所に行き、少しあとにまた書斎にまいりました。私が一階にいるあいだに御前は舞踏室に行ってしまわれたようで。と言いますのも、御前が大声でベレアズ様とお話しになっているのが聞こえたからでございます」

「なんの話だったか、憶えていますか？」

ウィリアムはまたスペンスのほうをちらりと見ると、こう言った。「そう、ベレアズ様が話したくないなら、御前が誰かになにかを話すとか。それから、すごく大きな音がしました。ドラムです。そのあと、銃声のような音が。この使用人部屋にいた者全員に聞こえましたよ」

アレンは聴き耳を立てている使用人たちを見た。ミス・パーカーは、パスターン卿はよく屋内で銃を発砲するし、特に珍しいことではないと冷ややかに言った。アレンは、彼女とスペンスがウィリアムに小言を言おうとしていると感じ、急いで話を続けた。

「それからどうしました？」とウィリアムに訊いた。

どうやら彼は銃声にちょっとひるんだようだが、自分の職務は忘れなかったという。「書斎に行こうと思いつつ廊下を横切りますと、ミス・ド・スーズが客間から出てこられました。それから――そう、あの殺された方が食堂からやってこられ、お嬢様と顔を合わせると、お嬢様は二人だけで話したいと言い、揃って書斎に入っていかれました」

「確かですね？」

はい、とウィリアムは確信を持っているように答えた。彼は廊下の端でぐずぐずしていたようだ。ミス・ド・スーズが手になにか持っていたのも憶えていた。なにかはよくわからない。なにかキラキラしたものだったかも、と心許なさそうに言った。彼女とリベラが書斎に入ってドアを閉めると、ミス・ヘンダースンが客間から出てきて三階に上がった。

アレンが言った。「いや、とても助かりました。そこまではパスターン卿の時間表とピタリと一致している。確かめてみるか。フォックス、ちょっと失礼するよ……」

フォックスはこの示唆を正しく受け取り、アレンがパスターン卿のメモを確認するふりをしているのをよそ目に、彼の言う痛みを伴わぬ情報抽出法をウィリアムに仕掛け続けた。君も困っただろうね、ウィリアム、とフォックスは言った。面と向かって口を差しはさむわけにもいかなかったろう。それに、人は自分の職務に忠実でありたいと思うものだ。人生とは考えてみるとおかしなものだ、とフォックスは言った。娘のほうは幸せそうに相手とおしゃべりをしていたわけだね。そりゃ、相手の男も彼女の婚約者ときては、君だって秘密を漏らせるはずがない。彼女も婚約者が数時間後に死ぬとは思いもよらなかっただろうに。ミス・パーカーと女中たちは見るからにこの話に感動していた。ウィリアムは顔を真っ赤にして、足をもぞもぞさせた。「彼女はきっと最後に話したことを一言一句大切にするでしょう」とフォックスは言った。「一言一句をね」フォックスがウィリアムをじっと見つめると、長い沈黙のあと、ウィリアムは声を上げて言った。「そうとは申せません、フォックス様」

「もういい、ウィル」とスペンスは穏やかに言ったが、フォックスの声のほうが優勢だった。

「ほう？」とフォックスは淡々と尋ねた。「違うと？　なぜですか？」

「なぜなら」とウィリアムは大胆に告白した。「お二人は激しく口論しておられたからです」

「いいい、ウィル！」

ウィリアムは上役のほうを見た。「真実をお話しすべきでは、スペンスさん？　警察には」

「自分の立場をわきまえないと」とミス・パーカーが強く言うと、スペンスは同意するようにつぶやいた。

「わかりました」とウィリアムは不服そうに言った。「歓迎されざるところに出しゃばりたくはないものです」

フォックスは実に愛想よく、ウィリアムの天性の観察力、ミス・パーカーとスペンスの誠実さと分別を褒めた。あからさまなもの言いをせず、無難な警察の規則にしかと則りながら、不思議な錬金術を用いて、誰がどんな証言をしようと、皆さんには毫ほどの疑いもかかることはないとほのめかした。廊下でぐずぐずしていた耳ざといウィリアムが、リベラが舞踏室に入るのを目にし、ブリージー・ベレアズとの口論をおおむね聞き取っていたことがすぐに判明した。この説明に、スペンスとミス・パーカーはなんの異議も申し立てず、彼らがその話を既に聞いていたことは明らかだった。マドモワゼル・オルタンスが胸にしまった秘密で息苦しくなっていることもわかってきた。だが、彼女はアレンに目をつけていて、彼に話しかけた。彼女は、自分の魅力と話しかける相手の男の魅力を、特に言わずとも浮き彫りにさせる、フランス人女性らしい特殊なコツ、独特の才能を持っていた。アレンなら、自分がお嬢様《マドモワゼル》の腹心の友だということをよくわかってくれるだろうと考えたようだ。ムッシュー・デュポンはそれまで関わるまいとしていたが、ようやく物憂げながらも渋々受け入れる様子を示した。女中と女主人の関係とは、気配りと信頼の関係というものだ、と彼は言った。

「リベラの件《ラフェール・リベラ》は？」とフォックスは性懲りもなくフランス語で訊いた。

オルタンスは肩を怒らせ、頭をかすかに揺らすと、アレンに話しかけた。確かにムッシュー・リベラは熱烈な愛情を抱いていた。間違いない。お嬢様《マドモワゼル》も感化されやすい方なので、その愛に応えたのだ。でも、婚約ですって？　それはちょっと違う。彼は婚約を急かした。諍いもあった。仲直りをしては、また諍い。でも、昨夜ときたら！　オルタンスは突然、右手を宙に挙げて、なにかを払いのけるような、複雑で大げさな仕草をした。英国人の使用人たちが黙ったままはっきりわかる仕草で押し留めようとしたが、オルタンスは鋭い口調でこう言った。「昨夜、すべてが終わりました。取り返しのつかぬほどきっぱりと」

二

オルタンスは十時二十分前にレディー・パスターンの寝室に呼び出されたが、奥様は外套を着て、もともと非の打ちどころのない顔に化粧を施したりなどして出かける用意をしていたようだ。オルタンスは時間に留意しつつ、十時半に車を出す手配をした。レディー・パスターンはたっぷり時間をかけたがる人なのだ。十分ほどしてミス・ヘンダースンが来て、フェリシテがすごく興奮していて、入念に化粧《トワレット》をし直したいと言っていると知らせてきた。オルタンスはフェリシテの部屋に呼ばれた。

「その様子ときたら、ムッシュー！」とオルタンスはいきなり母国語で話しはじめた。「部屋はすっかり乱れ、お嬢様《マドモワゼル》は部屋着《デザビイエ》のままでした。あれではすっかり化粧《トワレット》をし直さなくては。すべて一からやり直しです。お召し代えのあいだに、なにもかも話してくださいました。ムッシュー・リベラとのことはなかったことにすると。ものすごい口論があったのです。お嬢様はあの男を永久に追い払ったのですが、そのあと、不思議なことにお手紙が届いたのです。面識はないものの何度も文通をしているジャーナリストの方からのお手紙です。その方は正体を教えてくれそうだ、熱烈な愛情を見せてくれている、とか。とはいえ、秘密は守らなくてはなりません。私は」とオルタンスは努めて正直に言い添えた。「お嬢様《マドモワゼル》がムッシュー・リベラにもうなんの関心もなく、幸いにもあの男から解放された以上、これは痴情による犯罪《クリーム・パッショネル》ではないとあなた様《ムッシュー》に請け合うことが私の義務でなければ、この件についてはひと言もお話しするつもりはありませんでした」

「なるほど」とアレンは言った。「確かに。よくわかります」

オルタンスは悲しげな目とこわばった笑みを向けた。

「すると」と彼は言った、「その人物が誰かご存じですか？　手紙の主ですが？」

フェリシテはその手紙を彼女に見せたようだ。一行が〈メトロノーム〉に向かおうとしたとき、オルタンスはパスターン夫人の気つけ薬入れを持って一階に駆け下り、エドワード・マンクス氏が白い花を上着に挿しているのを（なんとも感動的に！）目にした。これではっきりした！　オルタンスは、スペンスが一行を見送って玄関のドアを閉めたとき、なんて素敵なこと、二人が結ばれることをずっと望んできた奥様の喜びはいかほどか、と思った。オルタンスは喜びを隠し切れず、使用人部屋で仲間たちに合流すると、素直な喜びから歌を口ずさんだ。ムッシュー・デュポンを別にすれば、仲間たちは冷やかな視線を向けてくるだけで、なにも言わなかった。

アレンがオルタンスの語った経緯を確認すると、パスターン卿のメモにあるグループの行動とほぼ一致していることがわかった。核となるグループから、さらに人がバラバラになっていた。マンクスは客間で一人だった。レディー・パスターンは、オルタンスが来るまで部屋に一人だった。オルタンス自身とウィリアムは屋敷内を行き来していて、スペンスも同様だった。アレンは、鉛筆を置こうとすると、不意にミス・ヘンダースンのことを思い出した。彼女はその夜、早めに自分の部屋に行き、おそらくフェリシテが来るまで部屋にいて、レディー・パスターンにフェリシテが来たことを話したのだろう。ミス・ヘンダースンのことを度忘れするとは我ながらうっかりだな、とアレンは思った。

だが、しかと捉えて生地に織り込むべき糸がまだたくさん残っている。アレンはもう一度パスターン卿のメモを見た。九時二十六分、舞踏室にいたパスターン卿は、自分の曲の際にかぶりたいソンブレロのことを突然思い出したとメモには特記してあった。卿はおそらく、腕時計に目をやり、ハッとしたのだろう。メモには、「九時二十六分。自分。舞踏室。ソンブレロ。捜索。屋敷中。ウィリアム。スペンス。その他」とだけ書いてあった。

この件を問われた使用人たちは、この捜索の最中に起きた独特の騒ぎのことを忌憚なく話してくれた。ウィリアムが語った最後の出来事の直後のことだ。フェリシテとリベラは書斎にいて、ミス・ヘンダースンは三階に上がる途中だったし、ウィリアム自身は廊下をうろついていたとき、パスターン卿が舞踏室から飛び出してきて、「私のソンブレロはどこだ?」と叫んだ。すぐさま一斉に捜索がはじまった。スペンス、ウィリアム、パスターン卿はあちこちに散らばっていった。結局、ソンブレロはミス・ヘンダースン(明らかにメモの「その他」)が三階の廊下の戸棚で見つけた。パスターン卿はその帽子をかぶって現れ、勝ち誇ったように舞踏室に戻った。この騒ぎのあいだに、スペンスはホールで帽子を探しているとき、テーブルの上にミス・ド・スーズ宛の手紙を見つけた。

ここで、スペンス、ウィリアム、女中のメアリが堂々と干戈《かんか》を交え、話が中断した。届いてすぐに手紙をミス・フェリシテのところに持っていかなかったとスペンス氏からさんざん叱られた、とウィリアムは憤然として言った。手紙が届いたことなど知らなかったし、ディストリクト・メッセンジャーにドアを開けてやった覚えもないのに。メアリもほかの者も同様だった。スペンスは、明らかに誰かが嘘をついていると見ていた。封筒を見た者はいないかとアレンが尋ねた。オルタンスはやけに大げさに、お嬢様《マドモワゼル》の寝室の床に落ちていた封筒を捨てたのは私よ、と声を上げて言った。フォックスが屑籠のことでウィリアムとひそひそ言葉を交わすと、ウィリアムは色めき立って部屋を出ていき、少し勝ち誇るように顔を紅潮させて戻ると、アレンの手前のテーブルの上にくしゃくしゃに丸めた汚い封筒を置いた。アレンはパスターン卿のタイプライターに特有の癖を目に留め、封筒をポケットに入れた。

「スペンスさん、おそらく」とウィリアムは思い切って言った。「ディストリクト・メッセンジャーなど来なかったのですよ」

この仮説を咀嚼する暇も与えず、アレンはパスターン卿の時間表を確認する作業を続けた。まだ不安の色を隠せないスペンスは、ホールのテーブルの上に手紙を見つけたあと、二階に上がって客間に持っていった、と話した。客間には、奥様、ミス・ウェイン、マンクス氏しかおらず、マンクス氏は食堂からそこに来て間もない様子だった。スペンスは、再び廊下に出ると、書斎から出てきたミス・ド・スーズと出くわしたので、手紙を渡した。三階からソンブレロ探しの騒ぎが聞こえた。彼もその捜索に加わろうとしたが、パスターン卿の勝利の雄叫びに安堵し、使用人部屋に戻った。そのとき目にした時刻は、九時四十五分だった。

「そのとき」とアレンは言った。「レディー・パスターンとミス・ウェインはマンクス氏一人を客間に残し、三階に上がろうとしていた。ミス・ド・スーズとミス・ヘンダースンは既に部屋に引き取っていて、パスターン卿はソンブレロをかぶって二階に下りてくるところだった。ベレアズ氏とリベラ氏は舞踏室にいた。一行が〈メトロノーム〉に向けて出発するまで残り四十五分。次に起きたことはなんでしょう？」

だが、この問いかけは空振りだった。オルタンスがさっき説明した三階の女性たちのところに行ったときの話を別にすれば、使用人たちから得られる情報はほぼ皆無だった。〈メトロノーム〉に向けて出発する数分前まで、彼らは自分の部屋にいた。スペンスとウィリアムはホールに行き、殿方たちにオーバーを着せ、帽子と手袋を渡し、彼らが車に乗るのを見守った。

「リベラ氏がコートを着るのを手伝ったのは」とアレンは尋ねた。「誰ですか？」

ウィリアムだという。

「なにか気づいたことは？　些細なことでも、なにか異常なことは？」

ウィリアムは鋭い声で言った。「あの方は――そう、耳が変でしたね。赤くなって少し出血していました。いわゆるカリフラワー耳でした」

「夕方もそうでしたか？　たとえば、夕食時、彼の席で給仕したときは？」

「いえ。そのときはなんともありませんでした」

「確かですか？」

「もちろんです」とウィリアムはきっぱりと言った。

「よく考えてから発言するんだぞ、ウィル」とスペンスは不安そうに言った。

「間違いありませんよ、スペンスさん」

「その傷を負った原因に思い当たる節は？」とアレンは尋ねた。

ウィリアムはニヤリとし、生粋のロンドン子らしいもの言いをした。「まあ、こう言ってよろしければ、誰かがあの方に一発ぶちかましたのだと思います」

「誰だと思いますか？」

ウィリアムは即座に答えた。「左手で右手をさすっていたご様子と、殺された方に激しく睨まれていたご様子からして、エドワード・マンクス様ではないかと」

オルタンスは興奮した様子で満足げなコメントを口にし、ムッシュー・デュポンはしてやったりとばかりに大げさな仕草をして、「なるほど！　それでわかった！」と声を上げた。メアリとマートルは支離滅裂な言葉を発し、スペンスとミス・パーカーは一斉に立ち上がり、「もう
いい、ウィリアム」とぞっとしたように大声で言った。

アレンとフォックスは、興奮冷めやらぬ彼らを残し、一階のホールに行った。

「あの人たちからなにを聞き出せたのかな」とアレンが唸るように言った。「全員が屋敷を出発する三十分前までを記したパスターンおやじの時間表を確認しただけじゃないか？」

「いやまったく。それでなにがわかると？」とフォックスはぶつぶつと言った。「せいぜい、誰も彼もが一人になった時間があって、誰かが日傘の中棒を持って書斎に入り、その端にあのろくでもない目打ちを差し込んで木工パテで固定したことだけで、あとはさっぱりわからない。どの野郎だか」

「女もじゃないか？」

「そうですね。いや、ちょっと待てよ」

アレンは時間表と自分のメモをフォックスに渡した。二人は玄関広間に入って、内側のガラスドアを閉めた。「車の中でじっくり考えてみたまえ」とアレンは言った。「そこからまだ少し引き出せるものがあるよ、フォックス。さあ行こう」

だが、アレンが玄関のドアを開けようとしたとき、フォックスが唸り声を上げた。振り返ると、フエリシテ・ド・スーズが階段の途中にいた。彼女はその日のドレスのままで、ホールの薄明かりの中

で、顔色が悪く疲れ切って見えた。彼らは暫しガラスパネル越しに見つめ合っていたが、彼女は心許なくためらいがちに片手で手招きをした。アレンは小声で悪態をつくと、再びホールに入った。

「なにかお話でも？」とアレンは言った。「ずいぶん早起きですね」

「眠れなくて」

「申し訳ありません」と彼は礼儀正しく言った。

「お話があるの」

アレンはホールに入ってきたフォックスに頷いた。

「あなたとだけ」とフェリシテは言った。

「フォックス警部はこの事件で行動を共にしています」

彼女は不満そうにフォックスのほうを見て、「あらそう」と言うと、アレンがなにも答えないので、「いいわ！」と言った。

彼女は階段の下から三段目に、自分がどう見えるかを意識して大胆に立っていた。「ライルから聞いたわ」と言った。「あなたと手紙のことを。つまり、聞き出したの。私がライルに汚れ仕事をさせたと薄々思っておられるんでしょ？」

「まさか」

「すっかり動揺してたの。彼女に言われて任せたのはまずかったと思うけど、ある意味、彼女は楽しんでたのよ」彼女の上唇が下唇よりも厚く、笑うと大きく弧を描くことにアレンは気づいた。「ライルは」と彼女は言った。「さほど楽しみもないし、いつも他人のつまらぬことに鼻を突っ込みたがるの」ちらりとアレンを見て、「私たちも彼女が大好きだから」と付け加えた。

「私になにをお尋ねになりたいと、ミス・ド・スーズ？」

「手紙を返してくれない？　お願い！」

「いずれは」とアレンは言った。「必ず」

「今じゃ駄目？」

「残念ですが、駄目です」

「うんざりだわ」とフェリシテは言った、「思い切って白状したほうがよさそうね」

「この事件に関係することでしたらね」とアレンは頷いた。「私はカルロス・リベラ氏の死にしか関心はありません」

　彼女は手すりに寄りかかり、腕を手すりに載せて伸ばすと、アレンから自分が見えるような姿勢で彼のほうを見下ろした。「どこか座れる場所に行きましょう」と言った。「でも、部下の刑事さんが潜んでいないのはここだけのようね」

「では、ここでお話ししましょう」

「どうやら」とフェリシテは言った。「気乗り薄のご様子ね」

「申し訳ありません。お話があるというならお聞きしますが、正直申し上げれば、大変な仕事を目の前に抱えていましてね」

　二人はお互いを嫌悪したままその場に佇んだ。アレンは思った。（彼女は扱いにくそうだな。言うべきことなどなにもないのかも。そんな気はするが、はっきりとはわからない）フェリシテのほうはこう思った。（昨夜は彼のことなど気に留めなかった。カルロスがどんな男だったかバレてたら、私も軽く見られるところだった。ネドより背が高いのね。私がどれほど勇ましく、若くて魅力的か知ってもらって味方に付けたいのに。たとえば、私はライルより若いし、私に恋した男も二人。この人、どんな女性が好きなのだろう。ちょっと怖いわ）

　彼女は階段に腰を下ろし、膝を抱えた。若さと男の子っぽさを少しと、女の子《ガミーヌ》らしさも見せて。

「その恥ずかしい手紙のことよ。まあ、恥ずかしいわけでもないけど。だって、好きな人からの手紙だもの。もちろん、読まれたんでしょ」

「ええ」

「そう、別にいいわ。ただ、読まれたとおり、最高の秘密だし、明るみに出たら、ちょっとめげるけど。なにより、あなたのお仕事とは全然関係ないんだし。的外れもいいところよ」

「なるほど」

「でも、そうだと証明しないといけないんでしょ？」

「それが望ましいでしょう」

「そう、わかったわ」とフェリシテは言った。

　アレンは疲れた様子で耳を傾け、彼女の説明に意識を集中させた。時間がどんどん過ぎていき、妻がもうすぐ目を覚まして夫がいるかを確認するだろうという考えを払い除けた。フェリシテによると、彼女は《ハーモニー》のG・P・Fと文通をし、彼の助言が本当に事情をよく汲んでくれていて、矢も楯もたまらず会いたい衝動に駆られたが、彼の返事は次第に親身になったものの、自分の正体は明かせないと固く言い続けたという。「クピドとプシュケー（ギリシア神話で、クピドは神託を利用してプシュケーを豪華な神殿に住まわせるが、プシュケーは夜になると現れる夫の姿を絶対に見てはいけないというお告げを受ける。プシュケーはお告げに反して蠟燭の明かりで、寝ている夫のクピドの姿を見るが、蠟燭でクピドを火傷させてしまい、クピドはどこかへ飛び去ってしまう）みたいな関係は絶対に実りがないの」と彼女は言った。それから、あの手紙が届き、エドワード・マンクスが上着に白い花を挿して現れたため、不意に、それまでネドにさほど関心のなかった彼女はすっかり舞い上がってしまった。だって、ネドがG・P・Fで、あんな素晴らしい記事を書いていて、自分を熱烈に愛してくれるなんて、なんだか素敵じゃない？　フェリシテはそこでひと息つくと、慌てて平静を装ってこう付け加えた。「その頃には、私の目には、カルロスはなんとなく曖昧な存在になってた。つまり、身も蓋もない言い方をすると、彼はただ消え去っただけ。カルロスのことはどうでもよくなっちゃって。明らかに私は彼の趣味じゃないし、お互い冷めつつあったから、彼ももう気にしないとわかってたの。なにを言いたいかわかるでしょ？」

「リベラとは友人として別れたとおっしゃりたいのですか？」

フェリシテはきまり悪そうにかぶりを振り、眉根を寄せた。「そんな言い方ですら重すぎるように聞こえるわ」とフェリシテは言った。「平穏にすっきりと終わったのよ」

「しかし、九時十五分から九時半のあいだ、あなたは彼と書斎で口論されたのではないですか？　そのあと、マンクス氏とリベラ氏も口論をしたのでは？」

しばらく沈黙が続いた。フェリシテはかがみ込み、靴の紐を引っ張ると、「いったい」とか細い声で言った。「どうしてそんなおかしなことばかり思いつくの？」

「いずれも事実ではないと？」

「なるほど」と彼女は大声で明るく言い、アレンの顔を食い入るように見た。「使用人たちから聞き込んだわけね」フォックスのほうに目をやり、「それとも、聞き込んだのはその人？」とふざけたように問いただした。

「なんとも申し上げられませんね、ミス・ド・スーズ」とフォックスは穏やかに言った。

「よくもそんなことを！」と彼女はアレンを咎めた。「誰なの？　オルタンス？　残念ね、アレンさん。あなたはオルタンスのことを知らないわ。世界一のとんでもない嘘つきよ！　どうにもならない女なの。あれは病気だわ」

「それで、口論はなかったのですか？」とアレンは言った。「誰のあいだでも？」

「あら、そう言ったでしょ！」

「ではなぜ」と彼は尋ねた。「マンクス氏はリベラ氏の耳を殴ったのですか？」

フェリシテの目と口が開くと、彼女は肩を落とし、舌先を噛んだ。アレンは彼女が驚いたと思い込むところだったが、すぐにほくそ笑んでいるとわかった。

「まさか！」と彼女は言った。「本当に？　ネドが？　まあ、なんて素敵な愛の証なの。いつのこと？　私たちが〈メトロノーム〉に行く前？　夕食のあと？　いつなの？」

アレンは彼女をじっと見つめ、「あなたがご存じかと思ったのですが」と言った。

「私が？　あら、なんのこと……」

「書斎でリベラと話されたとき、耳に出血は見られましたか？　口論はなかったとおっしゃるときのことですが」

「ちょっと待って」とフェリシテは言い、腕を組んで頭を載せた。だが、その動きは鈍かった。目におののく様子が浮かんでいた。「いえ」その声は腕に埋もれてかすれ、ゆっくりと出てきた。「いえ、確か……」

階段が最初の廊下に差しかかるあたりで、上から射す明かりが微妙に変わった。アレンが見上げると、カーライル・ウェインが影の中に立っていた。体の姿勢には動いていた様子が残っていた。映画の場面が特定の瞬間を強調するために停止するように、まるで階段を下りる途中、突然静止したかのようだ。フェリシテがかがめた頭越しに、アレンはかすかな手振りでカーライルが下りてくるのを制止した。フェリシテは再び話しはじめた。

「誰だって」と彼女は言った。「気持ちが高ぶることがあるわ。愛する人のために他人の耳をカリフラワー耳にするなんて、滅多にあることじゃないもの」顔を上げてアレンを見た。「ネドもお行儀が悪いわ。でも優しいのね。素敵なネド!」

「冗談じゃないわ!」とカーライルが強い口調で言った。「もうたくさんよ!」

フェリシテは叫び声を押し殺して立ち上がった。

アレンが言った。「やあ、ミス・ウェイン。おはようございます。マンクス氏がリベラの耳を殴った理由についてご意見はありますか? 彼はリベラを殴った。なぜでしょう?」

「知りたいとおっしゃるなら」とカーライルは甲高い声で言った、「ホールで出くわしたとき、リベラが私にキスをしたからよ」

「なんと!」とアレンは声を上げた。「なぜ前にそうおっしゃらなかったのですか? あなたにキスを? 嬉しかったのですか?」

「馬鹿なこと言わないで!」とカーライルは叫び、二階に駆け上がった。

「あらあら」とフェリシテは言った。「気の毒なライル」

「失礼します」とアレンは言うと、指の爪をじっと見つめる彼女を残して、フォックスとともに立ち去った。

三

「髭を剃り」とアレンは車の中で言った。「風呂に入って、何事もなければ二時間の睡眠だ。帰宅してそうするよ。証拠品は検査官に送ろう。君はどうする、フォックス？　泊っていくのならトロイも歓迎だよ」

「ありがとうございます。でも、奥さんにご迷惑はおかけしたくないですね。ささやかなねぐらもありますし――」

「ささやかなねぐらなどくそくらえだ。君の命令不服従はもうたくさんだぞ。いい加減にしたまえ。うちに来るんだ」

　フォックスはこの奇妙な招待をありがたく受け入れると、眼鏡、アレンの手帳、パスターン卿の時間表を取り出した。アレンは顎を撫で、身震いしてあくびをし、目を閉じた。「この事件はひどく呪われている」とつぶやくと、眠りについたように見えた。フォックスは一人でつぶやきながら時間表を見はじめた。車はクリーヴデン・プレイスからグローヴナー・プレイスを過ぎ、ハイド・パーク・コーナーへと入っていった。「ふむふむ」とフォックスは時間表を見ながらつぶやいた。

「まるで」とアレンは目を開けずに言った。「ストレタムに行く途中のジョンソン博士だな（サミュエル・ジョンソン博士はロンドン南西区にあったスレイル夫妻の郊外住宅ストレタム・プレイスを頻繁に訪ねた）。なにかピンと来たかい、フォックス君《フォクスキン》？」

「このろくでもない時間表について、あなたのおっしゃる意味がわかりましたよ」

「私の言った意味？　なにを言ったのか、まるで憶えていないが」

「男であれ女であれ、ホシは、傘の中棒の部品を手に入れるためには舞踏室に、目打ちを手に入れるためには客間に、そして、目打ちを傘の中棒に差し込んで木工パテで固定するためには書斎に一人でいなければならなかった。私の言わんとすることはおわかりでしょう」

「君はひと山越えてからじゃないと結論に達しない」

「確かにちょっとした山なのは事実です。あの娘、ミス・ウェインがあなたに話したところでは、この忌々しい日傘は、夕食前に彼女が舞踏室で触ったときはなんともなかった。彼女の話では、パスターン卿は書斎で弾薬筒から弾を抜いていた。だとすれば、卿が夕食前に日傘を細工する機会はなかったわけです。しかも、それなら夕食のあとにピアノの上で面白半分に日傘を分解したという卿の説明とも一致する。ベレアズが目を覚ませば、その説明を裏付けてくれるでしょう」

「確かに」

「そうです。すると、どんな結論に？　時間表が正しいのなら、パスターン卿はそのあと、書斎に一人でいたことはなかった」

「それに、そもそもパスターン卿が一人でいたのは、ソンブレロを探して雄牛のように騒ぎながら屋敷中を上から下まで飛び回っていたときだけだ」

「それでアリバイが成立するとは言えないのでは？」とフォックスは問いを発した。

「多少アリバイらしくはあるね、フォックス《ブレア・フォックス》君」

「パスターン卿は木工パテのチューブをポケットに入れていたのかも」

「あり得る。日傘の部品と目打ちも一緒にね。騒ぎながら途中で立ち止まって仕上げをしたのかもしれない」

「そうだ！　品々をポケットの中に入れて〈メトロノーム〉に持っていき、そこでいっぺんに仕上げたというのはどうでしょう？」

「ほう！　いつ？　どうやって？」

「トイレはどうです？」とフォックスは期待を込めて訊いた。

「凶器を銃に込めたのはいつだ？　スケルトンが演奏の開始直前に銃身の中を覗き込んだことを忘れちゃいけない」

車はピカデリーで信号待ちをした。フォックスはグリーン・パークを不興げに眺めていたが、アレンはまだ目を閉じていた。ビッグ・ベンが七時を告げた。

「そうだ！」とフォックスは膝をポンと叩いて言った。「そう、こういうのはどうです？　突飛な服装をしたパスターン卿が、ドラムのうしろに座っているあいだに凶器を銃に込めたというのは？　みなの目の前で、ほかの楽員の一人が演奏しているあいだに？　臆面もなくそんなことがやれるとしたら驚きですね。よく引用されるあの話はなんでしたっけ？　ああそうだ。『盗まれた手紙』では？　あまりにあからさますぎるものは誰も目を留めないことが判明する話ですよね？」

アレンは片目を開け、「『盗まれた手紙』か」と言った。もう片方の目も開けた。「フォックス、我がキャベツ、我が稀覯本、我が芸術品《オブジェ・ダール》、我が珠玉《ビジュテリー》、まさに閃いたね。よし。さらに検討を進めよう」

二人が熱心に語り合ううちに、車はコヴェントリー・ストリートの袋小路にあるアレンのフラットの前に停まった。

小さな玄関ホールに朝の日差しが射し込んでいた。ベノッツォ・ゴッツォリ（十五世紀のイタリア・ルネサンスの画家）の絵の下で、ダリアと青い鉢に入った白花水仙が白いパーチメント紙の壁紙に半透明の影を映している。
アレンは満足げに周囲を見まわした。

「トロイは八時まで寝ているようにと医師から指示を受けていてね」と言った。「私が彼女と話しているあいだに、先に風呂に入ってくれ。私のカミソリを使っていいよ。ちょっと待ってくれ」姿を消すと、タオルを持って戻ってきた。「九時半に食事を用意するよ」と言った。「来客用の部屋を使ってくれ、フォックス。おやすみ」

「ご親切にどうも」とフォックスは言った。「奥さんによろしくお伝えください」

「家内も喜ぶよ。じゃああとで」

トロイは白い部屋で既に起きていて、短い髪全体を細かい束にして座っていた。「まるでファウヌス（上半身が人間、下半身が山羊のローマ神話の森の神）か」とアレンは言った。「コーネルブロンズ・ダリアみたいだね。今朝の調子はどうだい？」

「元気いっぱいよ。ありがとう。あなたは？」

「見てのとおりだ。聖餐も受けず、懺悔もせず（シェイクスピア『ハムレット』第一幕第五場より）、だらしないかぎりさ」

「お気の毒なご様子ね」とトロイは言った。「ルクセンブルクにある二十フィートのキャンバスに描かれた紳士みたい。皺だらけの礼装用ワイシャツを着て、派手なカーテン越しにパリを眺めている絵よ。『絶望の夜明け！』という題名だったわ。ほら、その人の愛人は馬鹿でかいベッドでまだ寝ているの」

「憶えてないよ。愛人と言えば、君も寝てなくていいのかい？」

「まあ！」とトロイは不平を言った。「ツェツェバエ（アフリカ産のイエバエの一種で、眠り病を媒介する）に刺されたことはないわ。

床に入ってからもう九時間経つのよ、まったく」

「まあまあ」

「なにがあったの、ロリー？」

「思いもよらないことさ」

「あらまあ」

「どうせわかることだから教えるよ。あの派手な曲を演奏していたピアノ式アコーディオン奏者、あの歯と髪が目立つ男さ」

「まさか――」

「誰かが日傘の部品と裁縫用の目打ちで作った一種の短剣で彼を血に染めたんだ」

「まあ！」

アレンはそれなりに詳しく説明した。

「そう、でも……」とトロイは夫を見つめた。「いつ警視庁に行くの？」

「十時だ」

「わかったわ。二時間と朝食の時間はあるわね。お疲れ様」

「フォックスは浴室だ。私は女性の寝室にふさわしくないね」

「誰がそんなことを？」

「君が言わなきゃ、誰も言わないよ」アレンは彼女を抱き寄せ、顔をかがめると、「トロイ」と言った。「フォックスを朝食に招いていいね？」

「あなたがお望みなら」

「ありがとう。君をどれほど恋しいと思っていたか、少しでもわかるかな？」

「言葉もないわ」とトロイは故ハリー・テイト（英国のコメディアン）を真似て言った。

「私もさ」

「フォックスさんが浴室から出てきたわ。どうぞ彼のところへ」

「ああ。ごきげんよう、クィヴァーフルの奥様（アントニー・トロロープ『バーチェスターの塔』の登場人物）」

浴室に向かう途中、アレンはフォックスの様子を覗いた。来客用の部屋で上着を脱いでベッドに寝ていたが、驚くほどきちんとしていた。髪を整え、顔をきれいにあたり、皺のないシャツを厚い胸筋の上に着ていた。目は閉じていたが、アレンが覗き込むと目を開けた。

「九時半に起こすよ」とアレンは言った。「君に名付け親になってもらうつもりなんだがね、フォックス《ブレア・フォックス》君」フォックスが目を丸くすると、アレンはドアを閉め、口笛を吹きながら浴室に向かった。

第九章　ロンドン警視庁

一

十時半、ロンドン警視庁の主任警部の部屋で、殺人事件の際のいつもの手順が着々と進んでいた。デスクに座ったアレンは、ギブスン、ワトスン、スコット、サリスの各巡査部長から報告を受けていた。フォックス氏は、監視の報告を受ける際にいつも示す、生真面目さと陽気さがないまぜになった雰囲気で、職務手帳を手にする部下たちの話に耳を傾けていた。六人の部下が仕事を粛々と行った。今朝早く、ロンドンの別の地区で、弾道学の検査官、エントウィッスル班長が日傘の部品から作ったダーツ矢をリボルバーの中に差し込み、砂袋に向けて撃ってみた。政府の分析官、キャリック氏が小さなコルク栓を種々のテストにかけてオイルの種類を調べた。著名な病理学者、グラントリー・モートン卿が、カーティスの手を借りてカルロス・リベラの胸部を切開し、細心の注意を払って心臓を摘出した。

「よし」とアレンは言った。「椅子に座って、なんなら煙草を吸ってもらっていい。長評定になりそうだ」

彼らが座り、アレンがパイプの柄で、顎の張った淡黄色の肌の巡査部長のほうを指し示すと、巡査部長はいつものようにハッとした表情を浮かべた。「被害者の部屋を調べたのは君だね、ギブスン。君の話から聞こう」

ギブスンは手帳を親指でめくり、いかにも驚いた様子で見つめると、甲高い声で読み上げた。

「被害者、カルロス・リベラ」と言った。「南西区一、オースターリー・スクエア、ベッドフォード・マンションズ一〇二番地。サービス付きフラット。賃料年五百ポンド」

「警察官よりピアノ式アコーディオン奏者のほうがましだな」フォックスは誰にともなく言った。

「六月一日午前三時」とギブスンは声を張り上げて続けた。「捜査令状を取った上で、被害者の遺体から入手した鍵束の鍵を使って当該建物に入りました。フラットの部屋は、幅六フィート・奥行き八フィートの玄関ロビー、幅十二フィート・奥行き十四フィートの居間、幅九フィート・奥行き十一フィートの寝室からなります。備品ですが——居間は、紫の厚手の絨毯、床に届く紫のサテンのカーテン」

「乾葡萄《ほしぶどう》をもて我が力をおぎなえ！（旧約聖書「雅歌」第二章五節より）」とアレンはつぶやいた。「紫とはね」

「藤色と言ってもいいですよ、アレンさん」

「ふん、続けてくれ」

「緑のビロード張りの寝椅子、同じ布張りの肘掛椅子三脚、ダイニングテーブル、ダイニングチェア六脚、暖炉。淡黄褐色の壁。緑と紫のサテンのクッションが七つ」彼はアレンのほうをちらりと見た。

「なんでしょう、アレンさん？　なにか妙なことでも？」

「いや、なにも。続けてくれ」

「本棚。外国語の本が十四冊。うち四冊は発禁本。写真が四枚」

「ど、どんな写真だ?」とフォックスは訊いた。

「気にしなさんな、大将」とアレンは言った。

「二枚はスタジオ撮りのヌード写真でしたよ、フォックスさん。いわば、えぐいピンナップ写真です。ほかの二枚は、さらにどぎついものです。煙草の箱が四箱。銘柄は市販のもの。それぞれの箱から一本ずつ採取。壁金庫。ダイヤル錠で、ナンバーは被害者の手帳にあり。中身は――」

「ちょっと待ってくれ」とアレンが言った。「すべての部屋にそんな金庫が?」

「聞き込みの結果、被害者が自分で設置したものとわかりました」

「よし。続けてくれ」

「中身は、書類が多数、会計簿の元帳が二冊。小額紙幣で三百ポンドと銀貨で十三シリング入った、鍵のかかったキャッシュボックス」ここでギブスンは言葉を切った。

「ほほう!」とフォックスは言った。「ついになにか突き当てたかな」

「金庫の中身の覚え書きを金庫内に残し、金庫は施錠」とギブスンは、おそらくは自分の言葉の使い方に不安を感じて、心許なさそうに言った。「中身を出しますか? それとも、寝室の説明に移りますか?」

「寝室まで踏み込む必要があるのかな」とアレンは言った。「まあ、続けてくれ」

「黒一色の部屋でした。黒のサテンです」

「そんなことをみな手帳に書いているのか?」とフォックスは不意に尋ねた。「色だとかサテンだとか?」

「仕事は徹底してやれと言われております、フォックスさん」

「どんなことにも加減というものがある」とフォックスは物憂げに言った。「失礼しました、アレンさん」

「いいんだ、フォックス君《ブレア・フォックス》。寝室の話だな、ギブスン」

だが、リベラの寝室に関するギブスンの几帳面な説明にたいした情報はなかった。刺繍したイニシャル入りの黒いサテンのパジャマをリベラが着ていたという情報だけは、アレンが言うように、性格を裏付ける抜き差しならぬ決定的証拠ではあったが。ギブスンが壁金庫の収穫物を出してきたので、全員で調べた。アレンは元帳を手にし、フォックスは手紙の束を調べた。暫し沈黙が続き、書類の立てる小さな音ばかりが聞こえた。

だが、やがてフォックスが膝をポンと叩いた。アレンは目も上げずに言った。「どうした?」

「妙だな」とフォックスがぶつぶつと言った。「ちょっと聞いてください」

「いいよ」

「『愛の最初の芽生えは』」とフォックスは語りはじめた。「『なんと麗しきことか! ちっぽけな蕾《つぼみ》はなんとはかなく、いかに容易に霜で落ちることか! 優しく指で触れたまえ、その香りが永遠《とわ》に失われてしまわぬよう』」

「うへえ!」とスコット巡査部長は囁き声で言った。

「『そう』」とフォックス氏は続けた。「『彼女は気まぐれだ。春の日もまた同じ。忍耐だ。小さな花びらが開くのを待つのだ。特別なものを愛するのなら云々』」フォックスは眼鏡を外し、上司をじっと見つめた。

「『云々』とは、フォックス？　なぜ続けない？」

「書いてあるとおりです。云々。そこで終わっています。ほら」

アレンの前のデスクの上でしわくちゃの青い便箋の皺を伸ばした。字間の狭いタイプ打ち文字で埋め尽くされていた。てっぺんにデュークス・ゲートの住所が刻印されていた。

アレンは言った。「君の隠し玉はなんだい？」

フォックスは二つめの証拠品を出した。切り抜き記事で、外国の雑誌によく使われるような紙質の紙に印刷されていた。アレンは声に出して読んだ。「拝啓　G・P・F様。ぼくはある若い女性と婚約しています。すごく優しいときもあるけれど、すぐに冷たくされる。口臭のせいじゃない。訊いてもそうじゃないと言うし、こだわらないでと言われるから。ぼくは二十二歳、靴を脱いで身長五フィート十一インチ、体格もいいです。年収は五百五十ポンド。第一級の自動車工で、昇進の見込みもあります。ぼくを愛してくれてるようだけど、こんな態度です。ぼくはどうしたらいいですか？　点火プラグ」

「思い切りひっぱたいてやればいいさ」とアレンは言った。「気の毒な点火プラグ君」

「続きをどうぞ。回答を読んでください」

アレンは続けた。「『点火プラグ君へ。落ち込んでいるせいだろうが、君の問題は思っているほど珍しいものじゃない。愛の最初の芽生えはなんと麗しき――！』やれやれ。そうか。わかったよ、フォックス。どうやら下書きの一部と完成記事を見つけたようだね。デュークス・ゲートの便箋にタイプした下書きは、誰かのポケットに丸めて入っていたみたいじゃないか。ちょっと待てよ」

アレンは自分のファイルを開くと、フェリシテが〈メトロノーム〉でバッグから落とした手紙を下書きに並べた。アレンはその二つを見つめ、「むろん、あてずっぽうだが」と言った。「同じ機械で打ったものと見て間違いない。〝S〟が途中で切れている。すべてそうだ」

「それで結論は?」とフォックスは訊いた。ギブスンが満足げに咳払いをした。アレンは言った。

「結論はちょっとした混乱さ。ミス・ド・スーズへの手紙は、パスターン卿の書斎の機械で、卿のタイプ専用紙にタイプしたものだ。機械には卿の指紋しかなかった。エドワード・マンクスがG・P・Fだといつから知っていたのかと、一か八かあけすけにパスターン卿に訊いてみたよ。答えてはくれなかったが、間違いなく卿を動揺させた。賭けてもいいが、マンクスが上着に白いカーネーションを着けてから、卿は手紙をタイプで打ち、封筒に〝ディストリクト・メッセンジャー〟と記し、ホールのテーブルの上に置き、それを執事が見つけたというわけだ。ふむ。さて、しばらく前にマンクスはデュークス・ゲートに三週間滞在していたが、書斎のタイプライターと青い便箋を使い、便箋に《ハーモニー》の歯の浮くようなG・P・Fの記事用メモを数号分打ったとみることもできる。とすると、この下書きはマンクスがタイプした可能性もある。だが、今わかるかぎりでは、マンクスがリベラに会ったのは昨夜が初めてだし、ちなみに、ウィリアムが小気味よさそうに言ったように、マンクスがリベラに一発ぶちかましたのは、彼がミス・ド・スーズにではなく、ミス・ウェインにキスをしたからだ。さて、ここまでの議論が正しければ、マンクスが打ったこのくだらんG・P・Fの下書きをリベラが手に入れたのは、いつどうやってか? 我々はリベラの金庫から入手したわけだし、彼は自分の部屋に戻らなかったから、昨夜ではない。答えられるかい、フォックス」

「さっぱりわかりません」

「確かにわからない。答えを見出せれば、リベラ殺しの手がかりになるだろう。さあ、諸君、どんどん進めてくれ」

　アレンは再び元帳を見はじめ、フォックスも書類の束に目を向けた。やがてアレンが言った。「連中がかくも事務的に処理するとは異常だと思わないか?」

「誰のことですか、アレンさん?」

「むろん、ゆすり屋のことさ。リベラ氏はその一人だよ、フォックス。ピアノ式アコーディオン、麻薬取引、ゆすり。そんな男を殺したやつを捕まえなくてはいけないとは残念なほどだね。リベラ氏はいかにも殺されそうな男だった。これは、金銭とブツの出入りを几帳面に記した記録だ。たとえば、二月三日に、『現金百五十ポンド。三回目の入金。S・F・F』と書き込みがある。一週間後、借方欄に、『六ダース。S・Sから。三百六十ポンド』と謎めいたメモがある。そのあと、貸方欄の記載が、『J・C・M。十ポンド』、『B・B。百ポンド』等々と続く。これらの書き込みはそれだけでまとまっている。彼は額を合計し、全体を差し引き計算して、三百六十ポンドという元の支出額に対し二百ポンドの利益をはじき出している」

「ああ、そいつは麻薬密売のことでしょう。『S・S』とおっしゃいましたね、アレンさん? ふむ、その男はまさに〈スノウィ・サントス〉一味の関係者じゃないかな」

「それと、貸方欄の『B・B』だ。『B・B』は貸方欄のいいお得意様だな」

「ブリージー・ベレアズですか?」

「不思議じゃない。リベラは麻薬取引の大物仲介役だったようだね、フォックス。容易に捕まらない連中の一人だ。末端の消費者にブツを直接手渡すような真似はまずしなかった。むろん、哀れなベレアズは別だが。そう。リベラの取引先は、紫のサテンの店に限られてはいなかった。警察に目を付けられそうな気配がわずかでもあれば、帳簿を焼き捨て、必要なら、故郷の農園とかに帰ってしまっただろう」

「あるいは、まず雑魚を密告してから。連中がしょっちゅう使う手ですよ」

「ああ確かに。しょっちゅうだね。ほかにはどんな掘り出し物があった、フォックス君《ブレア・フォックス》?」

「手紙です」とフォックスは言った。「封をした麻薬の包みも。それに現金です」

「私が思ったのは、彼の簿記に関して、なにかこれぞというものは、ということだが」

「ちょっと待ってください。案の定ですよ。そうそう」

そう待たされはしなかった。ゆすり屋の取引でおなじみの元ネタがアレンのデスクの上にすぐ置かれた。繰り返し金を払っても決して返してはもらえない、薄汚れた目立たない手紙。色褪せた古新聞の切り抜き。必死で慈悲を乞う手紙も一、二通。貸方に付記された情け容赦のない書き込み。アレンはそんなものに触れると指が穢れる気がしたが、フォックスは満足げに手をこすり合わせた。

「いかにもという代物です」とフォックスは少しして言った。「これを見てください、アレンさん」

〝フェリシテ〟という署名入りの四か月ほど前の手紙だった。アレンが最後まで読んでから返すと、フォックスは、「これで二人の関係が裏付けられます」と言った。

「そのようだね」

「面白い」とフォックスは言った。「やつがどんな男だったかを考えると、たとえ相手が死んでも、どんな女も本気で相手をありのままに受け入れそうに思えますね。ほかにも手紙が二通あります。ほとんど同じような手紙ですよ」

「ほう」

「そうです。さてと」とフォックスはゆっくりと言った。「娘のことはしばらく措いといて、そもそもこれがパスターン卿となにか関係があると?」

「なきにしもあらずさ。パスターン卿の過去にこれまで疑ってもみなかったうしろ暗い事実があったとすればだが、御乱行を隠すような人とも思えないな」

「そうは言っても、なにかあるのかも。義理の娘との関係を後押ししてましたよね? リベラがパスターン卿の弱みを握っていたとは思えませんか?」

「かもね」とアレンは頷いた。「パスターン卿があのパスターン卿でなければの話だが。だが、あり得る。だとすると、昨夜、リベラを追い払おうと決めて、惚れっぽいミス・ド・スーズをエドワード・マンクスの胸に飛び込ませようと、G・P・Fから届いたと思わせる手紙をタイプしたのか!」

「まさにそれです!」

「パスターン卿が、マンクスがG・P・Fだと知っているとは思えないが。それと、リベラがマンクスをゆする目的でこのG・P・Fの手紙を使うには、タイプした機械がその目的と合わない。デュークス・ゲートにいた者なら、誰でもその機械を使えたわけでね。マンクスがその機械を使っている現場をつかまえた上で脅しをかけなくてはならなかっただろう。しかも、彼はそれまでマンクスに会ったことがなかった。まあいい。議論を進めるために、この点を追及するのはひとまずよそう。よし。辻褄は合う。ある程度はね。ただ……そうはいっても……」アレンは鼻をこすった。「すまない、フォックス、だが、パスターンとマンクスの性格はその仮定とどうもしっくりこないんだ。まったく薄弱な論拠だがね。裏付けを示そうとは思わない。その箱にはなにが?」

フォックスは既に箱を開けていて、デスク越しに押しやると、「まさに思ったとおりのものですよ」

と言った。「ちょっとした収穫だな、ギブスン」

箱にはしっかり密封された小さな包みがいくつも入っていて、別のカートンには煙草が何本か入っていた。

「思ったとおりだ」とアレンは頷いた。「やはり彼は直接の受取人ではなかった。通常の複雑な経路を経て手に入れるわけだ」アレンはまだ若いスコット巡査部長をちらと見た。「この手の事件の捜査に関わったことはないよね、スコット。たぶん、コカインかヘロインだ。偽入れ歯、デブ男のへそ、まがい物の補聴器、偽の電球差し込み器具等々といったありとあらゆる手を使って、長距離の旅をしてきた物に違いない。フォックス氏の言うように、ちょっとした収穫だよ、ギブスン。さて、しばらくリベラのことは忘れよう」アレンはスコットとワトスンのほうを向いた。「ブリージー・ベレアズについて調べたことを報告してもらおうか」

ブリージーはイーバリー・ストリートから脇に外れたパイクスタッフ・ロウの家具付きフラットに住んでいるようだ。スコットとワトスンはその部屋に彼を連れていき、なんとかベッドに寝かせた。いったん横になると、あとは朝まですごいいびきをかいて寝ていた。部屋を隈なく調べたが、リベラの部屋と違い、だらしなく乱雑だった。ブリージーはなにかを必死で探していたようだ。スーツのポケットは引っ張り出されていて、家具の引き出しは中身をみな取り出し、出しっぱなしのままだった。部屋の中できちんとしていたのは、ブリージーのバンドの積み重ねたパート譜だけだった。スコットとワトスンは束ねた通信物を選り分けたが、内訳は、請求書、督促状、ちょっと大げさなファン・レターだった。小さなベッド脇の戸棚の奥に、皮下注射器と、リベラの金庫にあったのと同じ、開封された空の包みをいくつか見つけた。「いともたやすいことでした」とフォックス氏はいかにも満足げに言った。「もちろん、スケルトンから聞いて知っていましたが、リベラがベレアズに麻薬を提供していた物証を見つけたわけです。いやはや」と声を落として付け加えた。「この線を辿って、麻薬密売の上層部を突き止めたいところですね。さて、どうするかな。ブリージーはヤクをほしがるだろうが、どこで手に入れたらいいかわからない。さぞ動揺するはずだ。ブリージーにうまく吐かせるようにもっていけるかも」

「警察規則を忘れるんじゃないぞ」

「どのみち無理ですね」とフォックスはつぶやいた。「リベラがどうやってヤクを入手していたか、ブリージーは知らないでしょう。知るはずもない」

「注射器を使うようになったのは最近のことだね」とアレンは言った。「カーティスが注射跡を見たが、そう多くはなかった」

「でも、ヤクがほしくてたまらなくなるでしょう」とフォックスは言い、ちょっと考えてから、「おっと、我々が調べているのは殺人でしたね」と言った。

ブリージーの部屋にはそれ以上目を引くものはなく、アレンは残る一人の部下に目を向けた。「スケルトンのほうはどうだった、サリス？」

「はい」とサリスは学校の生徒みたいに声を上げた。「最初は私が気に食わなかったようです。行く途中で捜査令状を見せると、嫌そうに見つめました。でも、あとの道中は、社会学の話をして、『ヨギと人民委員』（アーサー・ケストラーの一九四五年の小説）を貸してやると言ったら、少し態度が和らぎました。生まれはオーストラリアだそうで、私も行ったことがあると言うと、さらに打ち解けるようになりました」

「手際よく報告してくれ」とフォックスは厳しい口調で言った。「だらだら脇道に逸れないように。

シド・スケルトンが君をどのくらい気に入ったかなど、アレンさんは知りたいと思ってないよ」

「申し訳ありません」

「メモを見ながら報告したまえ」とフォックスは忠告した。

サリスは手帳を開いて報告した。共産主義の文献がけっこうあったのを別にすると、ピムリコ・ロードのスケルトンの部屋には怪しげなものはほぼ皆無だった。サリスが活発に意見交換をしながら探りを入れ、淀みなくわざと皮肉を込めた左翼寄りのもの言いをすると、スケルトンが用心深く反応する様子がアレンにも目に浮かぶようだった。最後に、スケルトンがうっかり椅子に座ったまま寝てしまうと、サリスはデスク代わりに使われているテーブルにこっそりと目を向けた。

「そのテーブルがなにやら気にかかっているようでした。部屋に最初に入ったとき、やつはテーブルまで行き、書類を引っ掻き回しましたので。そこに、なにか始末したいものがあるように思えました。やつがすやすや寝入ると、私はテーブルに載っているものを調べて、これを見つけたんです。重要なものかどうかはわかりませんが、ほらこれです」

アレンは手渡された一枚の紙を開いた。リベラ宛の書きかけの手紙で、これ以上ブリージー・ベレアズに麻薬を供給し続けるなら、暴露するぞと脅す内容だった。

二

ほかの部下たちが出ていくと、アレンはいつもの〝千切り〟をやろうとフォックスを手招きした。事件を徹底的に細切れにし、その断片をあらためて本来の絵姿にまとめようとする試みだ。二人がこの作業を三十分ほど続けていると、電話が鳴った。電話に出たフォックスはにこやかな笑顔で、ナイジェル・バスゲイト氏からアレン氏への電話だと告げた。

「いずれかけてくると思っていたよ」とアレンは言った。「なかなか機会がないから会いたいと伝えてくれ。彼はどこに？」

「すぐ下に来てるそうです」

「呼んでくれ」

フォックスは落ち着いて、「主任警部が会いたいそうだ、バスゲイトさん」と言った。しばらくして《イヴニング・クロニクル》のナイジェル・バスゲイトが姿を見せると、少し驚いている様子だった。

「いやまったく」と彼は握手しながら言った。「珍しく愛想がいいじゃないですか、アレン。毒舌を使い尽くしたんですか？　それとも、頭の使い道をようやく悟ったのかな？」

「全段大見出しの記事ネタを提供してやろうと思って来てもらったと考えているのなら、残念ながら大間違いだ。座りたまえ」

「遠慮なく。お元気ですか、フォックスさん？」

「おかげさまで」

アレンは、「さて、よく聞いてくれ。《ハーモニー》という月刊誌のことでなにか知っているかい？」と言った。

「どんなことでしょう？　G・P・Fに打ち明け話でもなさったとか、アレン？」

「そいつが誰なのかを知りたい」

「リベラ事件となにか関係が？」

「うむ、そうだ」

「取引です。ぼくはロンドン警視庁から直接おいしい情報をいただく。洗いざらいですよ。パスターンのこと、あなたがどうして現場にいたのか、それと、壊れたロマンス……」

「誰と話をしたんだい？」

「掃除婦、夜勤のポーター、バンドの楽員。それと、ネド・マンクスにも出くわしました。十五分ほど前にね」

「彼はどんな話を？」

「ふん、ぼくを押しのけましたよ。なにも話さんでしょう。それに、あいつはどのみち日刊紙には寄稿しない。つれない野郎でね」

「第一容疑者の親戚だってことを忘れないでくれ」

「じゃあ、パスターン卿が容疑者というのは確かなんですね？」

「そうとは言っていないし、そんなことはおくびにも出さないでくれ」

「いやはや、それなら、情報をくださいよ」

「この雑誌のことだ。君はG・P・Fのことを知っているのかい？　さあさあ」

ナイジェルは煙草に火を点け、椅子に座ると、「知りません」と言った。「どこのどいつかもね。G・P・フレンドと呼ばれてますが、そいつが事業主のようです。だとしたら、そいつの狙いは見事に当たった。謎ですよ、あの雑誌は。常識を打ち破って大ヒット。創刊は二年前、鳴り物入りでね。旧《トリプル・ミラー》を買収し、工場と雑誌を引き継ぐと、たちまち売り上げを三倍に伸ばした。

さっぱりわけがわからない。一風変わった雑誌ですよ。健全な批評と小娘っぽいおしゃべりをないまぜにして、《ペグズ・ウィークリー》が頭にくるような最高の連載物と短篇小説を載せている。聞くところでは、人気の秘密はG・P・Fのページですね。いやはや！　この手のお楽しみは戦前に消えてしまったが、この男は人気を保っている。一回五シリングで送って差し上げる親展の手紙は、まさにドル箱だそうですよ。こうした女性たちが言ってほしいと思ってることをひねり出すツボを不気味なほど心得ているとか。手紙の内容の変幻自在ぶりたるや実に見事で、どれもこれもしゃれています。彼に会った者は誰もいません。彼は使用人を使わない。副主筆はいつも当たらず障らずで、まるで情報をくれないし、クズ新聞のフリー記者など相手にしない。そんなところです。G・P・Fのことで言えるのはそれだけですよ」

「どんな容貌か聞いたことは？」

「いえ。古着を着てサングラスをかけているという噂はあります。オフィスのドアに鍵をかけ、正体を知られたくないので誰にも会わないとか。みんな演出の一部ですよ。宣伝です。誌面でこうぶち上げるわけです――『G・P・Fの正体を知る者はいない』とね」

「正体はエドワード・マンクスだと言ったら？」

「マンクス！　ご冗談でしょう」

「そんなに荒唐無稽かい？」

ナイジェルは眉をつり上げた。「表面だけ見るとそうですね。マンクスは評判のいい男だし、やり手のスペシャリストです。手堅い成果を挙げてきたし、思想的に左寄りで、実に高圧的だ。新進気鋭の男ですよ。G・P・Fと顔を合わせたら、胸くそが悪くなるんじゃないかな」

「その誌面で演劇評を書いているが」

「それは知ってますが、そこがあの雑誌のひねくれたところですよ。マンクスはとびきり辛口の演劇評を書く。そこが彼の領分ですよ。彼は財産の国有化を望んでるし、それを売り込む機会には食いつく。風紀を正そうとする記事はマンクスにとっても不快ではないでしょう。ごり押しや偏見に満ちた表現は好まなくとも、彼は政策を論じるのが好きだ。派手なバトルをやれますからね。名前は売れるし、あちこちから来てくれと招かれるし、我々ジャーナリストを名誉毀損で訴えられるし、それが話題にもなる。まさに彼のお家芸ですよ。そう、《ハーモニー》はマンクスを使って雑誌に箔《カシェ》を付け、マンクスは大衆受けする記事を《ハーモニー》に書く。どちらも引き合うわけです。高値でね」ナイジェルはひと息つくと、鋭い口調で言った。「でも、マンクスがG・P・Fとは！　となると話は別です。そんな疑いの根拠があるんですか？　なにかつかんでるとでも？」

「事件は今のところ疑問だらけでね」

「リベラ事件ですか？　その事件と関係があると？」

「オフレコだが、そのとおりさ」

「へえ」とナイジェルは感に堪えたように言った。「ネド・マンクスがあのページを垂れ流してるんなら、その秘密も説明がつくってもんだ！　いやまったく」

「本人に聞いてみなくては」とアレンは言った。「だが、もう少し調べてみたい。まあ、無理やり押しかけてもいいが。《ハーモニー》のオフィスの場所は？」

「メイタファミリアス・レーン五番地です。昔、《トリプル・ミラー》があった場所ですよ」

「このクズ雑誌の刊行日は？　月刊誌だったよね」

「待てよ。今日は二十七日ですね。月の第一週に出ます。今は発刊に向けて追われているところでしょう」

「すると、G・P・Fもオフィスに張り付いていそうだね？」

「ですかね。ふんじばる覚悟でマンクスのところに乗り込むつもりですか？」

「君には関係ない」

「そりゃないでしょう」とナイジェルは言った。「ここまで話させて、ぼくへのご褒美は？」

アレンはリベラの死について簡単に説明し、パスターン卿のバンド演奏のことを具体的に説明した。

「とりあえずはそれでいい」とナイジェルは言った。「でも、ウェイターからもいろいろ聞きたいな」

「シーザー・ボンの了解を得ないと無理だろう」

「パスターンをしょっ引くつもりですか？」

「いや、まだだ。記事を書いたら、まず私に見せてくれたまえ」

「なんと！」とナイジェルは言った。「そりゃないでしょう。パスターンの記事はいつだって面白いが、今度ばかりは傑作なのに。タイプライターをお借りしていいですか？」

「十分だけだ」

ナイジェルはタイプライターを持って部屋の隅のテーブルに行くと、「もちろん、あなたが現場にいたことは書いてもいいですよね」と急いで言った。

「それはまかりならんぞ」

「おやおや、アレン、そんなことにこだわらないでくださいよ」

「魂胆はわかっている。捜査がうまくいかないと、間抜け面した私が写るふざけた写真を載せるんだろ。〝事件を目撃しながら犯人がわからない主任警部！〟というキャプション付きでね」

ナイジェルはニヤリとした。「そいつはいい。最高の記事だ！　もっとも、今の話だけでもいい記事になりますがね。さあやるか」とキーを叩きはじめた。

アレンが言った。「フォックス、この混乱の中にも道路標識みたいにはっきり見えるものが一つあるが、私には意味がわからない。なぜあのペテン師おやじは銃を見ると、ひどく笑いこけたのか？　そうか！　ちょっと待てよ。パスターン卿が空包をこしらえて銃に込めたとき、書斎に一緒にいたのは誰だったかな。わずかな可能性だが、なにか出てくるかも」アレンは電話機を引き寄せた。「もう一度、ミス・カーライル・ウェインと話してみよう」

三

電話が鳴ったとき、カーライルは部屋にいた。ベッドに座り、ぼんやりと壁紙の花模様を見ながら受話器を取った。胸が激しく鼓動し、喉が締めつけられる。心の奥底で考えた。（まるで恋に落ちたみたい。気分が悪いんじゃなくて）

すごく低くて明瞭な声が聞こえた。「ミス・ウェインですか？　またすぐにお煩わせして申し訳ありませんが、お話ししたいことがあるのです」

「あら」とカーライルは言った。「そうですか。いいですよ」

「デュークス・ゲートにお伺いしてもいいですが、もしよろしければ、ロンドン警視庁にお越しいただければと」カーライルが即答しないと、相手が言った。「どちらがご都合よろしいですか？」

「そうね――そちらにお伺いします」

「そのほうが話が早い。ありがとうございます。すぐに来ていただけますか？」

「ええ、そうね、もちろん」

「助かります」相手は、どの入り口から入り、どこで自分との約束を告げればいいかをわかりやすく説明した。「ご理解いただけましたか？　では、二十分後にお会いしましょう」

「二十分後ですね」と彼女は繰り返したが、その声はまるで相手と楽しいデートの約束でもしているみたいにやけに嬉しそうな響きになった。「オーケーよ」と言いながら、内心では恐れおののき、（「オーケーよ」と言うなんて。頭がおかしいと思われそうね）と思った。

「アレンさん」と彼女は大声で言った。

「もしもし？　どうされました？」

「ごめんなさい、今朝はあんな馬鹿な真似を。なにが起きたのかわからなくて。頭が変になったと思われたんじゃないかと」

「どうぞお気になさらず」と低い声が優しく言った。

「そう――それならいいのだけど。ありがとう。すぐにお伺いします」

アレンはそれなりに丁寧で親しげな言葉を告げ、彼女は受話器を置いた。

「素敵な警部さんとデートのお約束ってわけ？」とフェリシテの声が戸口から聞こえた。

その声が聞こえたとたん、カーライルは体をビクッとさせ、鋭い叫び声を上げた。

「び、び、びくついてるわね」とフェリシテは言いながら近づいてきた。

「いると思わなかったわ」

「そのようね」

カーライルは洋服箪笥を開けた。「私と話したいっておっしゃるから。どうしてか知らないけど」

「それで、ロンドン警視庁にいそいそとお出かけってわけね。わくわくするでしょ」

「素敵でしょ」カーライルは皮肉っぽく聞こえるように言った。フェリシテは彼女がスーツに着替えるのを見ていたが、「顔もちょっとお化粧がいるわね」と言った。

「そうね」とカーライルは化粧台のほうに行った。「どうってことないけど」

鏡を覗き込みながら、背後にいるフェリシテの顔を見た。（どうにもつれないわね）と鼻をパフではたきながら思った。

「実はね」とフェリシテは言った。「あなたがとんだ食わせ者じゃないかって気がしてきたの」

「ちょっと、フェー！」彼女は苛立たしげに言った。

「そう、昨夜は私の亡き恋人と派手にやってくれたし、今度はあの精力的な警部さんと巧みに逢引きってわけよ」

「たぶん私たちがどんな歯磨き粉を使ってるのか知りたいのよ」

「言わせてもらうけど」とフェリシテは言った。「あなたはネドに夢中だとばかり思ってたわ」

カーライルの手は、目の下の涙の跡に白粉をはたきながら震えた。

「動揺してるわね」とフェリシテは言った。

カーライルは彼女のほうを向いた。「フェー、お願いだからやめて。そんなどうでもいい話を持ち出さなくても、ただでさえ厄介な状況なのに。あのろくでもない、胡散臭すぎるあなたの恋人に私が我慢ならなかったのは、あなたも知ってたはずよ。アレンさんが私をロンドン警視庁に呼び出すのも、震え上がらせて吐かせようとしてるだけなのもわかってるくせに。よ、よくそんなことが言えるわね！」

「ネドのことはどうなの？」

カーライルはバッグと手袋を手にすると、「あなたがうつつを抜かしてる、《ハーモニー》のくだらないたわごとを書いてるのがネドなら、彼とは二度と口をききたくないわ」と彼女は激しい口調で言った。「お願いだから、そんな話はやめて。もう警察に行かせてちょうだい」

ところが、もうひと騒ぎせずには出かけられなかった。二階の廊下でミス・ヘンダースンに出くわしたのだ。カーライルは今朝、階段でアレンと大声でやりあったあと、部屋に戻ると、急にわけもなくわっと泣きだしてしまい、それをなんとか抑え込もうと部屋にじっとしていた。だから、ミス・ヘンダースンとは今まで顔を合わせていなかったのだ。

「ヘンディ！」と彼女は声を上げた。「どうしたの？」

「おはよう、カーライル。どうしたとは？」

「てっきり、あなたの様子から――ごめんなさい。みんな少し変に見えてしまうのね。なにか探し物でも？」

「銀のペンシルをどこかに落としてしまったの。ここじゃないわね」と彼女が言うと、カーライルはぼんやりと目で探しはじめた。「お出かけになるの？」

「アレンさんが来てほしいと」

「どうして？」とミス・ヘンダースンは鋭い声で尋ねた。

「知らないわ。ヘンディ、この事件、恐ろしくない？　おまけに私、フェーと口喧嘩しちゃって」

二階の廊下の明かりはいつも少し変だ、とカーライルは思った。離れた窓から射しこんでくる冷たく映える光のせいで人が蒼ざめているように見えるんだわ。きっとそう。だって、ミス・ヘンダースンはとても穏やかに、いつものように淡々とした口調で応じてくるもの。「どうしてお二人とも、朝はいつも口喧嘩をしたがるのかしら？」

「私たち、どっちも口が悪いのよ。亡くなったリベラは不愉快なやつだったと言ってやったら、私がアレンさんに尻尾を振ってると言われたわ。愚かしい売り言葉に買い言葉よ」

「そうね」

「もう行かなきゃ」

カーライルはヘンディの腕に軽く触れると、階段に向かったが、佇んでいるミス・ヘンダースンのほうに顔を向けないまま、そこで二の足を踏んだ。「どうなさったの？」とミス・ヘンダースンは言った。「なにか忘れ物でも？」

「違うの。ヘンディ、知ってる？　あの男の命を奪ったという突拍子もない代物のこと。日傘の部品の端に刺繍用の目打ちを付けたものだとか」

「ええ」

「憶えてる？――馬鹿げてるとは思うけど――ほら、昨夜、舞踏室でものすごいバンって音がしたこと。あなたとシール叔母様、フェーと私が客間にいて、あなたがシール叔母様の裁縫箱を整理してたときのことよ」

「私が？」

「そう。バンという音にびっくりして、なにか落としたでしょ？」

「私が？」

「フェーがそれを拾い上げたわ」

「彼女が？」

「ヘンディ、あれは刺繍用の目打ちじゃなかった？」

「憶えてないわ。なにも」

「フェーがそれをどこに置いたか気づかなかったの。あなたなら気づいたんじゃないかと思って」

「裁縫箱から出した物なら、元に戻したのでは。約束に遅れるわ、カーライル」

「そうね」カーライルは振り向かないまま言った。「それじゃ」

ミス・ヘンダースンが客間に歩み去るのが聞こえた。ドアが静かに閉まり、カーライルは階段を下りた。玄関ホールに黒っぽいスーツを着た男がいた。男は彼女の姿を認めると、立ち上がって言った。

「失礼ですが、ミス・ウェインですね？」

「ええ、そうですが」

「わかりました、ミス・ウェイン」

彼はガラスドアを開け、玄関のドアも開けてくれた。カーライルは急いで彼の横をすり抜け、日差しの外に出た。デュークス・ゲートから少し離れた角から男が出てきたことに彼女は気づかなかった。男は腕時計をもどかしげに見ると、バス停で待機し、ロンドン警視庁まで彼女のあとをつけた。「動きは逐一見張ってくれ」とアレンは朝六時に苛立たしげに言っていた。「どんな情報が役に立つかわからないからな」

ヘルメットなしだと妙に家庭的な雰囲気のある警察官の案内で、リノリウムの廊下を通って主任警部の部屋に行った。彼女は思った。（人を呼んで供述書を書かせるなんて、ただごとじゃない。私を疑ってるのね。犯人は私だと思わせる証拠かなにかを見つけたのよ）想像がどんどん膨らんでしまう。部屋に入ると、アレンがこう言うのね。「重大なことを申し上げます。カーライル・ラヴデイ・ウェイン、カルロス・リベラ殺害の容疑で逮捕します。警告しておきますが……」必要な服は、警察から電話させて持ってこさせればいい。たぶん、ヘンディがスーツケースに詰めてくれる。警察はひそかにほくそ笑んで、小気味よさそうに気遣ってくれるかも。もう捜査で煩わされずにすむから。たぶんネドは面会に来てくれる。

「どうぞこちらへ」警察官はドアのノブに手をかけながら言った。

アレンはすぐさまデスクから立ち上がり、彼女のほうに歩み寄ってきた。（折り目正しいわね）と彼女は思った。（マナーのいいこと。人を逮捕するときはこんな態度なの？）

「申し訳ありません」とアレンは言った。「ご足労をおかけしました」

白髪交じりのがっしりした警察官がアレンのうしろにいた。フォックスだ。フォックス警部だったわね。警部が椅子を持ってきてくれると、彼女は座ってアレンと向き合った。（私の顔に照明を当てるのね）と思った。（警察のやり方よ）

フォックスは離れ、二つ目のデスクのうしろに座った。彼女にはその顔と肩が見えたが、手は隠れて見えなかった。

「さしたる意味もなく呼びつけたと思われるでしょうね」とアレンは言った。「最初の質問は、きっと実に馬鹿げた質問だと思われるでしょう。とはいえ、申し上げましょう。昨夜こうおっしゃいましたね。パスターン卿が空包を作ってリボルバーに込めていたとき、ご一緒におられたと」

「ええ」

「では、そのときなにかありましたか？　たとえば、リボルバーになにか滑稽なところがあるのに気づいたとか」

カーライルはポカンとしてアレンを見た。「『滑稽』ですって」

「馬鹿げた質問と申し上げました」と彼は言った。

「リボルバーを見たとたん、どうしようもなく笑い転げたという意味でしたら、そんなことはありませんでした」

「ええ」とアレンは言った。「そうでしょうね」

「敢えて言えば、感傷的な雰囲気になりました。リボルバーは父からジョージ叔父さんに贈与された一対の銃の一丁で、叔父さんからそう聞きました」

「では、よくご存じの銃だったんですね？」

「いえ、全然。父は十年前に亡くなったし、生前に自分の銃器を私に見せたりはしなかったので。父とジョージ叔父さんは二人とも射的の名人でした。父が射的用にそのリボルバーを作らせたのだとジョージ叔父さんから聞きました」

「昨夜、その銃を見ましたか？　間近に？」

「ええ――だって――」ぴりぴりした、わけのわからない警戒心から、彼女は口ごもった。

「だって、とは？」

「父のイニシャルが刻まれてるので。ジョージ叔父さんがそれを見るようにとおっしゃったんです」

しばらく言葉が途切れた。「ああ、なるほど」とアレンは言った。

彼女は思わず手袋をぎゅっと堅くひねって折り畳んだ。自分の仕草になにやら苛立ちを感じ、不意に手袋を伸ばした。

「一対の銃の一丁だったのですね」とアレンは言った。「二丁とも見たのですか?」

「いえ。二丁目の銃は、デスクの引き出しの中のケースに入っていました。ケースは目にしました。ケースが目に留まったのは、引き出しが間近にあって、ジョージ叔父さんが余った空包をそこにしまったからです」

「ああ、そうですね。私も空包を目にしました」

「必要以上に空包をたくさん作ったんです。というのも」と彼女は口ごもった。「いつかまた、出番を依頼されたときのために」

「なるほど」

「それだけですか?」

「せっかくご足労いただいたわけですから」とアレンはにこやかに言った。「なにかお役に立てればと思うところですが」

「お気遣いはご無用ですわ。ありがとうございます」

アレンの笑顔はますますにこやかになった。(フェーは今朝、階段でこの人に色仕掛けをしていたのね)とカーライルは思った。(実際に誘いかけたのか、それとも、彼をうまく煙に巻こうとしただけ?)

「この一風変わった凶器の先端の鋼のことですが。太矢ないしダーツ矢のことです」とアレンが言うと、彼女は再び気を引き締めた。「客間の裁縫箱から取り出した刺繍用の目打ちの先端だと我々はほぼ確信しています。捨てられた柄を見つけました。この目打ちを最後に見たのがいつか、憶えておられるかなと思いまして。もちろん、見たとしての話ですが」

（じゃあ、こういうことなの）と彼女は思った。（リボルバーはどうでもよかったのね。ただの偽の手がかり《レッド・ヘリング》。私を呼んだのは、目打ちの話をするためよ）

彼女は言った。「夕食前に客間にいたときは、裁縫箱は開いていなかったと思います。どのみち、目打ちには気づきませんでした」

「確か、レディー・パスターンは、あなたとマンクスにプチポワンをお見せしたという話でした。それは皆さんが夕食前にまさに客間におられたときですね？　ちなみに、裁縫箱のそばでプチポワンを見つけましたよ」

（つまり）と彼女は思った。（シール叔母様、あるいは、ネドか私が目打ちを取ったというわけね）

　彼女はもう一度言った。「箱は確かに開いていませんでした」

　彼女はすぐに本当のことが言える無難なこと以外は考えないようにした。

「では、夕食後は？」アレンはさりげなく言った。

　舞踏室から銃声が聞こえ、ミス・ヘンダースンが小さなキラキラした道具を取り落とした場面が思い浮かんだ。フェリシテが思わずかがんで拾い上げ、すぐにわっと泣き出して、部屋から激しく走り出ていった場面も。廊下から彼女の大きな声が聞こえた。「話したいことがあるの」そして、リベラの声。「ああ、いいとも」

「夕食後ですか？」彼女は気が抜けたように繰り返した。

「そのとき、客間におられましたね。男たちが入ってくる前です。レディー・パスターンは裁縫をしておられたのでは。あなたは開いた裁縫箱か目打ちを目にされたのでは？」

頭が素早く働くだろうか？　しゃべるのと同じくらいに？　ためらいが長すぎた？　言葉が出かかりながら、体をもぞもぞさせた。きっぱりと否定することもできたが、そうはしなかった。彼が目打ちのことで既にフェリシテと話したとしたら？（自分はどう見えるだろう？）と激しく動揺しながら思った。（とうに嘘つきの顔に見えてるわ）

「思い出せますか？」とアレンは尋ねた。つまり、それほど長く黙っていたわけだ。

「私——憶えてないと思います」と彼女はようやく言った。事実かどうかで嘘をつくより、憶えているかどうかで嘘をつくほうがましだろう。間違っていたら、「ああ、思い出しました。忘れてたんです。そのときはたいしたことじゃないと思って」とあとで言えばいい。

「憶えていないと思うのですね」彼女はなにも言わなかったが、アレンは間髪を入れずに話を続けた。

「ミス・ウェイン、どうかこの事件を直視してください。記事で読んだが、自分とは無関係の事件だと考えるようにしてほしいのです。簡単ではありません。でも、そうしてください。さて、赤の他人同士の人々がリベラの死と関わりがあるとする。その中の一人が、事件のことがよくわからず、感情に捉われて事実を正確に見ることができないのに、ある問いをされたとする。彼女はその答えを知っている。答えれば、自分が犯人にされるかもしれない。愛する人を犯人にしてしまうかも。そもそも罪に問われるかどうかもわからない。だが、ある事柄について真実を語る責任を負いたくない。その事柄は真相そのものを明らかにするかもしれないのに。わかりやすく言えば、いくら冷血無比の殺人犯でも、その人物を警察に引き渡すことにわずかでも加担するくらいなら、真実を語りたくない。そこで、嘘をつく。すぐに、それだけですまないことに気づく。ほかの人々にも辻褄の合う嘘をつかせる必要がある。結果として、障害物を避けたり、時にはぶつかったり、修復不能の損害を与えたり、自分だけでなく、時にはほかの罪のない人々も災難に巻き込みながら、コントロールの効かない車で危険な坂道を猛スピードで下っていることに気づく。大げさな話をしていると思っておられるでしょうね。いえ。そんなことはしょっちゅう見ています」

「どうしてそんなことをおっしゃるの?」

「ご説明しましょう。夕食後に目打ちを見た憶えはないと今おっしゃいましたね。そう言われる前に口ごもっておられた。手袋を握りしめ、いきなりそれをひねりました。手は激しく動きながらも震えていた。あなたが話しはじめると、手は自分勝手に動き続けた。左手は手袋をこね回し、右手は首や顔をそわそわとさすっていた。あなたは顔を真っ赤にして、私の頭のてっぺんをじっと見つめておられた。要するに、手引に出てくる嘘をつく証言者の典型事例だった。見るからに不器用な嘘つきの見本でした。今申し上げたことがでたらめだとおっしゃるなら、私にひどく脅されたと弁護士にお話しになればいいし、彼は私を証言台に立たせて、才知を尽くして私をこっぴどくやっつけることでしょう。そう考えると、弁護士とは実に厄介な存在ですね。もっとも、あなたが記憶にないと言い張るのなら、検察側の弁護士も同じく厄介な存在になるでしょう」

カーライルは憤然として言った。「手の感覚なんて足と同じよ。拍手喝采するつもりはないわ。あなたってずるい」

「おやおや」とアレンは言った。「これはゲームじゃない! 殺人ですよ」

「あの男はとんだ悪党だったわ。あの屋敷の誰よりもいやらしいやつだった」

「キリスト教世界では実にいやらしい男だったかもしれない。だが、彼は殺人の被害者であり、あなたが相手にしているのは警察なのですよ。これは脅しではありません。警告です。捜査はまだはじまったばかりです。多くの証拠がさらに次々と出てくる。夕食後に客間にいたのはあなた一人ではありませんよ」

彼女は思った。(でも、ヘンディはしゃべったりしないし、シール叔母様も言わないわ)だが、ウィリアムがあのとき入ってきた。彼が廊下でフェーを目撃していたら？　彼女が目打ちを持っているのを見ていたとしたら？　彼女はふと、フェリシテを次に見たときのことを思い出した。フェリシテはG・P・Fから手紙をもらって、うきうきと舞い上がっていた。最高の晴れ着に着替え、目を輝かせていた。以前の恋人たちと同じように、リベラもいとも簡単に捨ててしまっていた。フェリシテのために嘘をつくのは馬鹿げている。アレンとこんな激論を交わすなんて無意味だ。無駄に醜態を演じているだけ。

アレンはデスクの引き出しから封筒を取り出して開くと、中身を出して彼女に見せた。彼女は先端の尖った小さなキラキラした物を見た。

「これがなにかわかりますか？」と彼は訊いた。

「目打ちです」

「目打ちのことを話していたから、そうおっしゃるんですよ。全然違います。もう一度ご覧ください」

彼女は身を乗り出すと、「あら」と言った。「そう――ペンシルね」

「誰のペンシルですか？」

彼女はためらった。「ヘンディのでしょう。昔風のお守りみたいに鎖に付けて持ってました。いつも身に着けてるの。今朝、廊下で探していたわ」

「探し物はこれですよ。彼女のイニシャルがあります。P・X・H。非常に小さな文字です。虫眼鏡が必要なほどですよ。リボルバーにあったイニシャルと同様にね。末端のリングはおそらく柔らかい銀で、リングの隙間はペンシルを引っ張ると重圧で開くようになっている。裁縫箱の中でこのペンシルを見つけました。ミス・ヘンダースンはレディー・パスターンの裁縫箱を使うことがあるのですか？」

これはまだしも簡単な問いだ。「ええ。シール叔母様のためによく箱の中身を整理してます」すぐにカーライルは、（まずいことを言ったわ。また突っ込まれてしまう）と思った。

「昨夜もその箱を整理していましたか？　夕食後に？」

「ええ」とカーライルは弱々しく言った。「そうね、確かに」

「なにか特にお気づきになったことは？　正確にはいつですか？」

「男の方たちが入ってくる前です。いえ、入ってきたのはネドだけね。ジョージ叔父さんとほかの二人は舞踏室にいました」

「パスターン卿とベレアズは、そのとき舞踏室にいて、リベラとマンクスは食堂にいた。時間表によるとですが」アレンはデスクの上のファイルを開いた。

「私が知っているのは、ネドが入ってきたとき、フェーはもういなかったということだけです」

「彼女はそのとき、書斎でリベラと一緒にいた。だが、客間での出来事に話を戻しましょう。裁縫箱を整理していたときの様子を説明していただけますか。なんの話をしていたのですか？」

フェリシテはリベラをかばっていた。よくあることだが、イライラしていた。カーライルはそのとき、（彼女はリベラをもの、、、にしたけど、支配し切ることはできないわね）と思った。ヘンディは話に耳を傾けながらも、裁縫箱の中をいじっていた。ヘンディは目打ちをつまんでいたし、首には鎖につないだペンシルがぶら下がっていた。

「みんな、リベラの話をしていました。フェリシテは、彼が無碍に扱われたと思って、腹を立てていました」

「その頃、舞踏室でパスターン卿が銃を発砲した」とアレンはつぶやいた。デスクの上に時間表が広げてあった。アレンは彼女のほうをちらりと見た。普通の人ならそうだとしても、アレンの場合は、なんとなく意味もなく見たわけではないと彼女は気づいた。まさに注意を引こうとしたのだ。「そのことを憶えておられますか？」と彼は言った。

「ええ」

「きっと驚かれたでしょうね？」

手は今どんな動きをしているだろう？　またもや首の横をつかんでいた。

「大きな銃声にどんな反応がありましたか？　たとえば、ミス・ヘンダースンはどんな反応を？　憶えておられますか？」

彼女は冷ややかに口を開くと、再び閉じ、堅く唇を引き結んだ。

「憶えておられますよね」とアレンは言った。「彼女はどうしました？」

カーライルは声高に言った。「箱の蓋を閉じました。ペンシルが引っかかって、鎖から外れたのかも」

「なにか手に持っていましたか？」

「目打ちです」彼女は歯ぎしりしながら言葉を発した。

「なるほど。それから？」

「目打ちを落としました」

これで納得しただろう。絨毯の上に落ちたのだ。誰かが拾ったのかも。誰でも拾えたわ、と彼女は必死で考えた。使用人が拾ったと思ってくれたら。もっとあとなら、ブリージー・ベレアズでも拾えた。

「ミス・ヘンダースンは拾いましたか？」

「いえ」

「誰か拾いましたか？」

カーライルは無言だった。

「あなたが？　それとも、レディー・パスターン？　違いますか。ミス・ド・スーズですか？」彼女は無言だった。

「そのほんの少しあとに、彼女は部屋から出ていった。というのも、彼女がリベラと一緒に書斎に入っていくのをウィリアムが見たのは、銃声がした直後だったからです。ウィリアムは彼女がキラキラする物を手にしていたのを見ているのです」

「自分が手にしているのもわかってなかったのよ。無意識に拾い上げたの。おそらく、書斎に置いて、そのことはすっかり忘れてしまったのよ」

「我々は書斎で象牙の柄を見つけました」とアレンは言い、フォックスはかすかに満足げに喉を鳴らした。

「でも、そんなことに意味はないわ」

「少なくとも、目打ちがいつどうやって書斎に持ち込まれたのかがわかってよかった」

「ええ」と彼女は言った。「確かにそうね」

誰かがドアをノックした。ヘルメットをかぶっていない警察官が小包と封筒を持って入ってきて、持参物をデスクの上に置いた。「エントウィッスル班長からです。届いたらすぐ持ってくるようにとのご指示でしたので」

警察官はカーライルに目を向けないまま出ていった。

「ああ、そうか」とアレンは言った。「リボルバーについての報告だよ、フォックス。ふむ。ミス・ウェイン、帰られる前にリボルバーを見てもらえますか。念のため、物件の確認をしたいので」

彼女が待つあいだに、フォックス警部がデスクのうしろから進み出て、小包を開封した。中に包みが二つ入っていた。彼女は小さいほうの包みがダーツ矢だとわかったが、リベラの血はまだ目打ちに付着したままかと思った。フォックスは大きいほうの包みを開き、彼女のところにリボルバーを持ってきた。

「見ていただけますか?」とアレンは言った。「手を触れてもいいですよ。あなたに正式に確認してほしいのです」

カーライルは重いリボルバーを手に取った。部屋の照明はとても明るかった。彼女は顔をかがめ、アレンたちは答えを待ち構えた。彼女は戸惑いながら目を上げた。アレンは小型虫眼鏡を渡した。しばらく誰も口をきかなかった。

「どうです、ミス・ウェイン?」

「でも……でも、これ、変です。違う物よ。イニシャルがないもの。別のリボルバーだわ」

第十章　目打ち、リボルバー、パスターン卿

一

「すると」カーライルが出ていくと、アレンは言った。「人気馬への賭けはどうなる、フォックス君《ブレア・フォックス》？」

「やれやれ」とフォックスは言った。「いつもおっしゃってますよね。殺人事件が突拍子もないことだらけでも、そう困ったことにはならないと。今もそのご意見ですか？」

「この事件が例外になったら驚くが、現時点では確かに突拍子もないことだらけだね。とはいえ、少なくとも直近の展開は君のお友だちに対する別の見方を示している。我々が〈メトロノーム〉であのクソおやじに最初に銃を見せたとき、どんな風にいじっていたか憶えているかい？　虫眼鏡で台尻を覗いていた様子も？　書斎で再度見たときの様子や、けらけらと笑い声を上げたことは話したよね。なにがあると思ったのかと聞いたとき、図々しくも私に向かって、『なんともはや』と言ったのさ。そう――なんともはや、とね！」

「ふん！」

「むろん、自分が書斎で弾込めして〈メトロノーム〉に持っていった銃じゃないと最初からわかって

いたのさ。そう」フォックスが口を開こうとすると、アレンは付け加えた。「発砲する数分前に、銃をスケルトンに見せたことも忘れちゃいけない。ミス・ウェインの話では、パスターン卿はイニシャルをスケルトンに見せたそうだ」

「それ自体、怪しげなことですよ」とフォックスはすぐさま言った。「なぜわざわざイニシャルを二人の人間に見せたんです？　自分に都合のいいように画策してたんですよ。それなら、意見を翻して、『これは自分の撃った銃じゃない』と言えるわけです」

「では、なぜすぐそう言わなかったのかな？」

「さあてね」

「敢えて言えば、パスターン卿は我々が茶番を演じているのを、高みの見物をしていたのだ」

フォックスはリボルバーに指を突き付け、「これが元の銃でないなら」と質問した。「こりゃいったいなんです？　この銃がその飛び道具——ダーツ矢——太矢だかなにかを発射した銃ですが、それというのも、銃身の中に引っ掻き傷があるからです。つまり、何者かがこの二丁目の銃にダーツ矢と弾薬を装塡し、元の銃とすり替えたわけだ。さて！　報告書にはなんと書いてあります、アレンさん？」

アレンは報告書を読んでいたが、「エントウィッスルは」と言った。「この銃の弾道検査を行った。引っ掻き傷は日傘の下はじきの宝石でできたものだ。それが彼の見解さ。証明用に顕微鏡写真を送ってくる予定だ。彼は別の同じ口径の銃でこの太矢——この合成品を太矢と呼んでいいね？——を撃ってみたが、『まあ似たような引っ掻き傷』ができた。俗な言い方だがね。彼によれば、この太矢を銃身の中に押し込むと、波立つような不規則な傷ができるそうだ。押し込むときは、下はじきを親指で抑えるが、銃身に入ると突き出るから、銃を下向きにしても太矢が落ちない。太矢は押し込まれるときに少し回転する。二つ目の傷は太矢が発射されるときにできる。下はじきは矢が発射されるときも突き出たままだからだ。我々から提供したリボルバーの傷は、エントウィッスル自身の銃で撃った太矢が作った傷ほど銃身の中に深い傷を残していないが、傷は同じ経過、同じ太矢でできたものと彼は考えている。四フィートの距離なら、この飛び道具をうまく命中させられる。距離が大きくなると、下はじきのあるほうに重心が働くことや空気抵抗のせいで〝進路のぶれ〟が生じる。エントウィッスルは、銃口から経験上未知の異臭がすることに疑問を抱いたそうだ。取り外して分析に回したところ、分析官の検査によれば、異臭は蒸気から凝縮したと思しき炭素の粒子や、灯油などもそうだが、種々の炭化水素の粒子が原因だ」

「妙ですね」

「以上だよ」

「わかりました」とフォックスは重々しく言った。「いいでしょう。はっきりしているようです。リベラに刺さった太矢は確かに
この銃から発射された。この銃はパスターン卿がミス・ウェインとシド・スケルトンに見せた銃じゃない。だが、誰かが同じタイミングで別の銃から発射したとでも考えないかぎり、これがリベラを殺した銃だ。それでいいですね？」

「それを作業仮説としよう。いろいろ留保付きだし、車中で話したことも忘れちゃいけないがね」

「いいでしょう。でも、スケルトンがイニシャル付きの銃を調べたあと、この銃にすり替えて発射する機会がパスターン卿にあったでしょうか？　この銃をずっと身に着けていたと？」

「十数人がすぐ近くにひしめいていたのに？　まずあり得ないね。それに、スケルトンが銃を見せて

くれと言うとは、パスターン卿にもわからなかった。それと、そのあと、最初の銃をどうしたのか？我々は卿を身体検査したんだぞ」

「隠したとか？　それなら、その銃は今どこに？」

「その仮説が正しいなら、〈メトロノーム〉のどこかだが、〈メトロノーム〉は我々も捜索済みだ。だが、議論を続けよう」

「ふむ、銃をすり替えたのがパスターン卿でないとしたら、誰が？」

「義理の娘ならできた。あるいは、一行の誰かだ。彼らはソンブレロのそばにいた。席を立ってダンスをしに行き、テーブルから演壇の端まで移動していた。レディー・パスターンはしばらくテーブルに一人きりだった。私も彼女の動きを見ていなかったし、もちろん観察していたわけでもない。女性たちはみな大きめの夜会用ハンドバッグを持っていた。この仮説の落とし穴はね、フォックス《ブレア・フォックス》君、彼らはソンブレロが手の届くところに来るとは事前に知らなかったし、パスターン卿が銃をソンブレロの下に置くとはわからなかったと見てまず間違いないということだ」

　フォックスは胡麻塩の口髭を噛みしめ、膝をポンと叩くと、束の間の瞑想に入ったようだった。その状態から抜け出すと、こうつぶやいた。「スケルトン。そう、シド・スケルトンだ。シド・スケルトンなら銃のすり替えができたのでは？　全員、彼のほうを見ていたとおっしゃるでしょうが、間近に見ていたといえますかね？　シド・スケルトンですよ」

「続けたまえ、フォックス」

「シド・スケルトンは、いわば、単独行動だった。自分に代わってパスターン卿が登場する前にバンドの演壇から離れた。シドは外に出た。彼がこの銃をイニシャル付きの別の銃とすり替えたとしましょう。外に出て最初に出くわしたマンホールに別の銃を捨てたとしたら？　自分ならチャンスがあるとシドは知っていたのでは？」

「いつ、どこで、どうやって日傘の中棒と目打ちを太矢に仕立て、二丁目のリボルバーの銃身の中に突っ込んだのか。どこで弾薬を手に入れた？　それに、二丁目の銃はいつ手に入れたんだ？　彼はデユークス・ゲートには行かなかったんだぞ」

「ええ」とフォックスは重苦しそうに言った。「そこが厄介な点です。あなたなら、その点をうまく克服できるんじゃないかと思ったんですが。まあ、その点はしばらく措いときましょう。ほかに誰がいるのか。ブリージーです。すり替えという点では、ブリージーの動きを説明できるでしょうか？」

「誰の証言に基づいても、スケルトンが銃を調べてから、リベラが殺されるまでのあいだ、ブリージーはパスターンに近づかなかった。ブリージーが登場するまで、彼らはバンド控室に二人だけでいたが、パスターンは相変わらずほかの連中の身の証を立ててやろうとえらく熱心で、ブリージーは自分に近づかなかったと言っている。それに、パスターンは銃を自分のポケットに入れていたじゃないか」

　フォックスはまた瞑想をはじめた。

「思うに」とアレンは言った。「不可能なことを除外したあと、単にありそうにないことだけが目の前に残ったら、いわば〝必然的に〟それを受け入れるしかない。これはそういう事件の一つだよ。それとね、フォックス、これまでありそうにないことが不可能だったことはない。この考えには少なくとも、荒唐無稽なことでも説明可能にする長所がある」

「それが答えだとわかっても、立証はできないでしょう」

「パスターン卿を逮捕し、この銃を自分で弾込めした別の銃とすり替えたのが卿であり、自分が発砲したと主張しているという前提に基づいて告発しても、立証はできないさ。弁護士はスケルトンを証人に引っ張り出し、自分から頼んで銃を調べ、イニシャルも見たし、これは別の銃だと証言させるだろう。三分後にはパスターン卿は自分の出番のために演壇に出ていったと弁護士は指摘するよ」

　フォックスは静かに唸り声を立てると、やがて口を開いた。「このろくでもない代物を太矢と呼んでいますが、ダーツ矢と呼ばないのは変ですよ。私はダーツ矢のように使われたのではと疑いつつあります。近距離から被害者に投げつけた。それなら不可能じゃない」

「誰が？　ブリージーが？」

「いえ」とフォックスはゆっくりと言った。「いえ、ブリージーじゃありません。パスターン卿がブリージーを事前に身体検査をして潔白を証明しています。ブリージーが指揮をするために出ていったあと、どこかでなにかを手に取らなかったと断言できますか？」

「できると思う。ミュージシャンたちのあいだをすり抜けて開いたドアから急ぎ足で出ていった。六フィート以内になにもない場所にスポットライトを浴びて立ち、大きなクラゲみたいにぐねぐね体を動かして指揮をしていた。パスターンが身体検査をしたあと、彼はなにも手に取らなかったと全員が証言している。どのみち彼はポケットに手も触れなかったし、リベラが倒れるまで、両手を使って指揮をしていて、彼の突飛な指揮の動作はダーツ投げとは似ても似つかなかったと私自身が請け合うよ。彼をずっと見ていたんだ。あの指揮姿はなかなか魅力的だった。それと、フォックス《ブレア・フォックス》君、リベラが倒れたとき、彼はブリージーに背を向けていた」

「わかりました。では、パスターン卿です。卿はリベラと向き合っていた。すぐ近くで。くそっ。両手利きでもないかぎり、どうやって銃を撃ってから、間髪を入れずにダーツ矢を投げることができたんだ？　これじゃ五里霧中ですよ。では、ほかに誰が？」

「レディー・パスターンがダーツ・クイーンというのはどうだい？」

フォックスはふふっと笑った。「そいつは傑作ですね。それなら、マンクス氏はどうです？　マンクスには動機がある。リベラはマンクスが《ハーモニー》にあの歯の浮くような記事を書いていた証拠を握っていた。マンクスはそれを知られたくなかった。ゆすりですよ」フォックスはさほど自信もなさそうに言った。

「フォックス君《フォックスキン》」とアレンは言った。「その手の実りのない推測はいい加減よそう。リベラは倒れるまで、ピアノ式アコーディオンをガンガンかき鳴らしていたのを忘れないでくれ」

フォックスはまたしばらく考えてから言った。「この事件は気に入りました。こりゃたいした事件ですよ、まったく。それと、敢えて申し上げますが、リベラは倒れる予定ではなかった。彼が倒れると予想していた者もいなかった。したがって、彼が倒れたのは、その前に誰かがあの日傘の中棒にはめ込んだ鋼の刺繡用目打ちを彼の心臓にぶち込んだからです。とすると、アレンさん、この推論にご異議がなければ、そこからはどんな結論が？」

「では」とアレンは言った。「君には行方不明の銃の捜索をしてもらって、私はミス・ペトロネラ・クサンティッペ・ヘンダースンを訪ねることにするよ」アレンは立ち上がり、帽子を手に取った。

「それと」と付け加えた。「我々はとんだ失態を演じているようだ」

「ダーツ矢のことで？」とフォックスは尋ねた。「それとも銃のことですか？」

「《ハーモニー》のことさ。私がミス・ヘンダースンを訪ねているあいだに、よく考えてみてくれ。

なにか気づいたことがあったら、あとで教えてくれたまえ」

五分後、アレンは瞑想に耽りはじめたフォックスを残して出ていった。

二

ミス・ヘンダースンは自室でアレンを迎えた。妙によそよそしいものの、愛想がなくもない雰囲気だったが、そこは独り身の女性が他人の家でずっと住んでいる居間らしくもあった。写真がある。子ども時代、学校時代、それに社交界デビューのドレスを着たフェリシテの写真だ。レディー・パスターンの威厳のある写真も一枚。ニッカーボッカーズと狩猟用ブーツ姿で銃を小脇に抱え、足元にスパニエル犬を従えたパスターン卿の引き伸ばしスナップ写真らしきものも一枚。背景には大きな屋敷が写り、卿の顔には不遜な表情が浮かんでいる。デスクの上には、一九二〇年代のチューブに似た簡素な服装をした女子大生のグループ写真が掛かっている。背景にはレディー・マーガレット・ホール大学の一部が大きく写っている。


ミス・ヘンダースンは行き届いた細心さで、制服か乗馬服に少し似た黒っぽい服を着こなしていた。彼女は実に鷹揚にアレンを出迎えた。控えめながらも当世風の整ったグレーがかった髪、淡い色の目、意外にも大きな口をアレンは目にした。

「さて、ミス・ヘンダースン」と言った。「この実に不可解な事件になにか手がかりをいただければと思いまして」

「とてもお役に立てそうには」と彼女は穏やかに言った。

「どうでしょうか。少なくとも、お力添えいただけそうな点が一つあります。昨夜、この屋敷にいらした方々とご一緒におられましたね。夕食の前もあとも。あなたが客間におられたとき、パスターン卿は関係者全員の支援を得て時間表を整理して書き記し、あとで私にくれました」

「ええ」彼女は、アレンが少し間を置くと、そう言った。

「ご自身で観察し、憶えておられる範囲でけっこうですが、皆さんの動きはその時間表どおりでしたか？」

「ええ」と彼女はすぐさま言った。「と思いますけど。だって、もちろん、皆さん、そう遠くには行かれなかったし――憶えているかぎりでは。夕食前に客間に入ったのは私が最後で、夕食後に客間から出たのは私が最初でした」

「時間表によると、必ずしも最初ではなかったのでは？」

彼女は不正確さを指摘されてまごついたように眉を寄せ、「最初ではないと？」と言った。

「時間表では、あなたよりほんの少し前に、ミス・ド・スーズが客間から出ていったとありますが」

「うっかりしてましたわ。最初に出たのはフェリシテですが、そのあとほとんどすぐに私が出たんです。忘れていました」

「昨夜、パスターン卿が時間表を整理したとき、皆さん、その点では一致しておられたのでは？」

「ええ。そのとおりです」

「その直前に舞踏室から轟音がしたのはご記憶ですか？　あなたは驚かれて、絨毯の上に小さな目打ちを落とされた。そのとき、レディー・パスターンの裁縫箱を整理しておられた。憶えておられますか？」

アレンは最初、彼女が白粉を少しはたく程度の化粧しかしていないと思っていたが、頬のわずかな血色が化粧だと気づいた。地肌の血の気が引いたせいで、化粧の色が浮き上がったのだ。声はまったく平静ではっきりしていたが。

「確かにどきりとするような音でした」と彼女は言った。

「それと、ミス・ド・スーズが目打ちを拾い上げたことは？　彼女は目打ちをあなたに返すなり、裁縫箱に戻すつもりだったのでしょうが、そのときは取り乱していた。おそらく、婚約者に加えられた心無い仕打ちに腹を立てていたのでは？」

「婚約者ではありません。まだ婚約はしていませんでした」

「公式にはね」

「非公式にもです。婚約の事実などありませんわ」

「なるほど。ともかく、彼女は目打ちを戻さずに、手に持ったまま部屋を出ていったのでは？」

「気づきませんでした」

「あなたはなにをしておられたのですか？」

「なにをとは？」

「ちょうどそのときですよ。その前は裁縫箱を整理しておられた。今朝、我々が箱を見たとき、実にきちんと整理されていました。箱は膝の上に載せておられたのですか？　テーブルを使うにも、あなたが座っておられた椅子からはいささか遠すぎたのでは」

「それなら」と彼女は初めて苛立ちを見せながら言った。「箱は膝の上に載せていたのです」

「すると、鎖で身に着けておられた小さな銀のペンシルは、そうやって箱の中に落ちたわけですね？」

　彼女はドレスの胸に手をやり、指でまさぐった。「ええ。そうでしょうね。確かに。気がつきませんでした……。そこにあったのですか？」

「おそらく蓋を閉じて、そこにペンシルが引っかかり、鎖から引きちぎれたのでしょう」

「ええ」と彼女は繰り返した。「確かに。そうだと思います。思い出しました」

「では、なぜ今朝、廊下で探しておられたのですか？」

「箱に引っかかったことを度忘れしていたのです」と彼女は慌てて言った。

「いえ」とアレンは申し訳なさそうに小声で言った。「見事な記憶力ですよ」

「記憶をお尋ねになったことは、些細なことばかりですわ。この屋敷では、一時の些細なことに心をかける者などいません」

「あなたも？　すると、廊下で探しておられたのは、おっしゃるように些細なご自分の装身具ではなく、ミス・ド・スーズが憤然として客間を出ていったときに手にしていたため、裁縫箱の中にあるはずがないとわかっていた物ということですね。つまり、刺繍用の目打ちです」

「でも、アレン警部、申し上げましたように、そんなものには気づかなかったのです」

「では、なにを探しておられたのですか？」

「申し上げたように思いますが。自分のペンシルですわ」

「些細なものですが、あなたのものだ。ほらこれです」

　アレンは手を広げ、ペンシルを見せた。彼女は身じろぎもせず、アレンは彼女の膝の上にペンシルを落とした。「どうやら」と彼はさりげなく言った。「あなたはうっかり屋のようですね」

「お世辞でそうおっしゃっているのなら」と彼女は言った。「恐れ入りますわ」

「ミス・ド・スーズが目打ちを手にして客間を出ていったあと、それと、彼女がリベラと書斎で二人きりでいたときに彼と口論したあと、彼女とまた顔を合わせましたか?」

「どうして口論したと?」

「信頼できる筋からの情報です」

「カーライルですか?」と彼女は鋭い口調で言った。

「いえ。ただ、こういう仕事で警察官に反対尋問をなさっても、相手はそうそう口を割るものではありませんよ」

「使用人の一人ですね」彼女は返答もアレンも無視して淡々と言った。アレンは、その晩、フェリシテとあとで顔を合わせたかともう一度尋ねたが、彼女はアレンの顔をちょっと見つめてから、そうだと答えた。フェリシテはこの部屋に来て、いかにも幸せそうな様子だったという。「うきうきしていたと?」とアレンは水を向けたが、フェリシテは大変うきうきしていたというのが答えだった。ご執心のエドワード・マンクスと出かけるのが嬉しく、〈メトロノーム〉での出し物を楽しみにしていたという。

「彼女と顔を合わせたあと、あなたはレディー・パスターンの部屋に行かれましたね。レディー・パスターンの女中が一緒にいました。女中は退がるよう言われましたが、出ていく前に、ミス・ド・スーズがとてもうきうきしていたので、その件で母親のレディー・パスターンと話したいとあなたがおっしゃるのを耳にしたのですよ」

「それも使用人の話ね」

「誰でもかまいません」とアレンは言った。「真実を話すのにやぶさかでない者ならね。人が一人殺されたのですよ」

「私は真実しか話しておりません」彼女は唇を震わせ、噛みしめた。

「いいでしょう。では、さっさと片づけましょうか」

「お話しできることなどありません。なにもです」

「だが、少なくとも一家のことは話せるでしょう。ご承知とは思いますが、私の仕事は、当面、犯人を見つけることより、リベラと関わりがあっても、殺してはいない人たちの無実を明らかにすることなのです。そのためには、ほぼ確実に、この一家の人たちを理解しなくてはならない。家族同士の関係、全体の詳細な家族模様を理解しなくては。さて、あなたの立場で……」

「私の立場！」と彼女は軽蔑を押し殺しながらつぶやくと、聞こえないほどの小声で付け加えた。

「私の立場などなにもご存じないのに！」

アレンは愛想よく言った。「〝家事仕切り役〟だとお聞きしています」彼女が応じなかったので、アレンは話を続けた。「ともかく、長きにわたる関係をお持ちだし、それも、いろんな意味で親密な関係でしょう。たとえば、ミス・ド・スーズとは。彼女を育てたのはあなたでは？」

「どうしてフェリシテのことばかりおっしゃるんです？　この事件はフェリシテとはなんの関係もありません」彼女は立ち上がり、アレンに背を向けながら、マントルピースに載った装飾品の位置をずらした。アレンは、彼女が色白の手を棚の端にじっと載せたままなのを見つめていた。「態度が悪いとお思いでしょうね」と彼女はつぶやいた。「でも、あなたのしつこさは腹に据えかねます」

「今のところ、ミス・ド・スーズと目打ちの話ばかりだからですか？」

「もちろん、心穏やかじゃありません。あの子がちょっとでも巻き込まれるかと思うと動揺してしまいます」彼女はうつむいて額に手をあてた。うしろにいるアレンには、ちょっとひと息ついて、ぼんやり考え事をしている女性のように見えた。その声は、手で口を押えているかのように、かがんだ肩のずっと向こうから聞こえた。「あの子は目打ちを書斎に置いていったのだと思います。手に持っていたことも気づかずに。この部屋に来たときは、持っていませんでしたから。あの子にはどうでもいいものだったんです」彼女は振り返ってアレンと向き合った。「お話ししなくてはいけないことがあります」と言った。「話したくはありませんが。この件には触れまいと心に決めていました。嫌な話ですので。でも、今となってはお話ししなくては」

「ほう」

「こういうことです。昨日の夕食前と夕食中ですが、あの——二人の男の方を観察する機会がありました」

「リベラとベレアズですね？」

「ええ。どちらも目を引く方で、私もなにやら興味を引かれました」

「ごもっともです。特にリベラはね」

「使用人たちからどんなゴシップをお聞きになったかは知りませんけど、アレン警部」

「ミス・ヘンダースン、二人のあいだになにか暗黙の了解があったと話してくれたのはほかならぬミス・ド・スーズですよ」

「あの二人をじっと観察していたのです」と、彼女はまるでアレンがなにも言わなかったかのように言った。「二人のあいだに悪感情があるのはすぐにわかりました。二人とも相手を見ていました——

うまく言えませんが――敵意のこもる目で。もちろん、二人とも、妙に当たり前に振る舞っていて饒舌でした。お互い同士ではほとんど口をききませんでしたが、夕食のあいだ、もう一人の、あの指揮者の方が繰り返し彼のほうを見ているのに気づきました。あの方、やたらとフェリシテとパスターン卿に話しかけていましたが、じっと聞き耳を立てていた相手は……」

「リベラですね？」とアレンは助け舟を出した。彼女は名前をうまく発音できないようだった。

「ええ。まるで相手の話す言葉が一言一句腹立たしいみたいにじっと聞き耳を立てていました。ほかの者が聞いていてもまったくそのとおりだったのですが」

「リベラはそんなに挑発的だったのですか？」

強い感情が彼女の顔に現れた。ようやく進んで話したいことができたようだ。

「挑発的？」と彼女は言った。「度が過ぎていました。カーライルの隣に座っていましたが、彼女も途方に暮れていました。彼はあの子に気を引かれたのです。本当に嫌らしかった」

アレンはげんなりしながら考えた。（さて、こんな話でなにが言いたいのか？　腹を立てているのか？　あの極悪なリベラの気を引いたということで、フェリシテよりもカーライルに対して？　それとも、義憤ということか？　あるいはなんだ？）

彼女は頭を上げた。腕をマントルピースに載せたまま、社交界デビュー用のドレスを着たフェリシテの額入り写真に手を伸ばした。アレンが少し体の位置をずらすと、彼女の目が写真に注がれているのがわかった。フェリシテの目は、三枚の羽根飾りの下で、今風の写真にありがちな（ジョン・ギールグッド氏の影響を知らず知らずに受けたらしい）そこはかとない嫌悪を示しながら見つめ返していた。ミス・ヘンダースンは再び話しはじめたが、まるで写真に話しかけているようだった。「もちろん、フェリシテはちっとも気にかけていませんでした。彼女にはどうでもいいことだったのです。確かにほっとしました。あの男のおぞましい関心を引くよりましです。ただ、彼がもう一人の男と仲違いしていたのは私にもわかりました。それははっきりしていました」

「しかし、彼らがほとんど口をきかなかったのなら、どうやって……」

「申し上げましたよ。ベレアズというもう一人の男が彼をどんな様子で見ていたか。その方、ずっと相手を観察し続けていたのです」

そのとき、アレンは彼女の前に立っていた。二人は、マントルピースの幅ほどの距離を隔てて、よそよそしい会話のやりとりをしていた。アレンが言った。「ミス・ヘンダースン、夕食の席でお隣に座っていたのは誰ですか？」

「パスターン卿の隣に座っていました。卿の左側です」

「あなたの左側は？」

彼女は肩を窮屈そうに動かした。「ベレアズさんです」

「彼がなにを話しかけてきたか、憶えておられますか？」

彼女は唇をゆがめ、「なにを話してこられたか、まったく憶えていません」と言った。「私など取るに足らぬ存在だと思っておられたようでした。もっぱら隣に座っていたフェリシテに話しかけていましたし。私には顔も向けませんでした」

彼女の声は、まるで途中で口を閉ざそうとして間に合わなかったかのように、最後の言葉を言い終わる前にか細くなって消えた。

「顔も向けなかったのなら」とアレンは言った。「じっと見つめる敵意のこもった視線をどうやって見ることができたのですか?」

フェリシテの写真が炉辺にガシャンと落ちた。ミス・ヘンダースンは叫び声を上げ、しゃがんで膝をついた。「粗相をしてしまった」とつぶやいた。

「私がやります。指を切ってしまいますよ」

「いえ」と彼女は鋭い声で言った。「触らないで」

彼女は額縁から外れたガラスの破片を拾い、暖炉に捨てはじめると、「食堂の壁に姿見鏡があるのです」と言った。「そこに映る顔が見えたんです」すっかり緊張感の消えた淡々とした声で、「あの方、相手をずっと観察していました」と繰り返した。

「ええ」とアレンは言った。「姿見鏡があるのは知っています。それならわかります」

「ありがとうございます」と彼女は皮肉を込めた口調で言った。

「もう一つ質問があります。夕食のあとに舞踏室に入りましたか?」

彼女は警戒の目でアレンを見ると、すぐこう言った。「入ったと思います。ええ、入りました」

「いつですか?」

「フェリシテがシガレットケースを失くしたのです。皆さんが着替えていて、彼女が自分の部屋から大声を上げたときのことです。彼女は午後、舞踏室にいたので、そこに置き忘れたと考えていました」

「本当に置き忘れたのでしょうか?」

「ええ。ピアノの上にありました。楽譜の下に」

「ピアノの上にはほかにもなにか?」

「傘がいろいろ」

「ほかには？」

「いえ」と彼女は言った。「なにも」

「椅子や床の上には？」

「なにもありませんでした」

「確かですか」

「もちろんです」と彼女は言うと、チャリンと小さな音を立ててガラスの破片を暖炉に捨てた。

「では」とアレンは言った。「お手伝いすることがなければ、これにて失礼させていただきます」

彼女は写真を調べているように見えた。まるでフェリシテの写真に汚れか傷でもないか確かめようとしているみたいに凝視していた。「そうですか」と言うと、立ち上がり、写真のおもて側を自分のやや扁平な胸に押し付けた。「ご期待に沿えることをお話しできず申し訳ありません。真実とは、期待していたものとは往々にして違うものでしょう。でも、おそらく私が真実をお話ししたとは思っておられないでしょうね」

「ここにお伺いして、真実にいっそう近づいたと思っていますよ」

アレンは、剝がれた写真を黒っぽい服の胸に押し付けたままの彼女を残して立ち去った。アレンは廊下でオルタンスに出くわした。オルタンスは訳知り顔に微笑みながら、お帰りになる前にお立ち寄りいただければ、というレディー・パスターンからの伝言を伝えた。彼女は私室にいた。

三

　同じ三階にある繊細に設えられた小部屋だった。アレンが入ってくると、レディー・パスターンはまるで女帝のようにデスクから立ち上がった。モーニング・ドレスに堅く身を包んでいた。髪をきっちりとまとめ、手を組み合わせていた。顔のひだや陰りには巧みに薄化粧が施されていた。憔悴していたが、落ち着き払っている。

「お時間を割いていただき、感謝申し上げます」と彼女は言い、握手の手を差し出した。これは思いがけないことだった。なぜ対応が変わったのか説明を要すると思ったらしく、すぐさま説明をはじめた。

「昨夜は気づきませんでしたの」と簡潔に言った。「あなたが父の旧友の下のご子息だと。ジョージ・アレン卿のご子息でいらっしゃいますね」

　アレンは頷き、こりゃ厄介なことになるぞ、と思った。

「お父様は」と彼女は言った。「フォーブール・サン・ジェルマンの両親宅によく来られました。お父様は当時、パリの英国大使館の館員でいらっしゃったかと」彼女の声がか細くなり、急に表情が変わった。アレンにはなんとも解釈がつかなかった。

「どうかなさいましたか、レディー・パスターン？」と訊いた。

「いいえ。今お話ししたことをふと思い出しまして。お父様の話をしていましたね。ご両親が訪ねていらっしゃった折、ご子息をお二人連れてこられたのを憶えています。あなたは憶えておられないでしょうけど」

「ご記憶とは恐れ入ります」

「確か英国の外務省に入省されたと思っておりましたけど」

「あいにく、まったく性に合わなかったもので」

「そうですか」彼女はなにやら聞こえよがしの寛大さで言った。「若者たちは初めての戦争を経験すると、型破りな分野の職業を求めはじめたものです。そうした変化にも理解を示し、受け入れるべきなのでしょうね」

「私は警察官としてここに来ていますので」とアレンは礼儀正しく言った。

「そうでしょうとも」

レディー・パスターンは貴族階級らしい慎ましやかさをかなぐり捨てて、アレンをじろじろと見つめた。彼女自身も怖そうな女性警察官として立派に通用するだろうな、とアレンはふと思った。

「安堵しました」と彼女はひと息ついて言った。「担当しているのがあなたで。私の苦衷もご理解いただけるでしょうし。そこは大きな違いですもの」

こういう受け止め方はアレンにはおなじみだったし、虫が好かなかった。とはいえ、言わぬが花だ。

レディー・パスターンは背筋を伸ばし、肩の力を抜いて話を続けた。

「主人の奇行はご説明するまでもないでしょう。周知の事実ですから。どれほどの愚行を演じているか、あなたもご覧になったでしょうし。確かに罪作りなほど愚かかもしれませんが、あの人はあなたがお選びになったご職業で意味するような犯罪とはまったく無縁です。ひと言で申し上げれば、人殺しのできる人ではありません。というか」思い直したらしく付け加えた。「本当に人を殺すはずがありません。おわかりとは思いますが」と愛想よさそうにアレンのほうを見た。確かにダークな女だ、とアレンは思った。髪は黒みがかっているし、肌は血色が悪い。たぶん、上唇の黒っぽさもなにか使っているのだろう。目の色がこれほど淡いのはちぐはぐだ。「主人をお疑いだとしても」彼女はアレンが黙ったままなので言った。「責めることはできません。疑惑を招くことばかりしていますから。でも、この事件に関しては、主人は完全に無実だと確信しております」

「ご主人が無実である証拠があればよいのですが」とアレンは言った。

レディー・パスターンは手を重ね合わせ、「いつもなら」と言った。「主人の意図はすっかり読めます。でも今度ばかりは、ちょっとわけがわかりません。なにか魂胆があるのはわかります。でも、なんでしょう？　そう。正直言って見当もつきません。申し上げておきますが、アレンさん、この事件で主人に容疑をかけても厄介なことになるばかりですわ。自分を華々しく見せたがる主人の飽くなき願望を満たすばかりです。大団円の演出を目論むことでしょう」

アレンはすぐさま心を決め、「おそらく」と言った。「その点では、ご主人の機先を制したといえるでしょう」

「あら？」彼女はすぐさま言った。「それをお聞きして安心しました」

「昨夜見つかったリボルバーは、パスターン卿が弾込めして演壇に持ち出した銃とは別の銃です。ご主人もそのことを知っているようです。黙したまま面白がっておられるようですが」

「まあ！」彼女は心底安心したような声を発した。「思ったとおりだわ。それで面白がっていたのね。そうでしょうとも！　主人の無実ははっきり証明されたわけですね？」

アレンは慎重に言った。「見つかったリボルバーがご主人の発砲したもので、銃身の中に付いていた傷がその事実を示すものであれば、銃がすり替えられたことを裏付ける立派な根拠といえるでしょう」

「よくわかりませんが。立派な根拠とは？」

「つまり、パスターン卿のリボルバーが、リベラの命を奪った別の銃とすり替えられたということです。パスターン卿はすり替えられたことを知らずに発砲したということです」

彼女は動じない習慣を身に付けていたが、そのときのホッとした様子は、それまでは動揺していたことを図らずも示していた。皺の寄った目蓋が頭巾のように目に覆いかぶさった。自分の手を見つめているようだった。「もちろん」と言った。「こんないかにも込み入った事態を理解しようとは思いません。疑われても仕方のない男だとしても、主人の身の証が立つのならそれで十分です」〈やれやれ、こっちまでフランス語の慣用句辞典みたいなしゃべり方になってきたぞ！〉と内心思った。

「とは申しましても」とアレンは言った。「真犯人を見つけることが肝要ですが」

「それはそうでしょう」と彼女は言った。

「犯人は昨夜、この屋敷で夕食会に出席された方々の一人のようです」

レディー・パスターンは目を完全に閉じ、「まことに嘆かわしいことです」とつぶやいた。〈手か〉とアレンは思った。〈カーライル・ウェインの手は首をさすっていた。ミス・ヘンダースンの手はマントルピースから写真を落とした。レディー・パスターンの手は習癖のように組み合わさる。

「それに」と彼は言った。「すり替えの仮説が正しければ、その時間帯はかなり絞られます。パスターン卿はバンドの演壇の端に置いたソンブレロの下にリボルバーを置きましたね」

「主人には目を向けないようにしてきました」とその妻はすぐさま言った。「なにもかも我慢のならぬことばかりですし、気にも留めませんから、憶えてもおりません」

「しかし、ご主人は実際そうされたのですよ。したがって、すり替えた者がいるとすれば、ソンブレロに容易に手の届く者に限られるわけです」

「もちろん、ウェイターを尋問なさるのでしょうね。あの男は使用人にとっても鼻持ちならぬタイプの男でした」

（やれやれ！）とアレンは思った。（私より役者が一枚上ですな、奥様）だが、彼はこう言った。「すり替えられた銃には太矢と空包の薬莢が装填されていたことをお忘れなく。太矢はあなたの日傘の中棒と裁縫箱から持ち出した目打ちの先端で作られていたのですよ」アレンは口をつぐんだ。彼女はさらに堅く指を組み合わせたが、身じろぎもせず、口も開かなかった。「空包は」とアレンは付け加えた。「ほぼ確実にパスターン卿が作ったもので、ご主人の書斎に残っていました。ウェイターは除外していいでしょう」

彼女は唇を開いて、また閉じると、こう言った。「もしかして私の理解が鈍いのでしょうか？　そのすり替えの仮説は、もっと広くあてはまるように思えるのですが。どうして銃のすり替えが主人の登場前に行われなかったといえるのでしょう？　主人が登場したのはほかの方たちよりあとでした。それを言うなら、ベレアズさんも。確か指揮者の方のお名前でしたわね」

「パスターン卿は、ベレアズであれ誰であれ、リボルバーに触れる機会はなかったと言い張っておられます。ソンブレロの下に置くまで、尻ポケットに入れていたと。すり替えはパスターン卿がバンドの演壇に登場したあとだと私は確信していますし、リボルバーのすり替えは、明らかにあなたの日傘に触れることができた者……」

「レストランでは」と彼女はすぐに口をはさんだ。「演奏がはじまる前なら、日傘は誰でも触れることができたはずですわ」

「……さらに、この屋敷の書斎に入れた者がやったに違いありません」

「どうして？」

「書斎に持ち込まれた目打ちを手に入れるためです」

彼女は激しく息を吸い込んだ。「全然別の目打ちかもしれないわ」

「では、なぜ書斎にあった目打ちが消えたのでしょう？　お嬢さんがリベラと話すために書斎に行くとき、客間から持ち去ったのですよ。憶えておられますか？」

彼女がなんの反応も示さなければ、それだけで、彼女は憶えているのだなとアレンは確信したことだろう。心構えができていなければ必ず見せたはずの驚きや戸惑いを、彼女は微塵も表しはしなかった。

「それは憶えがありません」と彼女は言った。

「でも、実際にあったことなのです」とアレンは言った。「象牙の柄を書斎で見つけましたから、鋼の部分は書斎で外されたようなのです」

彼女はちょっと間を置くと顔を上げ、アレンを直視した。「大変申し上げにくいことですが、ベレアズさんも昨夜この屋敷におられたのですよ。夕食後は主人と一緒に書斎にいたはずです。書斎に戻ってくる機会も十分ありましたわ」

「皆さんからの情報提供に基づくパスターン卿の時間表によれば、十時十五分前から十時半頃までのあいだ、ご主人にもその機会がありました。リベラとエドワード・マンクス氏を除く皆さんは二階に上がられましたね。そう言えば、マンクス氏の話では、彼は今申し上げた時間のあいだは客間にいたそうです。ちなみに、彼は出発直前にリベラの耳を殴りつけている」

「まあ！」レディー・パスターンは小さく叫び声を上げた。彼女はその話をのみ込むのに少し時間を要したが、アレンは小気味よさそうな様子を感じ取った。彼女は言った。「エドワードはとても直情径行ですから」

「腹を立てていたのでしょう。リベラがミス・ウェインにキスをするような真似をしたものですから」

アレンはできるものなら、レディー・パスターンの頭の中でもやもやしている考えを、トロイのデッサンに出てくるような吹き出しに入れて明確な文字で表すか、目に見えないイヤホンで聞き取りたかった。理由は四つか？　マンクスにはフェリシテにだけ目を向けてほしいという願望？　マンクスがリベラに襲いかかったことへの満足感？　フェリシテではなく、カーライルが原因だったということへの憤慨？　それと、恐れか。つまり、マンクスが深く巻き込まれることへの恐れ？　あるいは、もっと深刻な恐れか？

「残念ですが」と彼女は言った。「あの方はまったくとんでもない男でしたわ。はっきり申し上げて、そんなことはどうでもいい出来事です。エドワードはあっぱれよ」

アレンは不意に言った。「《ハーモニー》という雑誌をご覧になったことは？」すると、反応に驚かされた。彼女は大きく目をみはり、彼がなにかひどく不届きなことを口走ったかのように相手を見つめた。

「まさか！」彼女は声を大にして言った。「あるわけがないでしょ。とんでもない」

「この屋敷に一冊ありますよ。おそらく……」

「使用人かも。まさに彼らの読みそうなものね」

「私が目にした雑誌は書斎にありました。Ｇ・Ｐ・Ｆと名乗る者が担当する通信欄が載っている雑誌ですよ」

「見たことがありません。そんな雑誌に興味などありませんわ」

「では」とアレンは言った。「Ｇ・Ｐ・Ｆはエドワード・マンクスではないかとお尋ねしても仕方ありませんね」

レディー・パスターンはすぐさま立ち上がることができなかった。コルセットがそんな激しい動きを許さなかったのだ。ところが、すさまじいエネルギーとかなりのスピードで立ち上がった。アレンも驚いたことに、胸は波打ち、首と顔は煉瓦のように真っ赤に染まっていた。

「い、い、い、あり得ません！」と喘ぎながら言った。「絶対に！　そんなことは信じません。許しがたいほのめかしですわ」

「どうもよくわからないのですが……」とアレンは言いかけたが、彼女は大声で遮った。

「ひどすぎます！　エドワードにそんなことはできません」彼女はアレンに向かってまくしたてた。

「そんな馬鹿げたことは話す気にもなれません。信じられないわ！　ぞっとする！　中傷よ。聞くに堪えない中傷です！　あり得ません！」

「でも、なぜそうおっしゃるのですか？　文体からですか？」

レディー・パスターンは口を開けると、また閉じた。激しく逡巡する様子を見せながらアレンを見つめた。「そうね」とようやく言った。「そうとも言えるわ。もちろん。文体からよ」

「でも、その雑誌はお読みになったことがないのでは？」

「明らかに下衆《げす》の読み物ですもの。表紙なら見たことがありますわ」

「なぜそういう仮説が出てきたのか、ご説明しましょう」とアレンは言った。「ご理解いただきたいのですが、ただの推測ではありません。お座りになりませんか？」

彼女は不意に座った。彼女が震えているのを見て、アレンはまごついた。彼はフェリシテが受け取った手紙のことを話し、自分がタイプしたその写しを見せた。マンクスが上着に着けていた白い花と、フェリシテがその花を見て態度が変わったことを思い出させた。フェリシテがマンクスをG・P・Fだと思い、そう確信していたことを話した。警察がその後、G・P・Fのページに載った記事の元の原稿を見つけ、その原稿が書斎のタイプライターで打たれたものであることも話した。マンクスがデユークス・ゲートに三週間滞在していたことも思い出させた。その説明のあいだ、彼女は背筋を伸ばして、唇を堅く引き結び、なぜかデスクの右側の引き出しをじっと見つめていた。アレンはつかみどころのない手管で彼女のしたたかな攻撃を次々とかわしたが、そのまま話を最後まで続けた。「おわかりいただけますか」とアレンは話を結んだ。「少なくとも、きわめてありそうなことだと」

「本人にお尋ねになりましたか？」と彼女は気が抜けたように言った。「彼はなんと？」

「まだ尋ねてはいません。そのつもりではありますが。もちろん、彼がG・P・Fと同一人物かどうかということは、この事件とはなんの関係もないかもしれません」

「関係がない！」彼女はその考えがまったく正気の沙汰ではないかのように叫んだ。またもやデスクを見つめた。顔の筋肉はしっかりコントロールしていたが、涙が目に浮かび、頬を伝わりはじめた。

「申し訳ありません」とアレンは言った。「そんなにお悩ませするとは……」

「悩ましいわ」と彼女は言った。「おっしゃるとおりなら。混乱しております。お話が以上でしたら……」

アレンはすぐに立ち上がり、「以上です」と言った。「失礼します。レディー・パスターン」

アレンがドアを開ける前に彼女は呼び止めた。「お待ちになって」

「は?」

「申し上げておきますわ、アレンさん」彼女はハンカチを頬に当てながら言った。「私がいかに愚かだろうと、そんなことはどうでもいいの。私事ですから。おっしゃったことはこの事件とはなんの関係もありません。それどころか、なんの重要性もありませんわ」彼女は溜息ともすすり泣きともつかぬ震える音を立てて息を吸った。「この非道な行為、つまり、雑誌ではなく殺人のことですが、こんなことをやった者は、まさに人殺しをやりそうな男だろうと思います。ええ、もちろん」と彼女は力を込めて言った。「そんな男です。そう見て間違いありませんわ」自分への用件は終わったと気づき、アレンは出ていった。

四

アレンは、階段を下りて最初の廊下に差しかかると、舞踏室からピアノの音が聞こえて驚いた。なにやらぎこちない演奏だったし、曲は葬送行進曲のようにシンコペーションを多用した音楽だった。ジムスン巡査部長は廊下で張り番をしていた。アレンは半開きになった舞踏室のドアのほうに顎をしやくり、「演奏しているのは誰だ？」と訊いた。「パスターン卿か？　そもそも部屋を開けたのは誰だ？」

ジムスンは戸惑いと腹立ちを見せながら、きっとパスターン卿でしょうと答えた。ジムスンの様子が妙だったため、アレンは先へ進んで両開きドアを開け放った。

眼鏡をかけたフォックス警部がピアノの前に座っていた。緊張して身を乗り出し、手書きの楽譜を見ながら演奏に集中していた。ピアノを挟んだ向かいにはパスターン卿がいて、アレンが入ってくると、ピアノの蓋を怒ったようにリズミカルに軽く叩きながら叫んだ。「駄目、駄目だ、馬鹿もん、そうじゃない——ほれ。ポン、ポン、ボーンだ。もう一度」パスターン卿は目を上げ、アレンのほうを見ると、「ほほう！」と言った。「君も弾けるかね？」

フォックスは戸惑うこともなく立ち上がり、眼鏡を外した。

「どこから入ってきた？」とアレンは問いただした。

「ちょっとご報告がありまして。さっきはお忙しそうだったので、ここで待っていたんです。御前はご自身が作曲中の曲を弾いてくれる者をお探しでしたが、残念ながら……」

「女どもの中から探さにゃなるまい」パスターン卿は苛立たしげに口をはさんだ。「フェーはどこだ？　この男ではものの役に立たん」

「子どものときからピアノを弾いたことはないんですよ」とフォックスは穏やかに言った。

パスターン卿はドアに向かおうとしたが、アレンは前を遮り、「お待ちください」と言った。

「これ以上私を質問攻めにしても無駄だぞ」パスターン卿はすかさず嚙みついた。「私は忙しいんだ」

「ロンドン警視庁までご足労いただくのがお嫌でしたら、質問にお答えください。リベラが殺されたあと、我々が見つけたリボルバーが、あなたが書斎で弾込めしてバンドの演壇に持っていった銃ではないことにいつ気づかれましたか？」

パスターン卿はニヤニヤと笑みを浮かべ、「もう嗅ぎつけたわけか」と言った。「警察のやることは実に手際がいいな」

「いつ気づかれたのかとお聞きしているのですが」

「君らが気づくより八時間ほど前さ」

「すり替えられた銃を見せられ、すぐイニシャルがないことに気づかれたと？」

「イニシャルの話をしたのは誰だ？　そうか！」パスターン卿は興奮しながら言った。「もう一つの銃を見つけたんだな？」

「どこを探すべきだと思われますか？」

「ふん、どこにあるか知ってたら、自分で見つけたさ。なにせ大事な銃だからな！」

「リベラに向けて発砲した銃をブリージー・ベレアズに手渡したのはあなたですよ」とフォックスが不意に言った。「それは例の銃ですか、御前？　イニシャル付きの銃？　この屋敷で弾込めした銃？　行方不明の銃ですか？」

パスターン卿は大声で悪態をつき、「私をなんだと思ってるんだ？」と叫んだ。「手品師か？　確かにその銃だったさ」

「そのあと、ベレアズはあなたと一緒に事務室に入っていき、その数分後に私が彼から取り上げた銃は別の銃だったとは。それは信じられませんね、御前」とフォックスは言った。「非礼を承知で言わせていただきますが、そんなことは信じられません」

「ならば」とパスターン卿は横柄に言った。「我慢して受け入れてもらおう」アレンがかすかに苛立たしげに鼻を鳴らすと、パスターン卿はすぐさま彼のほうを向き、「なにをくんくんやってるんだ？」と問いただした。アレンが答えを返すいとまもなく、卿は再びフォックスに攻めかかり、「なぜブリージーに訊かんのだ？」と言った。「君らでもブリージーに確かめるくらいのことはしたと思ったが」

「殺人が起きたあとにベレアズが銃をすり替えたとおっしゃるわけで、御前？」

「私はなにも言っとらん」

「とすれば」フォックスはかまわずに続けた。「リベラがどうやって殺されたかもご存じですね？」

パスターン卿は短く哄笑し、「まさか！」と言った。「君がそこまで頓馬とは信じ難いな」

フォックスは、「その点はもう少し突っ込んでもよろしいですか、アレンさん？」と言った。

アレンはパスターン卿の背後から、フォックスの迷いつつも問いかけるような眼差しに応え、「もちろんさ、フォックス」と言った。

「殺人のあと、御前がベレアズに手渡した銃が行方不明の銃だと宣誓の上証言できるか、御前にお尋ねしたいのです」

「さて、パスターン卿」とアレンは言った。「フォックス氏の問いに答えていただけますか？」

「君らの間の抜けた質問には答えんと、何度言ったらわかる。時間表も作ってやったし、私が手伝えるのはそこまでだ」

三人はしばらく黙ったままだった。フォックスはピアノのそばに、アレンはドアのそばに、パスターン卿は二人の中間にいた。卿は獰猛なペキニーズそっくりだな、とアレンはふと思った。

「お忘れになってほしくないのですが、御前」とフォックスは言った。「ソンブレロの下にあったリボルバーは誰でも取ることができたと昨夜おっしゃったのは御前ご自身ですぞ。そこにいた者なら誰でも、と」

「だからなんだと?」とパスターン卿は頰を膨らませながら言った。

「こういうことです、御前。あのテーブルにいた者の一人が、太矢を装塡した二丁目の銃にすり替え、あなたはすり替えに気づかぬままリベラに向かって発砲したというのがもっともな仮説だと」

「その目はまずないな」とパスターン卿は言った。「君もわかってるはずだ。ソンブレロの下に銃を置くことは誰にも話さなかった。誰にもな」

「ならば、御前」とフォックスは言った。「その点は調べますよ」

「心ゆくまで調べるがいいさ。お望みの結果が出りゃいいがな」

「ちょっと、御前」フォックスは大声を出した。「逮捕されたいのですか?」

「さあどうかな。そりゃなかなかの見ものになるだろうよ」パスターン卿はズボンのポケットに手を突っ込み、フォックスを睨みながら彼のまわりをぐるりと回ると、アレンの前で不意に立ち止まった。

「銃を確かめたのは」と言った。「スケルトンだ。あいつは登場する直前に銃に触ってたし、戻ってきたときも、私が出番を待つあいだ、また触ったのさ。ブリージーが私の紹介をしてるあいだだ」

「彼はなぜ二度も銃に触ったのでしょう?」とアレンは訊いた。

「私は少し気が立ってたのさ。登場をぐずぐず待つのは神経が高ぶる。最後にもういっぺん銃を見ていたら、落としてしまい、やつが拾い上げて、いかにも鼻であしらうみたいに銃身の中を覗き込んでた。仕事上の嫉妬だな」

「なぜ今までそのことをおっしゃらなかったんですか、御前?」とフォックスは問いただしたが、黙殺された。パスターン卿はアレンに向かってドスの利いた笑みを浮かべ、「さて」といかにも悦に入ったように言った。「私を逮捕するか？　おとなしく従うが」

アレンは、「お振る舞いが目に余りますし、そうしたいところですね」と言った。

アレンは初めて、パスターン卿が自分の言葉に真剣に耳を傾けたように思った。卿は急におとなしくなり、警戒の色を浮かべた。自分のやった悪さをうまく言い逃れできるか迷っている少年のような様子でアレンを見つめた。

「あなたにはまったく手を焼かされております」とアレンは話を続けた。「おまけに、敢えて申し上げれば、ひどく馬鹿げた真似ばかりしておられる」

「なあ、アレン」パスターン卿はそれまでの攻撃的な態度に必ずしも自信が持てない様子で言った。「いくらなんでもそりゃあるまい。自分のやってることくらいわかってるさ」

「ならば、警察も自分たちのやっていることを理解しているとご承知おきください。ピアノ式アコーディオン奏者だったリベラの死を悼む者はあなただけではないのですよ」

パスターン卿はしばらくこうべを垂れて眉を少し吊り上げたままじっとしていたが、「遅くなっちまったな。クラブに行くよ」と早口に言うと、すぐさま部屋から退散した。

第十一章　フラット二軒とオフィスのエピソード

一

「さて、アレンさん」とフォックスは言った。「私の考えでは、これで片づきました。おっしゃったとおりになりそうですね。余計なものは削ぎ落として、いわゆる――そう、罪体《コーパス・デリクタイ》を突き止めましょう」

彼らはデュークス・ゲートの屋敷の前に停めたパトカーの中にいた。二人とも運転手越しにフロントガラスを通して、帽子を少し傾げてかぶり、ステッキを振り上げながら陽気にきびきびと歩いていく人物を見つめていた。

「あそこです」とフォックスは言った。「うぬぼれて意気揚々としている。部下が尾行しています。なんとおっしゃろうと、容疑者の尾行は軍役のときとは違いますよ、アレンさん。若い連中は、特別機動隊とともに暴れたいからこそこの仕事に就いたのに、と思ってます」いつもの不満を口にすると、フォックスは遠ざかるパスターン卿の姿を見つめながら付け加えた。「これからどこへ？」

「その前に、なぜデュークス・ゲートに戻らなきゃいけないと思ったのか、なにより、なぜピアノであの奇人おやじのブギウギを弾こうと思ったのかを説明してほしいね」

フォックスは上品に微笑み、「なに」と言った。「戻ったのは、ちょっとつまらぬ情報とそうつまらなくもない別の情報があったからですよ。あなたが出たあとにスケルトンが電話してきましてね。パスターン卿のリボルバーをもう一度調べたことを、昨夜は言いそびれたと。イートン校とオックスフォード大を出たインテリのサリス巡査部長殿とプチブルジョワだのなんだのの議論になって失念してしまったと言ってました。デュークス・ゲートにおられるあなたには電話しないほうがいいと思ったんです。あの屋敷は内線の回線が張り巡らされてる。卿がどの銃を演壇に持っていったのかという疑問を解く手がかりだと思えたので、急いでお知らせしようと思ったんです」

「それで、パスターンは君の手間を省いたというわけか」

「そうです。ピアノの件ですが、パスターン卿によると、そのう、新しい楽曲の着想を得たので誰かに演奏してもらいたかったと。舞踏室を立ち入り禁止にすることに大騒ぎしましてね。部下たちは卿の願いを聞いてやっても悪くないだろうと、立ち入らせたわけです。友好な関係を作れるかと思ったんですが」フォックスは悲しげに付け加えた。「そうはならなかった。運転手に行き先を告げるべきでは？」

アレンは言った。「〈メトロノーム〉へ。それから、今朝はブリージーの調子がいいか確かめに行こう。そのあと、軽く食事しようよ、フォックス《ブレア・フォックス》君。食事を済ませたら、G・P・Fをねぐらに訪ねることにしよう。見つけたら、とっちめてやる」

「はあ。ちなみに」車が発進するとフォックスは言った。「もう一つの情報ですが。バスゲイト氏が警視庁に電話してきて、《ハーモニー》の定期寄稿者から話を聞いたと。フレンド氏は、次週が雑誌刊行日なので、月の最後の日曜の午後と夕方はいつもオフィスにいるようです。バスゲイト氏がその寄稿者から聞いたところでは、常勤職員では編集者しかフレンド氏を見たことがないそうです。その話によると、彼は雑誌の経営者と直接契約しているそうですが、フリート・ストリート（ロンドン中央部の新聞社が集まる通り）では、事業主は彼だというもっぱらの噂です。秘密めかしているのはただの宣伝だと見られてますね」

「信じ難いほどくだらないな」とアレンはつぶやいた。「だが、人間とは愚かさにどっぷり浸かっているものだ。その情報は受け入れてもよさそうだね。ともあれ、この果てしない日曜が終わる前に、フレンド氏の巧妙なお忍びの理由を探り当てよう」

フォックスは満足げに言った。「おっしゃるとおりです。バスゲイト氏はよくやってくれましたよ。その寄稿者にさらに突っ込んで、マンクス氏の特設記事の件もしゃべらせたところ、マンクス氏はよくオフィスに来ているとわかりました」

「特設記事のことで協議したり、ゲラ刷りを受け取ったりというわけか」

「それだけじゃありませんよ、アレンさん。その寄稿者がバスゲイト氏に語ったところでは、マンクス氏はG・P・Fの部屋から出てくるところを何度も目撃されています。日曜の午後にも」

「ほう」

「符合しますよね」

「どんぴしゃりだ。バスゲイトのお手柄だな。彼とは《ハーモニー》のオフィスで落ち合うように言おう。今日は月の最後の日曜だよ、フォックス君《ブレア・フォックス》。やれることはやろう。だが、まずは――〈メトロノーム〉だ」

二

カーライルは、警視庁を出るとき、驚きととりとめもない疲労を感じていた。すると、あれはジョージ叔父さんが持っていたリボルバーではなかったのか。ということは、誰かが解明しなくてはならない複雑な難題があるわけだ。アレンが解明し、誰かが逮捕される。そう考えると、自分は不安に陥り、動揺してしまう。そんな思いの奥で、不安と動揺は既に大きくなり、今にも飛びかかろうと待ち構えていたが、その一方でひどくみじめな気分になり、疲れ切っていた。つまらぬことばかり考えて悩んでいる。デュークス・ゲートに戻って今の状況に対処するのも耐え難い。ジョージ叔父さんかシール叔母様かフェーがカルロス・リベラを殺したのではと考えるのもぞっとするが、それだけではない。彼らがそれぞれ自分たちの思いを押し付けてくるのではという予感もある。関心や気遣いを求められるのではと。密かな苦悩でイライラと気分が悪くなる。一人で悩みたい。

最寄りのバス停に重い足を向けながら、比較的近くのコスターズ・ロウという袋小路にエドワード・マンクスのフラットがあることを思い出した。デュークス・ゲートまで歩いていけば、その袋小路の入り口に差しかかるだろう。エドワードには会いたくない、出くわすのは耐え難い、とも思ったが、あてどなく歩きはじめた。慎重な足取りで教会から家路に就く人々がひと気のない通りでパタパタと足音を立てている。雀の群れがチュンチュンと騒ぎ、嘴でつついたりしている。穏やかな日差しの射す日だ。カーライルを監視するために派遣された刑事は、わずかな歩行者たちのあいだをすり抜けながら、少年時代の日曜の夕食を思い出していた。ビーフ、ヨークシャー・プディング、グレイヴィー・ソースが出て、そのあと居間で楽しい時間を過ごしたものだ。カーライルの監視は厄介ではないが、腹が減った。

彼女がコスターズ・ロウの角でためらっているのに気づき、刑事は立ち止まって煙草に火を点けた。カーライルは家並みにさっと目を走らせると、歩調を早めて袋小路の端を横切ろうとした。それと同時に、黒髪の青年がコスターズ・ロウの六軒先の家から出てきて、石段を下りる途中で彼女に気づいた。彼は「ライル！」と声を上げて手を振った。彼女は慌てて歩を早め、角を曲がって相手から見えなくなると走り出した。「おい、ライル！」と彼は叫び、「ライル！」と呼びながら追いかけた。刑事は彼が目の前を通り過ぎ、角を曲がって彼女に追いつくのを見つめていた。彼女は男の手が腕に触れると振り向き、二人は向き合った。

袋小路の奥の家の戸口から出てきた三人目の男が刑事のいるほうの道の端をきびきびと歩いてきた。彼らは旧友のように挨拶を交わして握手した。刑事は煙草を差し出し、マッチを擦った。「調子はどうだ、ボブ」と囁いた。「おまえのほうの獲物は？」

「あの男さ。あの女は誰だ？」

「おれの獲物さ」と最初の刑事は言い、カーライルのほうに背を向けた。

「いい女だな」と同僚は彼女のほうをちらと見てつぶやいた。

「悪いが、そっちがおれの御馳走でね」

「口論かな？」

「みたいだな」

「声を落として話してるぞ」

彼らの動きはかすかでさりげなかった。知人同士が立ち止まってたわいもないおしゃべりをしているように見える。

「なにを賭ける?」と最初の刑事が言った。

「二人は別々の道を行く。おれの賭けはいつも外れるが」

「外れだな」

「男は自分の家に戻ると?」

「みたいだな」

「じゃあ、コイン投げで決めよう」

「よし」刑事はポケットから握った手を出し、「おまえが決めろ」と言った。

「表」

「裏だな」

「おれの賭けはいつも外れるのさ」

「じゃあ、おれが電話を入れて、なにか食いもんを手に入れてくるよ。三十分で交代だ、ボブ」

彼らがもう一度親しげに握手すると、カーライルとエドワード・マンクスは渋い顔をしながら彼らのいるほうにやってきて、コスターズ・ロウに入っていった。

その前、カーライルは袋小路の端を横切りながらエドワード・マンクスを横目に見ていた。わけのわからない戦慄が彼女を捉えた。歩調を早め、これ見よがしに腕時計を見て、彼に名前を呼ばれると走り出した。胸がドキドキし、口の中がカラカラになった。逃亡者になった夢を見ているような気がした。追われる立場だったが、不意に不安になり、自分が恐れるものは自分自身のうちにあり、追う者は自分でもあると狼狽しながら気づいた。その悪夢のような確信は、追いかけてくる足音と、おなじみの声だが憤然とした、待てという呼びかけによって強められた。

彼女の走りは鈍く、彼は簡単に追いついた。うしろからつかまるとはっきり予想していたため、実際に腕をつかまれるとなぜかホッとした。ぐいっと振り向かされて面と向き合うと、彼女は相手の怒りを感じるのが小気味よかった。

「どういうつもりだ?」と彼は息を切らしながら言った。

「余計なお世話よ」と彼女は息を喘がせ、挑むように付け加えた。「時間に遅れてるの。昼食に間に合わない。シールおばさんに怒られるわ」

「馬鹿なことを言うな、ライル。ぼくを見て逃げただろ。呼ぶのが聞こえたのに逃げ続けた。どういうことだ?」

彼は濃い眉をひそめ、下唇を突き出した。

「離して、ネド」と彼女は言った。「本当に遅れてしまうわ」

「大人げないぞ。わかってるだろ。はっきりさせたい。フラットに戻ろう。君と話したい」

「シール叔母様が……」

「ああ、頼むよ！　デュークス・ゲートに電話して、君はここで昼食を摂ると伝えるから」

「駄目よ」

彼は一瞬、激怒の色を見せた。カーライルの腕をつかんだまま指を食い込ませ、彼女は痛みを感じた。すると、彼は優しく言った。「こんなことをそのまま見逃すと思わないでくれ。呆れた話だ。なにがまずいのか知りたい。昨夜、〈メトロノーム〉から戻ったあと、なにか変だと思ったよ。さあ、ライル。こんなところでいがみ合うのはよそう。フラットにおいで」

「嫌よ。絶対に。どうせ私の態度は変よ」

マンクスは彼女と腕を組んで引き寄せた。彼の腕はさっきより優しかったが、逃れられなかった。彼は説き伏せるように話しはじめ、彼女は子どもの頃でさえ彼にはどうしても言い逆らえなかったことを思い出した。「さあ、ライル、おいで。おかしな真似はしないでくれ。こんな醜態は我慢ならない。来たまえ」

彼女は反対側の角にいる二人の男に必死の思いで目を向け、その一人がなんとなく見覚えがあると思った。(あの人が知り合いなら)と思った。(引き留めて話しかけることができるのに)

彼らはコスターズ・ロウに入った。「フラットに食べ物がある。素敵なフラットだよ。見てほしいね。昼食を一緒にしよう。強引ですまないね、ライル」

青いドアの錠に鍵を差し込むと、カチッと鳴った。小さな玄関に入った。「地階の部屋だ」と彼は言った。「だが。悪くないよ。庭もある。この階段を下りるんだ」

「先に下りて」と彼女は言った。逃げるチャンスがないか、それだけの度胸があるか、考えていた。

マンクスは彼女をじっと見つめた。

「信用できないな」と軽く言った。「先に行きたまえ」

カーライルのすぐうしろについて急な階段を下り、再び腕をつかむと、彼女の前に出て、二つ目のドアの鍵を開けた。

「さあここだ」と言い、ドアを押し開けると、彼女をこづいて中に押し込んだ。

天井の低い大きな部屋で、壁は漆喰で梁はオーク材だった。フランス窓は鉢植えの花と桶に植えたプラタナスのある小さな庭に通じていた。家具はモダンで、発泡ゴムカバーの鉄製の椅子、よく整理されたデスク、深紅のカバーの寝椅子がある。精密な静物画が暖炉の上に掛かっていたが、それが室内で唯一の絵画だった。本棚は左翼系書店から買った本ばかりのように見える。きちんと整った部屋だ。

「オーク材の梁は生真面目な株屋が設えたチューダー朝様式だ」と彼は言った。「もちろん、実用性はないし、気分のいいものじゃない。そいつを除けば、そう悪くないだろ？　飲み物を出してくるから、座ってくれ」

カーライルは寝椅子に座りながら、半ば上の空で話を聞いていた。マンクスが、これは結局、思いがけない愉快な遭遇だというふりを今頃になってしても、なにひとつ安心できない。彼はまだ怒っていた。運ばれてきた飲み物をもらっても、手が震えてグラスを口に持っていけなかった。飲み物がこぼれた。顔をかがめて、これで気をしっかり持てればと思いながら一気に飲んだ。カバーにこぼれた飛沫をこっそりハンカチで拭き、目は向けなかったが、彼がこっちを見ていることに気づいていた。

「すぐに本題に入るかい？　それとも昼食後に？」とマンクスは言った。

「話すことなんてないわ。馬鹿な振る舞いをしてごめんなさい。どのみち、ちょっとわけがわからなくなっていたの。殺人は性に合わないわ」

「ああ、確かに」と彼は言った。「そりゃそうさ。誰かがピアノ式アコーディオン奏者を殺したからって、ぼくを見て脱兎のごとく逃げなくていい」しばらく沈黙が続いたあと、すらすらと付け加えた。

「まさか、ぼくが殺したと思ってるんなら別だが？」

「馬鹿なこと言わないで」とカーライルは言った。思いがけない不運、どうにもならない偶然、無意識の衝動もあって、その答えは乱暴で説得力に欠けていた。そんな問いが彼の口から出てくるとは思わなかったのだ。

「まあ、ともかくよかった」とマンクスは言い、テーブルの彼女のそばに座った。彼女は顔を上げず、膝の上に軽く載せている彼の左手を見つめた。「ねえ」とマンクスは言った。「ぼくがなにをした？　ぼくのやったことが原因だね。なにをやったと？」

カーライルは考えた。（なにか言わなくちゃ。たとえわずかでも。本当のことじゃなくて、どうでもいいことを）話の方向性、糸口、もっともらしい言い方を思案したが、疲れ切っていて、突然大声でこう言った自分に驚いた。「G・P・Fのことがわかったの」

彼の手が見えないところに素早く移動した。怒っているか驚いているのではと思って目を上げたが、彼は横を向いて、身をよじってうしろのテーブルにグラスを置いていた。

「そう？」とマンクスは言った。「そりゃ困ったね」素早く離れ、部屋を横切って壁の戸棚のところに行って扉を開いた。背中を向けたまま、「誰から聞いた？　ジョージか？」と言った。

「いいえ」と彼女は疲れと驚きを込めて言った。「違うわ。手紙を見たの」

「どの手紙？」と彼は戸棚の中を探りながら訊いた。

「フェリシテ宛の手紙よ」

「ああ」とマンクスはゆっくりと言った。「あれか」彼は振り向いた。手に煙草の包みを持って差し出しながら戻ってきた。彼女が首を横に振ると、彼は落ち着いた手つきで煙草に火を点け、「どうやって見つけた？」と言った。

「失くした手紙よ。そう――私は――いいえ、どうでもいいことよ！　なにもかもはっきりしたわ。まだ続ける?」

「その手紙を見つけたからって、なぜぼくを見ただけで陸上選手みたいに走って逃げる気になるのか、やっぱりわからないね」

「自分でもよくわからない」

「昨夜はなにをしていた?」と彼は唐突に尋ねた。「デュークス・ゲートに戻ったあと、どこに行ったんだ? なぜアレンと一緒に戻ってきた? なにを企んでたんだ?」

フェリシテが手紙を失くしたとは言えなかった。アレンがその手紙を読んだとすぐに気づかれるだろう。もっとまずいのは、彼がフェリシテに思いを寄せていることをおのずと認めさせることになり、そのことで議論になるかもしれないことだ。(もしかすると)と彼女は思った。(フェーを愛しているとあけすけに言われるかも。そんな試練は乗り越えられそうにない)

そこでこう言った。「私がなにを企んでたかなんてどうでもいいことだし、言えないわ。ある意味、背信行為になるもの」

「G・P・Fの正体となにか関係があるのか?」とマンクスは鋭い声で言い、ひと息つくと、「手紙を見つけたことは誰にも話してないね?」と尋ねた。

アレンに話したわけではない。彼が自分で見つけたのだ。彼女は弱々しく首を横に振った。

マンクスは彼女のほうに顔を寄せた。「誰にも言っちゃ駄目だ、ライル。大事なことだ。どれほど大事なことかわかってるね?」

この上なくいたずらっぽい個々の文章が、忌まわしい手紙を思い出しながら蘇ってきた。「言うまでもないことよ」眉をひそめてじっと見つめる彼の目を避けて不意に言い放った。「ひどい代物よ、ネド。あの雑誌のことだけど。まるで話のこんがらがった私たちの中篇小説みたい。どうしてあんな雑誌に！」

「ぼくの記事は健全さ」と彼は言い、ひと息つくと、「そういうことか。君は潔癖なんだな」

カーライルは組んだ自分の両手をじっと見つめ、「はっきり言うわ」と言った。「私にはまったくわからないけど、そのG・P・Fの正体がリベラの死と抜き差しならぬ関係にあったら――」

「それなら？」

「つまり、もしそうなら――私――」

「つまり、アレンがそのことをあけすけに訊いてきたら、話すということか？」

「ええ」と彼女は言った。

「なるほど」

カーライルは頭痛がした。朝食が喉を通らなかったため、出された飲み物が効いてきたのだ。彼らの混乱したいがみ合い、異様な部屋に囚われた感覚、自分自身の惨めさ。そんな状況すべてが不確かさの靄《もや》をさらに濃くした。すべてが現実離れした耐え難いものになった。マンクスは彼女の肩に手を置き、大声で言った。「それだけじゃないだろ。さあ、なんだ？」その声がすごく遠くから聞こえる気がした。彼は手を強く押し付け、「教えてくれ」と言った。

部屋の奥で電話のベルが鳴りはじめた。マンクスが電話のところに行き、受話器を取るのが見えた。声の性質が変わり、よく知っている気軽で親しみのある声になった。

「もしもし？　やあ、フェーか。申し訳ない。電話すべきだったね。ライルは警視庁に何時間も足止めをくらったんだ。ああ。偶然出くわして、電話してくれと頼まれてね。遅れそうで、最寄りの場所で食事がしたいという話だったから、一緒に食事しようと誘ったのさ。セシールに伝えてくれ。みんなぼくのせいで、彼女は悪くないと。あとでぼくから代わりに電話しておくよ」彼は電話越しにカーライルを見ると、「彼女は大丈夫だよ」と言った。「ぼくが世話をするから」

三

もし画家、たとえばシュールレアリスムの画家が働く刑事の姿を、然るべき混成的な背景に据えようとしたならば、埃が薄く積もった部屋、異常に薄汚れた品々、灰皿やテーブルクロス、ゴミが溜まりっぱなしの屑籠、粉末が散乱するテーブル、汚れたグラス、バラバラに置かれた椅子、古くなった食べ物、着ないまま生臭くなった衣服に注目するだろう。

日曜の昼十二時半、アレンとフォックスが〈メトロノーム〉の中に入ると、土曜の夜の臭いがまだ残っていた。レストラン、配膳所、厨房は掃除されていたが、玄関や事務室は手つかずのままで、行事の余韻がかすかな埃のように漂っていた。上着を脱いだ男三人が、捜索に成果がなかった物憂げな納得感を漂わせてアレンを出迎えた。

「成果なしか?」とアレンが言った。

「まだです」

「ホワイエから事務室のうしろを通って裏の敷地に抜ける通路がある」とフォックスは言った。「被害者はそこを通ってレストランの端から登場したに違いない」

「そこは調べましたよ、フォックスさん」

「配管は？」

「まだです、アレンさん」

「次は配管を調べたらいい」アレンはシーザー・ボンの事務室の開けっ放しの二つのドアの奥に見える小部屋を指さし、「あそこからはじめるんだ」と言った。

彼は一人でレストランに入った。彼とトロイが座ったテーブルは右側から二つ目だ。椅子はひっくり返してあった。彼は椅子を一つ元に戻して座ると、（この二十年）と考えた。（自分の記憶力を鍛えてきた。それも厳しく。この種の事件で自分が証人になるのはこれが初めてだ。私は優れた証人か、それとも駄目な証人だろうか？）

一人で座りながら、細々した物から状況を再現していった。白いテーブルクロス、テーブルの上に載っていた物、自分の手のそばにあったトロイの長い手など、目の前にあった光景。こうした詳細が記憶に鮮明になるのを待ってから、少し視野を広げた。隣のテーブルには、赤いドレスのフェリシテ・ド・スーズが背を向けて座っていた。白いカーネーションを指でいじり、隣の男を横目で見ていた。その男は彼らのテーブルの電気スタンドとアレンのあいだに位置していたため、男の横顔は光で縁取られていた。顔はバンドの演壇のほうを見ていた。男の右側には、もっと明るく照らされたカーライル・ウェインがはっきりと見えていた。彼女は演奏を見るために横を向いてテーブルに半ば背を向けていた。髪はこめかみからうしろへと曲線を描いていた。同情と困惑が入り混じった表情をしていた。カーライルの向こうには、太ったレディー・パスターンが壁を背に座っていたが、ほかの人たちに隠れてよく見えなかった。彼らが動くと、彼女の堅苦しい髪型、尊大そうな肩、窮屈そうな胸のシルエットが見えたが、顔は決して見えなかった。

彼らの頭越しに、ドラムに囲まれて激しい身振りをする人物がそばにいた。照明を浴びていたので鮮明に思い描ける。パスターン卿の禿げ頭が激しく揺れ動いていた。金属の光沢が楽器から瞬いていた。スポットライトが移ると、ステージの中央にリベラがピアノ式アコーディオンを胸に抱えてのけぞっていた。目、歯、金属、真珠層の装飾がキラキラしていた。メトロノームの振り子は彼の胸元を不動のまま指していた。その背後の薄暗がりの中で、太った手が空を切るように小さな指揮棒を上下に動かしていた。丸顔に満面の笑みを浮かべていた。そのとき、パスターン卿がスポットライトの輪の端のほうでリベラのほうを向いた。のけぞる姿にリボルバーを向け、閃光が走り、リベラが倒れた。さらに銃声が鳴り、滑稽に人が倒れ……。アレンはひと気のないレストランでテーブルの上を両手でバンと叩いた。そう、そのとき初めて、照明が激しく点滅しはじめた。メトロノームとそのパネル上で、赤、緑、青、緑、赤と点滅を繰り返した。そのときようやく、振り子が倒れた男の上から動き、瞬くようにチクタクと鳴る眩惑的な休止を伴いながら振れはじめた。

アレンは立ち上がり、バンドの演壇に上がって、リベラが倒れた場所に立った。メトロノームの骨格タワーの真下にきた。この構造物の裏側に電気設備が見える。頭上に吊り下がった巨大な振り子の先端を見上げた。振り子は豆電球を埋め込んだ中空鋼かプラスチック成形で、一瞬、あの宝石をちりばめたダーツ矢をふと連想させた。バンド控室のドアの右側には、ピアノに隠れて観客には見えないが、小さなスイッチボードが壁に埋め込まれていた。アレンが聞いたところでは、照明の担当はハッピー・ハートだった。ピアノの前に座っていた彼は、床に倒れたが、スイッチに手を伸ばすことができた。アレンはそのとおり実演し、〈モーター〉と記されたスイッチを降ろした。奥からの渦巻くような音に続き、最初の大きな「カチッ」という音が聞こえた。巨大な下向きの振り子が、歯止め装置のような伴奏とともに半円を描くように左右に振れはじめた。彼は照明のスイッチを入れ、万華鏡のような舞台の真ん中で、妙に不釣り合いな姿で、しばらく身じろぎもせず佇んでいた。照明が点滅する振り子の先端が彼の頭から四インチも離れていないところを通過しながら左右に振れる。（こんなものをいつまでも見ているると催眠術にかかってしまうな）と思い、スイッチを切った。

事務室に戻ると、トイレの中にいる上着を脱いだ二人の配管工をフォックス氏が厳しく監督していた。

「ワイヤーで探ってもなにも見つからなければ」とフォックス氏は言った。「この仕事は万事休すですよ、アレンさん」

「それほど熱烈に期待はしていないが」とアレンは言った。「続けてくれ」

配管工の一人が鎖を引っ張り、なにが出てくるか目を凝らしていた。

「それで？」とフォックスが言った。

「あまり見込みのある作業とは言えませんが」と配管工は判断した。「それでも、ご期待に沿うべく作業はやりますよ」と指を立て、仲間のほうをちらりと見た。

「はねぶたの故障かな？」と仲間は言った。

「かもな」

「君たちに任せる」とアレンは言い、フォックスを連れて事務室に戻った。「フォックス」と言った。「この難解なジグソーパズルの主要ピースを振り返ってみよう。なんだと思う？」

フォックスは即座に言った。「デュークス・ゲートの人間模様。麻薬取引。《ハーモニー》。銃のすり替え。ピアノ式アコーディオン。凶器の性質ですね」

「もう一つある。リベラが演奏していたとき、メトロノームは動いていなかった。彼が倒れ、さらに発砲が続いたあとにチクタクと動きはじめた」

「なるほど。そうですね」とフォックスは力なく言った。「それもあります。メトロノームを追加ですね」

「さて、ほかの手がかりも探りながら、現状を確認しよう」

二人はシーザー・ボンの古めかしい事務室で事件の断片を整理し、廃棄し、関連づけ、解体した。二人の声が低く響く中、たまに配管工の水回り作業の音が伴奏を奏でた。二十分後、フォックスは手帳を閉じ、眼鏡を外して上司をじっと見つめた。

「つまり、こういうことですね」とフォックスは言った。「ひと握りの些細な点はさておき、ピースが一つだけ足りない」彼は片手でテーブルをバンと叩いた。「そのピースを手に入れることができたら、そして、手に入れたピースがピタリと当てはまれば、そう、ささやかな絵は完成します」

「たられればだな」とアレンが言った。「そして、いつ、だ」

奥の小部屋のドアが開き、年配の配管工が出てきた。空々しい謙虚さを装い、剝き出しの腕と色白の手を差し出した。掌の上でリボルバーが水を滴らせていた。「こいつが」とむっつりと言った。「お望みのものですか？」

四

カーティス医師はブリージーのフラットの正面玄関の前で彼らを待っていた。

「お呼び立てしてすまない、カーティス」とアレンは言った。「だが、彼が供述を行える状態かどうか、ご所見が必要になりそうでね。これはフォックスの所管だ。彼は麻薬王でね」

「どんな状態ですか、先生？」とフォックスは尋ねた。

カーティス医師は自分の足元を見つめ、慎重に語った。「ひどい二日酔い状態だな。震え。鬱。激昂するかもしれないし、おとなしいかもしれない。なんとも言えないね」

「話す気になったとして、真実を話すでしょうか？」

「見込み薄だな。彼らはたいてい嘘をつく」

フォックスは言った。「どんなやり方がいいですか？　厳しくやるか、優しくやるか？」

「自分で判断したまえ」

「でも、こっそり教えてくれてもいいでしょう、先生」

「まあ」とカーティスは言った。「診察してみよう」

怪しげな現代風のフラットで、〝ブリージー・ベレアズ流〟にクロームを誇示していた――派手に、意味もなく。アレン、フォックス、カーティスは、ロココ調のエレベーターとトンネルのような通路を通って部屋に向かった。フォックスが呼び鈴のボタンを押すと、私服警官がドアの奥から返事をした。アレンたちだとわかると掛け金を外し、彼らを中に入れてドアを閉めた。

「どんな様子だ？」とアレンは尋ねた。

「起きていますよ。おとなしいですが、落ち着きがありません」

「なにかしゃべったか？」とフォックスが訊いた。「意味のあることを、ということだが」

「特になにも、フォックスさん。被害者のことをひどく嘆いているようです。彼なしではやっていけないと」

「まあ、それは意味のある発言だな」とフォックスは唸るように言った。「中に入りますか？」

金をかけたわりにはさして特徴のない部屋で、額縁入りの立派なサイン入り写真とその乱雑さだけが目につく。ブリージーは驚くほど派手な部屋着を着て椅子に深々と座っていたが、彼らが入ってくるとちょっと委縮したようだ。顔は未調理の鳥肉のような色をして、締まりがなくなっていた。カーティス医師を見たとたん、悲痛な声を上げた。

「先生」と泣き声で言った。「私はもうボロボロです。先生、頼むから私を診て、この人たちにそうだと伝えてください」

カーティスは脈をとった。

「ねえ」とブリージーは懇願した。「病人は診ればわかるでしょう――ねえ――」

「しゃべらないで」

ブリージーは口を閉ざし、アレンをちらりと見て、腹話術の人形のように控えめにおなじみの笑顔を見せた。

「先生と二人だけにしてください」とブリージーは言った。

カーティスは彼の反射運動をテストし、目蓋を上げ、舌を見た。

「少々混乱しているね」と医師は言った。「だが、警察官の質問に答えられないわけじゃない」フォックスをちらりと見て、「彼は通常の警告を受けても大丈夫です」と言った。

フォックスはそう聞くと、椅子を引っ張ってきてブリージーの前に座った。ブリージーはアレンに震える指先を突きつけた。

「どういうことです?」とブリージーは言った。「この男を私に押し付けるとは。なぜご自分で話そうとしないんです?」

「フォックス警部は」とアレンは言った。「違法薬物取引の捜査を担当しています。あなたからお話をお聞きしたいのですよ」

アレンが脇に寄ると、フォックスは切り出した。

「さて、ベレアズさん」とフォックスは言った。「これまでに判明したことをあなたにお話しするほうがいいでしょう。時間の節約になりますから」

「私からは話すことはないし、なにも知らない」

「あなたがお気の毒な状況にあることは承知しています」とフォックスは言った。「この種の薬物の味を覚えてしまったのですね。やめられなくなったのですね、この種のものを?」

ブリージーが言った。「働き過ぎのせいだ。勘弁してくれ。断ち切るよ。誓ってそうする。だが、徐々にだ。徐々にでないと駄目なんだ。そうだろ、先生?」

「確かに」とフォックスは優しく言った、「そうでしょうね。私にもわかります。さて、供給元についてです。確かな筋からの情報では、今回の場合、故人が供給者だったようですね。その供述になにか付け加えることは、ベレアズさん?」

「あのおやじがそう言ったのか?」とブリージーは尋ねた。「きっとあのおやじだな。それともシドか。シドは知っていた。シドは私を目の敵にしている。薄汚いボリシェヴィキめ! シド・スケルトンだな?」

フォックスは、その情報は複数の筋から得たものだと言い、リベラが麻薬を供給していたことをパスターン卿はどうやって知ったのかと尋ねた。ブリージーは、パスターン卿はなんでも嗅ぎつけると答え、それ以上引き込まれることを拒んだ。

「パスターン卿は」とフォックスは続けた。「昨夜、この件であなたとずいぶん話したとのことですが」

ブリージーはすぐにヒステリックになった。「パスターン卿は私を破滅させる気か！　卿のやりそうなことだ。くそっ！　なにがあろうとあんなことをさせてなるか。卿ならやりかねない。馬鹿正直なのさ。パスターン卿はな」

「なにをすると？」

「パスターン卿が言ったとおりさ。私のことをあのろくでもない雑誌に書かせるんだ」

「《ハーモニー》ですか？」とフォックスは敢えて尋ねた。「その雑誌のことですか？」

「そうさ。パスターン卿は知人がいると言っていた――ああ、雑誌とコネがあるのさ。そう――職員とな。ちくしょうめ」ブリージーは叫んだ。「パスターン卿に殺される。カルロスも卿に殺された。私はどうすればいい？　これからはどこで手に入れたらいい？　監視やスパイをする連中ばかりで、私にはなにも教えてくれない。カルロスは教えてくれなかった。知らないんだ」

「教えてくれなかった？」とフォックスは穏やかに言った。「驚きだな！　どうやって手に入れていたか明かさないとは！　それでいて、支払わせるときは搾り上げたわけだ。ですね？」

「おい、勝手に決めつけるな！」

「そして、負けてもくれない。たとえば、仮にあなたが彼を助けたとしても、でしょ？」

ブリージーは椅子の上で身を縮めた。「知らないな。なにを言ってるんだ」

「そう、つまり」とフォックスは説明した。「機会はいろいろある。違いますか？　女か、場合によってはその連れ合いが、バンド・リーダーに特別な曲を頼む。紙幣が人から人へと手渡される。チップか前払いかはわからない。そしてブツが届く。そんな事例はおなじみですよ。彼はあなたを言いなりにさせたのでは。話したくなければ話さなくてけっこうです。昨夜の客の名前と住所はすべて把握していますから。警察には記録がある。麻薬を嗜《たしな》む連中のね。だから、無理にとは言いません。ご心配なく。ただ、彼はあなたをうまく誘い込んだのではと思いましてね。たとえば、感謝のしるしにと――」

「感謝のしるし！」ブリージーは甲高い笑い声を上げた。「なんでも知ってるようだな」と感じ入ったように言うと、息を吸った。息切れして顔が土気色になり、どっと汗をかいていた。「カルロスなしではやっていけない」と囁き声で言った。「誰かに助けてもらわなきゃ。みんなあのおやじのせいだ。あのおやじとあの娘だ。もし一服吸えたら――」カーティス医師に訴えた。「注射じゃない。打ってくれたりしないだろ。一服でいいんだ。いつもなら朝は吸わないが、今回は特別だ、先生。先生、お願いだ――」

「もう少し辛抱しなくては」とカーティス医師は親身に言った。「もう少し待ちなさい。いつまでも苦しめるつもりはない。頑張るんだ」

ブリージーは突然、ぼんやりとあくびをした。顎が外れそうなほど大きなあくびで、歯茎を剝き出しにし、舌苔のある舌が見えた。腕と首をさすった。「体の中になにかいるような気がする。虫かなにかが」ともどかしげに言った。

「銃のことですが」とフォックスは切り出した。

ブリージーはフォックスの真似をして、膝をポンと叩いて身を乗り出した。「銃のことですが?」

毒のある物真似だった。「銃のことなど知ったことか。人を苦しめに来たのか。誰の銃? 誰の日傘? 誰の継娘? 誰がやったことだと? 出ていけ!」椅子の背にドサッともたれ、喘ぐように言った。「出ていけ。ここは私の部屋だ。出ていけ」

「いいでしょう」とフォックスは頷いた。「どうぞご自由に。アレンさん、どうされますか……?」

「かまわないよ」とアレンは言った。

カーティス医師は戸口で振り返り、「かかりつけ医は誰かね、ブリージー?」と尋ねた。

「かかりつけ医はいない」とブリージーは囁き声で言った。「医者にかかることなんてなかった。一度も」

「誰か世話をしてくれる医師を見つけよう」

「あなたは? 世話をしてくれないのか、先生?」

「ふむ」とカーティス医師は言った。「まあいいだろう」

「行きましょう」とアレンは言い、彼らは部屋を出た。

五

メイタファミリアス・レーンの一方の突き当たりは空襲でほぼ消滅したが、もう一方はそのまま残っている。古い建物、水の臭い、ほの暗い入口、不屈の魅力があるシティの細い通りだ。

《ハーモニー》のオフィスは、メイタファミリアス・レーンが下り坂になり、ジャーニーマンズ・ステップスという袋小路が右手のほうに枝分かれする角に建つ高いビルの中にあった。その日曜の午後はどちらの小路も閑散としていた。アレンとフォックスは、歩道に足音を大きく響かせてメイタファミリアス・レーンを歩いていた。その角に着く前に、ビール醸造所のアーチ型の入り口に立っているナイジェル・バスゲイトに出くわした。

「ぼくにはね」とナイジェルは言った。「探偵の計算早見表とシティのポケットガイドの機能が内蔵されてるんですよ」

「だといいがね。どんな情報を提供してくれるのかな?」

「彼の部屋はこの通り側に窓のある一階の部屋です。一番近い入り口は角を曲がったところですよ。在室なら、オフィスのドアは内側から鍵がかかっていて、『在室』の表示が出ているはずです。彼は部屋に閉じ籠るんですよ」

「在室だ」とアレンは言った。

「どうしてわかるんです?」

「尾行をつけた。部下が電話ボックスから連絡してきたのさ。今は仕事に戻っているはずだ」

「機転が利くなら、彼は脇道のほうから出ていきますよ」とフォックスはつぶやいた。「気をつけてください!」

「そうっとね」とアレンがつぶやいた。

ナイジェルはフォックスに腰を抱きかかえられて隅のほうに誘導され、いつの間にかアーチ道の端に移動していた。アレンも同時にそこに来たようだ。

「『シーッ、シーッ、静かにね!』」とアレンは囁いた。誰かがメイタファミリアス・レーンをきびきびと歩いてきた。アーチ道に響く足音が近づいてきて、エドワード・マンクスが日差しの中を通り過ぎていった。

彼らは身じろぎもせず黒っぽい石壁に身を寄せていたが、ドアがバタンと閉まる音がはっきりと聞こえた。

「あなたの部下は」とナイジェルは楽しげに言った。「しくじったようですね。誰を尾行していたんですか？　どうやらマンクスではなさそうですね」

「そうだね」とアレンが言うと、フォックスは聞き取れないつぶやきを口にした。

「なぜ待ってるんです？」とナイジェルはじれったそうに訊いた。

「五分待とう」とアレンは言った。「落ち着く時間を与えるのさ」

「一緒に行っていいですか？」

「来たいかね？」

「もちろん」とナイジェルは言った。「ただ、初対面の相手だといいですが」

「ちょっと面倒なことになるかも」とフォックスは言った。

「その恐れは大きい」とアレンは頷いた。

日差しの射す通りには、雀の群れがチュンチュンと騒いでいた。砂埃がひどく舞い上がり、どこか見えないところで、使われていない旗竿に揚げ綱がバタバタと当たっていた。

「退屈ですよ」とフォックスは言った。「日曜の午後にシティで巡回当番というのは。若い頃、半年やりました。自分はなぜここにいるのかな、などと考えてしまいます」

「嫌な仕事さ」とアレンは言った。

「警察規則を持ち歩き、一日に六ページずつ暗記したものですよ」とフォックスはそっけなく言った。「当時は野心的な若者でした」

ナイジェルは腕時計に目をやり、煙草に火を点けた。

数分が経過した。時計が三時を告げると、ほかの時計も少しずれながらあとを追うように重なり合って鳴り響いた。アレンはアーチ道の端まで行き、メイタファミリアス・レーンを見まわした。

「そろそろ行こうか」と言い、通りに再び目をやって手で合図をした。フォックスとナイジェルがあとに続いた。ダークスーツの男が歩道をやってきた。アレンは簡潔に話しかけると、角へと誘導した。男はアーチ道の中に留まった。

彼らは、カーテンがなく、「ハーモニー」と社名が描かれた窓の前を素早く通り過ぎ、袋小路に入った。横に真鍮のプレートが付いた勝手口があった。アレンが取っ手を回すと、ドアが開いた。フォックスとナイジェルがあとに続き、主要な廊下へと続いているらしい薄暗い通路に入った。不意に薄暗がりに入ったためよく見えなかったが、右手にドアがあった。白く描かれた「在室」という文字がはっきりと見える。その奥から、タイプライターのカタカタという音が聞こえた。

アレンがノックした。タイプの音が急に止まり、椅子を回して軋る音がした。誰かがドアのほうに歩いてきて、エドワード・マンクスの声がした。「はい。どちら様ですか?」

「警察です」とアレンが言った。

静寂の中、彼らはじっと対峙していた。アレンはドアに拳を当てて待ちながら、「お話があるのですが、マンクスさん」と言った。

一瞬の沈黙のあと、声がした。「お待ちください。今行きます」

アレンの目配せを受けたフォックスは彼の横に来た。「在室」の文字が音を立てて消え、「G・P・F」の文字に替わった。掛け金の音がして、ドアが内側に開いた。マンクスが脇柱とドアにそれぞれの手を添えて立っていた。背後には木製の衝立があった。

フォックスの靴が敷居をまたごうとした。

「今行きますよ」とマンクスは繰り返した。

「いいえ、よろしければ、こちらが入らせていただきます」とアレンは言った。

彼らは無理に押し入るわけでもなく、不躾でもなかったが、実に手際よくマンクスの横をすり抜けて衝立を迂回した。マンクスはふとナイジェルのほうを見たが、誰なのか気づかない様子だった。マンクスは二人のあとに続き、ナイジェルは控え目に彼のあとに続いた。

緑のシェード付きランプが載ったデスクに、人が背を向けて座っていた。ナイジェルが中に入ると、回転椅子が軋みながら回った。薄汚れた服を着て緑の庇帽をかぶったパスターン卿が頰を膨らませて彼らと向き合った。

第十二章　G・P・F

一

彼らが寄り集まってくると、パスターン卿は甲高い唸り声を上げ、デスクの上のインク壺に手を伸ばした。

フォックスが、「さあ、御前、あとで困るようなことはなさらぬほうが」と言い、インク壺をどかした。

パスターン卿は素早く肩をすくめた。彼らの背後からエドワード・マンクスが言った。「なぜこんなことをなさるのかわかりませんね、アレン。得るものなどありませんよ」

パスターン卿は、「黙れ、ネド」と言い、アレンを睨むと、「警察をクビにしてやるぞ」と言った。

「ああ、クビだとも！」暫し口を閉ざすと、「私はなにも言わんぞ。ひと言もな」と言った。

アレンは椅子を引き寄せて彼の正面に座り、「けっこうです」と言った。「聞き役に徹してください。極力そうなさったほうが賢明でしょう。私の説明を聞き終えたら、持参した供述書をお読みいただき、署名するなり、訂正するなり、違う供述書を口述なさるなり、あるいはそのいずれも拒むことができます。しかし、それまでは聞き役に徹してください、パスターン卿」

パスターン卿は堅く腕組みをし、顎を引いて目を細めた。アレンは折り畳んだタイプ打ち原稿を胸ポケットから取り出して広げ、膝を組んだ。

「この供述書は」とアレンは言った。「あなたがG・P・フレンドと自称し、《ハーモニー》にG・P・Fの署名入り記事を寄稿している人物であるとの前提で作成されたものです。内容は我々が事実と信じるものですが、動機にはさほど触れていません。しかし、私は動機についてもっと詳しくお話ししたいと思います。この雑誌を創刊し、これらの記事を書くにあたって、あなたは匿名を貫くことが必要だと気づいた。おそらく英国で最も喧嘩っ早い男という異名、大々的に公表された家庭内の諍い、悪名高い変人ぶりでは、案内人《ガイド》・賢人《フィロソファー》・友人《フレンド》として登場しても、悪い冗談にしかならない。そこで、信頼できる代理人を通じて、使い勝手のいい銀行にG・P・フレンドの署名見本を取引手段にして十分な担保を預けたとします。次に、あなたは自分の匿名にまつわる伝説をこしらえ、神託の担い手として出発し、大成功を収めました」

パスターン卿は身じろぎもしなかったが、うっすらと悦に入った表情が広がった。

「決して忘れてはならぬのは」とアレンは話を続けた。「この成功はあなたが匿名を維持することにかかっているということです。G・P・Fが、公の場での喧嘩がタブロイド紙の夏枯れ時の恰好の逃げ場所となるほど、名うての協調性なき貴族にほかならぬと《ハーモニー》の愛読者に知られれば――一度そうとわかれば、G・P・Fは沈没し、パスターン卿もひと財産を失う。だが、すべてはトントン拍子に進む。むろん雑誌編集の大半はデュークス・ゲートで行うが、このオフィスにも定期的に足を運ぶ。サングラス、そこの壁に掛かっている少々みすぼらしい帽子とスカーフ、今着ておられる古着を身に着けて。おそらくエドワード・マンクス氏だけが秘密を知っている。あなたは部屋に鍵をかけて仕事をし、大金を稼ぐ。もしかするとマンクス氏もそれなりに」

マンクスは、「この雑誌の株は所有していません。おっしゃる意味がそれならね。ぼくの記事は通常料金の報酬です」と言った。

「黙れ、ネド」とパスターン卿は反射的に言った。

「この雑誌は」とアレンは説明を続けた。「一風変わってはいるものの、儲け路線で運営されています。爆弾を爆発させる。闇取引を暴露する。お世辞と毒舌を混ぜ合わせる。とりわけ、麻薬密売に対するきわめて効果的で大胆な個人攻撃を売りにしている。専門家を雇い、告発を行い、訴訟を誘発してものともしない。その情報は正確で、警察が逮捕しようとする前に犯罪者に警告し、みずから公言した目的を妨げてしまうこともあるが、十字軍的な情熱と売り上げの上昇で得意になりすぎ、事業主はそんなことなど気にも留めていない」

「おい、アレン……」とマンクスが憤然として言いかけると、パスターン卿が、「なにが言いたいんだ！」と声を上げた。

「話をお聞きください」とアレンは言った。マンクスはポケットに手を突っ込み、部屋の中をうろうろと歩きはじめ、「どうやら最後まで聞いたほうがましだな」とつぶやいた。

「はるかにましです」とアレンは頷いた。「続けましょう。《ハーモニー》の状況は万事順調でした。パスターン卿がドラム奏者としての才能を発揮したいと思い、〝ブリージー・ベレアズと楽員《ボーイズ》たち〟と手を組むまでは。すぐに問題が生じました。まず、あなたの愛娘《まなむすめ》でもある義理のお嬢さんがバンドのピアノ式アコーディオン奏者、カルロス・リベラに惚れてしまった。あなたは観察力のある人だ。

極めつけのエゴイストにしては驚くべきことですが。〝楽員たち《ボーイズ》〟と関わってから正確にどの時点かはわかりませんが、あなたはブリージー・ベレアズが麻薬をやっていること、さらに重要なのは、カルロス・リベラが麻薬の供給者であることを知った。あなたは《ハーモニー》の仕事を通じて麻薬流通の手法を熟知していたため、嗅覚が鋭く、通常の経路で供給しているわけではないと気づいた。ベレアズは小物の流通仲介者として行動する立場でした。彼は麻薬に誘い込まれて常習者となり、〈メトロノーム〉で麻薬を顧客に渡す仕事をさせられ、報酬として、リベラがこれでも高すぎると思う程度のはした金をもらっていました」

アレンが妙な目つきでパスターン卿を見ると、目が合った卿は二度まばたきをした。

「奇妙な状況ですね」とアレンは言った。「なんにでも興味を持ち、激しいわりにすぐ冷める情熱家の男が、突然、二つの真っ盛りの情熱と一つの長年にわたる愛情とが激しく葛藤する状況に直面したのです」

アレンがマンクスに目を向けると、彼は身じろぎもせず、アレンをじっと見つめていた。

「あなたの仕事上の立場からすれば、大きな可能性を秘めた状況でしょう」とアレンは言った。「パスターン卿が愛する継娘はリベラに惚れてしまうが、彼はパスターン卿が熱心に闘っている悪名高い商売を行っている。と同時に、リベラのカモは、パスターン卿が演奏に加わりたいと望む楽団の指揮者だ。これだけでもややこしい状況に最後のひねりが加わったのは、リベラが、おそらくはバンドのリハーサル中にパスターン卿の楽譜の中から、デュークス・ゲートの便箋にタイプ打ちされたG・P・Fのページの下書きを見つけたことです。彼はきっと、それを使ってミス・ド・スーズとの婚約をごり押ししてくるはずです。『ぼくの望みを後押ししてくれるか、それとも……』と。リベラは麻薬密売だけでなく、堂に入ったゆすり屋でもあります。パスターン卿はどうやってドラム奏者となり、婚約を解消させ、G・P・Fの匿名を守り抜き、麻薬密売を潰すのか？」

「その四つのうちの」とマンクスは言った。「一つだって証拠はないでしょう。実に破廉恥な推測だ」

「ある程度は推測です。しかし、議論を進めるのに十分なだけの情報や確実な事実もあります。あとはあなた方が埋めてくれるでしょう」

マンクスは短く笑い、「はかない望みだな！」と言った。

「さて」とアレンはつぶやいた。「続けましょう。パスターン卿は、《ハーモニー》に載せるG・P・Fのページの原稿の執筆中、突然閃きを得ます。バスケットにある案内《ガイダンス》、人生訓《フィロソフィー》、友情《フレンドシップ》を求める手紙の中に、継娘からの手紙があったのです。彼はふと考えました。『いずれ妻からの手紙も来るのでは？　夫婦間の問題で助言を求める手紙が』と」

マンクスはパスターン卿をさっと見ると、また目を逸らした。

「そう考えれば」とアレンは思案するように言った、「なぜレディー・パスターンが《ハーモニー》を激しくなじるのかもわかるというものです。もし彼女が本当にG・P・Fに手紙を出したのなら、五シリングの『内緒で相談』の手紙で返信があり、それは彼女にとってきわめて不快なものだったのでしょう」

パスターン卿は短く笑い、マンクスのほうを一瞥した。

「とはいえ」とアレンは説明を続けた。「当面は、ミス・ド・スーズが助言を求める手紙を書いたという事実に目を向けましょう。この偶然から、あるアイデアが生まれます。パスターン卿は手紙に返事を出し、彼女はさらに返信を送ります。文通は続き、ミス・ド・スーズが私に言ったように、ますます親身なものになっていきます。パスターン卿は達人です。彼は（ミス・ド・スーズの言葉を再び借りれば）クピドとプシュケーの場面を見事に演出します。彼女はお会いしたいと言い、彼は熱意のこもった返事を書きますが、断ります。自分の役柄で彼女をずっと監視し続ける楽しみを守るわけです。その一方で、リベラには、彼の望みを後押ししているように振る舞います。しかし、氷はどんどん薄くなり、卿のフィギュアスケートはますます危険なものになっていきます。しかも、そこには雑誌として一大スクープを狙う絶好の機会があります。卿はベレアズの商売を暴くことができる。みずからバンド内で活動してきた優れた捜査官と称して、《ハーモニー》にすべてをぶちまけるわけです。だが——その一方で——あの魅力的なドラム、蠱惑的なシンバル、刺激的なワイヤーブラシがある。自分の作曲活動がある。デビューもある。卿は危なげに、だが爽快に氷の上を滑っていきます。ベレアズを悪業から引き離そうと考え、シド・スケルトンに取って代わるぞと脅して震え上がらせます。パスターン卿は——」

「君は」とパスターン卿が口をはさんだ。「例の警察大学校かどこかには行ったのか？　ヘンドン校だっけな？」

「いえ」とアレンは言った。「行っていません」

「ふん、さっさと続けろ」とパスターン卿は怒鳴った。

「デビューの夜、素晴らしい閃きの夜が来ます。レディー・パスターンは明らかに娘とエドワード・マンクス氏の結婚を望んでいます」

マンクスは抗議めいた声を上げた。アレンが暫し待つと、「なあ、アレン」とマンクスは言った。「せめて礼儀くらいは守ってもいいだろう。強く抗議するが——」彼はナイジェル・バスゲイトを睨んだ。

「我慢していただくほかありません」とアレンは穏やかに言った。ナイジェルが言った。「すまない、マンクス。なんなら出ていくが、どのみちあとですべて聞くことになるよ」

マンクスは踵を返して窓際に行き、彼らに背を向けた。

「パスターン卿も」とアレンは説明を続けた。「同じことを望んでいるようです。そしてついに、虚飾ではあるが強烈な謎をG・P・Fにまとわせた卿は、途轍もないアイデアを思いつきます。卿はマンクス氏がすぐさまリベラに嫌悪を抱いたことに気づき、それは彼が継娘を愛しているためだと思ったのでしょう。ともあれ、マンクス氏が白いカーネーションを上着に挿しているのを目にすると、書斎に行き、G・P・Fは白いカーネーションを着けているというミス・ド・スーズ宛のロマンチックな手紙をタイプで打ちます。手紙では秘密厳守を求めます。リベラと激しい口論をして戻ってきたミス・ド・スーズは、マンクス氏の上着の白い花を見て、パスターン卿の計画どおりに反応します」

マンクスは、「なんてことだ！」と言い、窓ガラスを指でトントンと叩いた。

「パスターン卿がお気づきでなかったのは」とアレンは言った。「マンクス氏がミス・ド・スーズではなく、ミス・カーライル・ウェインに強く心を寄せていることです」

「なんだと！」とパスターン卿は鋭い声で言い、回転椅子をぐるりと回し、「おい！」と叫んだ。「ネド！」

「頼むから」とマンクスは苛立たしげに言った。「その話はよしてください。たいした意味はありません」息継ぎをすると、「今の話の流れならね」と付け加えた。

パスターン卿はマンクスの背中を厳しい目で見つめると、再びアレンに目を向け、「それで？」と言った。

「それで」とアレンは繰り返した。「素晴らしい閃きの話は以上です。しかし、あなたの行動についてはまだ終わっていません。舞踏室でのベレアズとのいきさつがあります。あなたの従僕が立ち聞きしたことですが、ブリージー自身が語ってくれた部分もあります。彼とのやりとりの中で、あなたは自分をシド・スケルトンの後釜にするよう求め、ベレアズを薬物常用のことでたしなめます。《ハーモニー》に手紙を書くとまで言ったのでしょう。この段階では、そのアイデアは一度にすべてを解決するように見えます。ブリージーを震え上がらせてコカインをやめさせ、リベラのことを暴露し、バンドとの関係を保ち続けるわけです。このやりとりのあいだのあなたの行動はかなり奇妙でした。レディー・パスターンの日傘の中棒を外し、手元を外して、下はじきを押しながら、気もそぞろに中棒をリボルバーの銃口に少しだけ押し込んだ。あなたはそれが小型の込め矢か太矢のようにピタリと嵌まると気づいた。あるいは、こう言ってよければ、小銃擲弾のように」

「君にその話をしたのは私だぞ」

「そのとおりです。あなたの戦術は、徹頭徹尾、自分に不利な証拠を積み重ねることでした。あなたも正気とは思いますが、正気の人間なら、とっておきの隠し玉の一つや二つ、つまり、自分の容疑を晴らす決定的な証拠を隠し持っていないかぎり、そんなことはしません。明らかにあなたはそうした証拠を出せると考え、清廉潔白さをきっぱりと示せることに大きな喜びを感じていました。これも薄氷の上でフィギュアスケートを演じていたわけです。我々に大失態の道化を演じさせ、さらに比喩を使えば、そのスポーツに飽きたり、氷にヒビが入りはじめたら、とっておきの隠し玉をポンと出してみせようと」

パスターン卿の蒼ざめた頰骨に、血管が網の目のように浮き上がりはじめた。口髭をこすると、手が震えているのにハッと気づき、手を上着の胸元に入れた。

「あなたの好きにさせて」とアレンは言った。「どこまでやれるか見守るのが一番だと思えました。あなたはマンクス氏がG・P・Fだと我々に思い込ませようとした。あなた自身がG・P・Fという可能性も同様にあり得ると我々は気づきましたが、それをあなたに悟られても得るものはないし、かえって損かもしれない、と思いました。リベラのゆすりネタの中に記事の下書きが出てきたとき、あなたがG・P・Fだという可能性はいっそう強くなりました。リベラはマンクスと会ったことはなく、あなたとは近い関係にあったからです」

アレンは同僚のほうをちらりと見て、「演奏中に」と言った。「ほかの人間がスポットライトを浴びているうちに、リボルバーにあの奇想天外な太矢を込める機会があなたにあったと最初に指摘したのはフォックス警部でした。もっともな意見です。だが、あなたには最初の切り札が残っていた――銃のすり替えです。我々がブリージーから回収した銃が、あなたが〈メトロノーム〉に持ち込んだ銃とは別の銃だったという、一見反駁し難い証拠です。しかし、元の銃が小部屋の奥のトイレで見つかったとき、その難題も全体の構図の中に納まりました。動機も有罪の根拠となる状況証拠も豊富でした。機会が見えはじめたのです」

アレンが立ち上がると、パスターン卿も立ち上がり、震える指を彼に突き付けた。

「この間抜けが！」と歯を剝き出しにして言った。「私を逮捕などできんぞ――おまえには――」

「逮捕できますよ」とアレンは応じた。「ただ、殺人罪ではありません。あなたの二枚目の切り札は残念ながら有効です。あなたはリベラを殺していない。リベラの命を奪ったのはリボルバーではなかったからです」

アレンはマンクスのほうに目を向け、「さて」と言った。「次はあなたの番です」

二

エドワード・マンクスは窓から振り返り、ポケットに手を突っ込んだままアレンのほうに歩み寄った。「いいでしょう」と言った。「ぼくの番ですね。ぼくのなにを探り出したと？」

「いろいろとね」とアレンは応じた。「見たところ、あなたがリベラと口論し、耳を殴りつけたという証拠があります。おっしゃるように、水面下を探り出したところ、あなたは《ハーモニー》と関わりがあった。G・P・Fがパスターン卿だと知っていたのはおそらくあなただけです。卿がリベラに脅されていることをあなたに話したとすれば——」

「聞いた覚えはありません」

「——さらに、リベラが麻薬密売人であることをあなたが知っていたとすれば——」アレンは暫し待ったが、マンクスは無言だった。「——そう、この唾棄すべき取引をあなたが嫌悪していたことを思い返すと、動機らしきものが見えはじめました」

「ふん、馬鹿馬鹿しい」とマンクスは軽く言った。「ぼくは、たまたま卑劣漢か悪党だとわかったやつに、片っ端から風変わりな死に方を用意してやったりはしない」

「わかりませんね。そんな実例もあります。あなたにはリボルバーをすり替えることもできた」

「リボルバーで殺されたんじゃないとさっき言ったじゃないか」

「それでも、すり替えたのは犯人です」

マンクスは苦々しく笑い、「降参だ」と言って両手を挙げた。「さっさと捕まえろよ」

「リベラの命を奪った凶器はリボルバーから発射されたのではありません。パスターン卿が引き金を引いたとき、リベラはピアノ式アコーディオンを胸に抱えていましたが、アコーディオンは無傷だからです」

「そう言ってやる用意をしてたのさ」とパスターン卿は気力を取り戻して言った。

「ともあれ、それは明らかに偽の手がかりでした。たとえば、パスターン卿はどうしてこんなたわいもない道具でリベラを撃てると確信できたのでしょうか？　棒の切れ端に付けた目打ちで？　ほんのわずかでもずれたなら、リベラはすぐには死なないかもしれないし、そもそも死なないかもしれない。いえ。素手で確実に狙いを定めなくてはなりません」

マンクスは震える手で煙草に火を点けた。「だとすると、ぼくにはさっぱりわからない——」一旦動きを止めると、「——犯人が誰なのかも」と言った。「どんな手段を使ったのかも」

「リベラは倒れたとき明らかに無傷だったので」とアレンは言った。「彼は倒れたあとに刺されたのです」

「だが、あいつは倒れる予定じゃなかった。連中は段取りを変えたんだ。それはうんざりするほど説明したぞ」

「我々の見るところ、リベラは段取りが変更されたことを知らなかったのです」

「なんと！」とパスターン卿が突然叫んだため、みな飛び上がった。「変更を望んだのはあいつだ。私じゃない。望んだのはカルロスだぞ」

「その点はもう少しあとで取り上げましょう」とアレンは言った。

「我々が今検討しているのは、彼が殺されたのはいつ、どのようにしてかです。巨大なメトロノームの様子を憶えておられますか？　それはリベラが倒れるまで動かなかった。不動のまま真下の彼を指し示していました。彼がのけぞると、その鋼の先端は威嚇するように、彼の胸のほうをまっすぐに向いていました」

「ふん、いい加減にしてくれ！」とマンクスはうんざりしたように言った。「誰かがメトロノームから締め釘を引き抜いたとでも？」

「いいえ。派手な演出を加えたいわけではなく、排除したいのです。リベラが倒れた直後、メトロノームの針が動き出しました。色とりどりの照明がメトロノームのパネルやこれを囲む骨格タワーでパッパッと点滅しました。針はリズミカルにチクタクと音を立てて左右に振れました。全体の効果は、もちろん入念に計算されたもので、目もくらむほど予想外のものでした。観客の目は倒れた人物から逸れ、その後十秒ほどのあいだに実際なにが起きたのかは観客には盲点になっていた。中央の人物からさらに注意を逸らすために、パスターン卿が激しく打ち鳴らすドラムにスポットライトが当たりました。しかし、その混乱した十秒のあいだに、なにが起きたのか？」

アレンは再び待ってから言った。「もちろん、お二人とも憶えておられるでしょう。ウェイターがブリージーに滑稽な花輪を投げ与えた。ブリージーは膝をつき、泣くふりをしてハンカチを出し、リベラの上着の前をはだけて胸を手探りした。リベラの心臓を探ったのはブリージーです」

三

パスターン卿は言った。「見当違いだな、アレン。間違ってるぞ。あいつを身体検査したのは私だ。あのとき、あいつはなにも隠してなかったし、絶対になにかを手に取る機会もなかった。凶器はそもそもどこにあった？　君は間違ってる。身体検査したのは私なんだ」

「わざとあなたに検査をさせたのです。そう。身体検査のあいだ、指揮棒に気づかれましたか？」

「言っただろ、おい。あいつは頭上にかざしてたのさ。なんてこった！」パスターン卿はさらに繰り返した。「なんてこった！」

「短く黒い棒です。尖った鋼は、あなたのデスクの中にあったガンオイルの空き瓶のコルク栓で保護して掌に握っていた。フォックスは今朝、ポーの短篇『盗まれた手紙』のことを思い出させてくれました。疑いを持たない観察者に、ある物を大胆不敵に示すと、人は予想どおりの物だと思い込んでしまう。ブリージーは昨夜、日傘の中棒と目打ちを使ってあなたの演目を指揮したのです。あなたは、いつものように先端に金属部分が光る黒檀の棒を目にした。目打ちは掌の中に隠していたのです。まさに指揮棒そっくりでした。おそらく、舞踏室で分解された日傘に手を触れたとき、そのアイデアを思いついたのでしょう。それを組み立ててくれと彼に頼んだのはあなたですね」

「おいおい」とパスターン卿は問いただした。「なぜすぐそう言わなかった？　人を悩ませやがって。こりゃとんでもないスキャンダルだ。この事件は君に任せるぞ、アレン。ああそうとも」

「あなたは」とアレンは穏やかに言った。「進んで我々に秘密を打ち明けてくれましたか？　それどころか、わざと危険なほどに愚かな一人芝居を演じておられたのでは？　あなたにご自身の戦術がどんなものか味わっていただいたとしても、お許し願えるのではないですかね。あなたを少しでも動揺させられたらと思いますが、それは期待しても無理でしょう」パスターン卿は頬を膨らませてあれこれ悪態をついたが、マンクスはニヤリとして言った。「ジョージ、認めたほうがいい。ぼくらは警察の公務執行を妨害したんだ」

「しかとお役に立つようにするか」

「まだ半信半疑ですね」とマンクスは言った。「動機はなんですか？　なぜ自分に麻薬を提供してくれる男を殺さなければならないと？」

「デュークス・ゲートの使用人の一人が、舞踏室にいたベレアズとリベラの口論を立ち聞きしました。ブリージーはリベラに煙草をくれと頼みました――むろん、麻薬の煙草です。リベラは渡すのを拒みました。お互いの関係は終わったと言い、《ハーモニー》に手紙を出すと言ったのです。フォックスならよく知っていますが、連中が仲間割れしたとき、この手のことはごく普通に起きるのです」

「いやまったく」とフォックスは言った。「よくあることです。リベラは自分を守れるだけの鉄壁のストーリーを用意し、まずは情報をタレこむ。我々がブリージーを挙げても、それ以上のことはできない。リベラを疑っても、なにもつかめないでしょう。なに一つね」

「なぜなら」とパスターン卿は指摘した。「君らは頭が固すぎて、目と鼻の先で逮捕してくれと叫んでるやつでも捕まえることができないからだ。そういうことさ。君らの率先性はどこにある？　積極性と行動力はどこにあるんだ？　なぜ君らは――」パスターン卿は激しい身振りを交えた。「――事を荒立てようとしない？　埃を立てようとしないんだ？」

「まあ、御前」とフォックスは穏やかに言った。「そうしたことは、安んじて《ハーモニー》のような雑誌にお任せすればよいのでは」

マンクスはつぶやいた。「だが、あいつを殺すとは――いや、ぼくにはわからない。それに、こんな馬鹿げたことを一時間で考えつくとは――」

「ブリージーは麻薬中毒者です」とアレンは言った。「彼はしばらく前から次第に追いつめられていて、リベラのほうは悪の天才としてますます存在感を強めていたのでしょう。奴隷のように服従している麻薬供給者を激しく憎むようになるのは、中毒者によくあることです。その男は、中毒者にすればメフィストフェレスを象徴するような人物になる。供給者がゆすり屋でもあり、しかも、供給をやめるぞと脅して犠牲者を震え上がらせることのできる立場にあれば、中毒者は切り苛まれるような苦しみを味わうことになる。パスターン卿、ベレアズはあなたが銃身に中棒を差し込むのを目にするずっと以前から、あなたがリベラに至近距離から発砲する場面を思い描いて、そこに注目しはじめていたのでしょう。彼は既に弾薬に細工をするアイデアを弄んでいたのだと思います。あなたはそのアイデアに点火したのですよ」

「なにを馬鹿な――」とパスターン卿は声を上げようとしたが、アレンは淡々と説明を続けた。

「ブリージーは」と彼は言った。「悲惨な状態にありました。コカインがほしくてたまらず、自分のショーに神経を尖らせ、あなたがなにをしでかすかと恐れていた。あなたも彼に、麻薬のことをばらすぞと脅していたことをお忘れにならないでください。彼は左右両面のクーデターを計画していた。あなたは殺人罪で絞首刑になるはずだったのですよ。彼は昔からたちの悪いいたずらが好きなのです」

マンクスは神経質に鼻を鳴らして笑った。パスターン卿は無言だった。

「だが」とアレンは説明を続けた、「信憑性を得るにはあまりに色彩が派手でありすぎた。燻製のニシンはむしろ燻製のクジラのようだった。全体の設定には、中毒者特有の不合理で空想的な論理があります。コールリッジは『クーブラ・カーン』（体調を崩したコールリッジが服用した鎮静剤の副作用で夢に見た幻想を綴った詩）を創作したが、ブリージー・ベレアズは日傘の中棒と刺繍用の目打ちでシュールな短剣を作っている。エドガー・アラン・ポーは『陥穽と振子』を書いたが、ブリージー・ベレアズは二丁目のリボルバーを盗み、凶器で銃身の中に引っ掻き傷を作り、銃口を蠟燭の煙で炙《あぶ》ってからオーバーのポケットに入れている。コカインへの満たされない欲望で耐え難い行動に駆り立てられ、身の毛のよだつ計画を途方もない正確さで組み立てている。いつくじけて関心を失うか、気力を喪失するかわからないが、肝腎なときに鬼神の如く行動している。すべてがピタリと当てはまります。彼は二つ目の段取りでやるとバンドに告げるが、リベラには告げない。リベラは、登場前の待機のためにレストランの端のほうにいた。ベレアズは、土壇場でパスターン卿のリボルバーを調べるようスケルトンをそそのかす。自分を身体検査させるように仕向け、短剣を頭上に掲げ、笑いを押し殺して体を震わせながら検査を受ける。指揮を行い、殺人を行う。リベラの心臓の位置を探り出すと、手をハンカチで覆い、滑稽な花輪で観客から見えないようにしながら目打ちを突き刺してねじ込む。気分が悪いふりをする。遺体を安置した小部屋に行くと、ますます気分が悪いふりをする。オーバーのポケットにしまってあった傷の付いたリボルバーを、パスターン卿が発砲したリボルバーとこっそりすり替える。トイレに行き、大きな嘔吐の声を出しながら、パスターン卿の傷のない銃を始末する。戻ってくると、もはや限界だったため、必死で遺体をまさぐり、おそらく、ほしくてたまらない麻薬を見つけたのでしょう。彼はくずおれる。以上がブリージー・ベレアズに対する告発の論拠です」

「哀れな間抜け野郎《ドーブ》だ」とマンクスは言った。「おっしゃるとおりならね」

「哀れな間抜け野郎か。いやまさに」とアレンは言った。「哀れな麻薬中毒者《ドーブ》ですよ」

ナイジェル・バスゲイトが、「ほかにやれた者はいなかった」とつぶやいた。

パスターン卿は彼を睨みつけたが、無言だった。

「誰にもね」とフォックスは言った。

「だが、有罪判決は勝ち取れまいよ、アレン」

「かもしれません」とアレンは言った。「たとえそうでも、我々のやることは変わらない」

「若いな」とパスターン卿は不意に言った。「犯人はどうしても捕まえなくちゃならんものなのか？」

「申し訳ないが、アレン」とエドワード・マンクスは慌てて言った。「失礼させてもらうよ」

「どこに行く、ネド？」

「ライルに会いにですよ、ジョージ。昼食を一緒にしたものの」と説明した。「すれ違いがありましてね。彼女はあなたをG・P・Fだと思っているのかとぼくは考えてました。フェーが《ハーモニー》から受け取った手紙のことを話しているのだと思いましてね。でも、今わかりました。彼女はぼくがG・P・Fだと思ってたんですね」

「いったいなんの話だ？」

「たいしたことじゃありません。失礼します」

「おい、ちょっと待て。一緒に行くよ」全員がひと気のない日差しの下に出ると、パスターン卿はドアに鍵をかけた。

「ぼくも失礼しますよ、アレン」ナイジェルは、締まりのないひょろりとした長身の男と、こざっぱりした服装のずんぐりした男がきびきびとメイタファミリアス・レーンを歩いていくのを見ながら言った。「但し――これからどうなさるつもりですか?」

「令状は取ってあるのか、フォックス?」

「はい、アレンさん」

「ならば行こう」

四

「犯罪捜査規範には」とフォックスは言った。「学ぶべき点もあるかもしれませんが、イライラさせられることもあります。ご同意いただけないでしょうけどね、アレンさん」

「君や私に分をわきまえさせているのさ、フォックス君《ブレア・フォックス》。それも大事なことなのだろう」

「直接問い詰めてやりたいところですが」とフォックスは激しい口調で言った。「追い込んで白状させてやりたいですね」

「威圧を加えれば、冷静さを失って自供するかもしれないが、それは真実ではない可能性もある。それが犯罪捜査規範の背景にある考え方のようだね」

フォックスは禁句の悪態をつぶやいた。

ナイジェル・バスゲイトは、「どこに行くんですか?」と言った。

「ベレアズのところへ行く」とアレンが唸るように言った。「うまくいけば、既に来客が居合わせているはずだ。〈メトロノーム〉のシーザー・ボンさ」

「なぜわかるんです?」

「情報がありましてね」とフォックスが言った。「彼が電話で会う約束をしたんですよ」

「それで、どうしようと?」

「ベレアズを麻薬の受け取りと配給の罪でしょっ引くんですよ、バスゲイトさん」

「フォックスは」とアレンは言った。「告発の論拠があると考えている。顧客情報からね」

「いったんしょっ引けば」とフォックスは物憂げに言った。「口を割る可、、、、能性もある。〝通常の警告〟をしようとね。犯罪捜査規範というわけだ!」

「やつは脚光を浴びるのが好きだ」とアレンは意外なことを言った。

「だからなんです?」とナイジェルは尋ねた。

「いや別に。わからない。なにかで口を割ることだってある。さあ行こう」

ブリージーのフラットに続くトンネルのような通路はかなり暗かった。みすぼらしい窓を背にした黒い人影――突き当たりで張り番中の私服警官――のほかには誰もいなかった。

彼らは厚い絨毯の上をそっと歩くように私服警官に近づいた。彼は頭だけ動かし、「猛烈に」という言葉で締め括ってなにかをつぶやいた。

「よし」とアレンは言って頷いた。私服警官はブリージーのフラットのドアをそっと開けた。

彼らがロビーに入ると、二人目の男が手帳を壁に押し当てて、なにか書こうと鉛筆を構えていた。

狭いロビーは四人の無言の男でほぼ埋め尽くされた。

奥の部屋では、シーザー・ボンとブリージー・ベレアズが口論をしていた。

「宣伝だと！」とシーザーは話していた。「だが、どんな宣伝だ！ 冗談じゃない！ 申し訳ないが。心底残念に思うよ。君だけじゃなく、私にとってもこれは災難だ」

「なあ、シーザー。君は間違ってる。観客は私を失望させない。彼らは私を見に来たいと思うさ」声が急に高くなった。「彼らは私を愛してるんだ」ブリージーは声を上げると、ひと息ついて言った。

「こんちくしょうめ、みんな私を愛してるんだ」

「そろそろ失礼するよ」

「いいとも。今にわかる。〈カーマレリ〉に電話するよ。〈カーマレリ〉は何年も前から私を獲得しようとしてきた。〈ロータス・ツリー〉でもいい。私を獲得しようと争うだろう。君の顧客も私についてくる。あいつらに食い尽くされるぞ。スタインに電話しよう。ロンドンのレストランなら――」

「ちょっと待て」シーザーはドアに近寄った「戸惑うといけないから前もって言っておく。その件では、もう連中と話をしてきた。非公式な話し合いとしてね。意見はまとまってる。君が一流のレストランやクラブで出演するのは無理だろう」

　裏声のすすり泣きが聞こえた。シーザーの声が割って入り、「信じてくれ」と言った。「親切心で言ってるんだ。なにより、我々は旧友だろ。忠告を聞いてくれ。引退しろ。そのくらいのゆとりはあるはずだ」彼は神経質そうに笑った。ブリージーがなにか囁いたのだ。ドアの奥で二人は互いに近づいたようだ。「いや、駄目だ！」とシーザーは大声で言った。「そんなことはできない。駄目だ！ 駄目だぞ！」

　ブリージーは不意に叫んだ。「おまえを破滅させてやる！」私服警官の鉛筆が手帳の上を走った。

「君は自滅したんだ」シーザーは早口に言った。「余計なことは言うんじゃない。わかってくれ。口をつぐまなくては。もう君がスポットライトを浴びることはない。君は終わりだ。寄るな！」取っ組み合いの音とくぐもった叫び声がした。なにかがドアに激しくぶつかり、その表面を滑り落ちた。

「よし、わかった！」シーザーは喘ぎ声で言った。怒りに満ちた、息を切らして勝ち誇った声だった。意外なことに、少し間を置くと、シーザーは思案するように言った。「まったく、馬鹿なやつだな。これで決心した。決めたぞ。警察に君の商売のことを通報してやる。法廷で間の抜けた姿をさらすがいい。束の間物笑いの種になって忘れられるさ。刑務所か、もしかすると矯正所行きだな。真面目にお勤めすれば、一年ほどで小さなバンドを指揮するくらいは許してもらえるかもな」

「くそっ！　ならば警察に言え！　言えよ！」ドアの向こうでブリージーがよろめきながら立ち上がった。裏声になっていた。「だが、言うのは私のほうだ。私だぞ！　被告席に入ったら、そのろくでもないにやけ顔を消し去ってやる。まだ知らないだろ。この私におかしな真似はよすんだな！　終わりだと！　いや、お楽しみはこれからさ。私がラテン野郎の心臓をどうやって切り裂いたか、洗いざらい話してやる」

「よし行くぞ」とアレンは言ってドアを開けた。

訳者あとがき

一　ナイオ・マーシュとロデリック・アレン

『楽員に弔花を』は、ニュージーランドの探偵小説作家、ナイオ・マーシュ（一八九五―一九八二年）のロデリック・アレンものの十五作目の長篇 Swing, Brother, Swing（一九四九。米題：A Wreath for Rivera）の翻訳である。翻訳の底本には、英コリンズ社の初版を用いた。

英題は、ウォルター・ビショップ作詞、クラレンス・ウィリアムズ、ルイス・レイモンド作曲による一九三五年のジャズの名曲のタイトルに由来し、特にビリー・ホリデイが歌ったヴァージョンが有名だ。もっとも、作中に同曲は出てこない。swing にはスウィングで演奏するという意味もあるが、「絞首刑になる」という意味もあり、英初版のダストジャケットでは、その意味に基づいて、絞首縄が揺れるデザインが描かれている。マーシュには凝ったタイトルの作品が多いが、本書もその一つだ。

本書は、A Catalogue of Crime（一九七一年初版、一九八九年増補改訂版）の編者として知られるジャック・バーザンとウェンデル・ハーティグ・テイラーが、出版社の求めに応じて二十世紀前半におけるミステリのクラシック五十作を選んだ Fifty Classics of Crime Fiction 1900-1950 の一つに選ばれている。

ナイオ・マーシュは（ニュージーランド国籍ではあるが）、アガサ・クリスティ、ドロシー・L・セイヤーズ、マージェリー・アリンガムとともに、英国における〈ビッグ4〉の一人に数えられる作家であり、マーティン・エドワーズが The Life of Crime（二〇二二年初版、二〇二四年増補改訂版）で、「マーシュは今も黄金時代の小説の中で最も人気のある作家の一人」と述べているように、黄金期の作家の中でも時の試練に耐えて今なお絶大な人気を保ち続けている希有な作家の一人だ。

シリーズ・キャラクターであるロンドン警視庁犯罪捜査課のロデリック・アレン（主任警部から主任警視まで昇進）は、三十三作の長篇（ステラ・ダフィが補筆完成した Money in the Morgue［二〇一八］を含む）と三作の短篇に登場し、一九九〇年から一九九四年にかけてBBCで放送された、パトリック・マラハイド主演のテレビドラマシリーズ The Inspector Alleyn Mysteries の主人公にもなった。

マーシュはこのシリーズ・キャラクターがことのほかお気に入りだったらしく、自作の全長篇に登場させた。ドイルやクリスティのように、自分が創造した探偵に嫌気がさすようになる作家もいるが、マーシュは、自伝 Black Beach and Honeydew（一九六六年初版。一九八一年増補改訂版）の中で、アレンに飽きないのかと常に聞かれるが、「飽きたことはない」と語っている。アレンは、初登場作『アレン警部登場』（一九三四）第四章では、「とても背が高く、やせ型で、髪は黒っぽく、目は灰色で、目尻がわずかに下がっている」、Death in a White Tie（一九三八）第十一章では、「修道士とスペイン貴族を足して二で割ったような端正な容姿だった。アレンの顔と頭の表面は輪郭が明瞭で、骨の構造がはっきりと表れていた。目の冷ややかな青さと髪の明瞭な黒さにはある種の厳格さがあった」と描写されている。本書でも、カーライルが受けた印象として、「修道士のような容貌の男で、気難しそうな口元と形のいい頭をしている」という言及がある。

ロデリック・アレンは、『ヴィンテージ・マーダー』（一九三七）や Artists in Crime（一九三八）の記述から、一八九三年生まれと考えられている。準男爵家の次男であり、爵位は父親と同じ名を持つ兄のジョージ・アレン卿が継いでいる。父親の故ジョージ卿は、本書でも言及のあるように、パリ大使館での勤務経験があり、兄弟はともにパリに滞在したことがある（兄のジョージ卿は、Black As He's Painted［一九七四］に顔を出す）。ロデリックは、イートン校とオックスフォード大学で学び、『オールド・アンの囁き』（一九五五）や本書でも言及されているように、一旦は外務省に勤めたが、性に合わず、警視庁に再就職した。

アレンは、Artists in Crime で出会った画家のアガサ・トロイに愛を告白するが、同書ではその恋は実を結ばず、次作 Death in a White Tie（一九三八）でようやく結ばれる。彼女の名はアガサだが、彼女は自分の絵に常に「トロイ」と署名し、それが彼女の通称となり、アレンも妻を「トロイ」と呼ぶ。結婚後の複数の作品の配役表でも「トロイ・アレン」と表記されている（本書では「ロデリック・アレン夫人」）。本書では、トロイが妊娠中であることが明らかにされ、誕生した息子のリッキーは Spinsters in Jeopardy（一九五三）で初登場し、Last Ditch（一九七七）では二十一歳の青年に成長していて、小説を執筆している。

演劇人だったマーシュの作品には、『殺人者登場』（一九三五）、Final Curtain（一九四七）、『ヴァルカン劇場の夜』（一九五一）、False Scent（一九五九）、Death at the Dolphin（一九六六）、『闇が迫る』（一九八二）のように演劇を背景にした作品が多いが、演劇的要素はそれ以外でも作品の随所に現れている。

たとえば、巻頭の登場人物表がそうだ。ミステリの翻訳書には通常、巻頭に登場人物表があるが、その大半は原書にあるものではなく、訳者か編集者が読者の便宜のために作成したものだ。したがって、原書に登場人物表が載っていることは稀なのだが、マーシュは、劇の脚本やプログラムに倣って「配役（Cast of Character）」表を巻頭に載せることを好んだ。時には、人物を登場順に並べるという、まさに演劇風の配役表にすることもあるが、邦訳では、登場人物表を載せるのが普通のため、かえって通例の体裁に合わせて加工してしまっている例も多い。本書では、そうした作者の個性を生かすため、原書掲載の「配役」表のとおりに訳出した。

もう一つは、主人公のアレンの登場の仕方だ。『ランプリイ家の殺人』（一九四一）の訳者あとがきで、浅羽莢子氏が、「いざアレンが登場する段になると、全てがその場面のために一瞬、静止するのだ。おそらく、演出家としてのマーシュが舞台効果を狙わずにはいられなかったせいだろう」と述べているように、マーシュは花形スターのアレンの登場時にまばゆいばかりのスポットライトを浴びせる。本書でも、意外にも殺人現場のレストランの客の一人だったアレンが、捜査担当のフォックス警部の前に姿を現すくだりは、まさに主役スターにふさわしい華やかな登場場面だろう。

二　マーシュの作品の多様性と我が国における受容

〈ビッグ４〉の中でも、セイヤーズは戦前に早々と探偵小説の筆を折り、アリンガムは謎解きにさほど重心を置かなかったため、第二次大戦後、マーシュはアガサ・クリスティと双璧をなす謎解き探偵小説の女性人気作家だった。〈ミステリの女王（Queen of Crime）〉と呼ばれるクリスティに対し、マーシュは時に〈ミステリの女帝（Empress of Crime）〉と呼ばれるのもこうした状況を物語っている。

しかし、クリスティの人気が絶大なのは洋の東西を問わず普遍的な現象としても、マーシュは、我が国では英米に比してあまりに紹介が遅れ、十分な人気を得ることもなかった。古くは、『殺人者登場』、『死の序曲』（一九三九）、『ヴァルカン劇場の夜』が単行本として刊行されたが、いずれも現在は絶版状態にあり、『ランプリイ家の殺人』、『アレン警部登場』、『ヴィンテージ・マーダー』、『道化の死』（一九五七）、『オールド・アンの囁き』、そして最近の『闇が迫る』と（自費出版等を除く）、近年になって紹介が進んできたものの、それでもなお幅広い人気を獲得したとは言い難い。その理由はどこにあるのだろうか。

「類別トリック集成」を著した江戸川乱歩の影響もあってか、我が国では、鮮やかなサプライズ感を伴う「トリック」が探偵小説の最重要要素として評価される傾向があり、「最も疑わしくない人物」の斬新な着想を次々と打ち出したアガサ・クリスティは、乱歩が脱帽しただけでなく、我が国の探偵小説ファンからの人気も群を抜いている。

そもそも探偵小説における「トリック」という用語自体がほぼ和製英語であり、乱歩が普及させた面も大きいのだが、マーシュの作品には、クリスティの作品に見られるような鮮やかな「トリック」は、わずかな例を除いてほぼ見られない。不可能犯罪ものの傑作『道化の死』など、中には注目すべき作品もあるが、大半の作品は、帽子からウサギを取り出してみせるような目覚ましいサプライズ・エンディングとは無縁で、乱歩流に言えば、「トリック」にこれという創意もない作家ということになってしまいそうだ。マーシュが英国での人気と裏腹に我が国でなかなか紹介が進まず、紹介されてもさほど話題になってこなかった最大の理由はここにあると見ていいだろう。

では、マーシュの作品の謎解きとしての個性や長所はどこにあるのか。それは、我が国に顕著なトリック偏重の視点からは理解しにくいのだが、「トリック」のアイデアより、プロットを丹念に構築し、作中の捜査過程でその構造を丁寧に明らかにしながら犯人を絞り込んでいく、という構成にある。

彼女は、まず犯行の詳細や関係者の動きを図面や時間表などできちんと整理した上で執筆にとりかかった形跡がしばしば窺える。そして、関係者への尋問の過程やこれを踏まえた捜査官同士の議論を通じてその構造を少しずつ明らかにしていく展開となる。特に初期作品に顕著だが、Death in Ecstasy（一九三六）、『ヴィンテージ・マーダー』、Death in a White Tie、『死の序曲』、『ランプリイ家の殺人』、『恐怖の風景画』（一九六八）、Black As He's Painted のように、建物の見取り図や現場の地図が挿入されることが多く、ストーリーの中間部に、容疑者への尋問やアレンと部下との議論が長々と続き、一人ひとりの動きをじっくりとおさらいしていく場面が多いのも、こうしたマーシュならではのプロット構築を反映したものと見ていい。

インスピレーションに依存しがちな「トリック」の独創性より、一つ一つ資材を組み立てて建物を建築していくような綿密さがマーシュのプロットの特徴であり、彼女の作品は、ストーリー展開の中で、その建築物を一から組み立て直していくように真相を追究していく、きわめてオーソドックスな探偵小説なのだ。「マーシュ作品は謎の種類からいえば犯人当てであり、奇抜なトリックに依存するものではない」という浅羽莢子氏の指摘（「知られざる巨匠たち⑨ナイオ・マーシュ——楽しい舞台、趣味の味つけ——」『世界探偵小説全集月報9』国書刊行会刊）も、こうしたマーシュの作品の特徴をうまく言い当てたものと言えるだろう。

結末のサプライズ感を得ることを探偵小説の醍醐味と考えがちな読者は、たとえば、（本書のパスターン卿のように）時間表を作成して容疑者の動きを整理し、一人ひとりの実行可能性を吟味しながら犯人を絞り込むような面倒なことはしないだろう。本当はそこにこそマーシュの作品の楽しみ方があるのだが、結末に至ってめぼしい「トリック」が使われていないことに気づくと、こうした読者はそこだけを見て「凡作」と決めつけてしまいがちなのだ。

ロバート・バーナードは、「マーシュの謎解きは、クリスティの両大戦間の作品に見られる見事な離れ業はないものの、綿密に構成されている。クリスティは後期の作品になると綿密なプロット構成が弛緩してしまったが、マーシュは細心さと公正さを変わることなく維持し続けてきた」（*The English Detective Story*［H・R・F・キーティング編 Whodunit?：一九八二］所収）と評し、メルヴィン・バーンズも、「マーシュの後期作品はどれも秀逸で、読者を惑わせ、味わいのある登場人物を造形し、巧妙な謎を構想する能力にほぼ衰えは見られなかった」（Murder in Print［一九八六］）と述べている。インスピレーションに依存しがちな「トリック」の着想力は、老いとともに衰えていくのは不可避であり、アガサ・クリスティも、晩年の作品になると質の劣化が著しくなるのだが、職人的な丹念さでプロットを構築するマーシュは、晩年になっても衰えが目立たなかったという評が多いのだ。

クリスティの後期作品は主要なミステリ文学賞の候補に挙がることはなかったが、マーシュは、『オールド・アンの囁き』、『道化の死』が英国推理作家協会（ＣＷＡ）の最優秀長篇賞の次点に選ばれ、Death at the Dolphin、Tied Up in Tinsel（一九七二）がアメリカ探偵作家クラブ（ＭＷＡ）の最優秀長篇賞の候補に挙がっていることも、こうしたマーシュの持続的な水準の高さを物語っている。マーシュが我が国において正当な評価を得るためには、「トリック」偏重の視点をリセットして、こうした彼女の特質を念頭に置きながら作品を味わうことが大きな前提として求められるところなのかもしれない。

一方、マーシュの作品でよく指摘される欠点は、中間部で延々と続く尋問シーンだ。ロバート・バーナードも、「危うさがあるとすれば、彼女があまりに細心かつ巧妙にプロットを組み立てるため、細かな点の捜査や最後の謎解きが、退屈な細部を無理やりおさらいする作業になりかねないことだ」と述べ（*English Detective Story*）、「誰が、いつ、どこにいたかに重点を置く捜査」をマーシュの作品の特徴に挙げているほどだ（『欺しの天才』邦訳は秀文インターナショナル刊）。

特に初期作品によく見られるが、事件が起きて、アレンをはじめとするロンドン警視庁の面々が登場すると、事件関係者一人ひとりに対してこうした「誰が、いつ、どこにいたか」の尋問が始まり、その場面が延々と繰り返されることが多い。

これはマーシュのプロットの構想の仕方と表裏の関係にあるもので、綿密に組み立てたプロットを容疑者への尋問を通して組み立て直していく手法でもあり、辛抱強く付き合えば、プロットのパズルピースを少しずつ当てはめて真相の絵を完成させていく過程を楽しむことにもつながるのだが、ストーリー展開としては停滞感が否めず、ややもするとだらだらとした退屈感がつきまとう。

マーシュはおそらく、そうした批判も受けてストーリーテリングの才に磨きをかけていったと思われ、丹念なプロット構築を維持しつつも、のちの作品になるほど人物描写が厚みを増し、ストーリーにも起伏のある作品が多くなる。ニュージーランドを舞台にした戦時のエスピオナージュ的性格の強い Colour Scheme（一九四三）、アレンの息子リッキーの誘拐をめぐる追跡劇を含むスリラー仕立ての Spinsters in Jeopardy など、伝統的な探偵小説の形式にこだわらない作品も書いたし、先に挙げた演劇関連の作品や、船上ミステリの Singing in the Shrouds（一九五八）、ローマを舞台にした When in Rome（一九七〇）など、舞台設定にも多様性を取り入れた。Final Curtain や後期の代表作 Tied Up in Tinsel のように、前半ではトロイに中心的な役割を演じさせて緊張感を高め、アレンをはじめとする捜査陣を中間近くなるまで登場させないことで、退屈な尋問場面が続くパターンをうまく回避するなど、ストーリーテリングにも様々な工夫が見られるようになる。初期に傑作が集中し、後年になるほど水準が下がっていくミステリ作家が多い中で、マーシュの場合は、むしろ最初期の頃の作品は習作的性格が強く、後年の作品に代表作と目される作品が多いことも特筆すべきことだろう。

ジョン・ロードもマーシュと同様の批判を受けることの多い作家だが、ロードが初期作品ではストーリーに起伏があったのに、中期以降になると、退屈な尋問や議論の場面が多くなるのに対し、マーシュの場合は、むしろ習作期の作品に顕著だったそうした欠点が、のちの作品になるほど円熟味が増して目立たなくなっていく。ロードが次第に忘却されていったのとは対照的に、マーシュが〈ビッグ4〉に数えられるほどの人気作家であり続けているのも、こうした作家としての成長と円熟によるところが大きいだろう。本書でも、変わり者のパスターン卿をはじめ、登場人物の個性をよく描き込み、レストランでのバンド演奏という舞台設定のユニークさも光っている。

エドワーズは The Life of Crime の中で、「彼女の小説の強みは、時に退屈なだらだらと続く容疑者への尋問を伴う殺人事件の捜査よりも、人物描写、コメディ、舞台設定にある」と述べているが、まさにマーシュの作品の性格と長所を的確に捉えた評と言えるだろう。

※本作のプロットに触れていますので、以降は本書読了後にお読みください。

三　『楽員に弔花を』の構造

バーザンとテイラーは、Fifty Classics of Crime Fiction 1900-1950の本書に寄せた序文で、「作者のプロットが、パスターン・アンド・バゴット卿を結末における二つのサプライズの中心に据えることに成功しているのは、明らかにクラシックとしての強さの表れだ」と述べている。二つのサプライズとは、謎解きの真相とG・P・Fの正体のことであり、探偵小説としての魅力と人物描写の上手さが一体となった本書の特徴を的確に捉えた評と言える。その特徴をいくつかの要素に分解して浮き彫りにするよう試みたい。

（一）恋愛小説的な背景

謎解きの要素を度外視しても、本書は男女の錯綜した関係を描いた一編の恋愛小説として読むこともできる。

二人で中篇小説を空想する幼なじみのカーライルとマンクスは、本当はお互い愛し合っていながら、特にマンクスにはその自覚がない。親戚のフェリシテは恋多き娘で、これまでも恋の火遊びを繰り返してきたが、今はリベラというアルゼンチン出身のバンド奏者に婚約を迫られている。

レディー・パスターンは娘のフェリシテとマンクスを結び付けようと画策し、フェリシテもリベラと仲違いしたあと、義父のパスターン卿の計略にはまってマンクスが自分を愛していると思い込み、彼に熱を上げてしまう。

マンクスはリベラとの口論をきっかけに、自分がカーライルを愛していることをようやく自覚してそのことに驚きを覚えるが、カーライルはマンクスがフェリシテに思いを寄せていると誤解して心乱れ、カーライルとフェリシテの間にも亀裂が生じる。マンクスもカーライルのよそよそしい態度の理由を理解できず、悩みを深めていく。

本当は愛し合っていながら、誤解や錯覚からお互いに猜疑心を深めていくカーライルとマンクスのすれ違いが切なく、やきもきするじれったさを感じさせるが、最後は二人のハッピーエンドを予感させて締め括られる。本書は、こうした若い男女の人間模様を中心に厚みのある人物描写を前面に打ち出した恋愛小説として読むこともできるし、その人間模様そのものがレッド・ヘリングの役割を果たし、謎解きの重要な手がかりを巧みに隠しているともいえる。

たとえば、フェリシテが目打ちを無意識に持ったまま客間から出ていく経緯や、マンクスがリベラをホールで殴る場面などは、後述するように謎解きの重要な手がかりとなっているのだが、彼らの激しい感情の発露やぶつかり合いを描く中でさりげなく仕込まれている。

（二）「トリック」の着想

敢えてプロットの核にある「トリック」の着想に目を向けると、マーシュの作品としては珍しく、本書は、『道化の死』とともに、かなりオリジナリティの高いトリックが用いられた作品と言えるだろう。バーザンとテイラーがクラシックの一冊に選んだ理由の一つもそこにあると見ていい。

演奏中に被害者に近づいた者はおらず、凶器はパスターン卿が発砲したリボルバーから発射されたものと考えられた。だとすれば、凶器を作ってリボルバーの銃身の中に込める機会のあった者は、屋敷とレストランの両方にいた者に限られる。その条件に当てはまるのは、パスターン卿、レディー・パスターン、カーライル、フェリシテ、マンクス、ベレアズだった。

パスターン卿が演壇に登場する直前に、リボルバーはシド・スケルトンが調べていたため、それ以前に凶器をリボルバーに仕込むことはできなかった。パスターン卿が登壇後にソンブレロの下に置いたリボルバーに手を伸ばす機会があったのは、近くのテーブルにいたレディー・パスターン、カーライル、フェリシテ、マンクスだったが、パスターン卿がそこにリボルバーを置くとは誰にも予測し得なかったことであり、その可能性は乏しかった。

ベレアズは、登壇する直前にパスターン卿から身体検査を受けていて、凶器らしきものを身に着けていなかったし、そのあと、なにかを手に取る機会もなかったとパスターン卿が断言していた。

リボルバーに凶器を仕込むことができそうな人物は、パスターン卿その人しかいなかったが、あまりにもあっけらかんとそのことを証言する卿は、誰が見ても犯人とは思えなかった……。

アレン主任警部とフォックス警部は、この衆人環視の状況の中で行われた一見不可能な犯行を追究するために検討を重ねていく。「不可能なことを除外したあと、単にありそうにないことだけが目の前に残ったら、いわば〝必然的に〟それを受け入れるしかない」という第十章のアレンの台詞は、ジョン・ディクスン・カーばりと言っていい。

（ネタばらしになるため作品名には言及しないが）直接刺されたように見える致命傷が、実は銃で発射された凶器によってもたらされたものだったというトリックは、本書以前に複数の作品で使われていた。本書の基本的なトリックは、そのパターンをひっくり返したものと見ることができる。だが、先例のあるそのトリックと、銃で発射されたと思われた凶器が、実際は直接刺されたものだったという本作のトリックは、与える印象に大きな違いがある。

前者は、直接刺されたという単純な外観を、銃というアイテムの使用によって作り出す手法であるため、おのずと技術的な込み入った仕掛けという印象を与える。いかにも不可能犯罪を得意とする作家が用いそうなトリックだ。これに対し、銃を用いたと思わせて、実際は衆人環視の状況の中で、堂々と刺殺していたという本書のトリックは、技術的なトリックというより、心理的な盲点を突いたトリックという印象のほうが強い。

凶器が実は、観客が見ている前で指揮者がずっと手にしていた指揮棒であり、犯人が演壇に出る直前、凶器を堂々と手に持ったまま身体検査を受けていたという設定も、まさにこのトリックの心理的側面を際立たせる効果を持っている。第八章で言及されるポーの「盗まれた手紙」を引用しての最終章の謎解きも、そのトリックの性格をうまく捉え、浮き彫りにする解説と言えるだろう。

(三) プロットの構成と手がかり

本書は例外に近いが、先に述べたように、マーシュの本領はインスピレーションに依存しがちなトリックにはなく、むしろ、各容疑者の動きを時間や場所に則して綿密に練り上げるところにある。アレンとフォックスは、こうして構成された事件を「徹底的に細切れにし、その断片をあらためて本来の絵姿にまとめようとする試み」(第九章第二節)を通じて再構成していくのだが、本書もマーシュのこうした特徴がよく表れた作品と言えるだろう。一つの例として、本書のプロットの構成をわかりやすく整理してみよう。

　事件の舞台と捜査の中心は二か所。パスターン卿の屋敷デュークス・ゲートと犯行現場となったレストラン〈メトロノーム〉だ。特に、デュークス・ゲートでの関係者の動きに焦点が当てられるが、その理由は、凶器とされる日傘の中棒と刺繡用の目打ち、リボルバーは、デュークス・ゲートから持ち出されたものだからだ。

　各容疑者の動きの焦点は、特に第四章にある。同章の第二節から第四節までは、それぞれ違う場所での夕食会後の人々の動きを同時並行で描いている。第二節では、客間（二階）にいるレディー・パスターン、カーライル、フェリシテ、ミス・ヘンダースン、第三節では、食堂（一階）にいるマンクスとリベラ、第四節では、書斎（二階）から舞踏室（二階）へと移動するパスターン卿とベレアズの動きを中心に捉えている。パスターン卿とベレアズが書斎を出たあと、フェリシテとリベラがそこに入っていく。彼らのバラバラな動きが一瞬つながるのは、舞踏室でパスターン卿がドラムを鳴らして空包を撃ち、ほかの部屋にいる人々にもその音が聞こえて、それぞれが反応を示す時だ。

　この間の人々の動きが重要なのは、殺人に関係する重要なアイテムが彼らの動きに伴って移動するからだ。それぞれのアイテムの本来の場所を確認すると、二丁のリボルバーと木工パテは書斎、日傘は舞踏室、目打ちは客間にあった。第八章第三節でフォックス警部が、「男であれ女であれ、ホシは、傘の中棒の部品を手に入れるためには舞踏室に、目打ちを手に入れるためには客間に、そして、目打ちを傘の中棒に差し込んで木工パテで固定するためには書斎に一人でいなければならなかった」と語る箇所は、この点をあらためておさらいしているわけだ。

　特に、客間は当初、女性たちが四人いて、その後、フェリシテとミス・ヘンダースンが出ていったが、マンクスが来て残った二人に合流するなど、ほぼずっと人が詰めていた状態にあった。第八章第二節では、九時四十五分以降はマンクスが客間に一人で残っていたとされ、彼が一階のホールに降りてきてリベラを殴ったのが、十時三十分に一行が出発する直前のことだったとすれば、その間に客間に一人でいたのはほぼマンクスだけと考えられる。まして、ベレアズが一人でそこにいた可能性はほぼなかった。

フェリシテが客間から出る時、キラキラした物を手にしていたことは、第八章第一節のウィリアムの証言で初めて示唆され、第九章第三節のカーライルの証言と第十章第二節のミス・ヘンダースンの証言から、それがミス・ヘンダースンが取り落とした目打ちだったことが次第に明らかになるなど、マーシュは手がかりを分散するのが巧みなため、なおのこと把握が難しいのだが、こうしたバラバラの手がかりを総合して動きを整理すると、次のようになる。

・夕食会後、女性たちは二階の客間に移動し、パスターン卿、ベレアズ、マンクス、リベラは食堂に残っていたが、パスターン卿はベレアズに空包を見せるため、二人で二階の書斎に移動する。
・パスターン卿は、書斎でベレアズに空包を見せたあと、彼を先に舞踏室に行かせ、自分は書斎に一人残ってフェリシテ宛のG・P・Fの手紙をタイプライターで打つ（その手紙はおそらくソンブレロの捜索中に一階のホールのテーブルの上に置いた）。
・パスターン卿は、イニシャル入りのリボルバーを持って舞踏室でベレアズに合流すると、日傘を解体し、リボルバーで空包を撃つ。
・パスターン卿が空包を撃った時、客間にいたミス・ヘンダースンはその銃声に驚き、手にしていた目打ちを落とす。目打ちを拾ったフェリシテは、リベラのことで冷静さを失い、それを持ったまま客間を出る。ミス・ヘンダースンは三階の自室に向かう（九時十五分頃）。
・客間を出たフェリシテは、マンクスと口論したあと食堂からホールに出てきて彼女の泣き声を聞きつけたリベラに呼びかけられ、二人で話そうと書斎に入り、そこで口論となる。
・パスターン卿は、ソンブレロを探しに舞踏室から飛び出し、ベレアズが舞踏室に一人残る（九時二十六分）。
・リベラが食堂から出たあと、一人で食堂にいたマンクスは、客間に行き、レディー・パスターン、カーライルと合流する。
・リベラはフェリシテを残して書斎を出ると、舞踏室に行き、そこに一人でいたベレアズと合流する。
・フェリシテは目打ちを書斎に残したままそこを出ると、廊下でスペンスからG・P・Fの手紙を受け取り、その内容を読んで有頂天になり、三階のミス・ヘンダースンの部屋に行く。

ここから、最終的に、目打ち、イニシャルなしの二丁目のリボルバー、木工パテは、すべて書斎にあったことがわかる。

舞踏室にあった日傘に目を向けると、第四章第四節で、パスターン卿は、解体した日傘を「組み立てて、ほかの傘の下に隠しておいてくれ」とベレアズに頼んだあと、ソンブレロを探しに部屋から飛び出していく。そして、「かなり経って」リベラが入ってくるまで、舞踏室に一人でいたのはベレアズだったことがわかる。日傘の中棒の部品を入手し、これを抜いた形で日傘を組み立て直して、人目につかないようにほかの日傘の下に隠す機会のあった人物は、まさにベレアズだったことがここから浮き彫りになるのだ。

パスターン卿がソンブレロを見つけたとき、「レディー・パスターンとミス・ウェインはマンクス氏一人を客間に残し、三階に上がろうとしていた。ミス・ド・スーズとミス・ヘンダースンは既に部屋に引き取っていて、パスターン卿はソンブレロをかぶって二階に下りてくるところだった。ベレアズ氏とリベラ氏は舞踏室にいた」（第八章第二節）。

その時刻は九時四十五分であり、そこから一行が屋敷を出発する十時三十分までのほぼ四十五分間、二階の書斎には誰もおらず、日傘の中棒を入手した人物が書斎に入り、中棒と目打ち、木工パテで凶器を作り、二丁目のリボルバーを入手して偽装用に細工する機会があったことがわかる。第十章第三節でレディー・パスターンが、「ベレアズさんも昨夜この屋敷におられたのですよ。夕食後は主人と一緒に書斎にいたはずです。書斎に戻ってくる機会も十分ありましたわ」と語っているとおりだ。

その間、第八章第二節のオルタンスの証言から、レディー・パスターンとフェリシテは三階のそれぞれの部屋で身支度をしていたことがわかる。

この時間帯に、ミス・ヘンダースンは、フェリシテに頼まれて彼女が置き忘れたシガレット・ケースを取りに舞踏室に行ったが（第十章第二節）、その時、舞踏室にはベレアズとリベラは既にいなかった。そして、出発前に、カーライルとリベラが一階のホールで出くわし、リベラが彼女にキスをして、その場面を目撃したマンクスがリベラを殴るというハプニングが起きている。つまり、リベラはこの時点でベレアズから離れて一人になっていて、ベレアズのほうはどこかで単独行動をしていたことが、その裏返しとして浮き彫りになるのだ。

次に、犯人の行動の一連の流れだけを抽出して、複雑な動きを簡潔に整理してみよう。

・屋敷の舞踏室で日傘の中棒を入手する。
・屋敷の書斎で、目打ち、コルク栓、二丁目のリボルバーを入手し、リボルバーの銃身の中を中棒で傷を付け（おそらく引き出しの中の「蠟燭の燃えさし」を用いて銃口を炙り）、日傘と目打ちと木工パテで凶器を作る。
・〈メトロノーム〉で被害者を除く楽員たちに出し物の段取りの変更を伝え、被害者がパスターン卿の発砲と同時に、予定になかったのに倒れたように見せかける細工をする。
・登壇直前に、シド・スケルトンにリボルバーを調べさせ、誰かに自分の身体検査をさせるように仕向け、凶器は事前にリボルバーに仕込まれておらず、自分も凶器を所持していなかったことの裏付けを得る。
・指揮棒の代わりにコルク栓で保護した凶器の中棒を使ってバンドの指揮をし、パスターン卿の発砲と同時に倒れた被害者の胸に、花輪を置くと見せかけて凶器を突き刺す。
・小部屋に入ると、錠剤を探すふりをしてオーバーのポケットにあった二丁目のリボルバーをタキシードのポケットに移し、演壇でパスターン卿から渡された元のリボルバーは、吐き気を催したふりをしてトイレの配管の中に隠す（第六章第一節）。

マーシュは、核となるシンプルなトリックの着想を効果的に具体化するために、二丁のリボルバーと出し物の二つの段取りというファクターをうまく組み合わせ、これによって、被害者がパスターン卿のリボルバーから発射された凶器によって殺害されたという外観を作り出すことで肉付けしている。

いかにもマーシュらしくきめ細かく組み立てたプロットであり、単純化して整理するとすっきりとつながるのだが、人々や物の動きが複雑なだけでなく、手がかりを巧みに分散しているため（たとえば、ベレアズが身体検査中に指揮棒を握っていたことは、第五章第二節では言及がなく、第六章第二節で、「まるで最初のタクトを振り下ろすみたいに指揮棒を握ったまま両手を挙げ」と説明されている）、変わり者のパスターン卿とその夫人、四人の若き男女の関係、楽員同士の軋轢、雑誌の身の上相談担当の正体、麻薬取引をめぐる問題などが交錯する複雑なストーリー展開の中に埋もれて、実際には堂々と提示されている手がかりや伏線から注意を逸らされてしまう。

このように、本書は、マーシュらしいプロット構築の綿密さがいつものように光るだけでなく、トリックの着想とプロットの綿密さが見事に融合している点で、マーシュの謎解きの中でも、『道化の死』と並ぶ代表的傑作と言える。ただ、トリック偏重の視点に立つと、指揮棒の心理的錯覚のトリックばかりが注目されそうなところだが、マーシュの本領は、むしろ、先に整理したような全体としてのプロット構築と漸進的なその解明プロセスにこそあると見るべきだろう。

細かい点を補足するなら、本物の指揮棒はオーバーのポケットに入っていて、あとでそこから転がり落ちている（第六章第四節）。特に説明はないが、リベラ殺害から小部屋に入るまでの間、指揮棒を手にしていないことを怪しまれなかったのは、犯人が指揮棒をポケットにしまう習慣だったからかもしれない。錠剤を探した時にタキシードのポケットからオーバーのポケットに戻したと思われたのだろう。

プロットという点では、中心となる犯行の流れだけでなく、これと有機的に絡む個々の登場人物の造形や役割も無視することはできない。バーザンとテイラーが A Catalogue of Crime の本書評で、

「犯行の詳細は、ストーリーの人物描写に巧みに包み込まれ、結びつけられている」と述べているとおりだ。とりわけパスターン卿の正体と隠れた意図がプロット の中で重要な意味を持っている。

彼は、フェリシテとリベラとの関係を終わらせ、自分がベレアズのバンドで後顧の憂いなく演奏を続けるという目的のために、麻薬をやめなければ（実は自分が所有する）雑誌《ハーモニー》にばらすぞとベレアズに脅しをかけ、リベラの麻薬取引を自分の雑誌で暴露することを目論むが、結果的に、パスターン卿のこの目論見は、リベラを殺し、その罪を負わせてパスターン卿を絞首刑にさせるというベレアズ自身の計画を誘発することになる。犯人の動機の設定とパスターン卿の人物描写は不可分離に結びついているのだ。

リボルバーに凶器が事前に仕込まれていなかったことを確認させたのは、言うまでもなく、凶器を仕込めた者はパスターン卿以外にいなかったことを明確にし、パスターン卿を罪に陥れるためだが、本書の英題が「首を吊られろ」というニュアンスに読めることの意味もここから明らかになる。

マーシュは、カーライル、フェリシテ、マンクス、リベラという、四人の若者たちの人間関係を練り上げ、フェリシテとマンクスを結びつけようとするレディー・パスターンやG・P・Fの画策が、若者同士の誤解やすれ違いをますます深刻化させていく過程を描くことで、人物描写に冴えを見せるだけでなく、これに加えて、G・P・Fの正体とその意図という別の謎を絡ませることで、根幹となる謎解きのプロットを一層錯綜させるとともに、犯行の流れや動機をうまくカムフラージュすることに成功している。

バーザンとテイラーも特筆しているように、変わり者のパスターン卿の描写はことのほか秀逸で、その人間性や二重生活の謎が、単なるストーリーの添え物ではなく、プロットを構築する上で周到に活用されているところは、いかにもマーシュらしいストーリーテリングの巧者ぶりと言えるだろう。

なお、新聞記者のナイジェル・バスゲイトは、『アレン警部登場』、『殺人者登場』、『病院殺人事件』（一九三五）、Death in Ecstasy、Artists in Crime、『死の序曲』、『ランプリイ家の殺人』、Final Curtain および本書と、全九作に登場するシリーズ・キャラクターだ。Death in Ecstasy では、たまたま加わることになったカルト宗教の儀式のさなかに起きた殺人事件の目撃者となるなど、初期の作品ではしばしば重要な役割を演じるが、次第に登場場面が乏しくなり、本書を最後にシリーズから姿を消す。

〈ビッグ4〉の中でも紹介の遅れているマーシュだが、円熟味を増す戦後の作品はなお未訳作が多く、引き続き邦訳が進んでいくことを期待したい。

〔著者〕

ナイオ・マーシュ

1895年、ニュージーランド、クライストチャーチ生まれ。ニュージーランド大学在学中に書いた戯曲“A Terrible Romantic Drama”が劇団主宰者の目に留まり、女優や演出家として活躍。1928年に渡英し、『アレン警部登場』(1934)で作家デビューする。演出家や脚本家としての仕事を続けながら小説の執筆も行い、英国推理作家協会賞シルヴァー・ダガー賞を二度受賞し、78年にはアメリカ探偵作家クラブ巨匠賞を受賞した。62年にカンタベリー大学の名誉博士号を授与、67年には大英帝国勲章の称号を得ている。1982年死去。

〔訳者〕

渕上痩平(ふちがみ・そうへい)

英米文学翻訳家。海外ミステリ研究家。訳書にジョン・ロード『代診医の死』(論創社)、R・オースティン・フリーマン『キャッツ・アイ』(筑摩書房)、『ソーンダイク博士短篇全集』(全3巻。国書刊行会)など多数。

楽員《がくいん》に弔花《ちょうか》を

——論創海外ミステリ 322

2024年9月20日　初版第1刷印刷
2024年9月30日　初版第1刷発行

著　者　ナイオ・マーシュ
訳　者　渕上痩平
装　丁　奥定泰之
発行人　森下紀夫
発行所　論 創 社

〒101-0051 東京都千代田区神田神保町2-23 北井ビル
TEL:03-3264-5254 FAX:03-3264-5232 振替口座 00160-1-155266
WEB:https://www.ronso.co.jp

組版　加藤靖司
印刷・製本　中央精版印刷

ISBN978-4-8460-2427-7